Michael Amon

# YQUEM

Roman

Michael Amon

# YQUEM

Roman

OTTO MÜLLER VERLAG SALZBURG

Die Deutsche Bibliothek - CIP-Einheitsaufnahme

Amon, Michael:
Yquem : Roman / Michael Amon. - Salzburg : Müller, 2002
ISBN 3-7013-1059-9

ISBN 3-7013-1059-9


Umschlaggestaltung: Leo Fellinger
Satz: Fotosatz Rizner, Salzburg
Druck und Bindung: Ueberreuter, Korneuburg

*Die Unschuld ist eine den*
*menschlichen Gesellschaften*
*besonders teure Form der Ignoranz.*
*Jean-Paul Sartre*

*People are strange*
*when you're a stranger*
*faces look ugly*
*when you're alone.*
*The Doors*

Dieser Roman spielt im Jahr 1998.

# 1

Am Tag der Vollendung meines vierzigsten Lebensjahres wurde mir mit unbarmherziger Deutlichkeit klar, daß ich in all den Jahren mehr anständige Weine als ebensolche Menschen kennengelernt hatte. Ich war also nicht verwundert, mit einem Mal festzustellen, daß mich in den letzten Jahren der Charakter von Menschen immer weniger und der von Weinen immer mehr zu interessieren begonnen hatte. Der ohnedies nur in kümmerlichen Ansätzen vorhandene Philanthrop in mir hatte sich voll Genuß von den Menschen ab- und den Weinen zugewandt. Eine Entscheidung, die nicht nur mein Vergnügen mehrte, sondern ganz nebenbei auch mein Vermögen: eine verrückte Spekulationswelle in Bordeaux steigerte den Wert meines Weinkellers innerhalb weniger Monate ins Unermeßliche.

Es fehlt mir dank einiger geglückter Börsengeschäfte ohnedies an nichts, und ich habe auch keine besonderen Ziele, die mir einen bestimmten Tagesablauf aufzwingen könnten. Ich habe keine Bindungen, keine Verpflichtungen, keine Verbindlichkeiten gegenüber wem auch immer. Kurz gesagt: ich bin ziemlich frei. Ich genieße es und wüßte auch nicht, was ich in meinem Leben anders machen sollte. Bis vor kurzem jedenfalls wußte ich es nicht.

Seit einigen Jahren lebe ich in diesem unentschlossen vor sich hindümmelnden Provinznest, dessen Honoratioren Großstadt spielen, aber in spießiger Behaglichkeit hinter jenem Wald leben, den es dank ihrer Geldgier und der daraus folgenden Grundstücksspekulationen nicht mehr gibt. Aber hinterm Wald bleibt hinterm Wald. Das Leben hier hat meinen Blick für die Versäumnisse der Metropolen ebenso geschärft wie den für die Mängel des Landlebens. Doch ich will nicht jammern, mein Haus thront hoch über der Stadt, und ich blicke mit heiterer Gelassenheit hinab auf das närrische Treiben.

Denn wie anders sollte man das Gewimmel dort unten nennen: der Chef des größten Unternehmens im Ort ist gleichzeitig Stadtrat der Konservativen. Seine Frau: die Apothekerin. Sein Neffe: der größte Wirt im Ort. Sein Bruder: der Vorstand im Finanzamt. Sein Schwager: der örtliche Postenkommandant der Gendarmerie. Sie wissen alles über dich, jedes Familientreffen eine Art staatspolizeilicher Akt: deine Eßgewohnheiten verrät der Wirt, deine Obstipation die Apothekerin. Deine Steuererklärung steuert der Bruder bei, und überwachen lassen sie dich vom Schwager. Wen wundert es, daß es hier im Ort keine ernsthafte Opposition gibt! Das hat natürlich Folgen: die wichtigste Tätigkeit ist Tratsch, und die wichtigsten Werkzeuge sind Lüge, Heimtücke und Verschlagenheit. Man weiß zu viel voneinander, als daß man die Wahrheit ertragen könnte.

Seit einigen Jahren lebte hier auch der bekannte Weinraritätenhändler Jürgensen. Ein unsympathischer Mensch, der seinen Reichtum ebenso ungeniert zur Schau stellte wie die Dekolletés seiner häufig wechselnden Begleiterinnen. Bekanntermaßen haben die Leisen und Dezenten nur selten etwas anderes zu verbergen als sich selbst – sie wollen bloß nicht gesehen werden. Aber Menschen wie Jürgensen: immer ein dröhnendes Lachen, immer beide Hände weit ausgebreitet auf dich zurudernd – laute Wasser sind trüb. Die große Figur im Vordergrund verstellt allzuoft den Blick auf das, was dahinter ist, aber das ist wohl auch der Zweck. Ich war fest davon überzeugt, daß die Qualität von Jürgensens Weinen die Qualität seines Charakters bei weitem übertraf – selbst wenn man berücksichtigt, daß viele seiner Weine von durchaus zweifelhafter Qualität und Herkunft sind.

Jürgensen mußte schon hoch in den Siebzigern sein. Trotzdem war seine hagere Gestalt ungewöhnlich straff. Er schien immer direkt vom Appellplatz zu kommen: Brust heraus, Bauch hinein, Gleichschritt, marsch, marsch. Er hatte volles, weißes Haar, in dem noch immer ein Hauch von jugendlichem Blond zu erkennen war, besonders wenn ihn die Sonne schräg von hinten bestrahlte. Die Haare lagen in Reih und Glied, eines parallel neben dem anderen, keines länger als die jeweils benachbarten. Bis zu mittlerer Ohrenhöhe waren die Haare schnurgerade, kurz und borstig, keine Spur einer Kräuselung oder auch nur die Andeutung eines Löckchens, dann wurden sie nicht nur etwas länger, sondern formten sich zu leichten Wellen. Und mitten durch das rechte Drittel des Schädeldaches zog sich breit und unübersehbar wie einer der großen Pariser Prachtboulevards der Scheitel.

Jürgensens Stimme war hart, mitunter schneidend. Seine Augen waren wäßrig-grau und fanden nie einen Ruhepunkt. Rastlos wanderten sie umher, als ob sie dauernd nach etwas Ausschau hielten. Ein merkwürdiger, kalter Mensch, der in mir nie den Wunsch weckte, länger als für ein kurzes „Guten Tag“ in seiner Nähe zu verweilen, und selbst dies war mir schon zu lang.

Leider traf ich den Kerl viel zu oft. In einem kleinen Ort stößt man dauernd auf die Leute, die man nicht sehen will. Manchmal hatte man das Gefühl, sie würden einem hinter jeder Ecke auflauern. Aber jetzt, da ich von Jürgensen etwas brauchte, ausgerechnet jetzt hatte ich ihn seit Wochen nicht zu sehen bekommen.

Es war vor etwa einem Monat, als mich eine Meldung in einem englischen Weinmagazin aus meiner gewohnten Ruhe riß. Ich muß an dieser Stelle erwähnen, daß ich schon seit einigen Jahren die Lektüre politischer Magazine ebenso eingestellt habe wie die von Tageszeitungen. Ich bin das Gefühl einer fortwährenden Wiederholung nicht mehr losgeworden. Ich las Zeitungen und fühlte mich in einer Endlosschleife. Ich erfuhr nichts Neues mehr. Täglich die immer gleichen Greuelmeldungen, die gleichen Dummheiten, die gleichen Diktatoren. Es änderten sich bloß die Namen und die Gegenden. Die Waffen wurden immer moderner und effizienter, nur ihr Zweck änderte sich nicht. Ich schlug eine Tageszeitung auf und wußte nicht: haben wir heute, gestern oder gar schon morgen? Ich schlug ein Wochenmagazin auf, überflog das Inhaltsverzeichnis und wußte: das habe ich alles schon mehr als einmal gelesen. Es wurde mir einfach zu mühsam, mir die Namen immer anderer Despoten, immer neuer Katastrophengegenden und immer gleicher und schon bald gebrochener Friedensabkommen zu merken.

Ich stieg um auf Weinmagazine. Da steht zwar auch immer wieder das gleiche drin, aber doch stets ein wenig anders, denn die Weine verändern sich mit jedem Jahr, manche werden interessanter, und die besten unter ihnen – im Gegensatz zur Welt da draußen – sogar noch besser. In einem dieser Weinmagazine stieß ich auf eine Meldung über einen außergewöhnlichen Fund.

Mitten im südamerikanischen Tropenwald hatte jemand eine seltsame Entdeckung gemacht. Bei einem urwüchsigen Indianerstamm war es einem Völkerkundler gelungen, ein jahrzehntealtes Rätsel der Forschung zu lösen. Er hatte es endlich geschafft, die Identität der Gottheit dieses Stammes zu klären. In jahrelanger Arbeit war es ihm geglückt, das Vertrauen des Stammes zu erlangen und ins Allerheiligste vorgelassen zu werden. In einer tiefen, vermutlich natürlichen Höhle befand sich ein Altar, in dessen Mitte eine Flasche Wein lag. Es war nicht irgendein Wein, es war ein Château d'Yquem, Jahrgang 1740. Wie Nachforschungen ergaben, hatte sich irgendwann um 1800 ein holländisches Handelsschiff den Amazonas hinaufgewagt und war bei einem heftigen Unwetter gesunken. Aus Aufzeichnungen von Lloyd's in London konnte man ersehen, daß tatsächlich einige Kisten dieses Yquem-Jahrganges an Bord gewesen sein mußten. Offenbar stammte die verehrte Flasche aus diesem Schiff. Der Rest ist Spekulation. Es ist zu vermuten, daß die Indianer ein paar Fläschchen Yquem geleert haben und danach den durchaus nicht abwegigen Schluß zogen, hierbei könne es sich nur um einen Trunk der Götter, möglicherweise um einen Teil der Gottheit selbst handeln. Und – um die Spekulation zu Ende zu führen – die letzte Flasche haben sie ungeöffnet als Reliquie aufgehoben und verehrt.

Das Besondere an der Geschichte war, daß es sich um die überhaupt letzte Flasche dieses Jahrganges handeln mußte. Sogar auf dem legendären Weingut selbst gab es nur eine einzige Flasche dieses Jahrganges – und die war leer!

Wie sooft in der Geschichte der sogenannten Zivilisation war es mit dieser Entdeckung auch schon um die so lange unbeschädigte Gottheit geschehen.

Kaum war der Vorfall in den internationalen Weinmedien berichtet worden, setzte ein Sturm auf das kleine indianische Dorf ein. Spekulanten aus aller Welt reisten an, um sich in den Besitz dieses Kleinods zu bringen. Da es sich angeblich um einen Stamm handelte, der sich noch auf Steinzeit-Niveau befand, waren die meisten dieser Figuren wohl ziemlich sicher, billig an die Flasche zu kommen. Sie fielen ein wie einst die europäischen Eroberer, nur daß sie statt Syphilis und Grippe Transistorradios und Handys brachten. Aber das macht wohl keinen großen Unterschied. Sei es, wie es sei – sie bekamen die Flasche nicht. Das gesunde Mißtrauen dieses kleinen Urwaldvölkchens reichte offenbar weit genug, um zu erkennen, daß man einen bekannten Gott, den man seit langem verehrte, nicht so ohne weiteres gegen irgendwelche neuen Gottheiten tauschen sollte – selbst wenn sie noch so viel blinkten und piepten. Ein Gott, der schwieg, schien ihnen wohl angemessener zu sein. Gar nicht zu reden davon, daß die dunkel-goldene Bernsteinfarbe des Weines einer Gottheit eher ziemte als das schlichte Grau oder Schwarz der von den Eroberern angebotenen Geräte.

Trotzdem waren die Tage der Gottheit gezählt. Geldgier siegt letztlich immer über den Glauben. Wer jemals die Peterskirche in

Rom gesehen hat, weiß, was ich meine. Nachdem die Angebote zum Tauschhandel von diesen verrückten Wilden einfach nicht angenommen worden waren, hatten irgendwelche üblen Leute beschlossen, sich ganz ohne Gegenleistung in den Besitz der Flasche zu bringen – kurz: eines Tages war die Flasche spurlos verschwunden, nach guter, alter Kolonialistenart geraubt.

Als ich diese Geschichte das erste Mal hörte, hatte ich bereits das Gefühl, daß ich mit dieser Sache noch zu tun bekommen würde. Ich weiß nicht, woran das lag. Vielleicht war es nur der Wunsch, in den Besitz dieser Flasche zu kommen. Vielleicht war es mehr. Ich weiß es nicht. Die Flasche kugelte irgendwo im Tropenwald herum, und ich war weit weg und hatte keinerlei Lust auf Tropen. Als dann aber die Meldung kam, die Flasche sei spurlos verschwunden, war es mit meiner Ruhe endgültig vorbei. Jetzt, da sie offenbar gestohlen war, mußte ich sie haben. Koste es, was es wolle.

Das war der Grund, warum ich Jürgensen suchte. Der Kerl wußte sicher, wie man an so eine Rarität herankam. Er hatte, was das betraf, einen guten Ruf, was soviel hieß wie: er hatte einen schlechten Ruf, nämlich den, es mit der Herkunft seiner Flaschen nicht allzu genau zu nehmen. Also war er der Mann, den ich brauchte. Mochte er mir auch zutiefst zuwider sein, ich wollte nur noch eines: diese Flasche.

Wahrscheinlich hätte ich ein schlechtes Gewissen haben sollen, aber dem war nicht so. Gestohlen war gestohlen, der Schaden bereits angerichtet. Irgend jemand würde die Flasche auf jeden Fall kaufen – warum also nicht ich. Mich bedrückte eher die Tatsache, daß ich gezwungen war, mich an eine so üble Erscheinung wie Jürgensen wenden zu müssen. Es gibt Leute, denen man nicht verpflichtet sein möchte, weil sie irgendwann davon Gebrauch machen würden. Und Jürgensen, da war ich mir sicher, würde ausgiebig Gebrauch machen. Aber mein Wunsch, die Flasche zu besitzen, war größer als alle Bedenken. Ich schob die eigenen Einwände bereitwillig zur Seite. Es gab ohnedies nichts mehr auf dieser Welt, was ich noch begehrte außer dieser Flasche. Man kann diese Leidenschaft eine völlig überflüssige Obsession nennen. Es stört mich nicht. Welche Obsession ist das nicht? Und Leidenschaften? Nun, davon hatte ich mich längst verabschiedet, wenn man von den paar Flaschen in meinem Keller absah.

Nach einer einige Jahre währenden Affäre mit einer vermeintlichen Jugendliebe, hatte ich eines Tages beschlossen, mich in ruhigere Gefilde zu begeben. Das stete Auf und Ab der Liebe schien mir keine brauchbare Daseinsform zu sein. Jeder Morgen brachte neue Überraschungen. Ich wollte nicht mehr überrascht werden. Überraschungen überstiegen längst mein Durchhaltevermögen. Ich wollte das Leben als gleichmäßigen Fluß erleben, ein stetiges Fließen, keine Stromschnellen, keine Hindernisse, keine Wasserfälle – nur ein sattes, volles Vorsichhin im breiten Strom, der sich langsam seiner Mündung, seinem Ende näherte. Mehr erwartete ich nicht mehr vom Leben. War das nicht unbescheiden genug? Einfach aufzugehen als kleiner Tropfen im riesigen Meer! Meine Bescheidenheit verlieh mir ungeahnte Größe. Ich fühlte mich stark, unüberwindbar und unbeeindruckbar.

Ich hatte dieses Leben nicht gewählt, denn ich hatte keine andere Wahl. Es hatte sich so ergeben. Eines Morgens war ich aufgewacht. Sie lag neben mir im Bett und hieß Gina – wie seit Jahren. Sie war schön, ich kann nicht klagen. Eine dunkelhaarige Schönheit ohne Herz. Das war sie. Ganz sicher. Ihr Herz hatte mich auch nie interessiert. Ich begehrte ihren Körper, das schien mir Ausschweifung genug. Was hätte ich mehr begehren sollen? Sie lag so da, ein paar Sonnenstrahlen schwindelten sich am Vorhang vorbei und bestrahlten ihren Nabel. Ganz fein kräuselten sich ihre Schamhaare, und ebenso fein wuchsen ihre dunklen

Haare als lockerer Flaum über den Bauch hinauf zum Nabel. Ich liebte diesen Körper, aber die Frau wurde mir immer fremder, je besser ich sie verstand, da es scheinbar nichts zu verstehen gab. All die Jahre hindurch hatte selbst der kürzeste Blick auf irgendeinen Teil ihrer Haut genügt, um mich in Erregung zu versetzen. Daran hatte sich nichts geändert. Auch als ich mich an jenem Morgen im Bett aufgesetzt hatte und sie beobachtete – die Decke war, als Gina sich im Schlaf auf den Bauch drehte, zur Gänze von ihr heruntergerutscht – auch da fühlte ich wieder diese Erregung in mir hochsteigen. Und kam mir plötzlich ganz kindisch vor. Wozu diese Erregung? Wozu die ekstatischen Gefühlsausbrüche? Nie hatte ich in ihren Augen mehr entdecken können als den Wunsch, mich mit ihrem Körper zu beeindrucken. Das war alles, was sie konnte. Es reichte mir. Mehr hatte ich nie verlangt. Mehr hatte sie nie gegeben. Und das war doch genug! Ich war jung und voll überschüssiger Kräfte – was wollte ich mehr.

Ich saß im Bett, und was mir immer normal erschienen war, war mir mit einem Mal fremd. Trotzdem konnte ich es nicht lassen: ich beugte mich über ihren Hintern, sog durch die Nase tief den flüchtigen Duft ihres Parfüms und den schweren Geruch einer Liebesnacht, dann küßte ich sie herzhaft und zart auf eine der Backen und fühlte mich immer kindischer. Eine sehr verwirrende Fröhlichkeit durchströmte mich, du kannst ihr widerstehen, wisperte es in meinem Kopf, und weiter unten pulsierte ein kräftiges „sei nicht so blöd“. Eine unbeschreibliche Leichtigkeit nahm von mir Besitz: ich würde diese Affäre heute beenden. Einfach so.

Wir hatten nie zusammen gelebt. Ab und zu traf man einander, fragte nicht nach dem Dazwischen, fiel übereinander her und verschwand wieder im nächsten Dazwischen. So einfach war das. Verdammt kompliziert war das. Sie hatte ihre Launen, und ich hatte meine. Wir sahen uns zu selten, um die schlechten Seiten des anderen lieben zu lernen, und wir sahen uns zu oft, um sie zu übersehen. Wir trafen uns zu selten, um zu wissen, daß es die guten Seiten ohne die schlechten nicht gab. Wir trafen uns zu oft, um die guten Seiten noch zu bemerken. Die Liebe, oder was immer das war, wurde mir zu kompliziert.

Sie war eine schöne Frau. Es fehlte ihr bloß an Geist. Und Schönheit ohne Geist, das gibt es auf Dauer nicht. Ich weiß nicht, was sie wirklich wollte. Sie sprach nie viel, eigentlich war sie meist stumm. Nur wenn unsere Körper aufeinander trafen, schien sie mir irgend etwas zu sagen. Ich habe es nur nie verstanden, vermute ich. Sie sprach mit Lauten und Schweiß, mit den heftigen Bewegungen ihres Beckens und dem festen Druck zwischen den Schenkeln. Kurze Sekunden sprachen wir den selben Dialekt – bloß die Sprache verstanden wir nicht. Mehr hatten wir auch nicht erwartet. Mehr war niemals zu erwarten gewesen.

Und nun dieser Morgen. Leicht und einsam. Ihre schwarzen Haare bedeckten ihren Rücken, und es war für immer vorbei. Langsam drehte sie sich zu mir. Sie sah mich an und ich sie. Wir umarmten einander, ein langer Kuß, ein letztes Begehren. Wir widerstanden. Sie stand auf und zog sich an. So einfach war das Ende einer Affäre. Das erste und einzige Mal in all den Jahren hatten wir einander verstanden. Sie ging, und ich blieb. Eine Affäre war vorüber, und ich begann ein neues Leben. Ein Leben fast ohne Leidenschaft. Irgendwo da oben am Berg, in meinem Haus, lebte ich dieses freie, merkwürdig bindungslose Leben. Das war es, was ich immer gewollt hatte.

Und nun holte mich eine andere Leidenschaft ein. Es war lachhaft, vielleicht lächerlich. Ich sehnte mich nach der Flasche eines bestimmten Weines. Eine blöde Flasche als letztes Ziel all meiner Sehnsüchte. Es ist einfach dumm, denke ich mir manchmal. Es ist das Leben, sage ich mir dann. Das Leben ist dumm, akzeptiere das als einzig gültige Erkenntnis. Das Leben ist ziemlich dumm und sehr verwirrend.

Eigentlich sollte ich mich um ganz andere Dinge kümmern. Denn hier im Ort herrschte einige Aufregung. Die Konservativen hatten sich mit den Nationalen zusammengetan und bildeten eine einzigartige Koalition aus Raffgier und Borniertheit. Eine Hand wusch die andere. Eine waghalsige Bodenspekulation war ausgebrochen, als der nationale Stadtrat Hampelgruber – zuständig für Liegenschaften und Umwidmungen – sich mit dem größten Grundbesitzer des Ortes zusammengetan hatte. Dieser Mann hieß sinnigerweise Erich Mies, und die meisten Leute, die je mit ihm zu tun hatten, hielten diesen Namen für durchaus zutreffend. Mehr noch: sie empfanden diesen deutlich sichtbaren Hinweis auf die charakterlichen Qualitäten des Namensträgers als kleinen Fingerzeig der Gerechtigkeit.

Hampelgruber war eine völlig unbeeindruckende Erscheinung, fast wie die Erfindung eines böswilligen Karikaturisten. Aber die besten und unglaubwürdigsten Karikaturen zeichnet noch immer das Leben. Hampelgruber war der beste Beweis dafür, daß Schönheit von innen kam. Klein von Wuchs mit kastratenähnlicher Stimme präsentierte er sich als Führer der Deutschnationalen, die in dieser Gegend schon seit ewigen Zeiten einen ihrer stärksten Stützpunkte hatten. Sein Nationalismus ging jedoch nicht so weit, daß er auf sein Import- und Exportgeschäft verzichtet hätte. Kein Mensch wußte, womit er wirklich handelte, und so wucherten die Gerüchte. Von Waffenhandel war ebenso die Rede wie von Geldwäsche. Prinzipiell traute man ihm jedes Geschäft zu – es mußte bloß schmutzig genug sein. Und nun hatte er in Mies endlich einen kongenialen Partner gefunden. Der handelte mit Pelzen, deren Eigentumsverhältnisse einige Deutungen offen ließen. Es wurde nie bewiesen, aber angeblich betrieb er das einträgliche Geschäft der Hehlerei. Er nahm es mit fremdem Eigentum bei weitem nicht so genau wie mit seinem eigenen. Das hatte Tradition in der Familie. Schon sein Anfang der dreißiger Jahre zweimal mit einem kleinen Geschäft pleite gegangener Vater – ein alter und mit gutem Grund begeisterter Nazi – hatte im Rahmen der Arisierungen schließlich doch jenes Vermögen an Grund und Boden an sich gebracht, das ihn zum größten Grundbesitzer des Ortes machte und von dessen stückweisen Verkauf der noch unfähigere Sohn jetzt gut lebte.

Ich bin weit in der Welt herumgekommen, aber hier herrschte die verkommenste Clique, die ich jemals kennengelernt hatte. Dabei wirkten Hampelgruber und Mies auf den ersten Blick vor allem lächerlich. Der kleingewachsene Hampelgruber, dem die Minderwertigkeitskomplexe aus jeder Öffnung seiner Lederhose herauslugten, stolperte mit vielen Trippelschritten neben dem großen Mies einher, um nicht den Anschluß zu verlieren. Mies seinerseits hatte die Körpersprache eines Kretins. Er versuchte sich in der Arroganz alter Landadeliger, aber bei ihm reichte es bloß zu deren Dekadenz – und selbst die ohne Stil. Trotzdem war Mies im Ort ob seiner ausgesuchten Skrupellosigkeit ebenso gefürchtet wie der kleine Hampelgruber ob seiner cholerischen Anfälle, wenn die Dinge nicht so liefen, wie er sich das vorstellte.

Ihre letzte Großtat hatte darin bestanden, einem alten und schon ziemlich verkalkten Bauern seinen hochverschuldeten Grund billig abzuluchsen und teuer an die Gemeinde weiterzuverkaufen. Dazu war die Landwirtschaft in Bauland umgewidmet worden. Als Gegengeschäft hatten sie dem etwas einfältigen Bürgermeister der Konservativen eine neue Asphaltstraße zu seiner Jagdhütte spendiert.

Als einige Leute mißtrauisch wurden und wissen wollten, was da vorging, startete Hampelgruber eine große Aktion gegen ausländische Kinderschänder, die angeblich in erschreckender Zahl den Ort bevölkerten und den Einheimischen nicht nur die Arbeitsplätze, sondern auch die Frauen wegnahmen. So etwas war schlecht und klang folglich in den Ohren der schlichteren Teile der Bevölkerung ausgesprochen gut. Mochte Hampelgrubers Horizont auch kaum über die Krempe seines gamsbartgeschmückten Tirolerhutes hinausreichen, für unser kleines Städtchen war das weit genug.

Ich hätte mir also eher Sorgen um das Klima im Ort als um eine Flasche Wein machen sollen. Aber wie gesagt, ich wohnte oben am Hang und wollte mein eigenes Leben leben. Mit diesen Leuten hatte ich ohnedies nichts zu tun. Zumindest hatte ich mir das immer so gewünscht.

Denn allmählich lernte ich, daß es nicht so einfach war, mit denen nichts zu tun zu haben. Ich habe es schon erwähnt: wir befinden uns in einem kleinen Ort, in dem man dauernd die falschen Leute traf. Und ich war schließlich auf der Suche nach Jürgensen, was mich zwang, einmal am Tag mein Haus zu verlassen, um gegen Abend im Hotel Post ein Gläschen grauenhaften Schankwein zu trinken, in der Hoffnung, Jürgensen würde an jenem Stammtisch auftauchen, den er, wenn er hier war, zu besuchen pflegte. Zu meinem Leidwesen verkehrten an diesem Stammtisch auch Mies und Hampelgruber. Das ließ sich nicht ändern. Irgendwie wunderte ich mich, daß sich Jürgensen mit diesen beiden kleinkriminellen Hochstaplern abgab. Er war eigentlich eine andere Spielklasse. Er war – wenn man den Erzählungen glauben durfte – ein Verbrecher großen Zuschnitts, keine Spur von Hochstapelei. Der Mann hatte wirklich Geld. Der wußte, was er tat. Umso weniger also konnte ich mir seine Kontakte mit den beiden erklären.

Es mußte irgendein Geheimnis geben, das die drei miteinander verband. Aber, ehrlich gesagt, welches Geheimnis auch immer das sein sollte, es war mir egal. Ich wollte mit denen nichts zu tun haben. Vielleicht regelte Jürgensen für die beiden eine Rechtsangelegenheit; das wäre durchaus denkbar, denn er führte trotz seines Alters noch immer eine kleine Anwaltskanzlei drüben in der

Stadt. Man erzählte sich zwar, daß diese Kanzlei nie besonders gut gegangen sei, aber es war eine Tatsache, daß Jürgensen ein wohlhabender Mann war. Vielleicht hatte er sein Geld mit dem Handel von Weinraritäten gemacht, vielleicht auch nicht. Ich hatte jedenfalls nicht den Eindruck, daß es Jürgensen am nötigen Kleingeld mangeln könnte. Ich konnte also auch keine Erklärung anbieten, warum er für Hampelgruber und Mies Rechtsgeschäfte erledigen sollte, es sei denn, es ging um Geschäfte, die sie alle drei miteinander betrieben. Womit wir wieder bei der Frage angelangt sind, ob die drei nicht doch ein gemeinsames Geheimnis hatten.

Es brachte nichts, darüber lange nachzudenken. Ich konnte das Rätsel ohnehin nicht lösen.

Auf jeden Fall war es diese Woche schon das dritte Mal, daß ich ins Gasthaus ging und die beiden dort am Stammtisch sitzen sah. Sie steckten ihre Köpfe zusammen und schauten angestrengt in genau jene Richtung, in der ich nicht war. Offenkundig war es ihnen peinlich, von mir schon wieder miteinander gesehen zu werden. Daß sie mich nicht anblickten, war mir recht. So brauchte ich sie wenigstens nicht zu grüßen. Ich haßte den Austausch von Höflichkeiten mit Leuten, die sich nur Grobheiten verdient hatten. Ich stand an der Theke, trank wieder einmal ein Gläschen Rabiatperle und dachte darüber nach, ob der Wirt dieses essigähnliche Getränk, das er mir als Burgunder andrehte, von Jürgensen bezog. Und wenn ja, dann war die nächste Frage, wo dieses Burgund wohl lag. Es konnte jedenfalls nicht jenes Burgund sein, das ich kannte. Interessant wäre auch eine Antwort darauf gewesen, ob diese Flüssigkeit jemals mit Traubengut in Kontakt geraten war. Sollte das, entgegen meinen Erwartungen, doch der Fall gewesen sein, würde ich endlich den Sinn der sogenannten Stillegungsprämien für Weinbauflächen begreifen. Diese Prämien waren wohl die einzige Möglichkeit, unfähige Winzer loszuwerden. Unter Umständen war es aber nur ein verbummelter Student der Chemie, Studienabbruch im dritten Semester, der mit seinen spärlichen Kenntnissen von höherwertigen Kohlenstoffen und seiner noch spärlicheren Vorstellung von echtem Weingeschmack dieses unbeschreibbare Getränk verbrochen hatte. Den Dorfbewohnern jedenfalls mundete diese Erbärmlichkeit von Wein. Aber was war schon von Leuten zu erwarten, die zu einem guten Viertel und seit Generationen ohne jeden Anflug von schlechtem Gewissen national wählten.

Die beiden, Hampelgruber und Mies, schauten noch immer krampfhaft weg, während ich belustigt zu ihrem Tisch sah. Die hatten sich diesen Wein verdient, blöderweise war ich auch hier. Das Leben ist unvollkommen, höchst unvollkommen!

Soeben kam Hochstrasser bei der Tür herein, der gute Hochstrasser, einer der wenigen hier im Ort, mit denen ich Freundschaft geschlossen hatte. Was kein Wunder war, auch er stammte nicht von hier. Im Gegensatz zu mir hoffte er noch auf das Gute im Menschen. Das machte ihn sympathisch, aber verletzbar. Er war Geschichtslehrer und glaubte an seinen Beruf. Das war sein Problem. Denn seine Geschichten wollten die Leute partout nicht hören. Seine Geschichte konnte nicht die ihre sein. Auf keinen Fall. Auch war er ein notorischer Gründer von Bürgerinitiativen, die regelmäßig die Geschäfte der Dorfhonoratioren störten. Er galt als Aufwiegler und Nestbeschmutzer. Wir hatten uns zufällig kennengelernt. Nicht nur, weil man in einem kleinen Ort irgendwann jeden irgendwo einmal trifft! Ich bin überzeugt, es gibt ein Naturgesetz, daß Leute, die Ähnliches denken und fühlen, ganz zwangsläufig aufeinanderstoßen. Das muß die Natur so eingerichtet haben, damit auch Individuen wie Hochstrasser und ich eine Überlebenschance haben. So wie Wale sich über Weltmeere hinweg finden, so finden sich gleichgesinnte Seelen. Es ist dies eine trostspendende Hoffnung für einsame Tage. Und hin und wieder stimmte es ja wirklich – siehe Hochstrasser und mich.

Hochstrasser kam auf mich zu, die Herren Hampelgruber und Mies wußten schon nicht mehr, wohin sie sehen sollten, um uns nur ja nicht zu sehen. Ich streckte Hochstrasser meine rechte Hand entgegen und klopfte ihm mit der linken freudig auf die Schulter. Er konnte zwar nicht mein Problem lösen, aber ein paar Worte zu wechseln würde guttun.

„Es trifft sich ausgezeichnet, dich hier zu treffen", sagte Hochstrasser. Ich blickte ihn fragend an.

„Du kannst mir einen Gefallen tun. Bei dir steht doch im Moment das Gästezimmer frei, oder?"

„Wenn sich niemand ohne mein Wissen eingenistet hat", erwiderte ich zögerlich. Ich hatte lieber meine Ruhe, aber das sagte ich Hochstrasser natürlich nicht.

„Eine ehemalige Studienkollegin", er hob warnend die Hände, „eine komplizierte Geschichte, wenn ich dir die jetzt ganz erzähle, stehen wir morgen noch da."

„Nur das nicht!" unterbrach ich ihn, „dieses Gesöff hier halte ich unmöglich noch länger aus!"

„Denk ich mir. Also kurz. Die Geschichte kann ich dir später erzählen. Eine verstorbene Bekannte dieser Ex-Studienkollegin hatte eine Tochter, und die wiederum hat ein paar Wochen hier in der Gegend zu tun. Kann die bei dir wohnen?"

„Sagtest du nicht, daß sie jung und hübsch ist?"

„Kann mich nicht erinnern, so etwas erwähnt zu haben, lieber Freund! Laß dich überraschen", parierte Hochstrasser meine Frage.

Was blieb mir über, ich sagte zu.

„Und wann kommt die geheimnisvolle, junge Dame?"

„Muß ich noch klären. Wahrscheinlich nächste Woche."

„Gut, da habe ich noch eine Galgenfrist!" Ich boxte freundschaftlich auf Hochstrassers Oberarm.

Das hatte ich davon. Andererseits: eine kleine Ablenkung konnte nicht schaden. Ich dachte ohnedies seit Tagen nur mehr an diese verdammte Flasche, und wer weiß, wann Jürgensen auftauchen würde.

Hochstrasser hatte inzwischen sein Bier ausgetrunken, mein Weinglas war ebenfalls leer. Ich stellte den Kragen meiner Lederjacke auf. Es war noch relativ früh im Jahr, auf den umliegenden Bergen lag der Schnee noch weit bis in die höheren Täler herab, und ein kalter, beißender Wind blies von dort oben zu uns herunter, ließ den See in riesigen Wellen an den Kaimauern aufklatschen. Die weiße Gischt bildete unzählige Kronen auf diesen Wellen, der ganze See, sonst grün und dunkel, schien aus der Ferne mit weißen Häubchen übersät zu sein. Hochstrasser stopfte seine Hände tief in die Taschen des Mantels, wir verließen, leise einen Gruß murmelnd, das Gasthaus, ohne uns nach Hampelgruber und Mies umzusehen. Draußen fuhr uns der kalte Wind direkt ins Gesicht, wir beugten uns leicht nach vorne, um dem Ansturm des Windes besser zu widerstehen, Kälteschauer durchströmten unsere Körper. Es war dunkel und kalt, kaum Leute. Gar keine Leute. Eine leere, kalte Stadt. Zwei einsam dem Wind entgegen gestemmte Gestalten gingen irgendwohin. Niemand wußte wohin. Es hätte auch niemanden interessiert.

Wir sprachen nichts.

Sprechen ging nicht. Du öffnest den Mund, und der Eishauch streift über die Zähne und läßt sie klirren.

Sprechen ist Schmerz.

Also Schweigen.

Bei der Schiffsanlegestelle trennten sich unsere Wege. Hochstrasser mußte rechts, ich links. Wir reichten einander die klammen Hände.

„Mach's gut", versuchte ich die Windgeräusche zu übertönen. Hochstrasser nickte und hob die Hand.

„Ich ruf dich an und sag dir noch, wann sie kommt", er schrie es fast, da in diesem Augenblick eine orkanartige, vom See kommende Windböe jedes Gespräch übertönte.

Wir winkten einander nochmals im Wegdrehen zu. Im Hintergrund lag das beleuchtete Seeschloß regungslos über dem aufgewühlten Wasser. Ich ging am Ufer entlang zur Brücke über den Fluß, der hier den See wieder verließ. Und obwohl es eine moderne Brücke war, hatte ich den Eindruck, daß sie unter den Angriffen des Windes in ihren Fundamenten zitterte, sich auf und ab senkte, den Gewalten nur mühsam widerstand.

Ziemlich ausgekühlt erreichte ich nach einem halbstündigen Fußmarsch mein Haus. Dunkel ragten seine Mauern in die Höhe, eine Tür quietschte im Wind. Noch war das Haus also recht leer mit mir als einzigem Bewohner. Vielleicht hätten andere sich einsam gefühlt, oder besser: allein. Denn allein zu sein, das kannst du dir aussuchen. Einsamkeit nicht. Einsamkeit ist die Essenz unseres Seins. Sie begleitet dich vom ersten Tag an und läßt dich niemals und nie wieder los. Jedes Gehirn ein Universum, und so wie Galaxien sind auch die Gehirne unüberwindbare Lichtjahre voneinander entfernt. Jupiter lächelt Saturn majestätisch zu, und niemals werden sie einander verstehen. *Child of the moon give me a wide-awake, crescent-shaped smile.* Niemand kann daran etwas ändern: wir sind einsam in diesem Universum. Lichtjahre entfernt von jedem anderen Wesen. Jeder von uns am äußersten Rand einer Welt, von der wir nichts wissen, nur ein paar hoffnungslose Ahnungen, ein paar verzweifelte Vermutungen, ein paar unverständliche Formeln. Jeder von uns ein *quark* ohne feststellbaren Aufenthaltsort. Und nirgendwo ein Gott, der sich um uns scheren würde. So hoffnungslos der letzte Satz klingt, scheint mir dies doch die eigentliche Frohbotschaft der modernen Naturwissenschaft zu sein: die millionenfachen Morde, all die totalitären Systeme, die fortgesetzte Barbarei und meine kindische Suche nach einer Flasche Wein, sie alle haben eines gemeinsam – sie unterliegen keinem Schöpfungsplan. Das alles geschieht, und es geschieht ganz ohne tieferen Sinn. Kein göttliches Wirken, keine Vorsehung.

Die überflüssigen Prophezeiungen der Propheten: bloß banale Hochrechnungen der Vergangenheit in die Zukunft. Gott ist nicht barbarisch, nicht zynisch, nicht gleichgültig. Ja, nicht einmal tot ist er.

Er ist einfach ... nicht! Das läßt hoffen.

Keine Engel. Keine Teufel. Keine Dämonen außer jenen unserer Psyche.

Nur ich, ganz einsam in den sinnlosen Weiten dieser Gassen, dieser Stadt, dieses Sees, dieser Welt.

Ich, ganz einsam in den sinnlos vergeudeten Weiten eines immer kälter werdenden Weltalls.

Auf meinem Nachtkästchen stand eine bereits geöffnete Flasche Warre's Port, Jahrgang 1963. Angefangen, aber nicht ausgetrunken. Viel war nicht mehr drin. Gerade genug, um zum Ende zu kommen und sich ein wenig von innen her zu wärmen. Ein schöner, alter Port, die Farbe verblaßt in all den Jahren, die seit der Ernte seiner Trauben vergangen sind. Ein leichter Hauch von Orangen strömte mir aus dem Glas entgegen, in das ich den letzten Rest geleert hatte. Du kannst Port nicht im Sommer trinken. Unmöglich! Aber an einem Abend wie heute, kalt und windig, du selbst ausgefroren, trink einen Schluck und noch einen und ab unter die Tuchent.

Ich spürte noch den süßen Nachgeschmack des Weines auf meiner Zunge. In Kürze würde mein Alleinsein für ein paar Wochen unterbrochen werden. Eigentlich war mir das gar nicht recht. Ich hatte keine Zeit für andere Leute, gerade jetzt nicht. Aber was soll's. Man ist bloß Einsiedler auf Zeit. Man ist Mensch bloß auf Zeit. Sie würde also kommen. Hoffentlich war sie hübsch, sicher zu jung. Wenn sie wenigstens gescheit sein würde, das wär' schon was. Laß dich überraschen, sagte mein Herz. Nur keine Überraschungen, soufflierte mein Gehirn. Auf der Zunge noch immer anhaltende Süße. 1963 war ein tolles Jahr für Portwein, dafür miserabel in Bordeaux. Man muß das Beste daraus machen.

Ich bin angeblich ein guter Gastgeber, ein exzellenter Koch, manchmal ein amüsanter Plauderer. In den unwichtigen Dingen verfüge ich also über höchste Begabung. Nur für die wichtigen Dinge im Leben, für die habe ich keine gute Hand. In der Liebe habe ich es nie über die erste Leidenschaft hinausgebracht. Im Umgang mit anderen Menschen war ich schon immer ungeübt, und die Jahre hier am Land haben da nur insofern etwas geändert, als mein Umgang noch sparsamer wurde.

Ich werde das Beste aus der Situation machen. Einem der wenigen Freunde, die ich hier habe, werde ich einen Gefallen tun. Wird ihm gefallen. Von meinen besten Seiten werde ich mich zeigen. Ich werde also gute Seiten vortäuschen. Der letzte Schluck Port rinnt meine Zunge entlang. Ich werde nett sein zu der jungen Dame und schauen, daß ich sie recht bald wieder los werde.

Licht aus.

Tuchent über den Kopf. Durchs geöffnete Fenster bläst der Wind und rüttelt am Rahmen. Auf der Zunge noch immer süß.

Gedanken aus.

Alles verschwimmt, süß und 1963. Wind und Portwein. Die schemenhaften Umrisse einer Frau. Saturn erwidert Jupiters Grüße. Kind des Mondes, schenk mir ein halbmondförmiges Lächeln. Im Kopf wird es unwiderstehlich Nacht. Ich schlafe ein und einem anderen Morgen entgegen.

## 2

Jung und doch wunderbar spät war der Morgen. Auf der anderen Seite des Sees stauten die Autos durch die alte Stadtdurchfahrt, die Hupen übertönten die Schreie der Möwen, und die Krämerseelen gingen schon seit Stunden ihren Geschäften nach. Ich aber steckte langsam und genußvoll meinen Kopf unter der Tuchent hervor und merkte von all dem nichts.

Ein leichter Schleier lag noch über meinen Augen, nicht unähnlich den Nebelschwaden, die da draußen über den See zogen. Das Telefon läutete. Ich hasse läutende Telefone. Vor allem morgens, und das hieß bei mir: mittags. Und außerdem *läuten* Telefone heutzutage nicht mehr. Sie piepen oder schrillen, manche tuten und andere quäken. Mein Telefon war zwar auf die leiseste Stufe und auf den am wenigsten unerträglichen Ton programmiert, aber in dieser frühen Phase des Erwachens können selbst die leisesten Geräusche den Eindruck von Alarmsirenen oder von Donnerhall erwecken.

Im Falle des Telefons also: Alarmsirene. Es hörte einfach nicht auf. Da ließ sich nichts mehr beschönigen: ich war unwiderruflich wach, weiteres Ignorieren der Geräuschkulisse folglich völlig sinnlos.

Raus aus dem Bett. Falscher Fuß, das auch noch.

Abheben.

„Ja", hörte ich eine fremde Stimme, die eigenartigerweise meine Stimme war, morgenheiser sagen.

„Du klingst sehr weit weg", sprach jemand am anderen Ende der Leitung, vermutlich Hochstrasser.

„Ich wollte, ich wäre weit weg", ich klang jetzt wohl mürrisch, „was gibt es?"

„Ich mach es kurz. Die Dame heißt Ruth Loewenstein und kommt heute abend mit dem Zug um halb sechs."

„Bist du noch zu retten? Um halb sechs, heute?!"

„Wo ist das Problem?"

„Heute, ich bin heute nicht darauf eingestellt. Bei mir schaut es aus, wie nach einem Fliegerangriff! Die Bedienung kommt erst morgen."

„Und?"

„Was soll diese, wie heißt sie ..."

„Ruth Loewenstein ..."

„... von mir halten!"

„Du wirst es überleben."

Ich immer mürrischer: „Ehrlich gesagt, überleben, das ist mir zu wenig!"

„Aber es ist immerhin ein guter Anfang, oder?"

Der hat wirklich Nerven und keine Ahnung, also Erwiderung: „Es gibt keine guten Anfänge, weil jeder Anfang ein letztlich schlimmes Ende nach sich zieht."

„Klarer Fall von Morgendepression um die Mittagszeit. Ich hoffe, du schaffst es trotzdem, sie vom Bahnhof abzuholen. Schönen Tag noch!" Hochstrasser hatte aufgelegt. Der machte es sich einfach.

Kurz überlegte ich, alles in dem Zustand zu belassen, in dem es sich im Augenblick befand. Aber es würde natürlich nicht in diesem Zustand bleiben. Schließlich war es ein Naturgesetz, daß alle Systeme immerfort von Ordnung zu Unordnung tendierten, so man nicht entsprechende Energie zuführte. Aber Energie war genau das, worüber ich an diesem Morgen eben nicht verfügte. Außerdem war zu bedenken, daß dieses durchaus überzeugende Chaos in meinem Haus den unerwünschten Besuch vielleicht dazu bewegen konnte, sich durch vorzeitige Abreise in Sicherheit zu bringen.

Ich verwarf diese Idee jedoch sogleich. Das ging nicht. Hochstrasser hatte mein Wort. Ich griff also wieder zum Telefon, verjagte sicherheitshalber jeden Anflug von Griesgrämigkeit aus meiner Stimme und rief jenen guten Geist an, der, regelmäßig tapfer gegen die Gesetze der Physik ankämpfend, Ordnung ins Chaos zu bringen versuchte. Es kostete mich ein paar Scheine zusätzlich, sie ließ Gnade vor Recht ergehen, und am späteren Nachmittag war das Haus wieder gästefähig.

Ich stand am Bahnhof, Regen und Sturm hatten wieder eingesetzt. Es war verflucht kalt, und die einzelnen Regentropfen stachen wie kleine Nadeln, wenn der Wind sie mir ins Gesicht trieb. Da stand ich also und wartete auf eine Frau, die ich noch nie gesehen hatte. „Scheiße", dachte ich, „wie schaut die eigentlich aus? Der Hochstrasser hat kein Wort gesagt, woran ich sie erkennen kann."

An sich finde ich es ziemlich lächerlich, sich mit jemandem Erkennungszeichen auszumachen. Denn da gab es immer nur zwei Möglichkeiten. Entweder waren sie so auffällig, daß man sich zum Gespött der anderen Wartenden machte. Oder sie waren so banal, daß man sich nicht von den anderen Leuten am Bahnsteig unterschied. Insbesondere Tageszeitungen haben die auffällige Eigenschaft, zu Dutzenden unter diverse Arme geklemmt auf Bahnsteigen zu flanieren. Auch todsichere Angaben wie „ich sehe meinem Vater ähnlich" erzielen bei mir selten Wirkung. Erstens kenne ich im allgemeinen die Väter jener Menschen nicht, die ich zu treffen gedenke, und zweitens ist Ähnlichkeit ein sehr subjektiver und dehnbarer Begriff. Mit dem Wort „Ähnlichkeit" wird häufig Schindluder getrieben, denn wer zahlt schon gerne Alimente für einen Nachwuchs, der einem nicht einmal ähnlich sieht! Ich hüte mich daher im allgemeinen, das Nichterkennen einer zu treffenden Person mit einer bestehenden Unähnlichkeit zu argumentieren, sondern verweise dann lieber auf meine angeborene Kurzsichtigkeit, die Dunkelheit, den Nebel oder sonst eine Naturkatastrophe.

So stand ich also am Bahnhof, es wurde dunkel und immer kälter. Der Wind blies so stark, daß der Regen unter die Überdachung des Perrons getrieben wurde und daher die dort Schutz Suchenden trotzdem fand und immer mehr durchnäßte.

„Sauwetter", dachte ich, „der Hochstrasser hat mir da was Schönes eingebrockt."

Ganz selbstverständlich hatte der Zug eine Viertelstunde Verspätung. Es ist eine auffällige Merkwürdigkeit des Bahnwesens, daß Züge immer dann Verspätung haben, wenn du bis zu den Knien im Schnee stehst, bis zu den Knöcheln im Wasser watest, wegen Glatteises überhaupt nicht stehen kannst oder – besondere Perfidie – in glühender Hitze durstig vor dem geschlossenen Bahnhofsbuffet ausharrst. Nachdem also meine Jeans bereits bis in Wadenhöhe tropfnaß waren, war es nicht weiter verwunderlich, daß es der Zug mit der fahrplanmäßigen Ankunftszeit nicht genau nahm. Von mir aus brauchte der Zug gar nicht anzukommen. „Lieber vergeblich naß, als einen Gast, den du nicht brauchst", so schäbig können Gedanken sein.

Endlich war es soweit. Der Zug fuhr auf Bahnsteig zwei ein. Ich stand natürlich auf eins. Normalerweise fuhr der Zug aus der Hauptstadt immer auf Bahnsteig eins ein. Nur wenn es regnete, dann wechselte er scheinbar auf Bahnsteig zwei, wohl weil der nicht überdacht war. Aber das war heute wirklich schon egal. Dunkel war es inzwischen auch. Ich hatte keine Chance, jene Person genau zu sehen, von der ich ohnedies nicht wußte, wie sie aussah.

Eine dunkle, ununterscheidbare Masse von Personen entströmte dem Zug. Auch das noch. Normalerweise kamen samstags um diese Zeit nur wenige Leute an. Aber heute hatte sich wirklich alles darauf eingeschworen, mir das Leben schwer zu machen. Mindestens hundert Leute wälzten sich über den Bahnsteig in Richtung Ausgang. Man konnte niemanden auch nur ansatzweise erkennen. Die Menschen zogen ihre Köpfe ein, so gut es nur ging, sie hatten die Mantelkrägen hochgestellt und die Hüte weit über die Stirne herunter ins Gesicht gezogen. Es war völlig sinnlos. Ein Ratespiel ohne Gewinnchance. Ich würde nach Hause fahren, Hochstrasser anrufen und einfach sagen: „Du, ich habe sie nicht gefunden, was weiß ich, wie die aussieht, wahrscheinlich ist sie gar nicht angekommen. Falsch umgestiegen oder gar nicht abgefahren." Genau das würde ich Hochstrasser sagen. Und ich würde mich bemühen, keinen Triumph in meiner Stimme erkennen zu lassen. Er hatte mich hereingelegt, und ich hatte mich revanchiert. Genau so würde ich es machen. Hätte ich nur nicht aufräumen lassen. Völlig sinnlos. Das Ganze war eine typische Hochstrasser-Aktion. Er kündigte mir eine Person an, von der man nicht wußte, wie sie aussah, und die sowieso gar nicht kam, weil sie Züge haßte oder das Wegfahren, möglicherweise das Ankommen. Ich holte eine Person ab, die gar nicht kam.

Innerlich nickte ich mir zufrieden zu.

„Du bist nochmal ungeschoren davongekommen, alter Einsiedler", dachte ich voll Genugtuung.

Im selben Moment spürte ich einen kräftigen Stoß in den Rücken, dann polterte irgend etwas den Bahnsteig hinunter auf das Geleise. Sah nach einem Koffer aus. Irgend jemand hatte mich in der Dunkelheit gerammt. Vielleicht war ich auch nur, tief in meine Gedanken versunken, unerwartet stehengeblieben, und jemand ist in mich hineingelaufen. Vorsichtig drehte ich mich um. Tatsächlich, da stand wer, klein, ziemlich zierlich. Eng anliegender Mantel, Figur: Frau. Wahrscheinlich war ich schuld an dem Unglück. Bin wohl wirklich zu plötzlich stehengeblieben. Das kommt, wenn man denkt.

„Das kriegen wir schon wieder hin", sagte ich, sprang hinunter auf das Geleise und ergriff den Koffer.

„Hat die Goldbarren im Koffer oder Betonplatten?" war mein erster Gedanke. Ich konnte das Ding kaum heben. Unglaublich, was manche Leute tragen können. So eine kleine Person und so ein Schwergewicht von Koffer. Ächzend kletterte ich wieder auf den Bahnsteig.

„Bitte, da ist er wieder", ich hielt den Koffer mit beiden Händen in ihre Richtung.

„Können Sie mir den Koffer in die Halle tragen?" Nach einer Sekunde Pause folgte ein leises „Bitte. Er ist so schwer." Und weiter: „Ich werde angeblich abgeholt. Leider habe ich keine Ahnung, wie der Herr aussehen soll."

Nein, nur das nicht. Es gibt keinen Zufall. Nur falsche Planung. Ich ahnte, daß ich Hochstrasser nicht anrufen würde. Ich ahnte, daß ich nicht vergeblich aufräumen hatte lassen. Was hätte ich in diesem Moment gegeben, wenn diese Ahnungen sich nicht bewahrheitet hätten! Aber ich spürte, daß die Dinge ihren Lauf genommen hatten. Da stellt man sich nicht entgegen. Aber gut, ich mußte mich nicht gleich zu erkennen geben. Vielleicht war es besser, die Dame erstmal in der Bahnhofshalle bei Licht einer genaueren Betrachtung zu unterziehen.

Da standen wir also. Ich tropfnaß. Sie ziemlich müde von der langen Fahrt. Sie versuchte, die Kapuze ihres Mantels zurückzuschieben. Langes, volles, lockiges und schwarzes Haar quoll ungebändigt in allen Richtungen aus der Kapuze, die sich nur unvollständig zurücklegen ließ. Die Kapuze blieb auf halbem Wege in der Fülle der Haare hängen. Ihr Gesicht und ihre Augen und alles war dunkel wie ihr Haar. Ein kleines Gesicht von seltener Ebenmäßigkeit verschwand beinahe in diesen Gebirgen aus Haar. Mitten drin unglaublich große Augen. Kinderaugen. Es waren Kinderaugen. Aber die Frau war kein Kind. Erste Schätzung: Mitte zwanzig.

„Hochstrasser, das hast du gut gemacht", zuckte es durch mein Gehirn. Was ich in meinen Adern spürte, das mußte Adrenalin sein, pures Adrenalin. Fünfzig solche Koffer hätte ich jetzt tragen können, auf einmal natürlich. Hundert Koffer. Alle Koffer dieser Welt.

Innerlich seufzte ich. Ich war ein Meister der ersten Leidenschaft. Das gab Hoffnung und stürzte mich gleichzeitig in sachte Trauer.

Ich alter Meister des ersten Herzklopfens.

Ich alter Meister des großen Gefühls.

Ich alter Meister der unerwarteten Sehnsucht.

Ich Dilettant des Lebens.

„Wenn ich nur wüßte, wer mich abholt!" hörte ich ihre warme, leicht rauchige Stimme. Die Weichheit des jungen Mädchens lag ebenso in dieser Stimme, wie die präzisen Ahnungen einer Frau an der Schwelle zur Gewißheit.

Ich alter Meister des grenzenlosen Schwärmens.

Ich alter Meister der melodiösen Traurigkeit.

Ich alter Meister des plötzlichen Aufflammens.

Ich Dilettant der Liebe.

„Wenn Sie Ruth heißen, dann sind Sie auf die richtige Person, nämlich auf mich, gestoßen, im wahrsten Sinn des Wortes ..."

Prüfend sahen mich ihre großen Augen an. Sie streckte mir ihre Hand entgegen, ergriff, ohne lange zu warten, meine freie Linke und drückte sie kräftig. Dann machte sie einen Schritt auf mich zu, sie ging mir gerade bis zur Schulter, stellte sich auf die Zehenspitzen und drückte mir einen sanften, schnellen Kuß auf die Wange.

Ich alter Meister ... ein Begrüßungskuß, was sonst. „Die jungen Leute heutzutage machen das so", versuchte ich mich zu beruhigen.

„Wir fahren zu mir, da können Sie sich zuerst einmal frisch machen von der Fahrt!"

Sie nickte zustimmend.

Ich hob den Koffer ins Taxi. In meiner Garage steht ein großer Schlitten, aber ich fahre nicht damit. Führerschein habe ich nie gemacht. Zum Auto habe ich eine ähnliche Beziehung wie der liebe Gott zu der angeblich von ihm geschaffenen Welt: Ich denke zu viel und lenke zu wenig. Das Auto habe ich mir vor ein paar Jahren aus einer Laune heraus gekauft. Hat nur ein paar tausend Kilometer auf dem Tacho. Hin und wieder borgen es sich meine seltenen Gäste aus. Ich fahre Taxi. Ich bin der perfekte Beifahrer.

Wir kommen bei mir an. Der Regen hört wohl nie wieder auf. Ich liebe Regen, ich werde bloß nicht gern naß.

Ich bin ein alter Meister des Regens.

Eine Sekunde des Innehaltens. Es wird doch nicht zu regnen aufhören? Eine Wolke öffnet sich für einen kurzen Moment. Blau leuchtet der Vollmond und ist schon wieder verschwunden. Auf den Bergen muß es schneien, ganz sicher, bei der Kälte.

Ruth steigt auch aus. Ihre Kapuze ist endlich ganz vom Kopf heruntergerutscht. Der Wind läßt ihre Haare im Wind flattern. Wir sind da. Einen Meter lang sind die Haare. Ganz sicher. Oder fast einen Meter. Ist egal. Ganz kurz wieder der Mond, zwei Sekunden Windstille, ihre Haare fallen auf den Rücken, die Wolke schiebt sich wieder vor den Mond. Das Prasseln des Regens setzt ein. Der Sturm hebt erneut an. Ihre Haare flattern im Wind. Wie eine Fahne flattern sie. Es ist ihre Fahne, und die darf sie in den Wind hängen.

Ich alter Meister der kühlen Romantik und meines verpfuschten Lebens.

Sie macht sich frisch. Wir essen eine Kleinigkeit.

„Nein, heute keinen Wein, morgen vielleicht“, sagt sie.

„Morgen, ja, morgen ganz sicher“, sage ich.

„Gute Nacht“, sagt sie.

„Schlafen Sie gut“, sage ich.

„Es ist ein schönes Haus. Hier ist Friede“, ihre Augen strahlen.

„Friede, ja, das hoffe ich“, sage ich.

„Mazel tov“, singt ihre Stimme beim Hinaufgehen zu mir herunter.

*She shivers, by the light she is hidden.*

*She flickers, like a lamp lady vision.*

Kind des Mondes, reib dir deine verregneten Augen.

Kind des Mondes, schenk mir ein vollmondförmiges Lächeln.

Ich liege im Bett, und in meinem Kopf will es nicht Nacht werden.

Zeitig am Morgen, alle Gedanken sind endlich und endgültig durcheinander geraten, die Glieder immer schwerer, versinkt alles in dichtem Grau.

## 3

Ein neuer Morgen weckte mich mit rücksichtsloser Freundlichkeit. Die Regenwolken hatten sich verzogen, ein strahlend blauer Himmel gratulierte mir zu einem neuen Tag. Der See lag ruhig und gelassen in seinen Ufern, und nichts deutete auf die Unwetter der vergangenen Nacht hin. Ich hatte schwer, tief und zumindest in meiner Erinnerung auch traumlos geschlafen.

Als ich mich erneut in meine Tuchent einwickeln wollte, um noch ein paar Minuten vor mich hinzudösen, fiel mir wieder ein, daß ich einen Gast hatte.

„Oh Gott", durchzuckte es mich, „ist heute nicht Sonntag?" Ich hatte vergessen, Vorräte für das Wochenende einzukaufen. Was würde ich zum Frühstück anbieten? Von wegen Frühstück, ich blickte auf meinen Wecker. Es war ohnedies schon später Vormittag, fast elf Uhr. Was, wenn die junge Dame Frühaufsteherin war? Sie war sicher Frühaufsteherin, bei meinem Glück! Hörte ich da nicht schon etwas rumoren? Sie war ganz sicher in der Küche und suchte nach etwas Eßbarem. Viel Glück!

„Sei nicht sarkastisch, zieh dich lieber an", empfahl mir mein morgenmüdes Gewissen. Also raus aus dem Bett, hinein ins Gewand und hinunter in die Küche. Kurz vor dem Eingang scharf abgebremst, vorsichtig luge ich um die Ecke in die Küche. Tatsächlich, sie ist wirklich schon da.

Ich straffte meine Gestalt und legte Samt über meine Stimmbänder: „Einen wunderschönen guten Morgen wünsche ich."

„Kann ich nur zurückgeben!" Sie schüttelte sich im Umdrehen mit einer raschen Kopfbewegung die Haare aus dem Gesicht.

„Sind Sie schon lange auf?" wollte ich wissen.

„Lang genug, um den Kühlschrank zu inspizieren."

Hörte ich da irgendeinen hungrigen Unterton?

„Tut mir leid, ich habe vergessen einzukaufen, wird nicht viel zu finden sein."

„Für mich reicht es, ich bin ohnehin auf Diät", deutete sie mit der Hand auf ihren nicht einmal ansatzweise vorhandenen Bauch.

„Ihre Sorgen möcht' ich haben, außerdem verderben Diäten die gute Laune."

„Nur wenn man sie ernst nimmt", grinste sie mich an.

Wir räumten gemeinsam den Kühlschrank aus. Butter war da, ein paar Eier, Milch und eine halbe Stange ungarische Salami. In einer der Laden fand sich schließlich eines dieser seltsamen Mehlerzeugnisse in Plastikverpackung, das nach zehn Minuten im Backrohr sogar so etwas Ähnliches wie die Illusion von frischem Brot hervorrief.

„Ich liebe starken Kakao, mindestens drei Eßlöffel auf einen viertel Liter Milch, trinken Sie auch einen?"

Ich schaute sie fragend an.

„Je stärker umso besser!" Sie reichte mir die Milch herüber.

Das Frühstück war gerettet.

Ich bin übrigens ein unzumutbarer Frühstückspartner. Das kommt wohl daher, daß ich es gewohnt bin, allein zu frühstücken. Beim Frühstück will ich meine Ruhe haben, nur nichts reden müssen.

„Hochstrasser hat Sie zwar angekündigt, aber er hat mir nicht gesagt, was Sie hier in der Gegend eigentlich suchen." Ich fühlte mich zu einer kleinen Konversation verpflichtet.

Sie zögerte mit der Antwort, blickte mich auf einmal ganz ernst an, als ob sie noch nach den richtigen Worten suchen würde. Dann lächelte sie wieder und meinte nur: „Es ist Sonntag. Es ist so ein schöner Tag heute. Ich will mir und Ihnen die gute Laune nicht verderben. Morgen, ich werde es Ihnen morgen erzählen. Einverstanden?"

Was hätte ich tun sollen, ich nickte.

„Und wie lange werden Sie bleiben, Hochstrasser sprach von ein paar Wochen?"

„Ich hoffe nicht, daß es so lange dauern wird."

„Bin ich so ein schrecklicher Gastgeber?"

„Ach nein, es ist nur eine recht unerfreuliche Geschichte. Je schneller ich das hinter mich bringen kann, umso lieber ist es mir. Hat nichts mit Ihnen zu tun, glauben Sie mir!"

„Dann bin ich beruhigt!"

Das Telefon läutete. Es war Hochstrasser. Ob alles geklappt hätte, und ob es wirklich so schrecklich sei, mein Einsiedlerdasein ein paar Tage zu unterbrechen. Ich antwortete ausweichend. Hochstrasser brauchte nicht zu wissen, daß ich recht zufrieden war mit der Situation. Sehr zufrieden sogar.

Ich alter Meister der Narretei. Sie war zu jung. Viel zu jung. Oder ich war zu alt. Wie auch immer. Die Jahre würden schuld sein, die Jahre *sind* schuld. Ich würde sie ganz heimlich lieben. Es mußte ja niemand wissen. Ein stille, letzte Leidenschaft. Eine kleine Torheit kurz vor der Sperrstunde. Sei nicht so sentimental, und sei schon gar nicht so negativ! Was sind schon die Jahre. Sie sind alles. Wir haben sonst nichts, bloß Jahre, am Schluß immer zu wenige Jahre und dazwischen immer zu viele. Die Jahre sind immer falsch. Eine heimliche Liebschaft, nur ich und ich. Ein paar Wochen bescheidene, verhaltene Leidenschaft. Das war doch was – in meinem Alter! In deinem Alter, höhnte es von irgendwo in mir, auf dein Alter brauchst du dir nichts einbilden. In deinem Alter ist man weder jung noch alt, man ist unentschlossen und immer dazwischen.

Hochstrasser bot an, Ruth abzuholen und ihr die Gegend zu zeigen, damit sie hier alles ein wenig kennenlerne. Er kannte Ruth kaum, hatte sie nur einmal auf einer Geburtstagsfeier der erwähnten Studienkollegin getroffen. Es war mir recht, wenn er sich heute um Ruth kümmerte. Ich nannte sie Ruth, wie verwegen! Ich kannte sie doch kaum. Wer weiß, ob sie überhaupt Ruth genannt werden wollte. Sicher wollte sie es. Nein, es gibt keine Sicherheit. Frag sie einfach. Ich doch nicht, ich bin schüchtern, und außerdem fällt man nicht mit der Tür ins Haus.

Wie willst du ihr dann sagen, daß du sie liebst?

Das geht sie doch nichts an! Ich behalte es einfach für mich. Ich mache mich nicht lächerlich. Ich doch nicht. Es soll eine heimliche Liebe werden. Nur ich und ich wissen davon. Ich habe doch den Komplikationen der Liebe bereitwillig entsagt. Du Dummkopf, warum bloß? Weil ich das Leben noch nie gemeistert habe. Immer bloß Flucht. Immer auf und davon. Immer nach vorne. Immer bloß weg von dort, wo du bist. Nur keine Komplikationen, die waren immer stärker als ich. Das Leben ist kompliziert genug. Die Liebe muß einfach sein, also geheim, still und unsichtbar, tief verborgen in dir, umhüllt von genau jenen Jahren, die du zu alt bist für all diesen Unsinn. Die Liebe muß einfach sein.

Wie arrogant. Wie unüberbietbar dumm, aber das hat die Weisheit so an sich. Ich bin ja nicht weise. Bloß altklug, und das seit über vierzig Jahren.

Hochstrasser hat Ruth also abgeholt und spät abends wieder zurückgebracht.

Die Flasche Portwein war leer. Eine neue wollte ich nicht aufmachen. Ich war zu faul und zu verwirrt, ertappte mich dabei, Ruth sprechen hören zu wollen, ihr beim Durchqueren des Raumes zuschauen zu wollen. Ich sollte doch in den Keller gehen und eine Flasche holen. Trink und vergiß.

Ich alter Meister der Narretei.

Ich alter Meister der Trunkenheit.

Betrink dich, besauf dich, vergiß sie sogleich!

Aber Hochstrasser hatte sie wieder gebracht, und alle schlechten Vorsätze waren beim Teufel.

Keine neue Flasche, eine Nacht mit hellklarem Himmel, eine Nacht mit hellklarem Geist. Eine Nacht der klarsten Verwirrung, des endlosen Wachseins mit angespannten Sinnen.

Eine Nacht wie schon lange nicht.

Ich und ich.

Ganz geheim.

Ich alter Meister der Heimlichkeit.

Ich Hohepriester des Unsinns mit all den Jahren am Buckel.

Wie konnte ich nur?

Ich konnte!

Ich wachte!

Kurz nach dem Morgengrauen schlief ich – erschöpft von den Lastern der Liebe – ein und ließ die Träume gewähren.

4

Wir trafen einander am nächsten Mittag, in der Küche, wo sonst! Die Salamistange wurde immer kürzer, die Milch ging uns aus, Brot sowieso, und Butter war auch keine mehr da. Stilleben mit Kühlschrank am Montag. „Ich muß in die Stadt, ich treffe mich mit einem Doktor Jürgensen", eröffnete mir Ruth, während wir uns über die Reste des Kühlschrankinhaltes hermachten.

„Jürgensen, meinen Sie den alten Jürgensen, den Weinhändler?" Ich war überrascht.

„Weinhändler? Davon weiß ich nichts. Den Anwalt meine ich!"

„Wir reden schon vom selben Jürgensen. Was wollen Sie bei diesem Winkeladvokaten?"

„Er soll etwas für mich regeln, angeblich hat er sehr gute Beziehungen."

„Ja, zu Weinpantschern!"

„Kennen Sie ihn etwa?"

„Kaum. Ich kenne nur die Gerüchte über ihn, und hin und wieder trifft man sich zufällig in der Stadt. Ich habe ihn jetzt schon länger nicht gesehen, obwohl ich ihn seit Wochen suche. Ehrlich gesagt, ich brauche etwas von ihm!"

„Gepantschten Wein?"

„Das will ich nicht hoffen. Wann und wo treffen Sie ihn?"

„Um zwei, im Rathaus-Café."

„Und wie erkennen Sie einander?"

„Ich habe schon einmal vor ein paar Wochen wegen meiner Sache mit ihm zu tun gehabt. Wenn er sich nicht plötzlich verändert hat, werde ich ihn schon erkennen."

„Daß der sich ändert, das kann man ausschließen. Stört es Sie, wenn ich mitkomme, ich bin schon recht verzweifelt, der Kerl ist wie vom Erdboden verschwunden."

„Hoffen wir, daß er heute auftaucht, ich will nicht umsonst hierhergekommen sein."

„Also, heißt das: ja, ich kann mitkommen?"

„Klar, kommen Sie nur."

„Wir können mein Auto nehmen, aber fahren müssen Sie, ich habe keinen Führerschein. Sie haben doch einen, oder?"

„Habe ich."

Langsam fand ich Gefallen an der Situation. Wäre Ruth nicht gekommen, wer weiß, wann ich Jürgensen endlich aufgetrieben hätte. Seit ihrer Ankunft hatte ich zwar gänzlich auf meine heißbegehrte Flasche vergessen, aber jetzt spürte ich wieder diese Nervosität und Unruhe in mir. Jürgensen mußte mir helfen. Es würde schon klappen. Treffen im Rathaus-Café, wo sonst. Tatsächlich: es gab wirklich keinen anderen Platz, an dem man sich in diesem Nest hätte treffen können. Das Café war ein Überbleibsel aus einer Zeit, als das örtliche Bürgertum wenigstens noch so tat, als ob es ein Bürgertum sei. Man kopierte den Lebensstil der Reichshauptstadt bis ins kleinste Detail. Sogar ein Stadt-Theater hatte man sich um die vorige Jahrhundertwende herum geleistet. Es wurde längst nicht mehr bespielt, ein paar Mal im Jahr eine öde Modenschau, Faschingssitzung und plump ländliche Tänze hüpfende Trachtenpärchen, das war alles, was von einstigem Glanz geblieben war. Im Sommer zwei Wochen dauernde, völlig herabgekommene Festspiele, deren Aufführungen von den Einheimischen gemieden und von den Touristen vorzeitig verlassen wurden. Jetzt hatten sie das Theater auch noch renoviert – nicht aus Kunstbegeisterung, sondern weil die örtlichen Handwerker Aufträge gebraucht hatten. Nach der Renovierung ließen die Stadtväter das Theater gleich wieder zusperren, damit die neuen Sitze nicht abgewetzt werden. Der Ungeist hat noch mehr Methode als der Wahnsinn. Jetzt hatten sie ihr renoviertes Theater und dafür keine Ahnung, was sie damit tun sollten. Die einzigen Schauspieler weit und breit waren sie selbst: sie spielten Bürgertum. Eine urkomische Schmierenkomödie auf der Bühne des richtigen Lebens, besetzt mit Darstellern, die weder den Text noch das Stück kennen und ihre Outrage für die wahren Gefühle halten. Sie brauchten eigentlich überhaupt kein Theater, ihre Bühne war die Stadt, der Spielplan völlig überflüssig. Ein Stegreif-Theater der billigsten Sorte.

Eine Stadt ohne Kultur. Hier buchstabierte man Kultur mit „G", und Politik mit „B". Gultur und Bolitik. G wie Geld und B wie borniert.

Also auf ins Rathaus-Café, diesem glücklicherweise stummen Zeugen verblichener Herrlichkeit.

Dort war es verraucht wie immer. Wir waren etwas früher gekommen, Jürgensen war noch nicht da, und wir setzten uns an einen Tisch, der nicht nur unweit des Eingangs stand, sondern auch einen guten Überblick über das Lokal gewährte. Wir hatten kaum Platz genommen, als die Tür sich wieder öffnete und die unübersehbare Gestalt von Jürgensen auftauchte. Als er mich erblickte, zögerte er kurz, seine Blicke huschten irritiert über mich hinweg, und dann entschloß er sich offenbar, das bereits begonnene, professionelle Lächeln in Richtung Ruth zu vollenden, indem er seine mitten in der Bewegung verharrenden Mundwinkel weiter in Richtung Ohren zog, seine Zähne entblößte und ein kräftiges „Grüß Gott" von sich gab.

Es wunderte mich nicht, daß meine Anwesenheit Jürgensen überraschte. Wir hatten zwar – wie bereits erwähnt – keinen besonders innigen Kontakt miteinander, aber in einer kleinen Stadt hatte das nicht viel zu bedeuten. Man hatte einen Ruf. Das reichte völlig. Obwohl ich ein sogenannter Zugezogener war, also ein Fremder, kannten mich Leute, die ich selbst noch nie gesehen hatte. Als ich mich etwa vor einiger Zeit zwecks Impfung gegen Tetanus zum Amtsarzt begab, musterte dieser mich interessiert, grinste freundlich und wollte von mir wissen, ob ich denn jener Mensch sei, der diesen sagenhaften Weinkeller oben am Berg besitze. Ich nickte und bekam gleich eine Erklärung mitgeliefert: „Ich habe schon viel von Ihnen gehört, und von Ihrem

Weinkeller auch!“ Dabei hatte ich diesen Menschen wirklich noch nie gesehen. Aber er kannte mich. Es reichte wohl schon, daß ich mich regelmäßig mit Hochstrasser traf. Der war schließlich ein stadtbekannter Unruhestifter und Störenfried, der die angeblich besseren Kreise mitunter daran hinderte, ihre nicht immer gerade dem Gemeinwohl dienenden Geschäfte in aller Ruhe und möglichst unauffällig abzuwickeln. Da ich mit Hochstrasser verkehrte, galt auch ich als nicht vertrauenswürdig. Mein Reichtum wurde argwöhnisch beäugt. Leute, die selbst nicht unbedingt auf anständige Weise zu ihrem Geld gekommen waren, konnten nicht glauben, daß dies bei jemand anderem, noch dazu bei einem zugezogenen Fremden, von dem man nichts, aber schon gar nichts wußte, anders sei. Ganz im Gegenteil. Die Tatsache, daß man über mich und meine Herkunft nicht Bescheid wußte, förderte die schönsten Gerüchte, also die übelsten Vermutungen. Einem, der sich wie ich aus ihren Geschäften nichts machte, den sie allem Anschein nach sogar völlig unbeeindruckt ließen, mehr noch, einem, der mit einem stadtbekannten Geschäftsschädling gut befreundet war, einem solchen war nicht zu trauen. Einer der Geld hatte, aber die Sache des Geldes durch Konspiration mit Hochstrasser verriet, einem solchen war alles zuzutrauen.

Es war also ein in den örtlichen Verhältnissen gut begründetes Mißtrauen gegen meine Person, das Jürgensens Lächeln für einen kurzen Moment einfrieren hatte lassen. Inzwischen aber hatte er sich wieder gefangen, wir hatten einander formvollendet die Hände gereicht. Jürgensens Händedruck war nicht einfach nur fest, nein, seine Hände hielten die meinen fest umklammert, als ob sie mich nie wieder loslassen wollten. Es war dies kein freundlicher Händedruck, sondern eine Forderung, eine Anmaßung. Jürgensen entschied über Dauer und Umfang der Besitzergreifung. Es war nicht der herzliche, amikal-feste und Vertrauen spendende Händedruck eines freundlichen Menschen, der mit sich und der Welt im reinen war, sondern der Zugriff eines Eroberers, der keinerlei Widerstand duldete. Ich empfand seinen Händedruck wie ein unerwünschtes Eindringen in meinen Privatbereich und nützte einen kleinen Moment nachlassenden Druckes dazu, meine Hand der seinen zu entwinden.

Es war nicht zu übersehen, daß Jürgensen die Situation aus irgendeinem Grund nicht behagte. Es mußte meine Anwesenheit sein. Er sprach vom Wetter, den ausbleibenden Touristen und seinem kaputten Kreuz. Dabei sah er immer wieder Ruth fragend an, so als ob er von ihr erwartete, mich – den uneingeladenen, unerwünschten Zuhörer – wegzuschicken. Er sagte das natürlich nicht, aber ich spürte es. Während ich noch überlegte, für die Dauer des Gespräches zwischen ihm und Ruth an einem anderen Tisch Platz zu nehmen, erhob Ruth schon ihre Stimme: „Er ist ein Bekannter von mir“, sie deutete auf mich, „ich wohne bei ihm. Sie können offen sprechen. Ich habe keine Geheimnisse vor ihm, jedenfalls nicht in der Sache, um die es gerade geht.“

Jürgensen war unangenehm berührt. Man sah es ihm an. Dabei hatte ich noch immer keine Ahnung, worum es überhaupt ging.

Jürgensen öffnete seine Aktentasche und holte eine dicke Mappe heraus. Zögernd legte er die Mappe auf den kleinen Kaffeehaustisch, rückte sie immer wieder nervös zurecht, als ob er Zeit gewinnen wollte, um nicht anfangen zu müssen. In roten Buchstaben prangte am Fuß der Mappe die Aufschrift „Swiss Bankers Association“. Weiter oben konnte ich die englische Aufschrift „Information Kit on Dormant Accounts“ entziffern, darunter stand in Deutsch „Informationsmappe zu den nachrichtenlosen Vermögen“. Dann kam offenbar die gleiche Aufschrift in unzähligen weiteren Sprachen, ich konnte noch hebräisch erkennen und russisch. Jürgensen öffnete die Mappe und entnahm ihr ein recht umfangreiches, gedrucktes Dokument, das mit „Anmeldeformular“ beschriftet war.

Während er vermied, mich anzusehen, erklärte er Ruth: „Ich habe das jetzt besorgt, wir müssen dieses Formular ausfüllen, sonst geht gar nichts. Ihren Namen und die Adresse habe ich schon eingesetzt und mich als Bevollmächtigten für die Abwicklung ebenfalls, hier auf Seite zwei." Er blätterte im Formular. „Das Bankkonto Ihres Großvaters war in der Oktober-Liste, stimmt das?"

Ruth nickte zustimmend.

Mir dämmerte langsam, daß es sich hier um jene Konten bei Schweizer Banken handeln mußte, über die seit Jahrzehnten, genauer seit dem Zweiten Weltkrieg, niemand mehr Verfügungen getroffen hatte. Die sogenannten „schlafenden Konten". Voriges Jahr war die ganze Sache wieder aufgewirbelt worden, da man nicht ganz zu Unrecht vermutete, daß die Banken hier auf Geldern von Nazi-Opfern saßen, zumeist Konten von Juden, die in einem KZ umgebracht worden sind. Offiziell ging es um einen Betrag von 42 Millionen Dollar auf nicht ganz 2000 Konten. Die Verteilung des Reichtums war allerdings auch hier nicht ganz gleichmäßig: auf nur zehn Prozent der Konten entfielen neunzig Prozent der gesamten Guthaben.

Jürgensen unterbrach meine Gedanken: „Bei Punkt vier müssen Sie mir weiterhelfen, die wollen hier nicht nur wissen, wie der Name des ehemaligen Kontoinhabers lautete, die brauchen auch Geburtsdatum, Todesdatum und Todesort sowie die letzte bekannte Adresse."

Jürgensen sprach nüchtern und unbeteiligt, ein typischer Jurist, dem Paragraphen vor Schicksale gingen. Ruth war während seiner Fragen immer ernster und zusehends blasser geworden.

Mit leiser Stimme diktierte sie Jürgensen:

„Das Konto gehörte meinem Großvater, Simon Streicher. Sein genaues Todesdatum weiß man nicht, schreiben Sie: vermutlich 1944. Todesort Auschwitz. Eine genauere Adresse werden Sie da ja nicht brauchen, oder?" Ihre Stimme war zwar einerseits leiser geworden, hatte gleichzeitig aber beim letzten Satz deutlich an Schärfe zugelegt.

Jürgensen fragte ungerührt weiter: „Und der letzte Wohnort während des Krieges?“

Ruth: „Auschwitz, wo sonst, wenn man das als Wohnort bezeichnen kann.“

Jürgensen grinste, als habe sie einen guten Scherz gemacht: „Juristisch stimmt das schon so!“

Ich hatte den Kerl nie gemocht. Warum brauchte ich ausgerechnet von dem etwas!

Er fragte weiter: „Worauf gründen Sie ihren Rechtsanspruch auf das Konto?“

Man sah Ruth an, daß sie sich konzentrieren mußte: „Ich habe da alle Unterlagen, meine Mutter Rosalia Loewenstein, geborene Streicher, ist als das einzige Kind meines Großvaters die rechtmäßige Erbin. Sie ist vor acht Jahren gestorben. Sie haben hier alle Unterlagen über die Abwicklung der Verlassenschaft. Ich bin die alleinige Erbin meiner Mutter.“

Sie schob Jürgensen ein paar kopierte Dokumente über den Tisch, die dieser kurz überflog und danach achtlos in seiner Aktentasche verstaute.

Ich mochte den Kerl wirklich nicht.

„Ich werde diese Unterlagen für Sie bei den zuständigen Stellen einreichen. Sie brauchen sich um nichts kümmern, wenn ich noch irgend etwas benötige, wende ich mich an Sie.“

Ruth sah Jürgensen nachdenklich an, nach einer kurzen Pause fragte sie: „Ich habe da noch ein Problem. Es geht um das ehemalige Haus meines Vaters hier in der Gegend. Sein Vater verlor es 1938 im Zuge der Arisierungen. Auch meinem Großvater mütterlicherseits wurde das Geschäft weggenommen. Mich würde interessieren, was aus diesen Besitztümern geworden ist, wie das damals vor sich ging und ob ich noch irgendwelche Ansprüche habe.“

Jürgensen atmete tief durch. Er schien überrascht.

Ruth setzte nach: „Das ist einer der Gründe, warum ich mich gerade an Sie gewandt habe, Sie sind aus der Gegend, Sie kennen die Leute, Sie tun sich da sicher leichter, etwas zu erfahren.“

Jürgensen atmete noch tiefer durch: „Wenn das so leicht wäre, Sie haben keine Ahnung. Das ist alles sehr lange her, wer weiß, ob es noch Unterlagen gibt. Ich werde schauen, was sich machen läßt. Aber erwarten Sie sich nicht allzuviel. Ich glaube nicht, daß da noch etwas zu holen ist, wenn Sie meine Meinung wissen wollen." Ruth sah hilfesuchend zu mir. Hilflos zuckte ich mit den Schultern. Ich konnte ihr jetzt im Moment nicht beistehen, ich wußte nicht, worum es ging. Jürgensen reichte Ruth das Anmeldeformular über den Tisch. „Hinten, auf der letzten Seite, ganz unten, bitte unterschreiben Sie, und vergessen Sie nicht, das Datum einzusetzen."

Ruth unterschrieb und gab ihm das Formular zurück.

„Machen Sie sich keine Sorgen", sagte Jürgensen, „bei mir ist das in den besten Händen. Sie haben schon recht, es ist gut, daß Sie zu mir gekommen sind, wenn Ihnen wer helfen kann, dann ich. Wie Sie sagen: ich bin aus der Gegend."

Damit war die Sache für ihn erledigt. Er verstaute die Unterlagen wieder in seiner Aktentasche. Ruth wirkte ein wenig verloren, vielleicht auch unruhig.

Ich wußte nicht recht, wie ich jetzt mein eigenes Anliegen vorbringen sollte. Zu trivial schien mir eingedenk des eben Gehörten mein Wunsch nach dieser legendären Weinflasche. Ich überwand meine gerade erst entstandene Scheu ebenso wie meine Abneigung gegen Jürgensen. Dieser wollte soeben aufstehen und sich verabschieden, darum legte ich schnell los: „Ich hätte da auch noch etwas. Hat aber nichts mit Rechtssachen zu tun. Ich brauche Ihre Erfahrung und Hilfe bei der Suche nach einer sehr seltenen Flasche Wein."

Jürgensen lehnte sich auf der Sitzbank zurück, wirkte sehr ruhig, entspannt und gelassen: „Da bin ich aber neugierig. Um welchen Wein dreht es sich denn?"

Ich versuchte ebenso gelassen zu antworten: „Es geht um einen Yquem. Den 1740er, der vor ein paar Monaten aufgetaucht und ebenso schnell wieder verschwunden ist!" Plötzlich wirkte

Jürgensen gar nicht mehr gelassen: „Da schau einer an!“ er pfiff leise und anerkennend durch die Zähne, „den 1740er suchen Sie. Da sind Sie nicht der einzige. Das wird teuer! Es ist die letzte Flasche, wissen Sie das?“

„Klar“, sagte ich, „darum will ich die Flasche schließlich haben! Sehen Sie eine Möglichkeit, an den Yquem heranzukommen?“

„Es wird nicht leicht sein. Aber möglich ist alles. Das ist eine Geldfrage.“ Er machte jene typische Bewegung, bei der Daumen und Zeigefinger mehrmals aneinander gerieben werden. „Eine reine Geldfrage.“

„Das Geld ist nicht das Problem. Aber ich frage mich, inwieweit es da rechtliche Probleme geben kann. Die Flasche ist immerhin gestohlen worden, oder?“

Jürgensen lächelte überlegen: „Als Jurist kann ich Ihnen versichern, daß der Begriff des Diebstahls ein weiter und sehr dehnbarer ist! Und solange Sie die Flasche im Keller liegen haben, wird niemand danach fragen, wo Sie das Ding her haben. In ein paar Jahren kann man sie wieder auftauchen lassen, man erzählt eine möglichst abenteuerliche Geschichte, und alle werden sich damit zufrieden geben. Was glauben Sie, wie viele Flaschen ich schon in der Hand gehabt habe, von denen kein Mensch weiß, wo sie wirklich herkommen!“

„Sie glauben also, daß sich da was machen läßt?“

„Wie gesagt, eine Geldfrage. Ich werde mich umhören. Es kann ein wenig dauern. Sie sind – wie gesagt – nicht der einzige, der diese Flasche sucht. Wo ist ihr Limit, wie weit können Sie finanziell gehen?“

Jürgensen stellte die Frage fast beiläufig, aber sein gespannter Gesichtsausdruck sagte das Gegenteil.

„Eigentlich kein Limit, ich will die Flasche haben. Aber ich schätze, hunderttausend Dollar sollten reichen, oder?“

„Das wird hinkommen, da sind wir im Spiel! Von mir aus sind wir im Geschäft. Ich bekomme zehn Prozent Provision. Einverstanden?“ Er streckte mir die Hand entgegen. Ich schlug ein, und wir waren Partner. Geschäftspartner.

Was tat ich da? Ausgerechnet mit Jürgensen, dem alten Pantscher, machte ich Geschäfte. Aber was soll's, man konnte sich seine Partner nicht immer aussuchen. Ich wollte diese Flasche haben, das erforderte nicht nur finanzielle Opfer.

Ruth war die ganze Zeit schweigend neben uns gesessen und hatte aufmerksam zugehört. Ich bilde mir ein, nachdem ich den Dollarbetrag genannt hatte, ist sie nochmals stiller geworden.

Jürgensen stand erneut und endgültig auf, verabschiedete sich, nicht ohne zu versichern, daß sowohl Ruth als auch ich von ihm hören würden, sobald sich etwas Neues ergeben würde. Er ging, und wir blieben zurück.

Wir sprachen nichts, saßen nur da, jeder starrte in seine Mokkatasse und hing seinen Gedanken nach. Sehr unterschiedlichen Gedanken. Ich hatte ein ungutes Gefühl bei der Sache mit dem Wein. Nicht, weil ich große Probleme damit hätte, etwas zu tun, das illegal war – Hehlerei, genaugenommen. Denn mir schien dieses eventuelle Verbrechen verschwindend klein zu sein im Vergleich zu den Untaten der großen Verbrecher dieser Welt. Da war ich nur ein kleiner Wurm. Und bei weitem nicht der abscheulichste, im Gegenteil, ich hatte nicht wirklich das Gefühl, etwas Unrechtes zu tun. Wenn ein paar reiche Narren wie ich einander auf irgendeine Art eine Flasche Wein abjagten, dann veränderte das nicht den Lauf der Welt. Kein Mensch mehr oder weniger auf dieser gottverlassenen Erdkugel würde verhungern, bloß weil ich viel Geld für eine möglicherweise gestohlene Flasche Wein ausgab. Die Welt wurde davon weder besser noch viel schlechter, und ich auch nicht. Das einzige, was sich ändern würde, war mein Kontostand und der Inhalt meines Weinkellers. Nein, den Gang der Welt würde das wahrlich nicht beeinflussen. Die verschrobene Idee der Weltveränderung, womöglich noch zum Besseren, die hatte ich längst aufgegeben. Nicht, daß ich mir die Welt nicht besser wünschte, bloß vorstellen konnte ich es mir nicht. Eine bessere Welt ohne vorheriges Gemetzel, das spielt es nicht. Schon Robespierre hat das erkennen müssen, soviel Blut in den Straßen des revolutionären Paris, und was hat es genutzt? Du kannst nicht alle umbringen, zumindest ein letzter Henker bleibt über, und der ist für gewöhnlich auch kein Guter! Ich war schon froh, wenn die Rotweine in meinem Keller mit den Jahren besser wurden.

Ruth brach das Schweigen: „Sie wollen wirklich so viel Geld für eine einzelne Flasche Wein ausgeben? Ist es das wert?"

Ich lachte: „Nie und nimmer. Aber was sind Leidenschaften wert? Sagen Sie mir einen gerechten Preis für die Liebe? Was sind Sie bereit zu opfern? Hunderttausend Dollar sind für mich kein Opfer, sondern nur eine verwegene Dummheit, und die hat keinen Preis. Es ist ein Spiel. Bekomme ich die Flasche, oder bekomme ich sie nicht. Das ist alles."

„Ich habe nicht so viel Geld, aber selbst wenn ich es hätte, ich würde nie eine so teure Flasche Wein kaufen."

„Und ich würde nie Geld für eine blaue Mauritius ausgeben! Die kann man nicht einmal austrinken! Versuchen Sie einmal, einen Brief zu verschicken, kleben Sie die Mauritius aufs Kuvert. Sie werden Strafporto zahlen!"

„Würden Sie den wirklich trinken? Da rinnen doch bei jedem Schluck ein paar Tausender die Kehle hinunter!"

„In meinem Hals sitzt glücklicherweise keine Registrierkassa", entgegnete ich, „aber ehrlich gesagt, ich weiß nicht, ob ich die Flasche austrinken werde. Das kann ich erst sagen, wenn sie vor mir steht. Vielleicht werde ich die Idee des Austrinkens dann für frevelhaft halten und es bleiben lassen. Vielleicht auch nicht. Fragen Sie mich, wenn ich die Flasche habe."

Ruth sah mich noch immer ungläubig an und dann: „Haben Sie noch etwas vor?"

„Nein“, sagte ich, „warum?“

„Ich möchte mir die Theatergasse Nummer 8 anschauen, wissen Sie, wo das ist?“

„Das ist ganz einfach, gleich um die Ecke. Ein paar Schritte nur. Was wollen Sie dort?“

„Dort hatte mein Großvater sein Geschäft.“

„Ich verstehe, natürlich, gehen wir gleich?“

Sie war einverstanden. Ich zahlte, und wir verließen das Rathaus-Café.

Es waren wirklich nur ein paar Schritte in die Theatergasse. Wir querten den Platz, bogen links ein.

„Das Haus da drüben, auf der anderen Seite, das muß die Nummer 8 sein!“ Ich deutete hinüber.

Ruth zog sich fröstelnd noch mehr in ihren Mantel zurück. Wir verharrten, musterten das Haus vis-à-vis, atmeten tief durch und wagten uns nicht hinüber.

„Waren Sie noch nie hier?“ hörte ich mich fragen.

„Nein, ich bin das erste Mal da. Niemand aus meiner Familie ist seit dem Krieg je wieder hier gewesen.“

Sie nahm ihre linke Hand aus der Manteltasche, hakte sich bei mir unter und drückte sich fest an mich. Ihre Gestalt straffte sich, sie schien Mut zu fassen und ging mit einer energischen Bewegung los, zog mich hinunter vom Gehsteig auf die Fahrbahn, schleppte mich nach, auch ich beschleunigte meine Schritte, wieder hinauf auf den Gehsteig, und wir standen direkt vor dem Haus von Ruths Großvater.

„Wissen Sie, wie das früher ausgesehen hat?“ wollte ich wissen.

„Ich habe keinen blassen Schimmer. Es gibt keine Photos. Man konnte nichts mitnehmen, außer dem bißchen zitternden Leben. Und soweit ich das von meiner Mutter weiß, hat Großvater ohnehin nicht viel von Bildern gehalten. Er hatte, obwohl er nicht sehr gläubig war, seine eigene Auslegung der Tora. Wenn man sich kein Bild von Gott machen darf, sollte man es auch bei den Menschen bleiben lassen."

Wir gingen das Haus seine Längsseite entlang ab, hin und zurück, mehrmals.

„Komisch", sagte Ruth, „ich spüre nichts. Dabei habe ich immer geglaubt, wenn ich einmal hier stehen würde, müßte ich irgend etwas Besonderes spüren."

Sie sprach mehr zu sich selbst als zu mir.

„Irgendein großes Gefühl, Haß, Trauer, vielleicht eine verjagte, verscheuchte Seele", ergänzte sie noch, und nach einer kurzen Pause: „Glauben Sie an … Seelen?"

„Weiß nicht. Was ist Seele? Ist Seele der jämmerliche Rest, der nach all den Anstrengungen bleibt? Ich weiß nicht einmal, ob ich mir wünsche, eine Seele zu haben. Vielleicht ist alles besser ohne Seele …"

Ich war schon unzählige Male an diesem Haus vorbeigegangen und hatte es nie beachtet. Für mich war es ein Haus wie jedes andere. Ruth legte beide Hände auf die Hausmauer: „Kalter Stein. Sonst nichts."

„Haben sie etwas anderes erwartet?" Ich blickte die Hauswand hinauf: „Da, da oben ist eine Gedenktafel angeschlagen." Die war mir noch nie aufgefallen. Auch Ruth hob ihren Kopf und las vor: „In diesem Haus nächtigte Kaiser Joseph II. von Österreich vom 26. auf den 27. Oktober 1779." Sie hielt inne.

„Das schaut denen ähnlich", fuhr sie fort, „weil so ein Potentat hier einmal übernachtet hat, hängen sie eine Tafel auf. Hätte sich nicht eher mein Großvater einen Hinweis auf diesem Haus verdient? ‚Hier lebte, zeugte und arbeitete Simon Streicher, der Textilhändler, und tat nie jemandem etwas zuleide. Er wurde von einem ungnädigen Schicksal und noch ungnädigeren Mitbürgern aus seiner kleinen Welt und seinem bescheidenen Leben gerissen. Alle sahen zu. Ihm, der immer half, half keiner.' Wären durch eine solche Tafel nicht wir alle geehrt?"

Ihre dunklen Augen schimmerten feucht.

„Wissen Sie, daß ich meinen Großvater nur aus Erzählungen kenne? Man hat ihm und mir sein Leben gestohlen. Aus purer Habgier eine ganze Welt zerstört. Und jetzt zeigt man ihm mit dieser Tafel die Nichtigkeit seiner Existenz. Eine lachhafte, ewig zurückliegende Übernachtung eines Kaisers zählt mehr als ein ganzes Leben.“ Sie sagte es nicht einmal bitter, bloß lakonisch. Es war eine nüchterne, vorwurfslose Feststellung. Sie hakte sich wieder unter, brauchte wohl doch etwas Halt.

„Gehen wir“, sagte sie.

„Sie müssen mir die ganze Geschichte erzählen, aber nur, wenn Sie wollen, ja?“

Sie blieb stehen, drehte sich zu mir, und ihre Augen ruhten in den meinen: „Ihnen, Ihnen erzähle ich jede Geschichte.“ Sie drückte sich wieder an meine Seite, wir schlugen ganz ohne nachzudenken die Richtung zu meinem Haus ein und vergaßen gänzlich, daß wir mit dem Auto gekommen waren.

„Ich hatte solche Angst vor diesem Tag“, begann sie wieder zu sprechen, „was weiß ich, warum. Ich habe diesen Augenblick lange hinausgeschoben. Einmal mußte es sein. Danke, daß Sie mitgekommen sind.“

„Oh, es war bloß Egoismus. Ich mußte unbedingt diesen Jürgensen treffen.“

„Das ist doch egal. An jedem Anfang steht Egoismus. Die Frage ist doch nur, was man daraus macht.“

„Und, habe ich etwas daraus gemacht?“

„Das weiß ich noch nicht“, sie schien sich wieder gefangen zu haben, denn in ihrer Stimme lag ein unmerkliches, kaum wahrnehmbares Lächeln, „ich kenne Sie noch nicht lange genug. Fragen Sie mich das in ein paar Tagen oder Wochen.“

„Ein paar Wochen, so lange werden Sie leider nicht bleiben.“ Ich war überrascht von meinen eigenen Worten. Ich alter Meister der Einsamkeit.

„Das kann man nie wissen, die Dinge benötigen ihre Zeit. Ich glaube nicht, daß ich die Angelegenheiten so schnell werde regeln können. Wie lange kann ich bleiben?“

„Ganz einfach: solange Sie eine Geschichte zu erzählen haben.“

„Ich bin eine ausschweifende Erzählerin, und meine Geschichten sind lang.“

„Dafür bin ich ein guter Zuhörer, und mein Gedächtnis ist ausgezeichnet.“

„Ich nehme Sie beim Wort!“

„Das will ich hoffen!“

Wir verließen die Stadt. Neben uns lag der See. Er schwieg über die Vergangenheit, das hatte er mit den Menschen dieser Stadt gemein. Bloß: der See konnte nicht sprechen, die Menschen könnten, aber sie wollen nicht.

Das Seeschloß lag wie immer vor uns, und das erste Mal in all den Jahren empfand ich es nicht als ganz normales Schloß, sondern als ein ... verwunschenes? Nein, als ein verdammtes. Wer weiß, wie viele Flüche auf ihm lasteten. Wie unnütz, wo doch die Menschen gemeint waren. Aber die kümmerte es nicht. Die glaubten nicht mehr an Flüche und Verdammung. Und selbst, wenn sie noch daran geglaubt hätten, so hätte das nichts geändert. Kein Fluch und keine Verdammung hat jemals etwas verhindern können. Was zählte die Ungewißheit eines zukünftigen Jenseits in ewiger Verdammnis gegen die Gewißheit des heutigen Lebens. Vielleicht lag über der ganzen Stadt eine riesige Dunstwolke der Verfluchung, aber es hatte nichts genutzt, nur wenige hatten daraus gelernt, nur jene, die ohnedies schon wußten.

Wir waren endlich zu Hause.

„Ich bin jetzt müde“, sagte Ruth, „es hat mich irgendwie angestrengt. Man macht das schließlich nicht jeden Tag!“

„Ruhen Sie sich aus, legen Sie sich ein Stündchen nieder. Ich koche uns etwas zum Abendessen, und danach beginnen Sie, mir Ihre Geschichte zu erzählen, einverstanden?“

„Einverstanden."

„Essen um sieben, und versuchen Sie, nicht zu viel zu denken. Das muß sich alles erst im Kopf ordnen."

„In meinem Kopf wird es nie wieder Ordnung geben", sie drehte sich auf den Stufen um und sah mich an, „vielleicht war in ihm noch nie Ordnung!"

In ihrer Stimme lag Bedauern, aber ihre kerzengerade Gestalt, die jetzt die Stiegen hinauf in ihr Zimmer entschwand, sagte das Gegenteil. Ich nehme an, sie wußte selbst nicht ganz genau, ob sie es bedauern sollte oder nicht.

Pünktlich um sieben war sie wieder da. Ich war weniger pünktlich, denn das Essen war noch nicht fertig.

„Wissen Sie, daß mir Hochstrasser nicht gesagt hat, daß Sie jüdischen Glaubens sind? Ich sage das nur deshalb, weil ich keine Ahnung habe, wie das mit dem Essen ist. Kein Schweinefleisch, das weiß ich, aber sonst, ich habe keine Vorstellung davon, wie man koscher kocht. Ist das ein Problem?"

„Überhaupt kein Problem. Ich komme aus einer nicht sehr religiösen Familie. Ich esse alles. Und, wenn ich ehrlich bin, ich kenne mich mit den genauen Vorschriften auch nicht aus, Milch und Fleisch dürfen nicht zusammenkommen, und bei den Eiern muß man achtgeben, aber im Detail weiß ich es wirklich nicht. Es ist eine Art früher Trennkost. War bei uns zu Hause nie ein Thema. Ich übe meine Religion nicht aus, habe sie nie ausgeübt. Genaugenommen bin ich gar nicht jüdischen Bekenntnisses, denn ich bekenne nicht. Von der Last des Glaubens habe ich mich befreit, aber die Last der Vergangenheit, die werde ich einfach nicht los. Ich hänge, so paradox das klingt, an der unabtrennbaren Nabelschnur der Vernichtung. Es gibt keine jüdische Rasse. Wenn man den neuen genetischen Theorien folgt, gibt es schließlich überhaupt keine Rassen. Ob es ein jüdisches Volk gibt, traue ich mir nicht zu sagen. Ich gehöre jedenfalls nicht dazu. Ich bin Jüdin aus einem einzigen Grund: weil es eine Geschichte der Juden gibt, der ich nicht entkommen kann. Also wohl doch Teil des jüdischen Volkes."

„Wollten Sie denn dieser Geschichte je entkommen?"

„Ich habe geglaubt, daß ich ihr schon längst entkommen war. Ist ein Irrtum gewesen."

Das Essen war fertig, ich stellte es auf den Tisch. Wir setzten uns nieder.

„Was gibt es überhaupt?"

„Ich habe Rindskarbonaden mit Zwiebel, Thymian und Erdäpfeln im Topf geschmort, dazu trinken wir einen Côtes du Rhône von Jaboulet."

„Klingt gut! Aber ich bin keine Weinkennerin."

„Das wird schon werden, vier Wochen hier bei mir und vierzig Flaschen später und Sie werden das Wichtigste wissen!"

„Kann ich mir nicht vorstellen, daß das so einfach geht."

Ich beruhigte sie: „Es ist keine Wissenschaft, auch wenn manche so tun. Man muß es als Leidenschaft betreiben, der Rest kommt von selbst!"

Wir aßen unsere Karbonaden, tranken diesen herrlichen Wein aus dem Rhône-Tal, er hatte viel Alkohol und glitt doch leicht und rund über die Zunge, machte ein wenig beschwipst, ohne die Wahrnehmung zu beeinträchtigen. Wir sprachen nicht viel, schnupperten mehr freudig als andächtig an den Gläsern und leerten mühelos unsere Teller und auch die Flasche.

Ich räumte den Tisch ab und stellte ein kleines Fläschchen Yquem 1983 auf den Tisch. Als Einsiedler bevorzuge ich die kleinen Halbflaschen mit drei Achteln Inhalt, vor allem bei Süßweinen. Mehr kann man davon einfach nicht trinken, wenn man nicht völlig besoffen werden will. Ruth begutachtete die Flasche und das Etikett: „Habe ich noch nie in der Hand gehabt und auch noch nie davon gehört. Was hat es mit diesem Wein auf sich?"

„Man sagt, daß es der teuerste Süßwein der Welt ist, was aber gar nicht stimmt. In Deutschland gibt es Trockenbeerenauslesen von der Mosel und aus dem Rheingau, die sind viel teurer. Aber ein Sauternes wie der Yquem ist etwas gänzlich anderes. Das kann man überhaupt nicht vergleichen. Er ist einfach der am wenigsten süße Süßwein der Welt. Man kann das nicht erklären, man muß ihn trinken."

Ich schenkte ein.

„Jeder Weinstock ergibt nur ein Glas!"

Wir tranken beide einen Schluck.

„Sie müssen ihn mehrmals über den Gaumen gleiten lassen, dann merken Sie, was ich meine. Dann spüren Sie sein Geheimnis. Luzifer, der weiseste und betörendste Engel, wurde einst von seinem eifersüchtigen Gott vertrieben. Als er das Paradies verließ, trug er ein kleines Stückchen von diesem Paradies versteckt unter seinen Flügeln durch die Himmelstür hinaus. Auf der Erde angelangt, warf er es achtlos zu Boden. Er hatte es nur gestohlen, um Gott zu ärgern. Aber an der Stelle, wo dieses Stück Paradies aufschlug, dort befinden sich heute die Rebstöcke von Château d'Yquem. So erzählt es jedenfalls eine alte Sage."

„Klingt gut und schmeckt gut", Ruth nahm noch einen Schluck.

„Ich hoffe, ich langweile Sie nicht."

Ruth schüttelte den Kopf: „Reden Sie nur weiter, es macht Spaß und ist interessant."

„Wenn Sie den Wein mehrmals über die Zunge rollen, dann spüren Sie Orangen und Pfirsiche."

„Ja, aber da ist noch ein fremder Ton, den ich nicht kenne, zuerst süß und dann eben dieser fremdartige Geschmack, irgendein Gewürz?"

„Das ist die Botrytis, ein Pilz, der im Herbst, wenn die feuchte Luft vom Atlantik sich über die Landschaft legt, die Trauben befällt. Dieser Pilz läßt die Trauben schrumpfen, konzentriert ihren Geschmack und ergibt diesen würzigen Ton. Das unterscheidet Weine aus dem Sauternais von den meisten anderen Süßweinen der Welt, zumindest in den wirklich erstklassigen Jahren. Wenn der Herbst trocken ist, gibt es keine Botrytis, und dann sind die Weine im allgemeinen ihr Geld nicht wert. Der 83er Yquem allerdings, der lohnt sich, seien Sie unbesorgt."

Ich schenkte uns ein zweites Gläschen ein: „Aber jetzt rede schon die ganze Zeit ich, dabei wollten Sie mir Ihre Geschichte erzählen. Ich habe Sie mit meinen Weingeschichten unterbrochen."

„Wo habe ich aufgehört?"

„Sie haben zuerst gemeint, daß Sie der Geschichte nie entkommen sind, obwohl Sie das einmal geglaubt haben ..."

„Dabei war ich mir ziemlich sicher! So kann man sich täuschen. Sie wollen die ganze Geschichte hören?"

„Natürlich, die halbe Geschichte ist gar keine Geschichte."

„Also gut. Beginnen wir ganz von vorne. Mein Urgroßvater, Levi Streicher, hat das Geschäft kurz vor dem ersten Weltkrieg eröffnet, er verkaufte alle Arten von Textilwaren, Stoffe, Hemden, Tischtücher. Nach dem Krieg und der großen Inflation gingen die Geschäfte erstaunlicherweise eine Zeit lang sehr gut, er konnte das Haus, in dem sich sein Geschäft befand, günstig kaufen, weil das Gebäude in keinem guten Zustand war. Zusätzlich zum Einzelverkauf betrieb er einen lukrativen Großhandel. Ab 1934 oder 35 gingen die Geschäfte dann schlechter, er gab den Großhandel auf. 1937, noch nicht einmal fünfzig Jahre alt, starb er überraschend. Mein Großvater, Simon Streicher, übernahm das Geschäft. Er war gerade 27 geworden und hatte eine zwei Jahre alte Tochter, meine Mutter Rosalia. Das Geschäft kam nicht mehr richtig in Schwung. Hier in der Gegend gab es jede Menge illegale Nazis. Die haben schon vor dem Einmarsch von Hitler ihr Unwesen ausgiebigst getrieben. Viele Leute trauten sich nicht ins Geschäft, weil sie beim Herauskommen angepöbelt und beschimpft wurden. Und gar nicht so wenige kauften bei meinem Großvater aus Überzeugung nicht ein, einfach weil er Jude war. Dann kam der Einmarsch, und am Tag danach waren aus den illegalen Nazis legale Nazis geworden. Zuerst haben sie die ganze Nacht im Rathaus-Café durchgesoffen, und am nächsten Morgen wurden alle Sessel, die sie im Café und im Rathaus gefunden haben, auf dem Rathausplatz aufgestellt. Schön in Reih und Glied, wie sich's gehört für ordentliche Menschen. Dann hat der Pöbel von der SA alle Juden des Ortes am Rathausplatz zusammengetrieben, Großvater und Großmutter, auch meine Mutter, alle waren dabei. Sie mußten auf den Sesseln Platz nehmen, auf eine Tafel hatte einer ‚So sehen Juden aus' geschrieben und ‚Kein anständiger Arier geht zu einem Juden'. Dann ist noch ein gewisser Rebe gekommen. Der hat gleich am Tag nach dem Anschluß die örtliche Zeitung im Namen der NSDAP übernommen und in irgend etwas mit ‚Beobachter' umgetauft. Dieser Rebe hielt eine wüste Rede, daß man mit dem Judengesindel Schluß machen werde, und man möge sich die Leute hier am Platz genau anschauen, damit man weiß, mit wem man nicht verkehrt. So in der Art halt. Während der Rede mußten die Juden stramm stehen und wurden von Passanten bespuckt. Im ‚Beobachter' sind schon bald die ersten Hetzartikel erschienen, dann haben sie dort eine Kolumne eingeführt, die hieß ‚Der Pranger'. Da druckten sie dann so nette Sachen wie ‚Der Arier Alfred Müller aus dem Unterdorf hat beim Juden Simon Streicher in der Theatergasse eingekauft'. Und dazu die Aufforderung, alle Arier, die jüdische Geschäfte betreten, bei der Schriftleitung zu melden. Eines Tages ist dann ein Nazi im Laden gestanden und hat meinem Großvater mitgeteilt, er müsse innerhalb von 24 Stunden das Haus verlassen. Die Stadt werde judenfrei gemacht, das Geschäft samt Haus in arische, also in seine Hände, übertragen. Er hat meinem Großvater ein paar Urkunden zur Unterschrift hingelegt. Draußen johlte ein Horde von SAlern, und Großvater hat unterschrieben. Die hätten sonst alles kurz und klein geschlagen, Großvater inbegriffen. Zwei Gassen weiter hatten die Loewensteins ihr Haus. Der alte Loewenstein war Anwalt. Unsere Familien waren gut befreundet, und die Loewensteins waren fest entschlossen, das Land zu verlassen. Sie hatten angeboten, meine ganze Familie mitzunehmen. Ein Bruder des alten Loewenstein lebte schon seit

Jahren in den Vereinigten Staaten, der würde alles regeln. Mein Großvater hatte immer abgelehnt. Auch jetzt weigerte er sich noch. Er wollte mit seiner Frau Hanna in die Hauptstadt zu deren Bruder fahren und versuchen, eine Weile über die Runden zu kommen. Allerdings hatte er Angst wegen des Kindes, also meiner Mutter. Er hoffte noch immer, daß sich die Sache im Laufe einiger Jahre beruhigen würde. Bis dahin sei es vielleicht wirklich besser, das Kind in Sicherheit zu wissen. Die Loewensteins würden demnächst das Land verlassen und nach Amerika fahren. Sie nahmen meine Mutter mit. Aus der Zeit des Großhandels von Urgroßvater existierte noch das Geschäftskonto in der Schweiz. Großvater hatte das Geld von dort nie abgezogen. Es war seine eiserne Reserve, wie er immer sagte. Er gab den Loewensteins alle Vollmachten für das Konto, aber die haben das Geld nie angerührt. Nicht nur deshalb, weil bei irgendeinem Umzug in New York der ganze Papierkram verlorengegangen ist, die hätten es als unmoralisch empfunden, ohne Not auf das Geld von Großvater zuzugreifen. So wurde das Konto zu einem nachrichtenlosen, schlafenden Konto. Großvater und Großmutter sind nach Wien gefahren. Meine Mutter fuhr mit den Loewensteins nach Amerika. Die Großeltern haben alle paar Monate einen Brief geschrieben, meist beruhigenden Inhalts, es sei alles zwar schlimm, aber wiederum nicht so schlimm, daß man es nicht aushalten könne, und es werde sich schon alles zum Besseren wenden. Sie schrieben nur Belanglosigkeiten, kein Wort darüber, was sich wirklich abspielte. Die Abstände zwischen den Briefen wurden immer größer, und schließlich kam keiner mehr. Sie waren bei einem der ersten, großen Transporte nach Auschwitz dabei.“

Ruth hatte langsam gesprochen, immer wieder in sich hineingehört, als müßte sie sich die Geschichte aufs neue in Erinnerung rufen. Sie kannte das alles selbst nur aus Erzählungen. Sie sprach von fremden Menschen, von einer fremden Familie, die ihre eigene Familie war.

„Ich weiß nicht einmal, wie sie ausgesehen haben. Kein Foto, nur die Erzählungen meiner Mutter, und die wußte es selbst nur aus Erzählungen. Die Loewensteins haben sie gemeinsam mit ihrem eigenen Sohn wie ein eigenes Kind aufgezogen. Mitte der 50er Jahre ist sie zurückgekommen, hat hier studiert, den jungen Loewenstein geheiratet. Dann wieder zurück in die Staaten. Die alten Loewensteins sind gestorben, 1970 bin ich geboren worden. Als ich zwanzig war, sind meine Eltern mit dem Flugzeug abgestürzt. Ich bin die letzte Streicher und die letzte Loewenstein."

Wir hatten den Yquem bis zum letzten Tropfen ausgetrunken. Ruth hatte die Geschichte seltsam distanziert erzählt.

„Ich habe lange gebraucht zu begreifen, daß diese mir fremde Geschichte etwas mit mir zu tun hat. Ich wollte leben, ich lebte. Ich wollte einfach nur da sein, wo ich gerade war. Ich war da. Was hatte das alles mit mir zu tun! Ich wollte nicht als Opfer durch die Weltgeschichte laufen. Ich fühlte mich nicht als Opfer, ich wollte mich nicht als Opfer fühlen. Ich wollte bloß Gerechtigkeit. Lachen Sie bitte nicht, ich weiß, die Idee der Gerechtigkeit ist lachhaft. Worin sollte Gerechtigkeit bestehen? Und doch wollte ich eines Tages wenigstens die Namen wissen. Die Namen derer, die das Unrecht getan hatten. Die Namen derer, die, indem sie mir meine Geschichte weggenommen hatten, mich untrennbar an diese Geschichte gekettet haben."

Müde sank Ruth in den Sessel. Was hätte ich sagen sollen? Es gab nichts zu sagen. Hier ging es nicht um Schande oder Scham, hier ging es um Schuld. So wie sie an die Geschichte angekettet war, so war es auch ich. Es gab kein Entrinnen. Es gibt nie ein Entrinnen. Wir, die wir das alles längst nicht mehr erlebt haben, unser Wissen aus dritter Hand beziehen, nicht einmal wir können uns davonstehlen. Irgendwo ist immer eine Ruth, die dir ihre Geschichte erzählt, und es ist immer auch deine Geschichte.

Ruth – Erbin der Opfer.

Aber hier in der Stadt, mitten unter uns oder wo auch immer, saßen die Erben der Täter. Sie saßen in den Häusern der Streichers und der Loewensteins, und wie sie alle geheißen haben mögen. Sie saßen in deren Häusern, die nun die ihren waren. Unter dem einen, kleineren Flügel hatte Luzifer vielleicht wirklich ein winziges Stück vom Paradies aus dem Himmel geschmuggelt, aber unter dem größeren Flügel, dem weitaus größeren, da mußte er wohl ein Stück von der Hölle aus dem Jenseits entfernt und hier auf die Welt haben fallen lassen.

Wir gingen hinaus auf die Terrasse. Es war bereits abenddunkel, der Vollmond war hinter dem Gebirge hervorgekommen. Blau und kühl stand er über den leicht eingeschneiten Bergen, schwarz lag der See vor uns, in dem der Mond sich spiegelte. Zwei Monde, ein See, das beleuchtete Seeschloß. Noch war der Himmel klar und unbewölkt. Doch wie vom Mond gezogen schoben sich bereits behäbig dunkle, schwere Wolken über die Gebirgskette. Das Hoch brach gerade zusammen, ein Tiefdruckwirbel über Italien schaufelte kühlere, feuchte Luft über die Alpen, und schon bald würden große Flocken vom Himmel fallen und die Landschaft mit Schnee überziehen. Der Wind wurde kälter, wir gingen wieder ins Haus zurück.

Ohne daß wir darüber gesprochen hätten, hatten wir beide eigenartigerweise das Gefühl, uns auf einem gemeinsamen Weg in eine unbekannte Vergangenheit zu befinden. Beide brauchten wir für diese Wanderung zurück ins Gestern die Person von Jürgensen. Wo wir allerdings landen würden, das war mehr als ungewiß.

Draußen begann es tatsächlich zu schneien, der fallende Schnee dämpfte alle Geräusche und Laute, die Landschaft versank in stummer Erstarrung. Hin und wieder vernahm man die kratzenden, knirschenden Töne einer Schaufel, die über den

Asphalt geschoben wurde, um den Weg freizuräumen. Nach wenigen Minuten schon war von dieser Mühe nichts mehr zu sehen, denn der heftige Schneeschauer deckte alles wieder zu.

Ruth und ich beschlossen, unsere förmliche Anrede aufzugeben. Es schien uns unpassend, wo wir doch denselben Weg nahmen. Der selbe Weg mit einem möglicherweise anderen Ziel. Aber wer weiß das schon. Das Morgen ist meist fast so ungewiß wie das Gestern. Wer mag da über Ziele sprechen.

## 5

Seit einer Woche wohnte Ruth nun schon bei mir. Wir warteten auf Neuigkeiten oder irgendeine Nachricht von Jürgensen, aber der hatte sich die ganze Zeit hindurch nicht gemeldet. Ich kochte jeden Abend, wir aßen und tranken. Bei einer Flasche pro Abendessen blieb es nicht. Wir kosteten uns durch den Weinkeller, und Ruth lernte nicht nur schnell, sondern auch bereitwillig. Auf die Rhône-Weine waren zwei Tage hindurch verschiedene Baroli gefolgt, dann erklärte ich Ruth die Unterschiede zwischen Rieslingen aus dem Rheingau, der Wachau und aus dem Elsaß am flüssigen Beispiel. Gestern hatten wir begonnen, meine Vorräte an Weinen aus dem spanischen Priorat zu dezimieren. Wir waren erstaunlicherweise nie betrunken, besonders nüchtern waren wir allerdings auch nicht. Wir sprachen viel, meist belangloses Zeug von großer philosophischer Wichtigkeit. Die Zeitungen wurden uns glücklicherweise vor die Tür gelegt, und so verließen wir das Haus nur für die dringendsten Besorgungen, denn dem Schneefall war ein kräftiger Kaltlufteinbruch gefolgt, der in dieser Heftigkeit für die Jahreszeit ungewöhnlich war. Die Temperatur war deutlich in den Minusbereich gesunken, der Schnee blieb folglich liegen und bedeckte zwanzig Zentimeter hoch die Landschaft. Vom See her zogen die Nebelschwaden Richtung Festland, alles war von einem dicken und undurchdringbaren Grau bedeckt. Unwillkürlich paßte man sich der fast bewegungslosen Natur an, verharrte im beheizten Haus und begnügte sich damit, die ferne Welt da draußen durch die Terrassenfenster zu beobachten.

Es war später Nachmittag, ich hatte – in Fortsetzung unserer Trinkrunde durchs Priorat – je eine Flasche „Finca Dofí“ und „L’Ermita“ von Palacios aus dem Keller geholt und überlegte gerade, ob ich lieber eine Lammkeule oder einen Wildschweinrücken braten sollte, als es an der Tür läutete.

Hochstrasser stapfte in die Küche, die Hände noch immer tief in seinem daunengefütterten Anorak vergraben, die Zipfelmütze in die Stirne gezogen, nur die von der Kälte tief gerötete Nase leuchtete aus seinem vermummten Gesicht.

„Du kannst dich unbesorgt aus deinem Panzer heraustrauen", begrüßte ich ihn, „wir heizen hier."

„Verdammte Kälte, und das im März", keuchte er recht erschöpft vom doch ziemlich steilen Aufstieg zu meinem Haus.

„Sag nichts gegen die Kälte. Ich ziehe sie jedem angeblich noch so schönen Sommer vor! Was treibt dich hier herauf?"

„Erzähl ich dir beim Essen!"

Hochstrasser hatte immer diese elegant zurückhaltende Art, sich zum Essen einzuladen.

„Finca Dofí", er betrachtete eingehend das Flaschenetikett und schnalzte genießerisch mit der Zunge, „da muß man förmlich zum Abendessen bleiben!"

Ich hatte inzwischen in dem einen oder anderen Regal im Weinkeller beträchtliche Lücken, und für nicht wenige dieser Lücken war Hochstrasser mitverantwortlich. Er half mir regelmäßig bei der Verkostung und Verkleinerung meiner Bestände. Den größten Teil seiner Kenntnisse über Wein mußte er sich in meinem Keller angetrunken haben.

„Ist Ruth nicht hier?" wollte Hochstrasser von mir wissen.

„Muß jeden Augenblick herunterkommen. Vor dem Abendessen macht sie gern ein kleines Schläfchen."

„Die jungen Leute", Hochstrasser schüttelte den Kopf, „Spätnachmittagsschläfchen, das hätte es zu meiner Zeit nicht gegeben!"

„Deine Zeit? Wann war deine Zeit?" fragte ich.

Er boxte mir freundlich gegen die Rippen: „Nie! Aber sie wird noch kommen!" Im selben Moment erschien Ruth in der Küche.

„Wenn man von der Sonne spricht ..."

Ich fiel Hochstrasser ins Wort: „ ... dann geht der Mond auf."

Ruth setzte sich nieder, auch Hochstrasser nahm Platz. Ich entschied mich für den Wildschweinrücken und beschloß, ihn nicht im ganzen zu braten, sondern ihn lieber auszulösen und in Medaillons zu schneiden. Mit ein paar zerquetschten Wacholderbeeren abgebraten, mit Gin und Wildschweinglace aufgegossen, dazu ein sehr buttriges Erdäpfelpüree, was brauchte man mehr zum Menschsein.

„Was gibt es Neues? Zier dich nicht, erzähl endlich!" forderte ich Hochstrasser auf.

„Ich habe gerade zwei Geschichten gehört, die dich interessieren werden. Die eine ist witzig, die andere weniger. Welche wollt ihr zuerst hören?"

„Die unlustige", antwortete ich, ehe Ruth noch etwas sagen konnte.

„Also gut. Ich habe gerade erfahren, daß der Mies und der Hampelgruber wieder einmal in Grundstückssachen unterwegs sind. Diesmal soll es eine ganz große Geschichte werden. Einige Millionen sind da im Spiel. Die haben im Naturschutzgebiet unten am See ein riesiges Grundstück spottbillig gekauft, weil der Moar-Bauer nicht nur völlig überschuldet war, sondern auch noch einen Schlaganfall erlitten hatte. Er war schon vorher nicht der Klügste gewesen, aber nun hatten sie überhaupt leichtes Spiel mit ihm. Er wollte den Grund zwar noch selbst in Bauland umwidmen lassen, um seine Schulden loszuwerden, aber das hat der Hampelgruber als Umwelt-Stadtrat abgelehnt. Statt dessen haben die Herren dem armen Schlucker den Grund selbst abgeknöpfelt, und dem blieb nichts über, als zu nehmen, was er bekommen konnte. Heute hat sich der Hampelgruber im zuständigen Gemeinderatsausschuß die Umwidmung genehmigen lassen. Das muß zwar noch in den Gemeinderat, aber im Normalfall ist die Sache nach einem solchen Beschluß gelaufen. Die bekommen die Bewilligung, dort unten zehn Häuser zu bauen, mitten ins Naturschutzgebiet hinein."

„Und was ist das Gegengeschäft?“ fragte ich, denn ohne Gegenleistung lief hier nichts, das wußte ich.

„Da gibt es nur Gerüchte. Aber angeblich darf dafür auch der schwarze Vizebürgermeister im Bereich des Seeufers einen Bungalow hinstellen.“

„Wahnsinn, dort darf doch schon seit Jahrzehnten niemand mehr bauen!“ Ich war wirklich überrascht. „Und was meint der Naturschutz?“

„Als ob sich um den jemand kümmern würde! Der Hampelgruber als Umweltstadtrat macht sich das mit sich selbst aus!“

„Die trauen sich wirklich was.“

„Wundert es dich? Der Bürgermeister ist senil, sein Vize mindestens so geldgierig wie der Hampelgruber, das ist doch der beste Zusammenhalt für eine Koalition! Und im Hintergrund steht der Mies mit seinem ergaunerten Geld. Was glaubst du, wer die ganze Sache rechtlich für die beiden abwickelt?“

„Sag nicht, daß das der Jürgensen macht!“

„Doch, genau der.“

Ruth hatte uns bis jetzt schweigend zugehört: „Der Doktor Jürgensen? Du sagst das so komisch, ist mit dem was?“

Hochstrasser sah sie nachdenklich an: „Das kannst du annehmen, ich war ohnehin sehr überrascht, daß du den als Rechtsbeistand hast. Der ist keiner von den Guten.“

Ruth war irritiert: „Was heißt das: keiner von den Guten?“

„Das heißt nur, daß er keiner von den Guten ist. Immer wenn der Hampelgruber und der Mies ein übles Geschäft einfädeln, ist der Jürgensen als Berater dabei. Da denkt man sich mit der Zeit etwas.“

„Das sagst du mir jetzt, wo ich dem die Vollmacht gegeben habe?“

Hochstrasser verteidigte sich: „Erstens hat mich niemand gefragt, zweitens habe ich das erst erfahren, als du ihn schon beauftragt hattest, und drittens kannst du ihm die Vollmacht wieder entziehen, oder?"

„Ich vermute, der wird das schon an die Schweizer Banken weitergesandt haben", warf ich ein, „aber die Tatsache, daß er Hampelgruber und Mies bei ihren Tricksereien hilft, heißt doch noch nicht, daß Ruth ihm nicht vertrauen kann. Ich mag ihn auch nicht besonders und habe ihn trotzdem ersucht, sich wegen der alten Yquem-Flasche umzuhören. Vielleicht ist er eine zweifelhafte Erscheinung, aber keiner von uns beiden will ihn heiraten, oder?"

Hochstrasser verzog das Gesicht: „Mit dem will ich nicht einmal am selben Friedhof liegen, der ist durch und durch mies. Der hat ganz einfach einen miesen Charakter. Ich spür das. Dem kann man nicht trauen."

„Mir gegenüber hat er sich bis jetzt höflich und anständig benommen", warf Ruth ein.

„Warte es ab! Ich traue diesem Herren jedenfalls nicht. Der ist für jede Schweinerei gut. Das lasse ich mir nicht nehmen." Hochstrasser blieb unbeirrbar bei seiner Ablehnung: „Wie bist du überhaupt auf den gekommen?"

Ruth zuckte mit den Schultern: „Ganz banal. Es gibt ein Verzeichnis der Anwaltskammer, da stand, daß er ein Spezialist für Liegenschaftsangelegenheiten und Erbschaftsrecht ist. Und da er noch dazu von hier im Ort ist ..."

„Liegenschaftsangelegenheiten ist gut", fiel Hochstrasser ihr ins Wort, „wenn du mich gefragt hättest ..."

„Hätte, hätte – vor zwei Monaten habe ich noch gar nicht gewußt, daß du Hochstrasser heißt und von hier bist! Oder glaubst du, du wärst mir damals auf dieser langweiligen Geburtstagsparty besonders aufgefallen?"

„Das nicht, aber du hättest mich trotzdem fragen sollen. Es ist ein großer Fehler, den Jürgensen zu nehmen." Hochstrasser konnte sehr stur sein. Da war er keinem noch so logischen Argument zugänglich.

„Wir werden das heute nicht klären können“, brach ich die Diskussion über den Charakter von Jürgensen ab, „jetzt erzähl die witzige Geschichte.“

„Wir sollten die Sache mit Jürgensen trotzdem nicht ganz aus den Augen verlieren“, beharrte Hochstrasser nochmals, „aber gut, die witzige Geschichte. Wie du weißt, haben die Herrschaften das Stadttheater renoviert und gleich wieder zugemacht, weil sie keine Ahnung hatten, was man mit einem Theater tun soll. Jetzt, nach der Aufhebung des vom Erhard testamentarisch verfügten Aufführungsverbots für seine Theaterstücke, sind sie auf die Idee gekommen, sie könnten das Stadttheater zur führenden Erhard-Bühne im deutschen Sprachraum machen. Sie hoffen, daß ein wenig Glanz von Erhards Ruhm auf die Stadt ausstrahlt.“

„Das ist nicht dein Ernst. Die haben den Erhard mindestens so gehaßt wie er sie! Dafür hat er sie in seinen Stücken auch ordentlich niedergemacht!“

„Warte, die Pointe kommt erst. Der Erhard wohnte bekanntlich nicht hier, sondern drei Kilometer weiter in Nebendorf. Jetzt streiten die Nebendorfer und die unsrigen, wer der legitime Erhard-Ort ist. Gehaßt hat er alle beide! Unser Bürgermeister und der von Nebendorf sind gestern fast ins Raufen gekommen, so gestritten haben die. Die Nebendorfer werfen den unsrigen vor, daß sie ihnen den Erhard wegnehmen wollen. Und das Allerbeste: der Hampelgruber bekommt zur Umwelt noch die Kultur dazu, und seit er das weiß, ist er der engagierteste Erhard-Fan weit und breit. Dabei hat er im Jahr vor Erhards Tod noch Flugblätter gegen ihn verteilt. Sogar in die Mahnwache vor dem Burgtheater hat er sich eingereiht. Und jetzt hofft er, mit jährlichen Erhard-Festspielen den großen Schnitt zu machen! Angeblich, und jetzt sind wir wieder bei Geschichte Nummer eins, überlegt er noch, ob er nicht lieber ein Hotel ins Naturschutzgebiet baut statt der zehn Häuser, um die Erhard-Touristen unterzubringen! Wenn der Erhard das noch erleben hätte dürfen, der hätte sich gekrümmt vor Lachen über diese Provinzposse.“

„Du spinnst, oder, wenn das Gerücht wahr ist, dann spinnt der Hampelgruber. Glaubt der wirklich, daß der Erhard als Tourismus-Heiliger taugt? Ausgerechnet der Erhard, der gesagt hat, die bevorzugte Tracht der Leute hier sei die Niedertracht? Will er das vielleicht in die Fremdenverkehrsprospekte drucken lassen? Ich freu mich schon auf den Slogan: ‚Urlaub wo die Niedertracht zu Hause ist'."

Der Gedanke, daß sie hier Erhard spielen würden, hatte wirklich etwas seltsam Heiteres an sich. Erst seit ich hier wohnte, begriff ich langsam, wo der Erhard all die miesen Charaktere für seine Stücke gefunden hatte. Ich traf sie hier tagtäglich. Allein die Idee, daß der Hampelgruber Erhard-Festspiele und womöglich ein Erhard-Hotel plante! Auf das wäre wahrscheinlich nicht einmal der Erhard selbst gekommen. Das ganze noch mit einer kleinen Grundstücksspekulation kombiniert, das nennt man Synergie.

In der Pfanne brutzelten inzwischen die Wildschwein-Medaillons, Hochstrasser hatte die Flaschen geöffnet, und wir hatten uns das erste Gläschen genehmigt.

„Aber", wollte ich von Hochstrasser wissen, „jetzt einmal im Ernst. Was willst du denn gegen die Grundstücksgeschichte tun, die Sache ist doch sicher schon gelaufen."

Hochstrasser nahm einen kräftigen Schluck. Der Wein rann seine Kehle hinunter. Er ließ den Abgang auf der Zunge wirken und antwortete nachdenklich: „Machen läßt sich da wirklich nicht mehr viel. Aber die Leute sollen wenigstens wissen, was da gespielt wird. Ich werde mir einmal den Grundbuchauszug ansehen, damit ich weiß, was die wirklich bezahlt haben. Leider habe ich im Moment wenig Zeit."

Ruth mischte sich ein: „Kann ich dir helfen? Ich habe ohnehin nicht sehr viel zu tun, außer auf ein Lebenszeichen von Jürgensen zu warten."

Hochstrasser war unsicher: „Kennst du dich da aus?"

„Man kann alles lernen! Wenn du mir erklärst, wie das geht, schaffe ich es schon!“

„Ich weiß nicht, du könntest Schwierigkeiten bekommen, wenn wer durchschaut, was du machst!“

„Schwierigkeiten bin ich gewohnt“, sagte Ruth.

„Außerdem bin ich auch noch da, wir könnten es gemeinsam machen“, sagte ich und löschte gleichzeitig die Medaillons mit ein wenig Gin und braunem Kalbsfonds ab, gab die Wildschweinglace in die Pfanne und ließ die Flüssigkeit kurz aufkochen.

„Riecht gut und schaut auch gut aus. Kann jemand das Erdäpfelpüree aus dem Rohr nehmen, das Besteck auf den Tisch stellen und mir die Teller herübergeben?“ Ich nahm die Pfanne von der Kochfläche, um das Fleisch noch kurz ruhen zu lassen.

Hochstrasser und Ruth deckten den Tisch, ich richtete das Essen auf den Tellern an, servierte und setzte mich zu den beiden.

„Gut, wir schauen uns das im Grundbuch an“, sagte ich, „aber was geschieht dann?“

Hochstrasser wischte sich mit der Serviette den Mund ab: „Hängt davon ab, was ihr findet. Man wird sehen.“

Ich lehnte mich bequem im Sessel zurück: „Die Sache mit dem Erhard läßt mir keine Ruhe. Glauben die wirklich, daß sie die Rechte bekommen?“

Hochstrasser überlegte kurz: „Ist schon möglich, daß sie die kriegen. Man weiß schließlich nicht, was der Erhard wirklich mit seinem Testament erreichen wollte. Er hat zwar verboten, daß die Stücke während der Urheberrechtsfrist gespielt werden. Jetzt haben die Nachlaßverwalter dieses Verbot aufgehoben. Aber kein Mensch weiß, welche Intention Erhard wirklich hatte. Vielleicht wollte er bloß verhindern, daß in einem Kaff wie diesem sein Name zu Fremdenverkehrszwecken ausgenutzt wird. Vielleicht wollte er aber genau das Durcheinander, das wir jetzt haben. Ich glaube, er sitzt auf Wolke Nummer neun und amüsiert sich prächtig, wenn er sieht, was hier herunten aufgeführt wird.

Wenn ihr mich fragt, das Testament ist sein letztes Theaterstück. Gute Vorlage, läuft alles sogar ganz ohne Regisseur. Schlechte Charaktere produzieren automatisch die passenden Pointen und sondern die richtigen Dialoge ab. Du brauchst den Dingen nur ihren Lauf zu lassen, dann ergibt sich alles von selbst."

Wir aßen, tranken und unterhielten uns angeregt über Erhards Theaterstücke. Zu nichts läßt sich trefflicher diskutieren als zu einem guten Glas Wein. Wir waren sehr zufrieden mit uns, mit der Welt, mit meiner Kocherei und mit Palacios Weinen.

Hochstrasser lachte plötzlich auf: „Da fällt mir noch etwas ein. Angeblich glauben die im Stadtrat sogar, sie könnten die örtliche und bekanntermaßen sehr notleidende Keramikindustrie retten, indem sie dort kitschige Kaffeeheferln mit Blümchenaufdruck und der Inschrift ‚Erhard' produzieren lassen."

„Das meinen die doch nicht ernst?" Ich hielt das für den üblichen Dorftratsch.

„Todernst, der Namensaufdruck in feinster Frakturschrift! Im Stadtrat haben sie angeblich schon ein Muster herumgereicht!"

Die Flaschen leerten sich unübersehbar. Es wurde langsam spät, Hochstrasser verkroch sich wieder in seinen Daunenanorak und machte sich – über die Kälte fluchend – auf den Heimweg.

Mir ging die Grundstücksgeschichte nicht aus dem Kopf. Ausgerechnet Leute wie Hampelgruber nahmen dauernd das Wort „Heimat" in den Mund. Dabei war für diese Leute „Heimat" nicht mehr als eine Eintragung im Grundbuch. „Heimat" war für die in Wirklichkeit etwas, das es möglichst billig einzukaufen und möglichst teuer zu verkaufen galt. Heimat, das war für die dort, wo man alle Tricks und Schliche kannte und daher immer auf der Seite der Sieger stand. Heimat, das war dort, wo man selbst der Stärkste und die anderen immer die Schwächeren waren. So einfach ist das.

Ruth trank noch ein Glas warme Milch mit Honig.

„Was hältst du von der Sache?“ fragte sie mich.

„Weiß ich noch nicht, ehrlich. Aber wenn Hampelgruber und Mies dabei sind, dann kannst du deine Hände dafür ins Feuer legen, daß es nicht mit rechten Dingen zugeht. Aber was soll man machen, der Mies hat das Geld und der Hampelgruber die politische Macht. Fünf Kilometer von hier sind alle beide nur kleine Würstchen, aber bei uns sind sie die Kaiser, weil die Leute schon weiche Knie bekommen, wenn sie deren Namen nur hören. Ich habe ziemlich harte Knie, darum mag mich hier keiner!“

Ruth sah mich skeptisch an.

„Wirklich!“ beteuerte ich.

„Irgend jemand wird dich schon mögen!“

„Irgend jemand? Auf irgend jemanden lege ich keinen Wert.“

„Du weißt schon ...“, entgegnete Ruth.

„Ich weiß gar nichts.“

Ich Meister der Ahnungslosigkeit.

Ich Meister des Bedeutungslosen.

Ich Geselle des Lebens, ich Lehrling der Liebe.

Sie, die Abgesandte des Mondes, und ich, schnöder Erdenmensch, der ich war.

Ich Meister des ewigen Gesellentums.

Wer schenkt einem wie mir schon ein halbmondförmiges Lächeln?

## 6

Vergangenheit ist ein merkwürdiges Phänomen. Im allgemeinen beschäftige ich mich nicht mit ihr. Allerdings haben die Menschen die ebenfalls merkwürdige Angewohnheit, Jahr an Jahr zu reihen, die Jahre dann zumeist zu Zehnerblöcken zusammenzubinden und zwecks weiterer Verwertung abzulegen. Das nennt man Erinnerung. Immer, wenn ein Zehnerblock voll ist, werden all jene zu einem Treffen zusammengerufen, mit denen man dank eines ungnädigen und undurchschaubaren Zufalls verbunden ist. Dieser Zufall beruht einzig und allein auf der Tatsache, daß man mit einer bestimmten Person zu einem bestimmten Zeitpunkt am selben Ort und in derselben Geschichte unterwegs war. Ich verstehe bis heute nicht, warum sich aus dieser Lächerlichkeit so viele Sentimentalitäten herleiten. Man trifft Menschen, bloß weil man vor zehn, zwanzig oder noch mehr Jahren, auf jeden Fall eine runde Zahl an Jahren, über dieselbe Kreuzung ging, im selben Zug saß oder in derselben Klasse. Daraus leiten sie nicht nur das Recht ab, zu einem „du" zu sagen, sondern auch jenes, dir auf die Schulter zu klopfen, nasse Küsse auf deine Wangen zu drücken und so zu tun, als seien sie deine besten Freunde. Die meisten dieser Leute würde man nicht einmal grüßen, hätte man die freie Wahl. Die hat man aber dank der Zehnjahresblöcke nicht. Also trifft man aufeinander.

Dabei bedeutet mir Vergangenheit nur wenig. Das Beste an ihr ist, daß man sie vergessen kann – wären da nicht die Zehnerblöcke. Das mit dem Vergessen ist also gar nicht so einfach, wie manche sich das vorstellen. Vergessen erfordert eine große geistige Disziplin! Es gilt, Zusammenhänge aus dem Gehirn auszulöschen; Namen, Gesichter und Orte wegzuwischen; Gerüche zu verlieren, Bilder verblassen zu lassen und den Klang von Stimmen nicht mehr zu erkennen. Vergessen, das ist harte Arbeit, der sich auch noch allerlei Jubiläen aufdringlich und behindernd in den Weg stellen. Was ist Erinnerungsarbeit gegen die Bürde des Vergessens!

Andererseits: manchmal scheint es so, als würde ich nur vergessen, um nach einiger Zeit wieder auf neue Erkundungen zu gehen. Ich vergesse Menschen, schiebe sie aus meinem Leben, verschwinde aus ihren Augen – nur um sie viele Jahre später wiederzufinden, neu zu entdecken und erneut zu vergessen. Jedes so vergehende Jahr macht mich ein wenig nachdenklicher und unerklärlicherweise doch auch ein Stück fröhlicher. Die Details des Tages verschwinden, aber die große Richtung des Lebens wird immer deutlicher. Das hat etwas Beunruhigendes.

Vergessen, und damit meine ich echtes, vollständiges Vergessen, weg mit dem Erinnerungsmüll, das ist eine echte Plackerei und gelingt fast nie. Wobei einfältigere Gemüter als ich es einfacher haben. Ihnen ist die Gnade des kurzen Gedächtnisses und des langen Profites gegeben. Zwei Erscheinungen, die sich auf das hervorragendste ergänzen.

Man kann sich also gut vorstellen, daß ich Klassentreffen eigentlich hasse. Insbesondere da diese, anstatt in Zehnjahresabständen aufzutreten, sich in Abständen von nur fünf Jahren zusammenballen.

Ich habe immer lange überlegt, ob ich überhaupt hingehen soll. Die letzten Treffen hatte ich bereits guten Gewissens geschwänzt, die Gesichter meiner Mitschüler und Mitschülerinnen waren dank regelmäßigen Fernbleibens nur mehr sehr undeutlich in meinem Gedächtnis präsent, die meisten Namen begann ich endlich zu vergessen. Ich würde also den Großteil nicht erkennen.

Ging ich auch jetzt wieder nicht hin, in weiteren fünf Jahren hätte ich es wohl geschafft: keine Namen, keine Gesichter, keine Erinnerung und somit Platz im Gehirn für Wichtigeres.

Ging ich jedoch hin, alle Gesichter wieder voll da, die Namen würde man mir bereitwillig nennen, mir Visitenkarten in die widerstrebende Hand drücken, damit ich ja nicht vergesse, und es würde sich fürchterlicherweise auch jemand finden, der nicht nur photographierte, sondern einem die Photos auch noch schickte – alles im Dienste der Erinnerung.

Fünf Jahre des Vergessens wären mit einem Schlag völlig sinnlos verlebt und hinweggewischt, alle Anstrengungen an einem einzigen Abend zunichte gemacht.

Ich beschloß, dieses Risiko einzugehen. Es hatte etwas damit zu tun, daß meine Gefühle außer Kontrolle zu geraten drohten. Oder waren sie das schon? Vielleicht waren diese Empfindungen der letzten Tage nur Einbildung, das letzte Aufflackern vor dem unvermeidlichen und endgültigen Altern. Vielleicht war es nur eine Form von Einsamkeit, schließlich wissen wir nichts über das Leben. Wir schütteln ihm zwar täglich die Hand, aber es nimmt uns nicht wahr und macht, was es will. Genau in all diese Gedanken hinein war die Einladung zum Klassentreffen auf meinen Schreibtisch geflattert.

Gina würde sicher hingehen. Die ging überall hin. Sie brauchte das. Sie erfreute sich an den dummen Blicken der ehemaligen Mitschüler. Immerhin war sie die schönste Frau meiner Jugend gewesen. Sie hatte mich in den späteren Jahren unseres Verhältnisses – und dafür bin ich ihr bis heute dankbar – ganz nebenbei und unabsichtlich gelehrt, daß Schönheit und Geist einander bedingen. Sie hatte immer nur auf Schönheit Wert gelegt, von Geist hielt sie nicht allzu viel. So wurde ihr Bild auf meiner Netzhaut Tag um Tag blasser, und die vermeintliche Schönheit entpuppte sich als eitle Vermessenheit. Aber das war erst viele Jahre nach unserer gemeinsamen Schulzeit. Damals war sie beileibe keine unattraktive Erscheinung. Als Teenager hatte ich sie hemmungslos begehrt. Aber ich vermutete sie in unerreichbarer Ferne und hielt dieses Begehren – wie ich glaubte – vor ihr verborgen. Eines Tages machte sie mir das, was man eine veritable Liebeserklärung nennt. Ich weiß nicht, warum sie es tat, habe sie nie danach gefragt. Vielleicht tat sie es, weil ich zu feig war. Oder

– was wahrscheinlicher ist – weil sie es unerträglich fand, von irgendeinem männlichen Wesen in ihrer Nähe nicht unübersehbar angehimmelt zu werden. Es geschah in einer der dunklen Gassen Erdbergs, einer der legendären Wiener Vorstädte. Mitten in der Nacht, der Rest der Gruppe war uns vorausgeeilt. Sie war wie unabsichtlich in meiner Nähe geblieben. Es war mir ein wenig peinlich, und gleichzeitig war ich überglücklich, dem begehrten Wesen so nah zu sein. Doch ich hielt mich tapfer und ließ mir nichts anmerken. Sie bat mich um eine Zigarette – klar, kannst du haben – und gab ihr Feuer. Ich rauchte Camel und gerade jetzt besonders schnell. Gina war fast so groß wie ich. Unsere Zigaretten glühten in der Nacht, die Straßenbeleuchtung war dank eines gnädigen Schicksals ausgefallen. Bei jedem Zug an der Zigarette erhellte die Glut ihr Gesicht. Ich wagte kaum hinzusehen. Plötzlich stellte sich Gina mir in den Weg, sog nochmals kräftig an ihrer Zigarette, in ihren dunkelbraunen Augen spiegelte sich die rötliche Glut, sie nahm die Zigarette aus dem Mund, blies langsam den Rauch in die Luft, Kußmündchen auf meine Lippen, ich liebe dich, und verdattert weiter im Dunkel. Ich ließ meine Chance fahren, weil ich sie für keine hielt.

Erst zwei Fünferblöcke später, Klassentreffen, stand sie vor mir, begrüßte mich laut und fordernd, und sie war plötzlich wieder so nah wie damals, Kußmündchen, remember Erdberg, ich verzichtete kein weiteres Mal, und das tat ich leichten Herzens. Ich hätte ihr schon einst – gleich nach Erdberg – alles beibringen sollen, was ich über Liebe wußte. Aber mein damaliges Wissen war meinem Alter entsprechend beschränkt. Heute, da ich so viel mehr weiß, weiß ich auch, wie wenig dieses Wissen zählt. Wissen schützt vor Liebe nicht. Wir begannen diese fast ein Jahrzehnt währende Affäre, ohne viel nachzudenken.

Man kann richtige Dinge aus falschen Gründen tun, die falschen Dinge aus den richtigen Gründen und die falschen

Dinge aus falschen Gründen. Ganz selten tat man das Richtige aus dem richtigen Grund. Welche dieser Möglichkeiten meinen Entschluß, das Klassentreffen zu besuchen, am besten beschrieb, kann ich selbst schwer beurteilen. Ich ging hin, weil ich wissen wollte, welcher Art meine Gefühle für Ruth eigentlich waren. Ich hatte die fixe Idee, wenn mir Gina über den Weg lief, dann würde ich es wissen. Würde ich ihr mit gleichgültiger Gelassenheit gegenübertreten, ihre Begrüßung, Bussi-Bussi-grüß-dich, locker über mich ergehen lassen? Würde ich den Verlockungen ihres Körpers mit Gleichmut widerstehen, ihren Geruch nicht mehr unwiderstehlich finden? Würde ich – kurz gesagt – das Klassentreffen wieder verlassen, ohne Gina an meiner Seite zu haben? Wenn dem so sein sollte, dann hatte ich ein Problem. Dann warteten die unliebsamen Überraschungen der Liebe auf mich, denen ich doch nicht mehr gewachsen war.

Denen ich mich nicht mehr aussetzen wollte.

Von denen kein Mensch wußte, wofür sie gut waren.

Dann würde womöglich der Mond aufgehen und mir stolz sein weit geöffnetes, halbmondförmiges Lächeln schenken. Oder auch nicht. Klügere als ich hatten sich schon in diesem Dilemma befunden. Und Anständigere als ich waren schon darin untergegangen. Aber als alter Spieler und Anarchist des Herzens tauchte ich wieder ein in diese Welt der Gefahren. Wer sich nicht in Gefahr begibt, wie sollte der darin umkommen? Und darum ging es doch, oder? Niemals umgekommen zu sein im Leben, das hieß, vergeblich gelebt zu haben. Ich war fest entschlossen, den Schritt über den Abgrund hinaus zu machen. Nur der Absturz lohnte. Ohne Absturz keine Rettung. Und nach dieser sehnen wir uns doch alle. Wer sich nicht in Gefahr begibt, wird keine Rettung finden.

So leichtsinnig war ich geworden. Ich mußte mich über mich selbst wundern. Eben noch glücklich einsam oben am Berg. Und jetzt das. Wie unvorhergesehen. Wie unvorhersehbar. Mich wiederum aussetzen dem Auf und Ab der Liebe, mich wieder aussetzen dem Leben und seinen Gemeinheiten. Ich resignierte und flüchtete in die Zuversicht. Es gab keinen anderen Ausweg. Freiheit ist immer dort, wo es keinen anderen Ausweg mehr gibt. Freiheit schwebt immer über den Abgründen.

Ich beschloß also, nach Wien zum Klassentreffen zu fahren. Ruth wollte nicht allein im Haus bleiben und beschloß mitzukommen. Wir hatten uns am Bezirksgericht die alten Eintragungen im Grundbuch herausgesucht, und diese Eintragungen hatten mehr Fragen aufgeworfen als beantwortet. Man konnte zwar recht gut nachvollziehen, wann die Eigentumsübertragungen stattgefunden hatten, aber es gab keinerlei Hinweise darauf, unter welchen Umständen das geschehen war. Ruth sollte in Wiener Zentralarchiven weitere Akten suchen. Wir brauchten unbedingt genauere Unterlagen, die uns darüber Auskunft geben konnten, welche Beträge bezahlt worden sind und ob überhaupt eine Bezahlung erfolgt war.

Auf nach Wien. Klassentreffen.

Bemerkenswerterweise findet sich in jeder Schulklasse eine Person, die sich um Klassentreffen kümmert. Ich bin bis zum heutigen Tag nicht dahintergekommen, was diese Leute antreibt. Es sind weder die beliebtesten Schüler noch die besten, sondern meist die unauffälligsten, die alle paar Jahre mühsam die Adressen auf den neuesten Stand bringen, verehelichungsbedingten Namensänderungen auf die Schliche zu kommen versuchen und dann auch noch einen Termin finden, der den meisten der Einzuladenden auch genehm ist. Eine Aufgabe, die einerseits die ehemaligen Streber mangels Intelligenz völlig überfordern würde, andererseits ob der Fülle der Arbeit auf die Faulen wie mich abschreckend wirkt. Eben deshalb sind es die Unauffälligen, die für diese Aufgabe am besten geeignet sind, jene also, die ein Mindestmaß an Fleiß aufbringen mußten, um durch die

Schule zu kommen, gleichzeitig aber – im Gegensatz zu den Strebern – über so viel Hirn verfügten, nicht jeden Blödsinn auswendig zu lernen. Leider haben sie ein großes Manko: es fehlt ihnen an Phantasie. So gut daher die Organisation des Treffens klappt, die Auswahl der Lokalität gerät auf Grund dieses Mangels an Phantasie zur Katastrophe. Klassentreffen finden daher meist an den schauderhaftesten Orten statt. Im schlimmsten Fall in der ehemaligen Schule, im Normalfall in plüschbewehrten Spelunken mit arthritischem Pianisten oder einem völlig untalentierten Nichtabsolventen einer Musikschule, der sich an seinem elektronischen Keyboard verzweifelt abmüht, diesem mit Hilfe vorprogrammierter Sequenzen die schrecklichsten Klänge zu entlocken.

Dieses Klassentreffen stellte, was das Lokal betrifft, einen einsamen Höhe- also Tiefpunkt dar. Beim Betreten umhüllte mich sofort schummriges Halbwelt-Dunkel, das mondäne Odeur von Mottenkugeln und billigem Raumspray – Marke „Im Tann, da ist es dunkel“ – mischte sich mit dem penetranten Geruch alten Fritieröls. Als ob dies nicht schon schlimm genug wäre, spielte wie befürchtet auch noch ein Keyboarder mit offensichtlich künstlerischen Ambitionen, aber stark eingeschränktem Repertoire. Er hatte alles aufgeboten, was sein Keyboard hergab: die Streicher waren ebenso zugeschaltet wie die Bläsergruppe, drei Gitarren jaulten, vier Trompeten schluchzten, und der Mann machte das alles allein mit der rechten Hand, denn die linke blätterte verzweifelt in jenen Noten, die er ohnedies nicht lesen konnte. Es war ein Triumph moderner Technik. Aber ich will nicht ungerecht sein, denn schon nach wenigen Minuten erriet ich die Melodie – origineller weise bot uns der Mann nicht den Einzug der Gladiatoren, sondern „Yesterday“, eine Komposition, die auch unter besseren Umständen geeignet ist, bei mir heftige, allergische Abwehrreaktionen hervorzurufen. Diese Umgebung und die wahrhaft beseelte Interpretation hatte sich nicht einmal Paul McCartney als der Komponist dieses unsäglichen Schmarrens verdient – ich als völlig unschuldiger Zuhörer schon gar nicht. Jetzt konnte mich nur mehr Ginas Anblick trösten. Doch es war dunkel, und ich sah nicht viel. Plötzlich verspürte ich einen kräftigen Schlag von hinten auf meine Schulter. Die Wucht dieses Schlages ließ mich stolpern, und mit letzter Konzentration gelang es mir, mich an einer Säule festzuhalten und nicht hinzufallen. Während ich mich aufrichtete und mein Sakko zurechtzog, hörte ich eine laute, unangenehm dröhnende Stimme direkt hinter mir gegen den Klangteppich von „Yesterday" anschreien: „Hallo, altes Schlachtroß!" Es mußte eine Verwechslung sein, ich bin kein Pferd. Ich drehte mich trotzdem um. Auch das noch. Hermann, der größte Ungustl unserer Klasse, hatte sich offenbar zum populistischen Volkstribun gewandelt. Er war wohl Politiker geworden, wahrscheinlich Bürgermeister in einem fernen Provinznest mit 200 Einwohnern, und er hielt es für ein Zeichen von Volksverbundenheit, mit kräftigen Boxhieben aus dem Hinterhalt über wehrlose Bürger wie mich herzufallen. Während unserer Schulzeit hatten wir eine heftige Feindschaft gepflegt. Von dem konnte man nicht einmal abschreiben, dazu war er zu dumm. Ich hingegen schob ihm bei Mathematik-Schularbeiten hin und wieder ein Löschblatt mit dem Lösungsweg zu, aber nur dann, wenn ich sicher war, völlig falsch zu liegen. Ich hoffte, er würde dank meiner genialen, aber falschen Lösungswege in Mathe durchfallen und ich so von seinem unmittelbaren Anblick befreit werden. Doch wo es an Intelligenz mangelt, springt bereitwillig Gott Mammon ein. Hermanns Vater war ein damals noch reicher Industrieller und spendete viel Geld für den Schulsportverein, das einzige Hobby des Schuldirektors, der dann vor der schwierigen Gewissensentscheidung stand, ob Hermanns eventuelles Wiederholen der Klasse dazu führen würde, daß die Spendengelder ein Jahr länger flossen oder ob diese im Gegenteil sofort versiegen würden. Ich glaube, er schätzte Hermanns Vater richtig ein und verzichtete zu meinem Leidwesen darauf, Hermanns Auftritt in unserer Schule zu prolongieren.

Ich löste mich mit einer entschlossenen Kraftanstrengung aus Hermanns einsetzender Umarmung und flüchtete noch tiefer in die Plüschhölle. Wenn Gina nicht bald auftauchte, war ich verloren.

Kaum Hermanns Annäherungsversuchen entkommen, winkte man mir fröhlich von einem Tisch in der Ecke zu. Hier saßen die Angeber, und es gab kein Entrinnen. Ich hatte mir das nicht verdient, ich habe nie jemandem wissentlich oder absichtlich Böses angetan, ich schwöre es! Ich hatte nur zwei Möglichkeiten: sofortige Flucht aus dem Lokal oder mich dazuzusetzen. Nachdem ich mich aber nun einmal entschlossen hatte, hierher zu kommen, war ich notgedrungen auch bereit, den Weg bis zum vorhersehbaren Ende zu gehen. Ich setzte mich auf einen freien Sessel und ließ die Begrüßungsscherze über mich ergehen. Sie währten glücklicherweise nicht lang, da die Herrschaften sich wieder eilig ihrem Lieblingsthema zugewandt hatten – dem Geld. Die verbalen Geldscheine flatterten nur so über den Tisch. Man überbot sich gegenseitig mit der Höhe der Gage, die man angeblich kassierte, keine der natürlich standesgemäßen Villen hatte unter fünfhundert Quadratmeter, beste Lage sowieso. Es stapelte ziemlich hoch.

Insbesondere Baselitz war in höchster Angeberform. Er war schon während der Schulzeit ein unerträglicher Prahlhans gewesen und war – wie ich nun bemerken konnte – auf diesem Weg ein gutes Stück weitergekommen. Er erzählte gerade, wieviel Geld er bereits ins Aussehen seiner Frau investiert hatte. Sie war zwar – wenn man seinen Angaben glauben durfte – schon mit 18 Jahren bei einem Schönheitswettbewerb als Siegerin gekürt worden, trotzdem hatte ihr Luxuskörper mit den Jahren der einen oder anderen Korrektur bedurft. Zu ihrem 25. Geburtstag, so konnte ich nun erfahren, hatte er ihr eine neue Nase geschenkt.

Zum dreißigsten war eine größere Brust fällig, und Baselitz ließ uns entgegenkommenderweise durch eine eindeutige Bewegung seiner beiden Hände die erreichte Größe ungefähr und neidvoll erahnen. Zu ihrem Vierziger hatte er ursprünglich überlegt, ihr eine Fettabsaugung mitsamt Faltenglättung zu verehren. Er konnte aber nicht umhin, uns wissen zu lassen, daß er es sich dann doch anders überlegt und beschlossen hatte, sich selbst mit einer zwanzig Jahre jüngeren Geliebten zu beglücken, an die vorerst nur Gott und kein Schönheitschirurg Hand angelegt hatte.

Einmal mehr bedauerte ich, daß es der modernen Medizin noch nicht möglich war, offensichtliche Gehirnschäden ebenfalls mit dem Skalpell zu beheben. Noch waren Schäden, wie Baselitz sie aufwies, irreparabel.

Es erstaunte mich immer wieder festzustellen, daß die Menschen sich in ihrem Wesen nur wenig änderten. Wer in der Jugend unsympathisch war, wurde es mit den Jahren noch mehr, oft bis ins Groteske gesteigert. Ich war überrascht, wie wenig überraschend die Entwicklung war, die die meisten genommen hatten.

Nehmen wir zum Beispiel Kantner. Er war schon immer ein arrogantes Arschloch gewesen. Daran hatte sich nichts geändert. Durch einen Zufall hatte ich vor ein paar Monaten seine Frau kennengelernt, genau gesagt seine Ex-Frau. Sie war eine elegante, gebildete und noch immer mit dezenter Schönheit angetane Frau. Man wollte kaum glauben, daß sie ausgerechnet auf Kantner hereingefallen war. Eines Tages war sie ihm davongelaufen, einfach geflüchtet. Und er hatte sich gerächt – auf die dümmste nur denkbare Art. Seine Rache bestand in einer neuen Geliebten, die nicht nur viel älter war als die Verflossene, sondern auch dumm und ausgesprochen häßlich. So stellte es jedenfalls Kantner dar. Ich hatte da meine Zweifel, denn die Neue war genau das, was zu einem wie Kantner paßte.

Eigentlich kamen die Leute nur, um sich zu überzeugen, daß aus den anderen auch nichts Besseres geworden war als aus einem selbst. Man wußte natürlich genau, daß die kolportierten Monatsgehälter schamlos übertrieben waren, man hatte schließlich selbst an der virtuellen Gehaltsspirale gedreht und sich für einen Abend eine ordentliche Gagenerhöhung spendiert. Angeberei ist bedauerlicherweise steuerfrei. Den Vogel schoß wie selbstverständlich Kantner ab, als er voll Genugtuung in die Runde blickte und stolz, als ob es um eine selbst vollbrachte, außerordentliche Leistung ging, verkündete: „Von euch ist auch keiner berühmt geworden!" Mit einem von zufriedener Gemeinheit beherrschten Grinsen schaute er nochmals Anerkennung heischend um sich. Welch jämmerliche Legitimation für das eigene Leben! Ich schwieg betreten, doch Kantner sah mich herausfordernd an: „Du sagst gar nichts, wovon lebst du? Haus, Kind, Familie? Was hast du erreicht?"

„Man ist bescheiden", antwortete ich, „aber ich habe gerade so viel, daß ich es mir leisten kann, solche Arschlöcher wie dich nicht mehr grüßen zu müssen!"

Mein letzter Satz kam dramaturgisch ausgesprochen gut: der Keyboarder hatte offenbar endlich die Stop-Taste gefunden, „Yesterday" war in dem Moment verstummt, als ich zum Wort „Arschloch" ansetzte. Das erhöhte die Wirkung ungemein. Alle hielten den Atem an, eine unnatürliche Ruhe erfüllte den Raum, Kantner lief rot an und schnappte nach Luft. Ich lächelte freundlich und setzte in die entstandene Stille nach: „Euer Geldscheiß interessiert mich nicht! Stopft euch die Tausender, die ihr sowieso nicht habt, irgendwohin. Und außerdem beantworte ich keine Fragen zu meinem Privatleben, ist das klar?"

In den mich umgebenden Gesichtern stand nichts als Entgeisterung. In der Ferne hörte ich ein leises, aber hartes Klacken, wie wenn metallene High-Heels auf Steinboden treffen. Ich hob meinen Kopf in Richtung Stiege. Zuerst erblickten meine Augen tatsächlich hohe Stöckelschuhe, aus denen provokant schlanke Fesseln herauswuchsen, gefolgt von wunderschönen Beinen, die ich kannte. Gut kannte. Mit einer schnellen Bewegung hob ich meinen Kopf noch weiter. Die Art zu stehen, das mußte Gina sein. Die personifizierte Männerphantasie. Einfach verboten. Mein Blick erreichte den Kopf der Gestalt – irgend etwas stimmte nicht. Verdammt. Da stand sie. Es war Gina. Aber ich traute meinen Sehnerven nicht: aus der Schwarzhaarigen mit den braunen Augen war eine blauäugige Blondine geworden.

Das durfte nicht wahr sein.

Ich atmete tief durch.

Die Balance stimmte nicht mehr.

Nichts stimmte mehr.

Die hast du einst geliebt? Oder zumindest begehrt? Das konnte nicht sein. Hoffentlich hatte sie meine Liebesbriefe weggeworfen. Ob sie noch immer diese viel zu engen Tangas trug, die der Fülle ihrer Schamhaare niemals gewachsen waren? Vergiß es, dachte ich. Aber da stand sie schon vor mir.

„Schön, dich wieder einmal zu sehen."

Bussi-Bussi, remember Erdberg.

Besser als die Schulterhiebe von Hermann und das Gequatsche von Kantner war das allemal.

Sie hakte sich bei mir unter. Ihr Parfum umstrich meine Nase.

„Nr. 19?" fragte ich.

„Ja, Chanel, der letzte Rest aus deinem Flacon", sagte sie.

„Ist nicht meines, ich hab's dir geschenkt!"

Sie strahlte mich an. Wir beherrschten das Spiel noch immer. Wir konnten nicht anders.

Hermann war zu unserem Tisch getreten und brüllte jovial: „He, wir sind auch noch da!"

Gina sah ihn an: „Kennen wir einander?" und zu mir gewandt: „Diesem Herrn brauchst du mich nicht vorzustellen!"

Die Angeberrunde brach in Gelächter aus.

Ginas Blick schweifte über die Runde, die rechte Hand deutete – indem sie zu einem großen Halbkreis ausholte – auf die Sitzenden: „Die alle brauchst du mir auch nicht vorzustellen!"

Sie war sich ihrer Wirkung auf Männer nicht nur bewußt, sondern konnte sie im Gegensatz zu den meisten Frauen auch einsetzen.

„Was hast du mit deinen Haaren gemacht, und mit deinen Augen?"

„Was soll damit sein?"

„Du weißt schon, du warst nie blond, und blauäugig schon gar nicht!"

„Gefällt es dir nicht?"

„Ehrlich gesagt, nein, überhaupt nicht!"

„Banause!" Dann flüsterte sie mir ins Ohr: „Ich habe heute den roten Tanga an."

Ich hatte es geahnt. Vermaledeite Männerphantasien. Sie kannte alle. Sie war schon politisch unkorrekt, da hatte noch niemand gewußt, daß es so etwas überhaupt einmal geben würde.

Wir setzten uns an die Bar. Ein paar Longdrinks. Ich hasse dieses Zeug, bei dem man einfach nicht weiß, was und wieviel man trinkt. Heute wohl zu viel. Gina rückte immer näher. Nach drei Drinks war mir alles egal. Sie war das einzige Mädchen in unserer Klasse gewesen. Nein, stimmt nicht. Es gab noch zwei oder drei, aber die hatte nach der Schule niemand von uns jemals wieder gesehen.

Dem Keyboarder war es nach ausgiebigem Studium der Bedienungsanleitung gelungen, sein Gerät wieder in Gang zu setzen. Eine Mandoline tirilierte, ein Sopran-Saxophon quäkte und eine Bratsche sorgte für das nötige Schmalz, und die Melodie war noch immer die von „Yesterday". Es war wirklich höchste Zeit aufzubrechen.

Gina kuschelte sich an mich, ihre hochhackigen Absätze legten ein verheißungsvolles Klick-Klack auf das Parkett, und lächelnd verließen wir unter den neidvollen Blicken unserer ehemaligen Schulkollegen den Saal.

Ich will nicht lange herumreden. Wenigstens ihre Schamhaare waren noch schwarz.

„Kannst du nicht diese eingefärbten Kontaktlinsen aus den Augen nehmen? Du und blaue Augen, das halte ich einfach nicht aus!"

„Ich würde mir nackt vorkommen!"

„Du bist nackt!" – „Ich fühl mich aber nicht so."

„Dann mach die Augen zu, damit ich das Blau nicht sehe!"

„Ich denk nicht daran."

„Dann dreh ich das Licht ab."

Es wurde dunkel, die Glut ihrer Zigarette glimmte noch eine Weile im Aschenbecher am Nachtkästchen vor sich hin. Die Zigarette ging aus. Und wir ganz langsam auch.

Ein kühler Luftzug, der über meine Schulter strich, weckte mich. Es war noch ziemlich dunkel, also sehr früh am Morgen. Gina hatte beim Aufstehen die Decke von meiner Schulter gezogen. Ich öffnete ein Auge und blickte sie an. Wenn man die Haarfarbe nicht beachtete und die blauen Augen, sie sah gut aus, selbst so früh am Morgen. Männerphantasie. Die Natur hielt nicht viel von gleichmäßiger Verteilung.

„Was tust du?"

„Ich muß nach Hause zu meinem Mann!"

„Sagtest du: Mann? Hast du geheiratet?"

„Voriges Jahr."

„Schweinerei, du weißt doch, daß ich mir mit verheirateten Frauen nichts anfange."

„Du hast nicht gefragt, und von Anfangen kann man bei uns beiden wohl nicht gerade sprechen!"

„Ich hatte keine Zeit, Fragen zu stellen, und außerdem hättest du mir sicher nicht die Wahrheit gesagt."

„Davon kannst du ausgehen. Woher weißt du, daß ich jetzt die Wahrheit sage?“

Sie warf sich lässig ihren Mantel über, Bussi-bussi, remember Erdberg, ciao, klick-klack, Stakkato der Absätze im Vorzimmer, klick, eine Tür fällt ins Schloß. Was da eben vorbeihuschte, war deine Jugendliebe.

Ich drehte mich um, zog mir die Decke nochmals über den Kopf und schlief weiter.

Fast ewig schlief ich weiter. In einer fernen und unbekannten Zukunft läutete es an der Tür und hörte nicht mehr auf. Müde kroch ich aus dem Bett, Schlafmantel übergezogen, durch den Sucher schauen.

Ruth!

Ich öffnete.

Morgenschön kam sie herein. Keine Männerphantasie. Ganz einfach nur eine Frau. Ich war hellwach.

„Ich sollte dich abholen, es ist zehn. Wir wollen in die Nationalbibliothek.“

„Was, schon zehn Uhr?“ ich konnte es kaum glauben.

„Was, schon zehn Uhr“, äffte Ruth mich nach, „sicher, sonst wäre ich nicht hier! Wie war das Klassentreffen? Großes Besäufnis, ha?!“

„Eine mittlere Katastrophe. Nein, eine große Katastrophe. Frag mich lieber nicht. Es war nicht der Alkohol, es waren die Leute.“

„Ich werde dezent sein und keine Frage stellen.“

Dafür liebte ich sie gleich noch mehr. Nur keine Fragen.

Eine Nacht der Klarheit lag hinter mir. Ich mochte keine blonde Schwarzhaarige und kein blauäugiges Braunauge. Ich bewunderte Ginas Körper so, wie ich Skulpturen von Michelangelo bewunderte. Ihr Körper war kühl, kalt und präzis. Wir hatten nur wenige Worte gewechselt, und selbst die waren mir entfallen. Nur dieses Bild der nach und nach im Aschenbecher verglühenden Zigarette war mir im Kopf geblieben. Wenig für diese Nacht.

Sehr wenig für eine ganze Nacht.

Der schwerste Job der Welt ist das Vergessen.

Aber ich mußte Gina vergessen.

Ich wollte Gina vergessen.

Ich hatte sie bereits vergessen.

Bussi-bussi, never remember Erdberg.

## 7

Plätze sind ein merkwürdiges Phänomen. Man betritt sie, schlendert über sie, flaniert, verweilt, verläßt sie wieder. Sie sind von Denkmälern erobert, werden von Touristen niedergetrampelt und von Tauben zugeschissen. Das haben fast alle Plätze der Welt miteinander gemein. Und dann gibt es noch jene Plätze, die irgendwann in der Geschichte eines Landes in gewisser Weise selbst aktiv wurden, Bühne, Dekoration und Hauptdarsteller in einer Person waren.

Über einen solchen Platz gingen Ruth und ich in diesem Moment. Wir wollten in der Nationalbibliothek jene Ausgaben des Lokalblättchens durchsehen, die während der Nazi-Zeit erschienen sind, da wir hofften, dort den einen oder anderen Hinweis für Ruths Recherchen zu finden. So hatten wir, von der Ringstraße kommend, durch das Burgtor hindurch den Heldenplatz betreten. Plätze sind dadurch gekennzeichnet, daß auf ihnen und innerhalb ihrer Begrenzungen eigentlich nichts ist, sie bestehen genaugenommen nur aus dem Rundherum. Ein Platz selbst ist vor allem leer und zieht daher Diktatoren ebenso an wie Rockmusiker oder Tourismusverbände, alle geeint im Wunsch, einen solchen Platz möglichst dicht vollzustopfen – sei es zum eigenen Ruhm oder zur Füllung diverser Kassen.

Der Heldenplatz ist der mutloseste Platz von Wien. Die Ängste und Kleinmütigkeiten dessen, was man gemeinhin Volk nennt, hatten sich hier einst zu einer Art Lunte gebündelt, die darauf wartete, entzündet zu werden. Der große Zündler kam und entfachte das Feuer, in dessen Hitze viele bereitwillig umkamen. Die meisten der 1938 hier Versammelten waren allen anfeuernden Parolen zum Trotz das pure Gegenteil von heldenmütig gewesen. Als die freudig aufgenommenen Phrasen mit Leben erfüllt wurden, waren sie tödlich. Daß vielen dieser niemals

Heldenmütigen dann genau jenes Heldentum abgefordert wurde, dem sie selbst vorher freudig zugejubelt hatten, kann man je nach eigenem Standpunkt als Ironie, als Rache oder als Betriebsunfall der Geschichte empfinden.

Mit festem Schritt gingen wir also vom Burgtor quer über den Heldenplatz hinüber in Richtung Hofburg zum Eingang in die Nationalbibliothek. Nichts auf diesem Platz läßt einen die vielzitierte Last der Geschichte spüren. Man kann sie nur erahnen: die Denkmäler von Erzherzog Carl und von Prinz Eugen geben einen Hinweis darauf, daß die Geschichte dieses Platzes doch schon einige Zeit vor 1938 begonnen haben muß, auch wenn dies heute vergessen zu sein scheint. Ein Platz, der es außerdem nie geschafft hat, ein richtiger Platz zu werden. Flankiert von Hofburg und Burgtor, durchschnitten von einer Fahrbahn, begrenzt von einer großflächigen Wiese – weder Platz noch Park. Am ehesten noch ein Autoabstellplatz im Schatten eines imperialen Gebäudes. Eine riesige Asphaltwüste als Oase im Häusermeer. Das einzige, was ich spürte, war mein Kopf. Jetzt kam auch noch die Sonne hinter den Wolken hervor und stach in meine ohnedies schon brennenden Augen. Ruth bemerkte, daß ich meine Augen zu schmalen Schlitzen zusammendrückte, um die Blendung zu verringern.

„Bist nicht in Höchstform heute, stimmt's?“ Sie lächelte mich freundlich an.

„Du hast gut lachen. Ich gehe nie wieder auf ein Klassentreffen.“ Mein Kopf lastete auf mir wie ein Zementsack.

„Ich habe dir gesagt, daß du ein Kopfwehpulver nehmen sollst, stimmt's?“

Diesmal war ich mit Nachäffen dran: „Stimmt's, stimmt's ...“, imitierte ich ihre Art zu sprechen, „natürlich stimmt es, aber nachher ist man immer klüger!“

Es war überflüssiger Stolz gewesen. Ich hatte mir eingebildet, vor Ruth wie ein Schwächling dazustehen, wenn ich nach durchzechter Nacht Schmerztabletten nahm. Einfach unmännlich.

Ein Indianer kennt keinen Schmerz. Verdammt, ich war kein Indianer, schon wieder dieses Stechen hinter der Stirn, dieses dumpfe und unablässige Hämmern im Hinterkopf. Du bist keine zwanzig mehr, dachte ich.

„Du bist keine zwanzig mehr", sagte Ruth im selben Moment. Es sollte mich wohl trösten, tat es aber nicht.

„Man ist so alt, wie man sich fühlt", erwiderte ich.

„Mein Beileid!" kam trocken die reichlich herzlose Antwort.

Nach einer Ewigkeit Schmerz in meinem Kopf hatten wir endlich den Eingang erreicht, kühles Dunkel versprach Linderung meiner Pein.

Ruth übernahm die Führung. Ich war hier noch nie gewesen, aber sie kannte sich aus. Sie schrieb an ihrer Dissertation und brauchte manchmal einen der uralten Schmöker, die hier gelagert wurden.

„Links hinten, da geht es hinunter zum Zeitungsarchiv", Ruth querte den Raum, und ich ging ihr nach.

„Bin gespannt, ob sie die Salzkammer-Zeitung hier überhaupt haben!" Ich war mir nicht ganz sicher, denn die Zeitung selbst bewahrte überraschenderweise die Jahre von 1938 bis 1945 nicht im örtlichen Archiv auf.

Ruth machte eine wegwerfende Handbewegung: „Hier gibt es fast alles, wir werden sicher etwas finden."

Sie führte mich durch ein verwirrendes Winkelwerk aus Gängen und Stiegen immer tiefer hinein und hinunter ins Gebäude.

„Da finde ich allein nie wieder heraus!"

Ruth lachte: „Beim ersten Mal ist es mir auch so gegangen. Aber jetzt finde ich mich schon ganz gut zurecht."

Plötzlich standen wir in einem großen Raum mit einem langen Pult.

„Schau“, sagte Ruth, „dort hinten ist die Zettelkartei, da suchen wir zuerst die Archivnummer der Zeitung, und dort beim Pult kann man sie ausheben lassen. Ich hoffe, wir bekommen sie sofort, manchmal muß man nämlich bis zum nächsten Tag warten.“

„Das sind ja schöne Aussichten“, der Gedanke, nochmals in dieses nicht sehr anheimelnde Verließ hinabsteigen zu müssen, war nicht besonders verlockend.

Ruth schob mich in Richtung einer langen Reihe von auf- und nebeneinander gestapelten Kästchen, jedes enthielt eine Schublade voll kartonierter Zettel, auf denen säuberlich die Namen von Zeitungen, die lagernden Jahrgänge und die Signaturen verzeichnet waren.

Ruth zog eine der Schubladen für den Buchstaben „S“ heraus und begann, mit flinken Fingerbewegungen die Karteikärtchen durchzublättern. Plötzlich hielt sie inne, kontrollierte offenbar nochmals die Aufschrift und drehte sich zu mir um: „Da haben wir, was wir suchen!“

„Ich will mir das auch anschauen.“

Aber sie ließ die Beute nicht los. Das Jagdfieber hatte sie gepackt. „Ich lese es dir vor!“ Sie begann zu lesen: „Von 1919 bis 1938 hieß sie Salzkammer-Zeitung, ab 17. März 1938 bis 1944 erschienen als Salzkammer-Beobachter und Wochenzeitung der NSDAP.“

Jetzt war mir klar, warum das Archiv vor Ort eine kleine Lücke aufwies. Die hatten damals nicht viel Zeit verloren. Kaum war Hitler einmarschiert, schon waren alle auf Linie. Kein Wunder, in der Gegend hatte es schon Jahre vor dem Einmarsch von illegalen Nazis nur so gewimmelt.

„Ich werde einmal nachschauen, ob wir die gleich bekommen können!“ sagte Ruth und ging hinüber zum Ausgabepult. Wir hatten Glück. Es war nicht sehr viel los, und der Mann gab unsere Anforderung sofort weiter. Nach einer Viertelstunde tauchte ein älterer Herr in einem verwaschenen, blauen Arbeitsmantel mit einem Wägelchen auf, in dem zwei große, alte Bücher lagen. Es waren offensichtlich die gebundenen Ausgaben der Zeitung. Ruth unterschrieb einen Ausfolgeschein, und ich schleppte die beiden Bände hinüber in den Leseraum. Ein komischer Geruch stieg mir in die Nase. Das war alles, was von der so glorreichen Geschichte geblieben war: ein Haufen stinkender, vergilbender Blätter, ein langsam vor sich hin zerbröselnder Einband.

Wir betraten den Lesesaal für Großformate und Zeitungen. Komische Stimmung. Kein Mensch sprach, die Luft ziemlich dick, klarerweise Rauchverbot, leises, beinahe verschämtes Räuspern aus einer der hinteren Reihen, das Kratzen eines Kugelschreibers auf der Hartpost, in regelmäßigen Abständen das leise, hochfrequente Geräusch des Umblätterns, fast meinte man, den Luftzug zu verspüren, den die Zeitungsseiten verursachten, wenn vorsichtig die nächste Seite aufgeschlagen wurde. Jeder neu Hinzukommende, in diesem Fall also Ruth und ich, wurde mißtrauisch beäugt, als ob er ein unerwünschter Eindringling sei. Die meisten durchblätterten ihre Zeitungen mit einem würdevollen Ernst, der nur knapp neben der Lächerlichkeit lag, und ich mußte grinsen. Nur in der letzten Reihe saß ganz allein ein jüngerer Mann und blätterte sich mit unglaublichem Tempo durch seinen Stapel, wenn ich es richtig ausnahm, handelte es sich um eine Sportzeitung aus den dreißiger Jahren. Einige Köpfe in den vorderen Reihen drehten sich mißbilligend in Richtung des Radaumachers, der sich jedoch nicht stören ließ, seine Umgebung offenbar gar nicht wahrnahm und immer schneller blätterte, so daß ich befürchtete, schon in den nächsten Sekunden würde uns die ganze Zeitung in Fetzen um die Ohren fliegen. Aber nichts dergleichen geschah. Er hatte die letzte Seite erreicht, ein fröhliches Lächeln überzog sein Gesicht, als er den riesigen Band mit einem lauten Knall schloß, sich erhob, die drei Bände nahm, die vor ihm auf dem Tisch lagen, und leise pfeifend den Raum verließ. Die Köpfe drehten sich ihm nach, und als er die Tür hinter sich schloß, sanken diese Köpfe erleichtert wieder zwischen die Seiten ihrer staubigen Folianten. Ruth und ich begaben uns in die eben frei gewordene letzte Reihe, ich legte ganz vorsichtig, nur kein Geräusch, die beiden Bände auf den Tisch. Wir setzten uns nieder, jeder nahm sich ein Buch, und wir begannen zu blättern. Ruth hatte sich den Band mit dem Jahrgang 1938 genommen und musterte zügig Seite um Seite. Auf einmal stieß sie mich mit dem Ellbogen an: „Gib dir das! Die erste Ausgabe nach dem Einmarsch", flüsterte sie mir aufgeregt zu, „die Nummer vorher hat noch der katholische Preßverein herausgegeben, jetzt ist es eine Zeitung der NSDAP! Und da, schau", sie drehte den Band leicht schräg in meine Richtung, damit ich besser lesen konnte, und zeigte auf eine Stelle am oberen Seitenrand, „schau, da steht ‚Kommissarischer Leiter Parteigenosse Dr. Rebe', das muß der Rebe sein, der sich das Geschäft von Großvater unter den Nagel gerissen hat, ganz sicher."

Ihr Stimme war vor Aufregung lauter geworden, Köpfe drehten sich, Augen blickten wieder einmal mißbilligend. Ich legte meinen Zeigefinger senkrecht vor die Lippen: „Pssst, gib acht, die sind hier alle so eingetrocknet wie das Papier, in dem sie blättern."

Ruth atmete durch, senkte ihre Stimme und flüsterte: „Das ist der Rebe, ich sage dir das! Das ist er!"

Ich nickte: „Glaub ich auch! So häufig ist der Name nicht."

Ruth blätterte weiter. „Da schau", ihre Stimme wurde wieder lauter, „da steht ‚Judenpranger', und ...", ihre Stimme wurde noch lauter, „da, ‚Nachstehende deutsche Volksgenossen kauften bei Juden', hier, da, hier ...", sie wurde noch lauter und preßte ihren Zeigefinger so fest auf eine Stelle in der Mitte der Seite, daß das Gewebe unter dem Nagel sich weiß verfärbte, „bitte, hier steht etwas über Großvater – Johanna Eberle aus dem Unterdorf kaufte beim Juden Simon Streicher in der Theatergasse 8." Plötzlich hielt sie inne, atmete tief durch. Sie schaute wieder in die Zeitung. „Typisch die Nazis, alles muß seine Ordnung haben. Sogar wenn sie die Häuser mit Hakenkreuzfähnchen an den Fenstern schmücken. Da steht ‚Jedes Haus eine Fahne, jedes Fenster ein Fähnchen'. Und dann die genauen Maße: 65 cm hoch, 45 cm breit, der weiße Spiegel muß einen Durchmesser von 23 Zentimeter haben, das schwarze Hakenkreuz im Spiegel muß vierzehneinhalb Zentimeter hoch sein und 3 cm dick. Und da ein Inserat ‚Geht nur zu deutschen Rechtsanwälten'." Ruths Stimme war wieder recht laut geworden, und so hatte ich nicht wahrgenommen, daß in der Zwischenzeit eine ältliche, etwas dicke Frau zu unserem Tisch getreten war. Plötzlich sah ich vor mir einen von einer weißen Rüschenbluse bedeckten Bauch, hob den Kopf, oh Gott, Dauerwellen, die sah fünfzehn Jahre älter aus, als sie war, ernster, verächtlich strafender Blick, dann legte sie uns schweigend einen Zettel auf den Tisch, drehte sich um, ging im Lesesaal nach vorne und setzte sich wieder auf ihren Platz in der ersten Reihe. Ich las den Zettel und mußte grinsen. Da stand ganz groß „RUHE!!!". Drei Rufzeichen. Ich schob Ruth den Zettel zu. Sie zückte ihren Kugelschreiber, kritzelte was auf den Zettel und hielt ihn kurz in meine Richtung. Ich las: „Das hätten Sie wohl gern: Ruhe!" Ruth stand auf, ging zur ersten Reihe, legte der Dauerbewellten lächelnd den Zettel auf den Tisch und kehrte zu mir zurück. Während Ruth zurückging, erhob sich die Dauerwelle sichtlich erbost, packte ihre Sachen zusammen und verließ den Raum. Ruth setzte sich wieder zu mir.

„Mir reicht's, das Zeug ist widerlich. Aber das mit dem Rebe ist eine interessante Spur."

Ich konnte nur zustimmend nicken. Wir verließen den Leseraum, gaben die Bücher zurück, ein paar verwirrende Gänge entlang, Treppen, links um eine Säule, rechts um eine Säule, eine Schwingtür, wir standen wieder im gleißenden Licht der Sonne, und meine Kopfschmerzen waren auch wieder da. Nie wieder Klassentreffen.

Ein Fiaker fuhr gerade gemächlich über den Platz, einige Taxilenker standen gelangweilt vor ihren Autos, gönnten sich ein bescheidenes Sonnenbad, indem sie ihre Gesichter mit geschlossenen Augen in die Sonne hielten, und sie schienen nichts weniger zu erwarten als Fahrgäste.

„Ich muß durchatmen", sagte Ruth und setzte sich auf die Stufen vor dem Eingang.

„Das Pflaster ist noch ziemlich kalt, du wirst dich verkühlen!" warnte ich.

„Du redest wie meine Mutter", Ruth sah mich nachdenklich an.

„Ist dir etwa in den Zeitungen noch etwas Besonderes aufgefallen?" wollte ich wissen.

Sie überlegte kurz: „Ja. Die waren schon vor dem Einmarsch stramm national. Da hat nur die Farbe gewechselt, von schwarz auf braun. Umdenken haben die nicht viel müssen. Die haben lange vor dem Einmarsch einen Fortsetzungsroman mit dem schönen Titel ‚Kameraden – herzlich und rauh' zu drucken begonnen, eine Soldatengeschichte. Die Nazis haben das ohne Probleme weiter erscheinen lassen können. Und überall Einschaltungen, man möge nur bei arischen Geschäftsleuten kaufen. Drei Tage nach dem Einmarsch haben sie den Rathausplatz in Adolf-Hitler-Platz umbenannt. Da waren sie wirklich flott. Echt gründlich. Dabei heißt es immer, die Österreicher sind schlampig und nachlässig."

„Und wie geht es dir jetzt?" fragte ich.

Ruth stöhnte und blies die Luft aus ihren Lungen: „Was soll ich dir sagen. Schon komisch, wenn man das auf einmal schwarz auf weiß sieht. Gewußt hat man es schließlich immer. Aber du blätterst in der Zeitung, und plötzlich sind da die Namen und die Adressen, kein Film, keine Erfindung, das Leben, das richtige Leben. Die echten Menschen. Wie sie sind."

Ich hatte mich inzwischen zu Ruth auf die Stufen gesetzt.

„Man kennt das nur aus Erzählungen, aus Büchern. Dann hältst du diese Zeitung in der Hand, heute nur mehr ein Fetzen altes Papier, das sich langsam zersetzt. Damals war jeder Buchstabe ein Schicksal. Jeder Name ein Opfer oder ein Täter. Scheiß Geschichte. Am liebsten würde ich irgendwo abtauchen, einfach verschwinden, ganz woanders wieder an die Oberfläche kommen, weißt du, auf einer anderen Welt, in einem anderen Leben, in einer anderen und mit einer anderen Geschichte. Weißt du, daß der jüdische Mensch bis heute nicht erlöst wurde und noch immer auf den Messias wartet? Da habt ihr guten Christenmenschen es leichter."

„Das kannst du mir nicht anhängen, ich glaube weder an Gott noch an Erlösung."

„Ich wollte dir auch nichts anhängen. Es ist nur interessant, findest du nicht? Für Juden gibt es keine Erlösung. Als Jüdin oder Jude, und wenn du hundertmal nicht daran glaubst, an gar nichts glaubst, an eines glaubst du doch: daß irgendwo hinter einer Ecke noch immer das Verhängnis lauert, daß die Sache nicht vorbei ist, weil die Sache nie vorbei ist. Seit zweitausend Jahren nicht vorbei ist." Sie zog fröstelnd ihre Schulterblätter zusammen. „Jetzt wird mir wirklich kalt, wir sollten aufstehen."

Wir gingen die wenigen Stufen hinunter.

„Hast du Hunger?" Ich hatte nämlich welchen.

„Eine Kleinigkeit wäre nicht schlecht, durstig bin ich auch."

„Drüben am Ring ist ein Würstelstand, einverstanden?"

Ruth nickte. Wir schlenderten durch die noch blätterlose Kastanienallee, die den Ring säumte.

„Was haben deine Recherchen im Finanzarchiv ergeben?" fragte ich.

Ruth hatte den gestrigen Tag dazu genutzt, im Archiv der Republik nach Unterlagen über das Geschäft ihres Großvaters zu suchen. Alle Juden hatten 1938 einen Vermögensstatus abgeben müssen, wenn ihr Besitz einen bestimmten Wert überschritt.

„Ich habe nichts gefunden, ich vermute, daß die Arisierung des Geschäftes eine Privataktion von diesem Rebe war. Da wurden Übereignungsurkunden unterschrieben und nicht einmal jene lachhaft niedrigen Ablösen bezahlt, die sonst üblich waren.

Dieser Rebe hat nicht nur meinen Großvater bestohlen, sondern auch noch seine Parteigenossen übers Ohr gehauen. Die Partei wollte bei diesen Geschäften schließlich mitverdienen, wie man heute weiß. Ich vermute, daß mein Großvater durch die blitzschnelle Aktion vom Rebe kein Vermögen mehr hatte, das er deklarieren hätte können. Von den Loewensteins gibt es einen Akt, in dem sie ihr Vermögen detailliert angeführt haben. Da sind alle Grundbuchnummern von damals angegeben, nicht nur vom Haus, denn es gab noch weitere Grundstücke, von denen ich bis gestern gar nichts gewußt habe. Aber mit diesen Nummern müßte sich das jetzt im örtlichen Grundbuch ganz gut finden lassen."

Wir waren beim Würstelstand angelangt. Ruth bestellte Frankfurter.

„Und für mich Käsekrainer mit süßem und ein Scherzerl bitte."

„Für den Herren eine Eitrige", sagte der Verkäufer im Würstelstand und schnitt die Wurst in kleine Stücke.

„Ungustiös, der Ausdruck", sagte ich zu Ruth, „daran gewöhne ich mich nie."

„Schaut aber wirklich aus, als ob Eiter aus der Wurst rinnen würde", machte Ruth mir Appetit.

„Das ist der heiße Käse, klar rinnt der heraus."

„Bist du sicher, daß das Käse ist?"

„Todsicher."

„Ich bleib lieber bei den Frankfurtern."

„Du, ein Großonkel von mir ist an verdorbenen Frankfurtern gestorben."

„Wirklich?"

„Glaubst du, ich mache Witze? Dabei hat er nie Rollmöpse gegessen, weil er so Angst vor einer Fischvergiftung hatte. Und dann das. Salmonellen in den Frankfurtern. Der Pathologe hat gesagt, mit den Salmonellen von dem Paar Frankfurter hätte man bei geschickter Verteilung die halbe Stadt ausrotten können. Zum

Glück für die Stadt war mein Großonkel immer futterneidig. Nicht einmal seine Frau hat er kosten lassen, dieser Marotte verdankt Großtantchen ihr Leben. ‚Die besten Frankfurter der Stadt', hat Großonkel angeblich noch gesagt. Dann hat ihn die Rettung abgeholt. So banal können letzte Worte sein."

Ruth sah mich noch immer ungläubig an.

„Es ist wahr, bei allem, was mir heilig ist", beteuerte ich.

„Was ist dir heilig?" setzte Ruth nach.

„Nichts. Aber die Geschichte stimmt trotzdem."

Wir aßen unsere Würsteln, tranken Apfelsaft, nur keinen Alkohol für mich, und Ruth mußte heute ohnedies noch Auto fahren, denn wir wollten am Abend wieder bei mir im Haus sein.

Ruth chauffierte, ich fuhr bei. Im Autoradio lief eine Musikkassette, die ich schon vor einiger Zeit aufgenommen hatte. Eben noch sang Chuck Berry „I was motivatin' over the hill, I saw Maybellene in a Coup de Ville", und schon dröhnte Mick Jaggers Stimme aus den Lautsprechern: „Down the road, down the road, down the road apiece". Die Autobahn war ungewöhnlich leer, der Asphalt trocken, und wir rollten mit vorschriftsmäßigen 130 Stundenkilometern dahin. Gut, vielleicht waren es 150. Mehr nicht. Sicher nicht. Jim Morrison löste Jagger am Mikro ab: „The cars hiss by my window like the waves down on the beach, I got this girl beside me but she's out of reach". Konnte es sein, daß wir inzwischen 180 Sachen drauf hatten? Nie und nimmer. Die Zeit verging, draußen flogen die Bäume vorbei, die Wolken veränderten sich immer schneller, und wir waren wieder zurück. Unten der See. Kaum noch Mond, die Sichel ganz schmal.

Wir waren zu Recht müde. Mein Kopf schmerzte auch wieder. Pfeif auf den Alkohol.

„Ich hol' uns ein Fläschchen. Einwände?"

„Kein Einwand. Was macht dein Kopf?"

„Nichts, er macht mich bloß wahnsinnig!"

Ich nahm einen leichten Wein, einen, der sanft die Zunge hinunterging, mit feinem Aroma und verträglich im Magen. Ein „Pavillon blanc“ von Châteaux Margaux. Das war es. Am besten den von 1990. Der war jetzt schön rund und mild. Die Leute denken bei Bordeaux immer nur an Rotwein, dabei gibt es dort ausgesprochen gute Weißweine. Und bei Margaux, da schnalzen die Weinkenner mit der Zunge, während gebildete Weinbanausen daran denken, daß Hemingway seine Enkelin Margaux nach diesem seinem Lieblingswein, in der allerdings bekannteren roten Version, benannt hatte. Hemingway hatte es leicht, Margaux klingt schließlich wirklich verdammt gut. Da kann man seine Enkelin locker danach benennen.

„Ob es ihr Glück gebracht hat, ist eine andere Frage“, sagte ich zu Ruth.

„Wieso?“

„Sie ist recht jung gestorben, vermutlich Selbstmord. Aber trotzdem ist Margaux ein schöner Name und ein toller Wein.“

Wir widmeten die Flasche dem Gedenken an Hemingway und seine Enkelin Margaux. Wir tranken, und der Wein war zart wie die Mondsichel am Tag vor Neumond.

Während wir an den Gläsern nippten, fiel mir – ich weiß nicht warum – dieser Satz aus „Haben und Nichthaben“ ein: „Ein Mann allein hat keine Chance nicht.“ Hat wohl nichts zu bedeuten.

Müde begaben wir uns auf unsere Zimmer. Die Mondsichel war inzwischen ebenfalls verschwunden, hatte sich hinter den Bergen zur Ruhe begeben. Ich schlief ein und träumte wirres Zeug von Hakenkreuzen und Bibliotheken, durch die Fiaker fuhren, mit 180 Sachen fuhren sie durch die Bibliothek, ein paar HJ-Pimpfe ließen sich mein Haus überschreiben, und Hochstrasser tanzte ganz allein einen Tango am Adolf-Hitler-Platz.

8

Ein dramatisches Quietschen drang an meine Ohren, ich verspürte einen kräftigen Ruck an meinen Schultern, eine unsichtbare Hand hatte mich nach vorne geschleudert, ich hing in den Sicherheitsgurten und riß erschrocken meine Augen weit auf.

Wo war ich?

Was war geschehen?

Mit einem Mal war ich hellwach, mein Puls raste, ich spürte den Schlag meines Herzens im Hals. Ich war in einem Auto, meinem Auto. Ruth hatte offenbar abrupt gebremst, als vor ihr ein Lastwagen ohne Blinken und – wie ich annehmen mußte – völlig überraschend in die Überholspur ausgeschert war.

Jetzt wußte ich es wieder. Wir waren auf dem Weg nach Südtirol. Mittags waren wir weggefahren, und nichts hatte bei unserer Abfahrt darauf hingedeutet, daß wir mitten in ein Föhngebiet hineinfahren würden. Zuhause hatte nämlich schon vor einigen Tagen ein heftiger Frühjahrsregen eingesetzt, und wenn es gerade nicht regnete, zogen dichte Nebelschwaden über den See. Es war empfindlich kühl, ich mochte das, aber Ruth fröstelte dauernd und war entsprechend schlecht gelaunt. Wie erwähnt, wir waren gegen Mittag, für mich also kurz nach Mitternacht, weggefahren. Meine Augenlider hatten sich schwer angefühlt und mein Gemüt nicht minder. Das gleichmäßige Schnurren des Sechszylinders gepaart mit dem monotonen Abrollgeräusch der Stahlgürtelreifen hatte mich einschlafen lassen. Wir hatten das Gebiet der Seen verlassen, Bayern gequert und nach eineinhalb Stunden – immer die Inntal-Autobahn entlang – Nordtirol erreicht. Die Luft war schwer vom warmen Föhnwind, der heftig über die Nordkette ins Tal herabwehte. Der Himmel strahlte blau, einige Föhnwolken zogen eilig vorbei. Ein Wetter zum Sterben. Und so fühlte ich mich auch. Ich liebte es eben nicht, so unsanft geweckt zu werden wie vorhin.

„Tut mir leid", sagte Ruth, „dieser Irre hat ohne Vorwarnung beschleunigt und ist auf unsere Fahrbahn herübergekommen. Ich habe dir immerhin soeben das Leben gerettet!"

„Ist schon gut", murmelte ich, „das kann jedem geschehen, du kannst ja nichts dafür."

„He, ich habe es gern gemacht. Trotzdem könntest du danke sagen!"

„Danke ..." – ich klang mehr müde als überzeugt, rückte im Sitz hin und her, suchte wieder eine bequeme Stellung, schloß die Augen und fragte: „Stört es dich, wenn ich noch ein Mützchen Schlaf nehme?"

„Nein, aber schnarch bitte nicht wieder so laut, sonst schlafe ich auch noch ein."

„Ich schnarche nie!"

Der Lastwagen hatte wieder in die erste Spur zurückgewechselt, und Ruth tippte kurz auf das Gaspedal, der Wagen beschleunigte ziemlich kräftig, es drückte mich in den Sitz, und Ruth sagte, ohne mich anzusehen: „Ob du nie schnarchst, entzieht sich meiner Kenntnis. Aber die letzte halbe Stunde hast du geschnarcht, klar?"

Ich stellte mich schlafend, meine Muskeln entspannten sich, mein Pulsschlag hatte sich wieder beruhigt und auch der Sechszylinder unserer Limousine schnurrte so gleichmäßig wie zuvor. Von Zeit zu Zeit öffnete ich ein wenig die Augen, blinzelte durch die halbgeschlossenen Lider in die Gegend und verfluchte den Föhn. Der Föhn macht die Menschen immer ein wenig verrückt, mich hatte er heute vor allem müde und schlaff gemacht.

Dank des unsanften Erwachens von vorhin war mein Körper nicht mehr zum Einschlafen bereit. Meine Gedanken begannen im Kopf Fangen zu spielen.

Als wir Wien nach der Suche in der Nationalbibliothek wieder verlassen hatten und in mein Haus zurückgekehrt waren, kam am nächsten Tag endlich der lange erwartete Anruf von Jürgensen.

Allerdings galt er nicht Ruth, sondern mir. Jürgensen tat sehr geheimnisvoll. Er habe eine Möglichkeit gefunden, wie wir in meiner Sache einen wichtigen Schritt weiterkommen würden. Es gäbe in vierzehn Tagen eine große Yquem-Verkostung in Südtirol, eine größere habe noch nie stattgefunden. Eine dieser legendären Verkostungen von seltenen Weinen, die der ebenso legendäre Jack Fielmann alljährlich veranstaltet. „Sie sprechen seinen Vornamen als ‚Jagg' aus, ich habe immer geglaubt, man sagt ‚Tschäk'!" „Nein, Jagg, er will das so!" Auf jeden Fall habe er, Jürgensen, eine Einladung bekommen und auch für mich eine organisieren können, was übrigens sehr schwierig gewesen sei. Es würden mehr als 100 Jahrgänge Yquem zur Probe stehen. Alles was im Weingeschäft Rang und Namen habe, werde dort sein. Der beste Ort und die beste Gelegenheit, um unauffällig Kontakte herzustellen und Sondierungsgespräche zu führen. Man bedenke: 125 Weine aus drei Jahrhunderten, der von mir gesuchte aus dem Jahr 1740 sei natürlich nicht dabei, der ist schließlich verschwunden, aber eine Flasche aus dem Jahr 1784, der älteste Wein der Veranstaltung, sei auch nicht zu verachten. Und die Kontaktmöglichkeiten, die seien ohnedies das Wichtigste. Für die Verkostung selbst gäbe es nicht mehr als dreißig Einladungen. Wenn er den Veranstalter nicht schon seit Jahrzehnten kennen würde, genau gesagt, sehr gut kennen würde, aber so habe er es einrichten können, daß auch ich eingeladen werde. Immerhin hätte ich mir in den letzten Jahren in den entsprechenden Kreisen einen guten Namen als Sammler gemacht. Trotzdem: wenn er, Jürgensen, dem Veranstalter nicht behilflich gewesen wäre, die eine oder andere seltene oder verschollen geglaubte Flasche aufzutreiben, hätte das alles nichts genutzt. Ich müsse nämlich wissen, daß es bei dieser fünf Tage dauernden Veranstaltung natürlich auch noch andere seltene Weine als die ganze Parade von Yquems zu trinken gäbe. Jede Menge alte und extrem teure Rotweine aus Bordeaux, so hätte er etwa einige sehr, sehr seltene Flaschen Châteaux Pétrus beschafft. Dank seiner Intervention für mich, würde ich auch in diesen Genuß kommen ... ich unterbrach Jürgensens Redeschwall: „Wann, haben Sie gesagt, findet das statt?“ „Samstag, in vierzehn Tagen.“

Fast eine ganze Woche sollte die Verkostung dauern. Es würde – wie gesagt – nicht nur Weine von Yquem geben, aber die seien der Kernpunkt des Programms. Eine derart vollständige Parade alter Jahrgänge hätte es wirklich noch nie gegeben.

„Sagten Sie in Sankt Ulrich, das ist im Grödner Tal, nicht wahr?“

So war es gekommen, daß wir nun stetig in Richtung Brennerpaß rollten. Hoffentlich war das Hotel gut. Im Namen trug es wie fast jedes Tiroler Hotel die Bezeichnung „Adler“, in unserem Fall „Hotel Roter Adler“. Ich hatte kurz überlegt, wie ich am besten dorthin gelangte. Dann hatte Ruth angeboten, mich zu chauffieren. Sie fahre gerne Auto – überhaupt mit meiner Luxuskutsche.

„Aber was tust du dort den ganzen Tag, die ganze Woche? Ich kann dich nicht zur Verkostung mitnehmen!“

„Das stört mich nicht, ich muß ohnehin wieder einmal an meiner Dissertation weiterschreiben.“

„Ich habe zwar inzwischen mitbekommen, daß du Volkswirtschaft studierst, aber als alter Egoist habe ich dich bis heute nicht gefragt, worüber du deine Doktorarbeit schreibst!“

„Wird dir nicht viel sagen: ‚Kondratieffs Theorie der langen Wellen der Konjunktur und ihre Gültigkeit im Zeitalter sich beschleunigender Innovationen in Elektronik und Informatik‘. Klingt arg, oder?“

„Der gute, alte Kondratieff, haben sie den auch wieder ausgegraben?“

„Du kennst den? Du bist der erste Mensch, den ich kennenlerne, ich meine, außerhalb des Seminarraumes, der von diesem Herrn schon gehört hat.“

„Ist doch ganz einfach: Kondratieff hat in den 20er Jahren die Theorie entwickelt, daß die Wirtschaft in langen Wellen, die länger sind als die bekannten Konjunkturzyklen, auf- und absteigt und daß diese Entwicklung immer von neuen Technologien angestoßen wird. Seiner Meinung nach hat zuerst die Dampfmaschine, dann die Eisenbahn und schließlich die elektrische Energie jeweils eine solche lange Welle von rund 50 Jahren Dauer ausgelöst. Wenn seine Theorie stimmt, haben wir bis Mitte der 70er Jahre die vierte dieser Kondratieff-Wellen erlebt und befinden uns nun kurz vor dem Höhepunkt der fünften Welle, die von der modernen Informationstechnik ausgelöst wurde. Ab der Jahrtausendwende oder zwei, drei Jahre danach geht es wieder 25 Jahre bergab! Allerdings glaube ich persönlich, daß sich die technische Erneuerung derart beschleunigt hat, daß diese langen Wellen sich gegenüber früher stark verkürzt haben."

„Unfaßbar, der Mann kennt sich aus! Willst du vielleicht für mich die Doktorarbeit schreiben?"

„Kein Bedarf!"

„Wieso kennst du dich da aus?"

„Eine Jugendsünde, ich habe mich ein paar Jahre mit dem Zeug beschäftigt. Ich bin einer jener wenigen Menschen, die sogar das Kapital von Marx wirklich gelesen haben!"

„Das ganze Kapital?"

„Alle drei Bände!"

„Du warst ein Linksradikaler, oder?"

„Ich bin ein Linksradikaler!"

„Mit Weinkeller?"

„Mit Weinkeller!"

„Und wie verträgt sich das?"

„Gar nicht. Andererseits: dank meines Studiums des Kapitals bin ich zu Kapital gekommen. War so nicht beabsichtigt, ist mir einfach zugestoßen."

„Ich leide mit dir!"

„Danke, aber ich leide nicht."

„Habe ich vermutet!"

Wir waren uns jedenfalls schnell einig: Ruth würde mich hinfahren und dort an ihrer Diss weiterschreiben, und ich würde mich mit Yquem vollaufen lassen. Eine gute Arbeitsteilung.

Wir hatten den Brennerpaß erreicht und schon waren wir in Italien. In meiner Kindheit hatten Grenzübergänge etwas Unwirkliches, Geheimnisvolles und Aufregendes. Beamte in fremden Uniformen hatten dich beim Grenzübertritt mit grimmigem Gesicht gemustert, man mußte seinen Paß herzeigen, manchmal blätterten sie in einem Fahndungsbuch, und ich stellte mir vor, ein gefährlicher Gangster zu sein, der ihnen wieder einmal durch die Lappen ging. Seit man aber innerhalb der Europäischen Union die Grenzkontrollen abgeschafft hat, war an einem Grenzübergang nichts Romantisches mehr. Man rollte von einem Land ins andere und merkte es nicht einmal.

Wir rasten an Brixen vorbei, verließen kurz vor Bozen die Autobahn und bogen ab ins Grödner Tal. Wir folgten den Kurven einer engen Alpenstraße, die Berge ringsum wurden immer höher und kamen immer näher. Wir erreichten Sankt Ulrich. Was vor einigen Jahrzehnten noch ein kleines Nest mit ein paar Bergbauern und vielen Holzschnitzern gewesen ist, hatte sich zu einem Ort der großindustriellen Verarbeitung von Touristenmassen entwickelt.

„Ich hasse es, in einem Ort, den ich nicht kenne, das Hotel suchen zu müssen“, sagte Ruth.

„Vor allem, wenn man hungrig und müde ist“, ergänzte ich. Glücklicherweise lag das Hotel direkt an der Ortsdurchfahrt. Ruth parkte ein, wir stiegen aus und sogen tief die kühle Luft ein.

„Sehr kühl hier, wir sind aber auch fast auf 1300 Meter Seehöhe“, sagte ich zu Ruth.

„Muß eine tolle Gegend gewesen sein, bevor sie hier alles zugebaut haben“, sagte Ruth und ließ ihren Blick über die umliegenden Berge schweifen.

„Wenn die nicht alles verbaut hätten, müßtest du in einer alten Scheune frieren, und die Yquem-Verkostung würde auch nicht hier stattfinden."

„Man wird doch noch meinen dürfen, oder?"

In der Rezeption stand ein trachtenbewehrter Laiendarsteller, der auf Ureinwohner machte.

Ich hatte zwei Zimmer bestellt.

„Tut mir leid", sagte der in der Rezeption, „ich habe da ein Zweibettzimmer notiert."

„Ich habe aber ganz sicher zwei Zimmer bestellt", beharrte ich.

„Wir sind wegen einer Veranstaltung völlig ausgebucht, keine Chance auf ein zweites Zimmer!" Freundlich, aber ungerührt kam die Antwort.

„Das geht schon in Ordnung", mischte Ruth sich ein, „du beißt doch nicht, oder?"

Sie erwartete offenbar keine Antwort.

Der in der Rezeption verbreiterte sein professionelles Lächeln noch eine Spur: „Sie haben Zimmer 124, ich wünsche Ihnen einen angenehmen Aufenthalt."

Mir war das ungemein peinlich: „Glaub mir, ich habe wirklich zwei Zimmer bestellt, ich kann dir das Fax zeigen, wenn wir wieder zu Hause sind. Ich bin nicht so einer!"

„Was für einer bist du nicht?"

„Ach, du weißt schon."

Ruth musterte mich von oben bis unten, sie wirkte sehr belustigt.

„Grins nicht so dumm!" Es war mir wirklich peinlich.

„Ich grinse doch nicht, macht dir irgend etwas Sorgen? Wir werden uns schon zusammenraufen, oder? Ist es dir sehr unangenehm, mit mir ein Zimmer teilen zu müssen?"

„Unangenehm? Mir ist es nicht unangenehm, mit dir ein Zimmer zu teilen, mir ist es nur unangenehm, daß du glaubst, ich hätte das so arrangiert, daß wir uns das Zimmer teilen müssen."

„Ein Gentleman der alten Schule, was?"

In diesem Moment fiel mir das erste Mal auf, daß sie die eigenartige Angewohnheit hatte, ihre Sätze und Feststellungen immer mit einer Frage abzuschließen.

„Nix Gentleman", versuchte ich mich zu retten, „ich bin eben nur nicht so einer." Meine Argumentation war nicht gut, ich wußte es. Immer wenn ich nicht lüge, ist meine Argumentation schwach. Man ist dann einfach nicht ausreichend vorbereitet.

„Also, was für einer bist du nicht?"

„Ich sage gar nichts mehr."

Ich kämpfte kurz mit dem Schloß. Das war nämlich kein Schloß, sondern so ein moderner Zauberkasten, in den man nur die Magnetkarte richtig einführen mußte, damit sich die Tür öffnete – in diesem Fall: nicht öffnete. Ratlos betrachtete ich das Plastikding.

„In Pfeilrichtung einstecken, steht da am Schloß", sprang Ruth mir helfend bei.

„Lesen kann ich selbst auch, aber auf dieser blöden Karte ist weit und breit kein Pfeil."

„Laß sehen", Ruth nahm mir die Karte aus der Hand, „da ist wirklich kein Pfeil. Dann hilft nur Ausprobieren."

Sie steckte die Karte in den Schlitz, ein kurzes Summen ertönte, und die Tür schwang sachte auf.

„Bitte einzutreten", Ruth machte eine weit ausholende Handbewegung.

„Ich hasse dieses modernistische Zeug. Als ob es ein ordentlicher Schlüssel nicht auch tun würde."

„Du erträgst bloß nicht die technische Überlegenheit einer Frau, oder?"

„Auch so einer bin ich nicht!"

Vielleicht war ich ein wenig schusselig, denn ich hatte noch immer dieses Gefühl der Peinlichkeit.

Ich trat ein. Verdammt. Ich hatte es befürchtet. Hier gab es nicht zwei Betten, sondern ein Doppelbett. Ein Doppelbett ohne

Spalt in der Mitte. Ich würde in der Badewanne schlafen. Man kennt das schließlich aus unzähligen Hollywoodfilmen. Ich sah das schmerzverzerrte Gesicht von Jack Lemmon am Morgen danach vor mir. Keine Ahnung mehr, wie der Film hieß. Aber der Gesichtsausdruck von Lemmon verhieß größten Leidensdruck.

„Du schläfst in der Badewanne", hörte ich Ruth sagen. Es geschah mir recht, warum hatte ich keine Rückbestätigung meiner Reservierung verlangt.

Ich warf einen Blick ins Badezimmer.

„Die haben keine Badewanne, nur eine Dusche!" teilte ich meine Erkenntnis mit. Wo würde ich jetzt schlafen? „Stört es dich, wenn ich es mir auf dem Bettvorleger unbequem mache?" Irgendwo mußte ich schließlich liegen.

Ruth war ganz leise herangekommen, stand hinter mir und biß mich ins Ohrläppchen.

„Spinnst du? Du schläfst im Bett. He, wir sind erwachsene Menschen, oder? Hast du Pest? Cholera? Pickel am Hintern? Oder gar Mundgeruch?"

„Nichts davon!" sagte ich unsicher.

„Daß du schnarchst, weiß ich seit der Inntalautobahn, das stört mich nicht! Hast du sonst irgendein verborgenes Laster?"

„Meinen Weinbauch!"

„Ich meinte: verborgenes Laster! Also, willst du jetzt die linke oder die rechte Bettseite?"

Ich kann niemandem sagen, wie peinlich mir das alles war: „Links, wenn es dir nichts ausmacht!"

„Ist in Ordnung. Ich kann übrigens auch weder mit Pest noch mit Cholera oder Mundgeruch dienen. Allerdings muß ich dich trotzdem warnen: ich esse im Bett. Kekse. Und ich krümle dabei. Und da du schwerer bist als ich, rollen die Krümel zu dir hinüber. Du schläfst auf Bröseln, da kannst du noch so gründlich alles rauszuwischen versuchen. Ich esse mehrmals in der Nacht Kekse. Ohne Kekse kann ich nicht schlafen! Hast du auch etwas zu gestehen?"

„Ich lese bis zwei Uhr morgens."

„Dieser Mensch ist unerträglich gebildet!"

Eigentlich hätte ich jetzt noch fragen können, wie es sich mit eventuellen Pickeln auf ihrem Hinterteil verhielt, davon hatte sie in Bezug auf sich selbst natürlich nichts gesagt. Aber mir war das alles viel zu peinlich, ich brauchte da immer einige Zeit, bis sich das legen würde.

Erst jetzt kam ich dazu, das Hotelzimmer richtig anzusehen. Die Einrichtung verströmte karge Sachlichkeit, die in einem auffälligen Kontrast zu den recht billigen Aquarellen mit röhrenden Hirschen und majestätisch gleitenden Adlern stand. Hier wurde eine Natur zitiert, die es ringsum längst nicht mehr gab. Den meisten Gästen reichte dieses Zitat. Ein echter Hirsch im Wald würde bei den guten Leuten sofortige Fluchtreaktionen auslösen, und ein wirklicher Adler sie in Panik vom Berg fallen lassen.

Hotelzimmer haben ihre eigene Art von Einsamkeit. Sie sehen überall auf der Welt gleich aus, und sie bleiben einem doch immer fremd. Nicht umsonst heißt es vielerorts noch immer „Fremdenbetten", wenn man von den Unterbringungsmöglichkeiten für Touristen spricht.

Ruth hatte sich inzwischen daran gemacht, ihren Koffer auszuräumen und den Kasten zu füllen. Ich hatte mich auf meine Bettseite gelegt und sah ihr zu.

„Willst du nicht auch deinen Koffer ausräumen?"

„Und wo gebe ich meine Sachen dann hin, den Kasten füllst du locker allein! Mich stört es nicht, wenn ich aus dem Koffer lebe."

Ruth hatte den Koffer geleert, der Schrank war wirklich voll geworden.

„Wie hier jemand drei Wochen Urlaub machen kann, bleibt mir für immer ein Rätsel", sagte Ruth, „der Kasten ist wirklich viel zu klein!"

Ruth hatte noch eine Reisetasche mit, die schleppte sie jetzt ins Badezimmer.

„Kann ich die Ablage unter dem Spiegel haben?“ hörte ich Ruth fragen.

„Von mir aus!“

Ich habe zwar Zeit meines Lebens allein gewohnt, aber schon Gina hatte immer mein Badezimmer mit Fläschchen, Flacons und diversen Tiegeln und Tuben vollgeräumt, damit sie sich am Morgen nicht so einsam fühlt, wie sie immer beteuert hatte. Ich stand auf und warf einen Blick ins Badezimmer. Wie erwartet, alles vollgerammelt.

„Männer haben kein Badezimmer“, sagte Ruth, „sondern bloß einen Waschraum.“

Widerspruch war sinnlos, sie hatte recht. Aber ich liebte diese weibliche Marotte des Aufstellens von völlig nutzlosen Produkten der Kosmetikindustrie. Diese Batterie von Flaschen und Dosen hatte trotz allem etwas Intimes, sehr Vertrauliches, Persönliches und verriet manchmal mehr als stundenlange Gespräche.

„Ich habe Hunger“, sagte Ruth, „wann bekommt man hier etwas zu essen?“

„Es ist fast sechs, die Küche hat sicher schon offen.“

„Muß man sich in Schale werfen?“ wollte Ruth wissen.

„Glaube ich nicht, ich behalte die Jeans an. Morgen bei der Verkostung wird es wahrscheinlich steifer zugehen, das ist schließlich ein sehr konservativer Verein.“ Wir gingen also hinunter ins Hotel-Restaurant, das nicht nur einen erstklassigen Ruf hatte, sondern angeblich auch über eine exzellente Weinkarte verfügte.

Wir waren die ersten und erhielten einen Tisch zugeteilt, von dem aus man einen guten Überblick über den Haupteingang und den Raum hatte.

Wir studierten die Speisekarte.

„He, das klingt witzig: ‚stinco di maiale con crauti‘, was ist das?“ fragte Ruth.

„Du wirst es nicht glauben, aber das ist eine banale Schweinsstelze mit Sauerkraut."

„Du kannst Italienisch?"

„Nein, aber ich kann die Rückseite der Speisekarte lesen, da steht alles auf Deutsch!"

Wir entschieden uns für Hirschschinken mit Steinpilzen. Die vom Ober würdevoll überreichte Weinkarte war wirklich lesenswert.

„Hast du irgendeinen bestimmten Wunsch, was den Wein betrifft?" wollte ich von Ruth wissen.

„Wie sollte ich, du weißt, daß ich mich noch in den Anfängen des Deliriums befinde! Ich begebe mich in deine Hände!"

„Wein aus Italien?"

„Natürlich!"

„Mal sehen, was es gibt." Ich blätterte durch die Karte. „Willst du einen prominenten Wein oder etwas mehr Ausgefallenes?"

„Etwas Ausgefallenes, oder?"

„Gut, ich glaube, ich habe das Richtige gefunden. Ein Barolo 1989 von Bartolo Mascarello. Einmaliger Wein. Sehr traditionell gemacht, keiner von diesen neumodischen Schwächlingen, die zwar den Amis so wunderbar schmecken, aber nie richtige Baroli werden! Außerdem ist mir der Winzer sympathisch, er hat nämlich auf die Frage nach seiner Lebensphilosophie geantwortet, sein Lebensziel sei es, niemals einen Lieferwagen, einen Vertreter und eine blonde Sekretärin zu haben."

Der Ober brachte den Wein ebenso feierlich wie zuvor die Weinkarte, öffnete vorsichtig die Flasche und leerte den Wein mit ruhiger Hand in eine Glaskaraffe.

„Eigentlich hätte der Wein schon vor drei oder vier Stunden aufgemacht und umgeleert gehört. Aber dieser Wein verträgt sogar schlechte Behandlung!" erklärte ich. Der Ober schenkte zuerst mir einen kleinen Schluck ein, ich kostete, „Wunderbar!" und bedeutete ihm, er könne die Gläser füllen.

Die angebrochene Flasche stand mitten auf dem Tisch, hinter mir hörte ich eine Stimme, die mir bekannt vorkam: „Die Flasche schaut nach Mascarello aus!“ Im selben Moment griff eine Hand an mir vorbei zur Flasche und nahm sie an sich: „1989, meine Hochachtung, drei Gläser im Gambero Rosso!“

Gambero Rosso ist der wichtigste Weinführer für italienische Weine, und jetzt fiel mir ein, wem die Stimme gehörte. Das konnte nur Max sein, Max Roth, ein alter Freund, den ich seit vielen, vielen Jahren nicht mehr gesehen hatte. In der Jugend sind wir Kampfgefährten gewesen, ich weiß nicht, auf wie vielen Demonstrationen wir gemeinsam waren. Wir hatten uns fast gleichzeitig von der politischen Arbeit verabschiedet und einander im Lauf der Jahre aus den Augen verloren. In der Politik hat man kaum persönliche Freunde. Max war einer der wenigen gewesen. „Roth, wie sozialistisch“, so hat er sich früher immer vorgestellt.

Ich stand auf und drehte mich um: „Max, du bist es wirklich? Was tust du hier?“

„Willst du mich nicht mit der Dame bekannt machen?“

„Ruth Loewenstein“, ich deutete auf Ruth, dann auf Max: „Max Roth …“, er fiel mir ins Wort: „Roth, wie sozialistisch!“ Die beiden gaben einander die Hand.

„Wir kennen uns aus der gemeinsamen Zeit bei den Sozialistischen Mittelschülern!“ erklärte ich.

„Wir waren die Speerspitze der Arbeiterklasse“, ergänzte Max grinsend.

„He, weißt du, daß ich heute schon die zweite Neuigkeit über dich erfahren habe? Mein Bild von dir wird stündlich deutlicher.“ Ruth blickte mich an, und ich war nicht sicher, ob ihr Blick eher ironisch oder mehr nachdenklich, möglicherweise beides gleichzeitig war.

„Ist bei euch noch Platz?“ wollte Max wissen.

Ich sah zu Ruth, sie nickte, also nickte ich auch.

Max nahm Platz.

„Sprich, was treibt dich in diese Gegend. Es muß zehn Jahre her sein, daß wir uns das letzte Mal gesehen haben." Ich betrachtete Max. Er hatte sich kaum verändert. Ein paar Kilo mehr und ein paar Haare weniger.

„Ich bin Gast auf einer Weinverkostung ..."

„Doch nicht auf der von Fielmann, auf der großen Yquem-Verkostung?"

„Doch, genau auf der!"

„Wie kommst du dazu?"

„Ich bin Weinhändler, das heißt, ich arbeite für eine der größten europäischen Weinhandelsfirmen."

„Du??? Du warst immer Antialkoholiker!"

„Ein denkender Arbeiter trinkt nicht, und ein trinkender Arbeiter denkt nicht", Max lachte auf, „das war einmal. Ich habe mich zum arbeitenden Trinker gemausert. Wo einen die Promille des Lebens hinführen!"

Ich winkte den Ober herbei und bat ihn, ein weiteres Glas zu bringen.

„Du trinkst doch mit?"

„Da kannst du Gift drauf nehmen! Einen 89er von Mascarello lasse ich sicher nicht aus!"

Der Ober brachte das Glas und schenkte ein.

Wir prosteten einander zu.

„Auf die alten Zeiten!" sagte ich.

„Auf deine hübsche Begleiterin", sagte Max.

„Auf all die Neuigkeiten", sagte Ruth.

Die Gläser klirrten wie kleine Glöckchen, als wir sie vorsichtig aneinanderschlugen.

„Und, was tust du hier?" wollte nun Max wissen.

„Du wirst lachen, dasselbe wie du!"

„Nicht wirklich!"

„Doch, ich bin auch auf der Yquem-Verkostung!"

„Wie kommst du dazu?"

„Ich habe so meine Kontakte, als alter Sammler!"

„Ist bei dir der Reichtum ausgebrochen?“

„Kann man so sagen! Es reicht für die nötigsten Dinge im Leben.“

Es geschah selten, daß bei einem Treffen nach so langer Zeit keinerlei Verlegenheit aufkam. Diese zufällige Begegnung mit Max war eine jener seltenen Gelegenheiten. Wir hatten einander immer gut verstanden. Wir sahen einander an, ein wenig ungläubig angesichts des Zufalles, der uns nach so vielen Jahren wieder zusammentreffen ließ, und lachten einander so fröhlich an, als ob uns ein besonders guter Streich gelungen wäre.

„Ich fasse es nicht, alter Junge“, sagte Max, „du und ich auf einer Verkostung vom Fielmann. Jetzt sei einmal ehrlich, wie bist du wirklich zu der Einladung gekommen? Immerhin läßt der sich so ein Fest eine ganze Menge kosten, unter einer Million Mark spielt sich nichts ab! Der lädt nur Leute ein, die ihm auf irgendeine Art nützlich sein können.“

„Wie meinst du das?“

„Schau, keiner der Eingeladenen zahlt auch nur einen Groschen, addiere den Wert der Flaschen, dann weißt du, was ich meine. Einerseits lädt Fielmann die wichtigsten Weinkritiker ein, diejenigen, die einen Wein in den Himmel heben oder in die Hölle verdammen können. Wenn einer von denen einen Wein lobt, vervielfacht sich der Preis über Nacht. Der Fielmann hat sich zuerst heimlich und preiswert entsprechende Bestände zugelegt, dann kommt der Wein auf so einer Verkostung groß heraus, und mit der sich ergebenden Preissteigerung hat er die Kosten der Gratiseinladung locker hereingespielt. Andererseits lädt er Leute ein, die nicht wissen, wohin mit ihrem Geld. Diesmal sind zwei der reichsten Banker aus Hongkong eingeladen, denen wachsen die Dollar aus den Nasenlöchern wie unsereinem Haarbüschel. Auf der Verkostung macht er den Leuten ordentlich Appetit, und die bestellen dann bei ihm die Kisten im Dutzend.“

„Aber der handelt doch nur mit extrem raren Weinen!“ warf ich ein.

„Das ist der Trick", sagte Max, „kein Mensch kann kontrollieren, wo er die her hat. Ich kann dir nur sagen, bei uns in der Firma gibt es ein striktes Verbot, bei Fielmann einzukaufen. Was glaubst du, warum ich eingeladen bin? Der hofft, daß ich als Chefeinkäufer den Boykott gegen ihn aufhebe. Nicht, daß er uns braucht, er findet auch so genug Narren, die ihm seine dubiosen Weine abkaufen, aber es ist einfach schlecht für sein Image."

„Was sind das, dubiose Weine?"

„Es bleibt unter uns! Ich spreche von Fälschungen. Der Mann kauft seit Jahren überall auf der Welt leere Flaschen, Etiketten, Original-Holzkisten und Korken auf. Er kauft jeden alten Wein, egal von wo und egal welche Qualität. In den 70er Jahren, während der großen Krise in Bordeaux, hat er jede Menge Altweine billig kaufen können, selbst ein Mouton-Rothschild 1945 war damals ausgesprochen preiswert. Das heißt, er hat natürlich erstklassige Weine im Keller, die er für die großen Proben herausholt. Aber was er den Leuten dann liefert, will ich lieber nicht wissen."

„Kann man das beweisen?"

„Was heißt beweisen? Du brauchst nur zu schauen, was er beispielsweise von Châteaux Pétrus, Jahrgang 1945, auf Auktionen verkaufen läßt. Der Wein ist erst Anfang der 80er Jahre zu seinem heutigen Kultstatus aufgestiegen. Vorher haben den ein paar Kenner unter sich verteilt, es gab damals pro Jahr nur zwölf- bis dreizehntausend Flaschen. Und die wurden in den ersten fünf Jahren getrunken. Seit 1980 sind von diesem Wein viele hundert Flaschen auf Auktionen aufgetaucht. Sogar Magnum- und Doppelmagnum-Flaschen aus dem Jahr 1928 wurden auf einmal angeboten. Selbst der heutige Besitzer des Weingutes glaubt nicht, daß damals solche Großflaschen abgefüllt worden sind."

„Wie fälscht man Wein?"

„Nichts einfacher als das. Du nimmst leere Flaschen, möglichst mit angeschimmeltem Etikett, sagen wir einen Mouton 1945, den passenden Stoppel, organisierst dir einen vergleichsweise billigen Bordeaux aus den vierziger Jahren und tust ihn in die Flasche. Ein geschickter Bastler verschließt die Flasche mit einer perfekt gealterten Bleikapsel, und fertig ist die Fälschung. Kein Mensch bemerkt etwas. Bei Altweinen hast du keine Chance. Man weiß nie, ob ein Wein, der 40, 50 oder noch mehr Jahre alt ist, noch in Ordnung ist. Taugt der Wein nichts, wird jeder bedauernd mit der Schulter zucken. Der Wein ist halt schon hinüber, war vielleicht schlecht gelagert, kein Mensch weiß schließlich, in wie vielen Kellern und unter welchen Bedingungen so ein Wein all die Jahrzehnte verbracht hat. Das ist das Risiko. Ein idealer Markt für Fälschungen. Kein Mensch hat wirklich eine Vergleichsmöglichkeit, wie oft trinkt man schon Mouton 45 oder Cheval-Blanc 1947?"

„Du glaubst also, wir bekommen morgen auch gefälschte Yquems zum Kosten?"

„Ich glaube gar nichts. Aber ich erzähl dir etwas über die älteste Flasche in dieser Verkostung, über den Yquem 1784. Die Flasche ist eine der berühmten Jefferson-Flaschen, benannt nach dem damaligen Präsidenten der USA. Der hat – das ist nachweisbar – mehrere Kisten der Jahrgänge 1784 und 1787 kaufen wollen. Es gibt eine Bestellung. Aber kein Mensch weiß, ob der gute Jefferson nicht alle Flaschen gemütlich selbst ausgetrunken hat. In einem Pariser Haus, das angeblich einmal Jefferson gehört haben soll, wurden Anfang der 80er Jahre im Keller – wiederum angeblich – mehr als ein Dutzend Flaschen Margaux, Mouton und Lafite sowie Yquem gefunden. Darunter auch mehrere Flaschen Yquem 1784 und 1787. Tatsache ist, daß bei der Laboranalyse einer aus diesem angeblichen Fund stammenden Flasche Lafite 1787 festgestellt wurde, daß mindestens die Hälfte des Inhalts aus dem Jahr 1962 oder einem noch späteren Jahr stammt. Wenn man noch bedenkt, daß eine Flasche vom 1787er Yquem in London um fast 160.000 Dollar versteigert worden ist, kannst du dir deinen eigenen Reim darauf machen!"

Ruth hatte bisher schweigend zugehört: „Glücklicherweise trifft es keine Armen, oder?“

„Das kann man sagen“, lachte Max, „also, mach’s nicht so spannend, wie kommst du hierher?“

„Mit dem Auto! Aber im Ernst: ich verdanke mein Hiersein einem gewissen Jürgensen, der handelt wie Fielmann mit Weinraritäten, ich glaube, die beiden arbeiten irgendwie zusammen. Kennst du ihn vielleicht?“

„Und ob ich den kenne! Der macht für den Fielmann die Drecksarbeit. Er kauft für ihn die leeren Flaschen, und was man sonst noch so braucht. Nebenbei betreibt er das gleiche Geschäft wie Fielmann, nur halt in kleinerem Rahmen, was der Fielmann so für ihn überläßt. Außerdem ist der Mann ein alter Nazi. Der Fielmann hat ihm ein absolutes Auftrittsverbot bei Verkostungen erteilt, weil er nach dem zehnten Probeglas jedem von seinen HJ-Abenteuern erzählt hat.“

„Und warum hält sich der Fielmann ausgerechnet so einen Mann, ich meine, das Geschäft ist, wenn deine Vermutungen stimmen, ohnehin schon riskant genug, wer will da mit Nazi-Sprüchen zusätzlich Aufmerksamkeit auf sich ziehen?“

„Erstens hat er den Jürgensen früher gebraucht, denn der hatte beste Beziehungen zu geflüchteten Nazis in Südamerika. Ein nicht geringer Teil von Fielmanns Beständen stammt aus Nazi-Raubgut. Die haben sich mit dem Verkauf der gestohlenen Weinkellerbestände ihr Exil in Südamerika finanziert. Zweitens weiß Jürgensen klarerweise zuviel über Fielmanns Geschäfte.“

Der Ober brachte Ruth und mir unser Essen.

„Willst du nichts essen?“ fragte ich Max.

„Ich habe am Nachmittag üppig gejausnet. Danke, aber für heute reicht es!“

Wir bestellten beim Ober noch eine Flasche Barolo, denn Max hatte während seines Erzählens zügig ein Glas nach dem anderen geleert.

„Schau, wen wir da haben", Max deutete mit einer kleinen Kopfbewegung zum Eingang, „wenn das nicht Robin Jameson und Bill Pelikan sind, dann weiß ich nicht!" Eine kleine Gruppe von Leuten betrat den Raum, immer zwei Männer nebeneinander, insgesamt sechs Personen.

„Muß man die kennen?" fragte Ruth.

„In meinem Gewerbe schon. Pelikan, der linke von den beiden ersten, dominiert den amerikanischen Markt. Wenn der für einen Wein 100 Punkte vergibt, schießt der Preis weg wie eine Rakete."

„Und wer ist der rechts?" fragte Ruth.

„Ich kenne ihn nur von Fotos, aber Max hat recht, es muß Robin Jameson sein."

„Er ist es", sagte Max, „einer der renommiertesten Weinautoren, seine Verkostungsnotizen reichen 50 Jahre zurück. Wenn es jemanden gibt, der alles gekostet hat, was in den letzten 50 Jahren am Markt zu kaufen war, dann ist es Jameson. Wundert mich nur, daß die beiden so einträchtig nebeneinander gehen, die mögen sich nämlich nicht besonders, genau gesagt, sie sind einander in inniger Abneigung zugetan. Platzhirsch-Syndrom. Normalerweise vermeiden sie gemeinsame Auftritte, aber hier müssen sie dabei sein."

„Die nächsten zwei, der eine muß der Fielmann sein, und der andere, ist das nicht der Urs Weckerli?" fragte ich.

„Genau", sagte Max, „der Fielmann ist so etwas von dekadent. Dabei wird seine Unbildung nur noch von seiner Einbildung übertroffen."

„Und der Weckerli?" wollte ich wissen.

„Normal ist in dem Gewerbe keiner, aber der Weckerli ist Schweizer, das sagt eigentlich alles."

„Was tut der?" fragte Ruth.

„Der wichtigste Weinkritiker im deutschsprachigen Raum", sagte Max, „der hat sich sogar die Nasenlöcher vergrößern lassen, damit er besser riechen kann."

„Und, hat es genützt?" fragte ich.

„Da mußt du schon ihn selbst fragen. Vielleicht hat er das auch nur als Marketing-Gag erfunden. Ich kann mir nicht vorstellen, daß man mit einer größeren Nase intensiver riechen kann."

„Kommt auch mir unglaubwürdig vor", sagte Ruth.

„Interessant, die chinesische Delegation ist auch schon da." Max sprach offenbar von den beiden letzten in der Gruppe, zwei kleingewachsenen Herren in eleganten und erkennbar sündteuren, blauen Maßanzügen. „Die Herren Shao-chi-ping und Lu Chung Yan, die haben den größten und den zweitgrößten privaten Weinkeller in Hongkong. Ping hat den größeren Weinkeller und die kleinere Bank, Yan genau umgekehrt."

„Und wer von den beiden ist jeweils wer?" fragte ich.

„Ehrlich gesagt, ich kann die nicht auseinander halten. Für mich schauen alle Chinesen gleich aus, Mao ausgenommen, aber den hat man auch viel öfter gesehen."

Max hatte recht. Für mich sahen die ebenfalls alle gleich aus.

„Interessant, die Herrschaften speisen gemeinsam", bemerkte Max.

„Was ist daran interessant?" fragte Ruth.

„Der Fielmann und die größten Weinkäufer in Fernost sitzen an einem Tisch mit den wichtigsten Kritikern. Das wird teuer für die Konsumenten."

„Willst du sagen, der Fielmann kauft die Kritiker?"

„Nein, die kannst du nicht mehr kaufen. Die haben es nicht notwendig. Aber man spricht mit ihnen, macht sich ein Bild, welche Art von Weinen sie gerade bevorzugen oder favorisieren. Dann mußt du nur mehr die dazugehörigen Weine finden, und das Geschäft ist gelaufen."

„Irren sich die nie?"

„Der Pelikan ist in seinem Urteil erstaunlich genau und verläßlich", sagte Max, „man muß nur wissen, daß er einen ganz bestimmten Typus von Wein bevorzugt. Subtilität und Zurückhaltung sind ihm ausgesprochen fremd. Ein Ami halt. Er liebt die Boxer unter den Weinen, die dir bei jedem Schluck eine voll in die

Schnauze hauen. Für fragile Seilkünstler hat er nicht viel über. Ist auch kein Wunder, wenn du pro Jahr rund 10.000 Weine verkostest und bewertest. Angeblich haben sie in Bordeaux eigene Pelikan-Fässer stehen. Die werden speziell auf den Geschmack von Pelikan getrimmt."

Der Ober fragte, ob wir noch eine Nachspeise wünschten.

„Such du aus", sagte Ruth, „ich bin zu faul und kann mich auch nicht entscheiden."

„Dann bringen Sie uns bitte zweimal Kastanieneis mit Kletzencrème! Und eine Flasche ‚vigna senza nome' von Giacomo Bologna!"

„Was sind Kletzen, und was ist das für ein Wein?" fragte Ruth.

„Kletzen sind getrocknete Birnen!" erklärte ich, „und der Wein ist ein sensationeller Moscato d'Asti!"

„Paßt sicher wunderbar zur Nachspeise", ergänzte Max, „ich werde noch einen Schluck lang bei euch bleiben. Aber dann muß ich ins Bett, ich bin sehr müde, heute früh war ich noch in London. Allein der Klimawechsel macht einem schon zu schaffen!"

Wir aßen unsere Nachspeise, Max trank mit uns noch ein Gläschen Moscato, und langsam begann ich, den Alkohol zu spüren. Max verließ uns.

Ich teilte den restlichen Moscato zwischen Ruth und mir auf.

„Komisch", sagte ich, „der Jürgensen hat sich noch nicht blicken lassen. Er hat aber gesagt, daß er da sein wird."

„Er wird schon kommen", sagte Ruth, „das läßt er sich doch nicht entgehen!"

„Ich weiß nicht, ob er dabei sein darf, wenn ich Max richtig verstanden habe!"

„Er wird sicher dabei sein!" Ruth wirkte auch ziemlich müde.

„Du, ich spüre den Alkohol", Ruth leerte ihr Glas auf einen Zug.

„Dann sollten wir ins Zimmer gehen und uns ausschlafen!" Bei diesen Worten zögerte ich ein wenig, denn ich wußte, jetzt wurde es wieder peinlich.

Wir standen auf und gingen die paar Stufen hinauf in den ersten Stock, den langen Gang entlang zu unserem Zimmer. Ruth war unsicher auf den Füßen und hakte sich bei mir ein.

„Ich vertrage einfach nichts, stimmt's?“ fragte sie.

„Stimmt“, sagte ich.

Wir waren beim Zimmer. Die blöde Plastikkarte. Ich bekam sie zuerst nicht hinein, und dann blinkte immer nur ein kleines, rotes Lämpchen. Die Tür jedoch blieb zu.

„Ein Königreich für einen ordentlichen Schlüssel“, flehte ich.

„Gib her“, sagte Ruth, sie schloß die Augen, drehte die Karte mehrmals und steckte sie in das Schloß. Es summte kurz, die Tür schwang sanft auf.

„Erklär mir, wie du das machst!“ sagte ich.

„Keine Ahnung, bin wohl ein Naturtalent.“

Ich machte Licht.

„Ich verschwinde unter die Dusche“, sagte Ruth.

„Ich drehe mich um, während du dich ausziehst“, sagte ich mit heiser werdender Stimme. Es war mir alles so peinlich.

„Hast du noch nie eine nackte Frau gesehen?“

„Mehrere mehrmals!“

„Wo ist dann dein Problem?“ fragte Ruth.

„Daß du nicht glauben sollst ...“, Ruth fiel mir ins Wort: „... daß du das so eingerichtet hast. Ich weiß. Keine Angst, auch ich weiß inzwischen, daß du ein netter, dezenter und zurückhaltender Mensch bist, dem es niemals einfallen würde, die Notlage einer jungen Dame auszunützen. Du bist ehrlich, aber ziemlich dumm, o. k.? Und jetzt dreh dich um, wenn du nicht anders kannst.“

Das saß.

Drehte ich mich um, war ich erstens feig und versäumte zweitens einen mit hoher Sicherheit erfreulichen Anblick. Drehte ich mich nicht um ... während ich noch überlegte, hatte Ruth bereits begonnen, sich aus ihren Jeans zu schälen, warf locker den Pulli von sich, daß sie keinen BH trug, hatte ich geahnt, und dann hängte sie noch ihren Slip wie eine Siegesfahne auf den Bettpfosten.

Sie schüttelte ihre Haare, stemmte die Hände spielerisch gegen ihre Hüften und fragte: „Sehr schlimm?"

„Sehr schlimm", sagte ich. Aber sie war schon im Badezimmer verschwunden.

„Die haben vergessen, uns Handtücher herzulegen, kannst du in der Rezeption anrufen?" hörte ich Ruth rufen. „Mach ich!"

Ich hörte das Wasser rauschen, nach einer Weile kam der Zimmerservice und brachte Handtücher. Vorsichtig streckte ich meine Hand mit den Handtüchern an der Badezimmertür vorbei ins Badezimmer hinein, blieb selbst aber hinter der Türe stehen: „Die Handtücher sind da!"

„Kannst du nicht näher kommen?!"

„Nein, meine gute Erziehung!"

„Vergiß deine Erziehung und bring mir die Handtücher zur Duschkabine, oder willst du, daß ich naß herauskomme und mich verkühle?"

Also ging ich hinein: „Aber nur, damit du dich nicht verkühlst!"

Sie öffnete die Dusche und nahm die Handtücher an sich: „Danke, sehr tapfer von dir."

„Das hat nichts mit Feigheit zu tun, es ist mein Taktgefühl, das mir gebietet, Frauen nie in eine peinliche Lage zu bringen."

„Ich bin in keiner peinlichen Lage. Du kannst die Handtücher jetzt loslassen und wieder verschwinden." Ich tat, wie mir geheißen.

Sie kam heraus, ein Handtuch um den Körper gebunden, oben gerade die Brust verhüllt, dafür der halbe Hintern im Freien. Auf ihren Schamhaaren hielten sich ein paar Wassertröpfchen, die das Licht reflektierten.

„Was schaust du mich so an?" fragte Ruth.

„Ich habe beschlossen, tapfer zu sein und keiner Peinlichkeit mehr aus dem Weg zu gehen."

„Das ist mir recht, dann muß ich nicht so achtgeben.“ Sie warf das Handtuch von sich weg, und ihr Körper strahlte mich an, weil auch Ruth mich anstrahlte.

„Ich schlafe nackt“, sagte Ruth, „und du?“

„Für gewöhnlich schlafe ich auch nackt.“

„Dann laß dich von mir nicht hindern.“

Ich huschte ins Badezimmer zur Abendwäsche. Als ich zurückkam, hatte Ruth das Licht auf schummrig zurückgedreht, saß auf ihrer Seite mitten im Bett, sie hatte schöne, leicht fallende Brüste, zwischen ihren Oberschenkeln stand ein großer Sack mit Keksen, und sie mampfte wie besessen.

„Ich habe geglaubt, du schläfst nackt, und jetzt hast du so eine komische Unterhose an!“

„Man spricht nicht mit vollem Mund!“

„Zieh die Unterhose aus, das ist unhygienisch.“

Was hätte ich tun sollen? Es war mir so peinlich, sie war nicht nur ein angenehmer Anblick, sie löste gewisse Begierden aus, die besser von meiner Unterwäsche zwar unvollständig, aber immerhin gnädig verschleiert wurden. Ich sah zu, daß ich ins Bett kam, schlüpfte unter die Tuchent, zog die Unterhose aus und drehte mich auf den Bauch, sicher ist sicher.

„Hier piekt es“, sagte ich.

„Ich habe dir gesagt, daß ich krümle!“

Sie hatte recht, die Krümel rollten eines nach dem anderen auf meine Seite der Matratze. Ich versuchte, mich nicht zu bewegen, damit ihr nicht auffiel, daß vor mir ein Problem stand.

Sie schloß den Keks-Sack und verstaute ihn im Nachtkästchen.

„Ich gehe schlafen“, sagte Ruth, „wirst du noch etwas lesen?“

„Nein, ich bin auch schon müde!“

Wir drehten das Licht ab.

„Hast du Angst vor mir?“ fragte Ruth.

„Nein, warum?“

„Weil du so distanziert bist!“

„Ich habe dir schon gesagt, ich bin vorsichtig, man will niemandem zu nahe treten."

„Ich bin nicht niemand!" empörte sich Ruth.

Stille.

„Schläfst du schon?" kam es von Ruth.

„Ja!"

„Schwindler!"

Stille.

„Schläfst du noch immer?"

„Ja!"

„Darf ich dich was fragen?"

„Ja, klar!"

„Ich habe meinen Teddybär vergessen. Ohne Plüschtier kann ich nicht einschlafen."

„Ich habe geglaubt, ohne Kekse kannst du nicht einschlafen."

„Ich brauche Kekse und ein Plüschtier. Ich muß irgend etwas an mich drücken können."

„Wolltest du mich nicht etwas fragen?"

„Das war die Einleitung! Kann ich mich an dich drücken, ohne dadurch einen Anschlag auf deine gute Erziehung zu begehen, oder ist es dir peinlich, wenn ich zu dir unter die Tuchent komme?"

„Peinlich ist es mir schon, aber noch peinlicher wäre es mir, wenn du nicht einschlafen kannst."

Sie hatte meine Antwort gar nicht abgewartet, schon lag sie neben mir, war herübergerollt wie zuerst die Brösel ihrer Kekse, schlang ihre Beine um die meinen und legte ihren Kopf auf meine Brust.

„Zwischen uns beiden steht etwas!" flüsterte sie. Das dazugehörige Grinsen konnte ich in der Dunkelheit nicht sehen, aber ihre Stimme verriet es.

„Ich weiß", sagte ich, „es ist mir ungemein peinlich!"

„Ich wäre beleidigt, wenn es anders wäre. Da müßte ich mich glatt fragen, ob ich aussehe wie eine Hexe."

Ich zog es vor zu schweigen.

Stille. Gleichmäßige Atemzüge.

„Schläfst du schon?"

„Ja!"

„Du hast mich naß gemacht!" kam es ganz leise.

„Ich kann nichts dafür!"

„Weiß ich, kleine Kinder kann man streicheln, damit sie sich beruhigen. Ist in diesem Fall wohl eher sinnlos, oder?"

„Untersteh dich!"

Sanft drückten ihre Brüste auf meinen Magen.

Ich alter Meister der Peinlichkeit.

Da lag sie. Greif einfach nicht zu. Das ist wie im Märchen, wer als erster zugreift, der hat alles verloren.

Betrink dich, besauf dich, vergiß sie sogleich!

Du alter Meister der Einsamkeit.

Wie konntest du nur?

Reise ab, tu es heimlich, verzieh dich aus dieser Welt, verschwinde, bevor es zu spät ist.

Brich die Reise ab, du gefühlstrunkener Narr.

Du alter Meister des Verschwindens.

Du alter Meister unterbrochener Liebe.

Ich alter Meister des Irrtums.

Unzulänglich im Leben, untauglich zur Liebe.

Ihre weichen Oberschenkel, und du hast sie naß gemacht.

*Child of the moon rub your rainy eyes.*

Ich alter Meister der Peinlichkeit.

Ich zählte Schäfchen: sie liebt dich, sie liebt dich nicht, sie liebt dich ... und schlief ein.

Ich alter Meister des Schlafes.

Ich und sie.

Ganz geheim.

Wo Liebe zum letzten Laster wird.

Wer zuerst zugreift, der hat verloren.

Nur der Mond sieht die Schlafenden.

*Child of the moon bid the sun arise.*

Der neue Tag.

Frühstück im Zimmer. Ich hasse Frühstücksräume in Hotels.

„Außerdem sehe ich die Leute heute sowieso den ganzen Tag“, murmelte ich mürrisch vor mich hin.

Dabei hatte ich gar keinen Grund mürrisch zu sein.

Oder bloß einen: all die Leute, mit denen ich heute zusammen sein würde. „Lackaffen“, dachte ich. „Selbst schuld, hättest du dir ein weniger versnobtes Steckenpferd gesucht. Ausgerechnet teure, alte Weine, die sich nur stinkreiche Typen leisten können! Unter hundert Reichen findest du aber nur einen Intelligenten. Und unter 1000 Reichen nur einen Anständigen, und der bist blöderweise du selbst.“

„Schlecht gelaunt oder noch müde?“ hörte ich Ruth fragen.

„Ich habe mich noch nicht entschieden“, sagte ich. Ihre Stimme tat mir gut, eine wunderbar nebelverhangene Morgenstimme. „Eine Frau mit solch einer Stimme am Morgen ist entweder die perfekte Frau, oder du bist bis zur Besinnungslosigkeit verknallt“, dachte ich.

Sie konnte Unmengen frühstücken. Sie war im Frühstücksraum gewesen und hatte das Buffet zuerst inspiziert und dann plündern lassen. Wir hätten zwei Etagenkellner gebraucht, um den Nachschub aufrecht zu erhalten. Es gab aber nur einen, und ich dämpfte seine aufkommende Atemlosigkeit mit einem großzügigen Trinkgeld.

„Wo ißt du das alles nur hin?“ fragte ich. „Mir würde schlecht bei diesen Mengen. Und wieso nimmst du nicht zu?“

„Churchill: no sports!“ sagte sie mit vollen Backen.

„Das versuche ich seit zwanzig Jahren, und es hat nicht geklappt!“

„Gott hat es gegeben, Gott hat es genommen“, versuchte sie mich zu trösten.

„Bei mir gibt er nur, genommen hat er mir noch kein einziges Kilo!“ entgegnete ich.

„Du glaubst aber auch nicht an ihn, oder?"

„Wie sollte ich, bei meinem Übergewicht!"

Sie trank eine Kanne Kaffee, zwei Tassen Tee, ein Glas frischgepreßten Orangensaft, ein Glas Milch, noch ein Gläschen Grapefruitsaft. Auf ein Croissant folgten zwei Scheiben Vollkornbrot mit Butter und Schinken, dazu ein weiches Ei, dann zwei Semmelhälften mit Butter und Marmelade, eine Semmelhälfte mit Butter und Honig, ein paar Löffel Müsli, ein kleiner Becher Joghurt. Ich bekam schon vom Zusehen Magendrücken. Jetzt hört sie sicher auf. Mitnichten. Noch ein kleines Stück Schokokuchen und eine Scheibe vom Milchstriezel.

„Bist du noch nicht satt?" fragte ich.

„Käse schließt den Magen!" sagte sie zufrieden, als sie auch noch den hausgemachten Almkäse, irgendeine Art von Emmentaler, ausprobierte. Dann folgte noch ein Apfel und eine Handvoll Weintrauben.

„Hast du eine Ahnung, wann es hier das Mittagessen gibt?" wollte sie von mir wissen.

„Mittagessen? Das ist nicht dein Ernst?"

„Wenn ich arbeite, und ich werde heute an meiner Diss arbeiten, esse ich immer drei Mahlzeiten."

Ich hatte bis elf Uhr Zeit. Dann würden die Verkostungen beginnen.

„Ich muß dich etwas fragen", sagte Ruth.

„Laß dich nicht hindern", sagte ich.

„Ich war gestern schon zu betrunken, aber was dein Freund, dieser Max, über Jürgensen gesagt hat, stimmt das?"

„So wie ich Max kenne, sagt er das nicht ohne Grund. Wenn Max versichert, daß der ein verkappter Nazi ist, dann ist bestimmt etwas dran!"

„Was mache ich jetzt? Und warum hat er sich mir gegenüber als Spezialist für Arisierungsfragen ausgegeben?"

„Spezialist für Arisierungsfragen, naja, das kann viel bedeuten.

In unserer Gegend gibt es jede Menge Spezialisten in Sachen Arisierung! Was glaubst du, wie die Leute hier zu ihren Villen gekommen sind?"

„Ist mir klar, aber was mache ich jetzt wirklich?"

„Abwarten und Tee trinken. Laß dir jedenfalls nichts anmerken, wenn der Jürgensen auftaucht. Wenn wir zurück sind, denken wir nach, wie man das lösen kann."

„Ich will den aber nicht so einfach davonkommen lassen, verstehst du?"

„Verstehe ich vollkommen. Warten wir ab. Es wird uns schon etwas einfallen. Vorläufig kann er nicht viel anstellen. Die Abwicklung solcher Dinge braucht viel Zeit. Es besteht wirklich kein Grund zur Eile. Bis jetzt wissen wir nicht einmal, wieviel Geld überhaupt auf dem Schweizer Konto liegt. Und die Sache mit der Villa und den Grundstücken des Loewenstein-Zweiges deiner Familie, das werden wir uns auch noch genauer ansehen. Wer weiß, welche Überraschungen wir da erleben!"

„Mein Bedarf an weiteren Überraschungen ist ziemlich gering!" sagte Ruth.

Nach einer Weile klopfte es an der Tür. Max war gekommen, um mich zur Verkostung abzuholen.

„Ich wünsche dir, daß du vorankommst", sagte ich zu Ruth.

„Wie lange wird es dauern?" fragte ich Max.

„Lang! Jeden Tag 25 Jahrgänge Yquem, anschließend ein kleiner Lunch mit trockenen Weißweinen. Dann eine Pause, um sich für das Abendessen frisch zu machen, bei dem es alte Rotweine zu trinken geben wird, wenn ich den Ablauf richtig verstanden habe."

„Heißt das, daß ich allein zu Abend essen muß?" wollte Ruth wissen.

„Nein, komm ruhig mit zum Dinner", sagte Max, „ich regle das schon!"

Wir gingen die paar Stufen ins Erdgeschoß hinunter. Im großen Saal war bereits alles für die Verkostung hergerichtet.

Hunderte Riedel-Gläser, allein die schon ein kleines Vermögen, waren auf seitlich stehenden Tischen aufgestellt wie Zinnsoldaten in Schlachtordnung. Ich wußte nicht, wie recht ich hatte. Es würde eine Schlacht werden.

„Drei Leute müssen sich jeweils ein Glas teilen!" erklärte Max, „sonst geht es sich nicht aus! Von den meisten ganz alten Yquem-Jahrgängen ist nur eine Flasche vorhanden, da heißt es sparsam verteilen. Jetzt müssen wir uns noch einen Dritten suchen!"

„Ich kenne hier niemanden persönlich", sagte ich.

„Laß mich nur machen. Vielleicht haben wir Glück!" sagte Max.

„Was heißt: Glück?" fragte ich.

„Glück heißt, daß ich hoffe, jemanden zu finden, der mir nicht zuwider ist! Das hier ist nämlich die größte Ansammlung von ungebildeten Kotzbrocken, die sich denken läßt. Die verwenden Bildung wie ältere und nicht ganz damenhafte Damen die Schminke. Immer ein paar Nuancen zu dick aufgetragen, damit man den Untergrund nicht sieht. Man sollte nie zu nahe herankommen und nie zu lange bleiben, denn nach einigen Stunden beginnt alles abzubröckeln."

„Das sind ja gute Aussichten!"

„Halt dich an den Wein und an mich! Ist doch auch etwas!" lachte Max.

Ich nickte. Er hatte recht. Was interessierten mich diese Leute! Die hatten wahrscheinlich wirklich zuviel Geld und zuwenig Geist.

Ein Herr mittleren Alters kam schnurstracks auf uns zumarschiert.

„Nur das nicht", murmelte Max mir leise zu.

„Was ist denn?" zischelte ich ebenso leise zurück.

„Das ist Egon Niederer, die größte Nervensäge im internationalen Weinhandel. Alle nennen ihn Buntspecht, wegen seiner geschmacklosen Krawatten."

Tatsächlich, der Mann trug eine riesengroße Krawatte, Ausmaß etwa halber Bettvorleger, knallrot, und – ich konnte es kaum fassen – mitten auf der Krawatte räkelte sich eine nackte Frauengestalt mit Oberweite 150, vorsichtig geschätzt. Obwohl ich Krawatten ohnehin zu den bekleidungsmäßigen Scheußlichkeiten der Neuzeit zähle, muß ich zugeben, noch nie zuvor ein derart geschmackloses Exemplar gesehen zu haben.

„Was macht der?“ wisperte ich.

„Zweitgrößtes Pouvoir für Weinkäufe in Europa!“

„Ist der Mann so tüchtig?“

„Nein, bloß Sohn!“

Inzwischen war mir die Nackte ziemlich nahe gekommen, die Brüste waren unübersehbar, fast verschwand der ganze Mann hinter diesen riesigen Milchdrüsen. Er war klein, rund und atmete schwer.

„Meine Verehrung, Kollege Roth, wie geht es der Konkurrenz?“ keuchte Niederer.

„Der Konkurrenz geht es blendend“, sagte Max.

„Haben Sie noch ein Plätzchen frei am Tisch, für einen alten Mitbewerber?“ fragte Niederer und klopfte Max jovial auf die Schulter, was allerdings ziemlich komisch aussah, da er sich dazu ein wenig auf die Zehenspitzen stellen mußte, um die Schulter von Max auch wirklich zu erreichen. Max zuckte zusammen, es war wohl nicht die Wucht der auf seine Schulter klopfenden Hand, sondern mehr ein innerer Schmerz.

„Was haben Sie gesagt?“ fragte Niederer nach. Er brüllte es beinahe.

„Der Mann ist zum Glück schwerhörig“, flüsterte Max mir mit fast bewegungslosen Lippen zu, und dann laut zu Niederer: „Nichts habe ich gesagt.“

„Ach so“, brüllte Niederer, „nehmen wir gleich den Tisch da!“ Er zog einen Sessel an sich und ließ sich darauf fallen.

„Pech gehabt“, sagte Max leise, „den werden wir den Rest der Woche nicht mehr los! Am besten, wir nehmen beide links von ihm Platz. Am linken Ohr hört er überhaupt nichts, am rechten ziemlich schlecht, und da der Kerl auch noch ein alter Geizkragen ist, hat er nie eine Batterie im Hörgerät fürs rechte Ohr.

Wir können uns also ungestört unterhalten! Ignoriere ihn einfach, der ist das gewohnt!"

Der kleine Saal hatte sich in der Zwischenzeit gefüllt, alle zehn Tische waren besetzt, es mußten also dreißig Leute da sein. Pelikan, Jameson und Weckerli, somit die Crème de la Crème der Weinkritik, saßen an einem Tisch und plauderten sich gekonnt über ihre wechselseitige Abneigung hinweg. Nur dem Kenner körpersprachlicher Feinheiten fiel auf, wie sie ihre Oberkörper voneinander wegdrehten und mit den verschränkten Armen Abwehrmauern gegen den jeweiligen Sitznachbar bauten, während die Köpfe einander scheinbar vertraulich zugeneigt waren. Die Chinesen saßen etwas separiert ebenfalls an einem gemeinsamen Tisch.

„Siehst du irgendwo den Jürgensen?" fragte ich Max.

„Nein, ich sage dir ja, der hat normalerweise Auftrittsverbot!"

Inzwischen hatte sich Fielmann erhoben und mit einem lauten Räuspern seine Begrüßungsrede begonnen.

„Wunderbar, Sie alle hier zu haben ... 125 Jahrgänge Yquem ... wird es nie wieder so geben ..."

„Langweiler", flüsterte Max und verdrehte die Augen.

„... ein historisches Ereignis ... mein Lebenswerk ..."

Niederer lauschte fasziniert und atmete wieder ziemlich heftig, was die 3D-Brüste auf seiner Krawatte in zuckende Bewegungen versetzte.

In dem Moment huschte Jürgensen in den Saal und nahm am Tisch von Fielmann Platz.

„Er ist doch gekommen", flüsterte ich Max zu.

„Ist auch ein historisches Ereignis", sagte Max und verdrehte wieder die Augen.

„... ich hoffe also, daß alles klappt ... und wir beginnen jetzt ... Viel Vergnügen!"

„Na endlich", sagte Max, „heute wird es nur halb interessant, wir arbeiten uns nämlich vom Jahrgang 1991 langsam zurück in die weitere Vergangenheit."

„1991 soll aber nicht sehr toll sein", sagte ich.

„Wirst du schon merken!“

Einer der Sommeliers hatte inzwischen einige Flaschen Yquem geöffnet und den Wein in Gläser gefüllt. Auf ein Zeichen von Fielmann war eine ganze Kompanie von livrierten Kellnern ausgeschwärmt und begann, die Gläser auf die Tische zu verteilen, von den Jahrgängen 1991 bis hinunter zu 1987, je ein Glas pro Jahr für jeden Tisch.

„Womit beginnen?“ sagte ich zu Max.

„Lenin!“ antwortete er. Ich mußte lachen. „Womit beginnen?“, das war der Name einer banalen Schrift Lenins, über die wir vor zwanzig Jahren heftig gestritten hatten. Banal hin oder her, immerhin war es eines jener Elaborate gewesen, das in letzter Konsequenz zur Oktoberrevolution geführt hatte.

„Scheiß Lenin“, sagte ich, „der hat den ganzen Sozialismus in Verschiß gebracht!“

„Das war Stalins Schuld!“ sagte Max.

„Nur weil Lenin so früh gestorben ist und deshalb selbst nichts mehr anstellen hat können. Der war doch um nichts besser“, sagte ich.

Niederer hatte seine Nase tief in das Glas mit dem Yquem von 1991 gesteckt. Er sog den Duft des Weines durch die Nase ein, und es klang, als würde er jeden Moment verröcheln. Er sah darin wohl einen Beweis für sein Fachwissen. Dann hielt er das Glas gegen das Licht und tat, als beobachte er gewissenhaft den Inhalt, um schlußendlich mit lautem Schlürfen ein Quentchen Flüssigkeit in den Mund zu saugen. Mit kräftigem Geräusch ließ er den Wein zwischen Zunge und Gaumen gut hörbar umherströmen. Von allen Seiten schmatzte und schnalzte und gurgelte es. Der ganze Raum ein einziger Fauxpas. Das komplette Repertoire jener Dinge, die eine gute Erziehung eigentlich verbot, mußte herhalten, um angeblich die Qualität der Weine zu überprüfen.

„Du weißt, daß ich zu Lenin eine andere Haltung habe als du, immer schon!“ sagte Max.

„Stimmt, sehr mittelgewichtig der 91er!“ sagte Niederer zu Max.

„Scheiß Lenin“, wiederholte ich und roch am 91er, „nicht sehr typisch, was sagst du?“

„Ich habe ihn schon mal gekostet, den lasse ich aus. Lohnt nicht wirklich, jedenfalls derzeit nicht!“ sagte Max.

Überall schlürfte und schmatzte es.

„Melasse“ ... „Karambolle“ ... „Nektarinen“ ... „Caramel“ ... „Vanille“ ... „nein, Papaya“ ... „der 87er ist fad“ ... „Basilikum“ – Der Raum war erfüllt von Worten und einander durchaus widersprechenden Kommentaren.

Die Livrierten schwärmten erneut aus. 1986 bis 1982.

Die Gläser und Jahre zogen vorbei. Wir rochen, schnüffelten, schluckten. Max und ich hatten unsere Sakkos längst ausgezogen. Die Welt wurde goldgelb wie der Wein.

„Bittermandeln“, sagte Niederer.

„Scheiß Lenin“, sagte jetzt auch Max.

„Scheiß Jahrhundert“, sagte ich.

„Honigtöne“, keuchte Niederer.

Die Stimmen im Saal wurden immer lauter.

„Den 75er habe ich selbst im Keller“, sagte ich zu Max.

Rundherum machten all die wichtigen Leute wichtige Bemerkungen. Man nippte nur an jedem Glas, aber das reichte. Ich fühlte mich schon ziemlich alkoholisiert.

„Max, ich bin nicht mehr nüchtern!“ sagte ich.

„Würde mich wundern, wenn es anders wäre!“

Es war harte Arbeit. Niederer notierte seine Eindrücke eifrig in einem Notizbuch. Seine Schrift wurde immer größer, die Buchstaben krakeliger.

„Der 67er ist mein liebster Yquem“, sagte ich.

„Der wird so um 2050 herum perfekt sein“, sagte Max.

„Scheiße, das werde ich nicht schaffen!“

„Das schafft keiner hier“, antwortete Max und grinste schadenfroh, „wie viele Flaschen hast du noch vom 67er?“

„Vier oder fünf!"

„Bei einer durchschnittlichen Lebenserwartung von 77 Jahren kannst du alle sechs Jahre ein Fläschchen davon trinken, vorausgesetzt, du überlebst so lange!"

„Da werde ich verdammt einsam sein. 77 Jahre, stell dir das vor! Alle Leute, die ich kenne, längst tot. Meine letzte Flasche Yquem 1967 wird meine letzte gute Bekannte sein. Ich werde sie auf dich trinken. 13 Jahre bevor der Wein auf dem Höhepunkt ist! Ein ungnädiges Schicksal wird mich neunzig werden lassen, und ich werde keine einzige Flasche vom 67er mehr haben!"

„Das Leben ist unbarmherzig", sagte Max.

„Ich finde den 67er auch überschätzt", brüllte Niederer uns zu.

Endlich waren wir im Jahr 1962 angelangt. Der letzte Yquem für heute, ein letzter Blick, ein letzter Schluck. Die Säure rumorte im Magen, kam die Speiseröhre herauf.

Ich fühlte mich schlecht.

Mir war schlecht! Sauschlecht.

„Ich glaube, ich muß gleich kotzen", sagte ich zu Max.

„Von dem kann man wirklich nicht genug bekommen", ertönte Niederers immer lauter werdende Stimme.

„Schade um den Wein!" lachte Max, „aber bei diesen Mengen kann das schon einmal vorkommen!"

„Ich werde mich beherrschen!" sagte ich und atmete tief durch, in der Hoffnung, so den Druck im Magen etwas zu verringern.

Endlich war es vorbei. Die Leute erhoben sich, es mußten inzwischen doppelt so viele sein wie zu Beginn und nur mehr die halbe Menge Luft. Wankte ich? Wankten die Menschen? Überall Stimmen.

Mein Magen, mein Kopf.

„Scheiß Yquem", sagte ich zu Max.

„Dusch dich kalt und leg dich ein wenig nieder! Laß den Lunch aus. Um 18 Uhr mußt du wieder fit sein!"

„Nie wieder Alkohol“, schwor ich.

„Solche Schwüre halten nicht“, beruhigte mich Max.

Ich wankte hinauf in mein Zimmer.

Den Pfeil vorne oder hinten? Und wo schiebt man die Karte hinein? Welche Karte? Hoffentlich war Ruth im Zimmer.

Ich pumperte an die Tür und rief: „Ich bin es!“

Die Tür schwang auf, Ruth musterte mich belustigt: „Daß du es bist, das war unüberhörbar! Du hast getrunken, oder?“

„Scherzkeks“, sagte ich. Dabei haßte ich diesen Ausdruck. Ich mußte wirklich betrunken sein.

„Nie wieder Alkohol“, versicherte ich nun auch Ruth.

„Versprich nicht zuviel, du hast noch viereinhalb Tage vor dir!“

„Du sollst mich trösten, nicht schockieren!“

Ich vergaß jede Peinlichkeit und fuhr mit ungelenken Bewegungen aus Hemd, Hose und was man sonst noch so angezogen hat.

Die Dusche war eiskalt. Die reinste Folter.

Aufs Bett fallen.

„Es geht dir nicht besonders, oder?“ sagte Ruth.

„Sprich leiser, bitte“, flehte ich.

„Ich flüstere!“

„Du schreist!“

„Und du bist betrunken!“

„Keineswegs, ich habe bloß eine Alkoholvergiftung.“

„Und was hat die gekostet?“

„Mich nichts, aber den Fielmann ein paar Tausender! Das ist das einzige, was mich momentan tröstet!“

„Schlaf ein Stündchen, das hilft sicher!“

Sie setzte sich zum Schreibtisch und fing wieder an, irgend etwas für ihre Diss in den Laptop zu tippen.

„Kannst du bitte die Tasten leiser drücken?“

„Dich hat es ordentlich erwischt. Aber eigentlich wollte ich sowieso aufhören.“

Sie nahm ein Buch und legte sich neben mich ins schwankende Bett.

„Leise umblättern, bitte!“ flehte ich.

Die Welt war bunt und voller Gestirne und Planeten. Die Flaschen schwebten durchs All, mein Bett lag auf mir, der Wein war dunkel und schwer und süß. Jemand rüttelte mich an meinen Schultern.

„He, aufwachen. Es ist gleich sechs Uhr. Du mußt wieder los!“

Was hatte ich nur verbrochen?

„Hast du Kopfwehtabletten?“

„Ja, aber ich gebe dir keine!“

„Und warum nicht?“

„Wer sauft, soll leiden!“

„Grausamkeit, dein Name sei ...“, eine Schachtel Aspirin traf mich am Kopf. Oder war es eine Kanonenkugel?

„Danke“, sagte ich.

„Gern geschehen“, sagte Ruth, „wann kann ich nachkommen? Ich bin schon ziemlich hungrig!“

„Das Abendessen gibt es gegen sieben.“

„Mein Magen wird pünktlich sein! Und trink nicht zuviel, du siehst nämlich schrecklich aus!“

„Wenn ich so aussehe, wie ich mich fühle, dann muß ich aussehen wie Frankensteins Schwiegervater!“

Ruth sah mich prüfend an: „Eher Herman Munster nach mißlungener Schönheitsoperation!“

„Danke, sehr taktvoll!“

Ich zog mich an. Gut, ich stand wenigstens wieder halbwegs gerade und konnte hinuntergehen, ohne dauernd links oder rechts gegen die Gangwände zu laufen.

Ich betrat den Speisesaal. Die Stimmung war heiter, vorsichtig formuliert. Die guten Leute hatten im Gegensatz zu mir auch noch den Lunch absolviert und dabei weitergetrunken.

Max kam auf mich zu: „Wenn du dich erholt hast, ist es mir

recht. Aber den weißen 1989er Haut Brion, da hast du wirklich etwas versäumt!"

„Kein Problem", sagte ich, „von dem habe ich selbst zwei Kisten im Keller!"

„Ich sehe schon, ich werde dich einmal besuchen kommen müssen!"

„Du meinst: meinen Weinkeller ... "

Max fiel mir ins Wort: „Nicht nur wegen des Kellers, aber ein guter Grund ist das allemal!"

Von den Rotweinen, die an diesem Abend serviert werden sollten, waren ausreichende Mengen vorhanden, so daß es nicht nötig war, wieder drei Leute gemeinsam auf nur ein Glas loszulassen. Das hatte den Vorteil, daß wir wenigstens am Abend diesen Niederer loswurden.

Überall im Speisesaal standen Menschen in kleinen Gruppen beisammen und waren in oberflächliche Gespräche vertieft. Klingt paradox, aber es war so. Durch den Raum wabberte eine Wolke von Klängen, aus Raunen und Sprechen, aus Flüstern und Zurufen. Es war ein Rauschen, wie man es auch hört, wenn man eine leere Muschelschale ganz fest ans Ohr drückt.

Max zog mich hinter sich her an den Leuten vorbei und steuerte einen Platz in der hinteren Ecke des Speisesaales an. Wir wollten Platz nehmen, als ich hinter mir die Stimme von Jürgensen vernahm: „Schön, daß Sie gekommen sind! Ich habe Sie gar nicht beim Lunch gesehen!"

„Ich hatte ein paar unaufschiebbare geschäftliche Angelegenheiten zu erledigen. Zum Glück gibt es heutzutage Telefon und E-Mail. Oder auch leider!"

„Ja, es ist alles sehr schnell geworden", sagte Jürgensen.

„Nur die Weine altern noch so langsam wie früher", antwortete ich.

„Das kommt darauf an", sagte Max.

Jürgensen warf Max einen bösen Blick zu: „Was heißt das?"

„Gar nichts", sagte Max, „nur, daß es manche scheinbar doch schaffen, ihren Weinen ein wenig schneller die Weihen eines höheren Alters zukommen zu lassen, als es der natürlichen Entwicklung entsprechen würde."

Ich kannte Max. Wenn der loslegte, und er war im Begriff loszulegen, dann konnte ihn nichts mehr bremsen. In dieser Hinsicht schien er sich nicht verändert zu haben. Ich versuchte also, die Situation zu entschärfen: „Solche Sachen hört man immer wieder. Glauben Sie, daß da was dran ist?" wandte ich mich an Jürgensen. Gleichzeitig stieß ich Max mit dem Ellbogen möglichst unauffällig in die Seite, in der Hoffnung, er möge merken, daß ich von diesem Thema weg wollte. Ich wollte unbedingt vermeiden, daß Jürgensen mein Mißtrauen bemerkte.

„Keine Branche ist ganz ohne schwarze Schafe", sagte Jürgensen, „ich würde lügen, wenn ich das nicht zugeben würde. Aber das sind echte Ausnahmen."

„Jaja, echte Ausnahmen", nickte Max. Er hatte kapiert.

„Sie kennen einander?" fragte Jürgensen.

Bevor Max etwas sagen konnte, antwortete ich: „Was man so kennen nennt! Da eine Messe, dort eine Versteigerung, ein oder zwei gemeinsame Bekannte. Bei irgendeiner Verkostung, spät abends, kurz bevor alle zu singen begannen, haben wir Bruderschaft getrunken."

Ich weiß nicht warum ich log, denn auf Versteigerungen ging ich prinzipiell nicht. Da ließ man sich nur dazu hinreißen, Weine viel zu teuer einzukaufen, bloß weil irgendein anderer Irrer ebenfalls bereit war, jeden Preis für eine Flasche zu zahlen. Ich schicke meine Angebote schriftlich und biete immer nur zum Ausrufpreis mit, der bekanntlich weit unter dem echten Wert liegt. Mit ein wenig Glück kann man auf diese Weise manch teure Flasche sehr preiswert ersteigern. Und ich hatte oft Glück!

„Jaja, kurz vor Mitternacht", sagte Max, „man trifft sich da und dort, dann und wann!"

Jürgensen schien befriedigt. Mit leiser Stimme, als verrate er ein großes Geheimnis, sagte er zu mir: „Wir müssen übrigens wirklich miteinander sprechen, ich habe eine sehr brauchbare Spur gefunden! Ich bin mir sicher, wir kriegen Ihre Flasche!" Jürgensen unterstrich seine Worte mit dieser typischen, Beruhigung ausdrückenden Geste, bei der beide Hände mit vom Körper weggestreckten Unterarmen gleichzeitig und mehrmals einige Zentimeter langsam von oben nach unten bewegt wurden.

„Wir sehen uns sicher später noch", sagte Jürgensen und wandte sich einer anderen Gruppe zu.

„Was meint der mit ‚deiner Flasche', die er kriegen wird?" fragte Max.

„Eine lange Geschichte. Eigentlich bin ich wegen dieser Flasche hier. Sagt dir Yquem 1740 etwas?"

„Natürlich! Kaum aufgetaucht und schon wieder verschwunden. Willst du mir vielleicht einreden, daß du hinter dieser Flasche her bist?"

„Bin ich!"

„Laß die Finger davon. Ich bin mir nicht sicher, ob es diese Flasche überhaupt gibt. Die Geschichte klingt einfach zu abenteuerlich. Glaub mir, ich kenne viele Gerüchte und fast alle Leute, die sich mit alten Weinen beschäftigen. Keiner von denen hat die Flasche bis jetzt gesehen, und keiner kennt jemanden, der sie gesehen hat. Es gibt nur dieses ziemlich unscharfe Foto, das damals in der Zeitung war. Ich persönlich glaube nicht, daß sie existiert! Da versucht jemand, ein ganz großes Ding zu drehen. Und wenn ich mir den Jürgensen so ansehe, glaube ich fast, er und Fielmann drehen dieses Ding!"

„Ich glaube schon, daß es die Flasche gibt. Aber das ist inzwischen nicht mehr der Punkt, um den es geht. Ich brauche den Kontakt zu Jürgensen, weil er eine Rechtssache für Ruth abwickelt, in der ich ihm nicht traue – überhaupt nach deinen gestrigen Bemerkungen über ihn."

„Was hat das mit meinen Bemerkungen zu tun?"

„Er hat sich als Spezialist für Arisierungen ausgegeben und vertritt Ruth bei der Schweizer Bankenvereinigung wegen eines schlafenden Kontos. Außerdem soll er ihr helfen, die Begleitumstände der Arisierung der Villa ihrer Großeltern aufzuklären."

„Nicht schlecht", sagte Max, „der Mann hat Mut! Hast du eine Ahnung, wie er zu seinen Besitztümern gekommen ist? Es gibt in der Branche ein Gerücht, er sei der Schwiegersohn von einem Altnazi, und von dem habe er ein riesiges, arisiertes Vermögen geerbt!"

„Ich habe gestern von dir das erste Mal gehört, daß Jürgensen braun angehaucht sein soll."

„Von angehaucht kann bei dem keine Rede mehr sein, der ist durch und durch eingefärbt. Den kannst du in der Mitte durchschneiden, und da ist noch immer alles braun."

„Wie auch immer, ich habe bis gestern nur gewußt, daß seine Altweine mitunter nicht ganz in Ordnung sind und daß er es mit der Herkunft seiner Weine nicht immer genau nehmen soll. Darum war ich der Meinung, daß er der richtige Mann ist, wenn ich den 1740er suche. Sein Charakter war mir egal, sympathisch war er mir ohnehin nie."

„He, ich will euch nicht stören, aber ich habe es nicht mehr ausgehalten vor Hunger!" sagte Ruth, die unbebemerkt neben uns getreten ist, „was beschäftigt euch so?"

„Wir haben über Jürgensen gesprochen", sagte ich, „er war gerade hier und hat mir versichert, daß ich meine Flasche bekommen würde."

In diesem Moment klatschte Fielmann mehrmals in die Hände, die Gespräche verstummten, die Leute drehten sich zu ihm, wir auch.

„Alter Wichtigtuer", sagte Max.

„Du magst ihn nicht, stimmt's?" sagte Ruth, und es war eher eine Feststellung als eine Frage.

„Nein, den mag ich wirklich nicht", sagte Max.

Fielmann hielt sich glücklicherweise kurz. Er kündigte die

Weine an, die es zum Abendessen geben werde.

„Ich habe keinen Durst, ich habe Hunger“, maulte Ruth.

„Geduld, es kann nicht mehr lange dauern.“

Die Leute begaben sich zu den Tischen, und wir hatten einen ganz kleinen ergattert, gerade richtig für drei Personen. Niederer stand mit unruhigem Blick mitten im Saal.

„Der ist auf der Suche nach einem Opfer“, sagte Max.

„Er ist unser Verkostungspartner, hat uns die ganze Zeit genervt“, erklärte ich Ruth.

„Den 64er Lafite kann der Fielmann sich sparen. Der ist längst ungenießbar“, sagte Max und schnitt ein Stück von seinem Rindsfilet herunter, das eben serviert worden war.

„Es gibt nichts Besseres zu einem alten Bordeaux als ein ganz schlicht abgebratenes Rindsfilet“, sagte ich.

„Aber der Wein taugt nichts, und der Fielmann weiß das, die sollen endlich den Lafleur herausrücken. Am besten den 1970er, der hat so einen rauchigen Unterton, würde wunderbar passen.“ Kaum hatte Max ausgesprochen, wurde überraschenderweise wirklich der 70er Lafleur aufgetragen. Max hatte nicht übertrieben, er paßte hervorragend.

Am Nebentisch saßen die Chinesen. Einer hob, die Farbe überprüfend, das Glas, roch ein paar Mal, verschwenkte den Inhalt, roch nochmals, nahm einen Schluck, gurgelte, als ob es sich um Mundwasser handeln würde, sein Gesicht begann zu strahlen: „Nice, wonderful, Bakelite!“

„Idiot“, flüsterte Max.

„Glaubt ihr, daß man von dem Sellerierösti etwas nachbekommen kann?“ fragte Ruth.

„Hast du noch Hunger?“ sagte ich.

„Jede Menge!“

„Ich habe aber gesehen, wie du den obersten Knopf deiner Jeans geöffnet hast!“

„He, deswegen bin ich doch längst nicht satt! Ich habe es mir nur bequemer gemacht!“

Max hatte einen aus der Servierbrigade herangewinkt: „Die Dame hätte gerne noch etwas von dem Sellerierösti!" Der Mann entschwand eilfertig und kehrte nach kurzer Zeit mit einem riesigen Teller zurück, in dessen Mitte sich ein einsames, kaum eßlöffelgroßes Häufchen Sellerierösti befand.

„Der Teller ist in Ordnung", sagte Ruth, „aber kann man den nicht besser füllen, die Portion ist nämlich echt mickrig." Zwei Minuten später war der Teller wieder aus der Küche zurück – diesmal wirklich bis zum Rand gefüllt.

„Diese Riesenmenge kannst du aufessen?" fragte ich.

„Ich kann den armen Mann doch nicht dreimal laufen lassen und dann etwas zurückschicken! Der Teller wird ratzeputz geleert!"

Sie hielt Wort. Ratzeputz!

„Ist euch schon aufgefallen, daß ich hier die einzige Frau bin?" sagte Ruth.

„Das ist bei Verkostungen fast immer so", sagte ich.

„Mit wenigen Ausnahmen sind diese Wein-Snobs hier das, was man ‚male chauvinist pigs' nennt. Die sind fest davon überzeugt, daß Frauen keine Ahnung von Wein haben können! Frauen dienen denen nur zur Dekoration", sagte Max.

„Außerdem kann man mit alten Flaschen nicht ins Bett gehen!" ergänzte ich.

„He, aber deren Frauen müssen mit alten Flaschen ins Bett", warf Ruth ein, „schaut euch um!"

Dem war nichts hinzuzufügen.

Glücklicherweise waren meine Kopfschmerzen vergangen, und auch den neuerlichen Weingenuß hatte ich gut vertragen.

„Bis morgen um elf", sagte Max.

Wir verschwanden in unseren Zimmern.

„Ist es dir noch immer peinlich?" fragte Ruth.

„Es läßt nach", sagte ich.

Kekse und Krümel.

„Daß du noch essen kannst", sagte ich.

Wir drehten das Licht ab.
„Ich komm zu dir unter die Tuchent“, sagte Ruth.
„Ich weiß, weil du sonst nicht einschlafen kannst.“
„So ist es“, sagte Ruth.
„Soll ich ein Schlaflied singen?“
„Untersteh dich!“
Dunkel und still.
„Schläfst du schon?“ fragte Ruth.
„Na klar!“
„Schuft!“
„Wie geht es dir mit deinem Kondratieff?“ fragte ich.
„Ich bin bei der ersten Welle, aufsteigender Teil“, sagte Ruth.
Ihre Hand rutschte von meinem Oberschenkel auf ... verdammt, es wurde schon wieder peinlich.
„Was haben wir denn da?“ fragte Ruth.
„Kondratieff, erste Welle, aufsteigend“, sagte ich, „es ist mir ungemein ...“
„... peinlich“, fiel Ruth mir flüsternd ins Wort.
Ihre Hand ruhte auf meiner Unruhe.
„Schläfst du schon?“ fragte sie.
„Wie sollte ich?“
„Wollen Männer wirklich immer nur das eine?“
„Ich wußte, daß du das jetzt fragen wirst.“
„Also?“
„Keine Ahnung, ich bin schließlich nicht ...“
„... so einer!“ sagte Ruth.
„Stimmt es, daß Frauen immer nur das eine nicht wollen?“ versuchte ich eine direkte Antwort zu vermeiden.
„Du weißt, daß eine aufsteigende Phase 25 Jahre dauern kann, oder?“ sagte Ruth.
„Das sind ja schöne Aussichten.“
Ganz ruhig lag ihre Hand genau dort, wo es mir so ungemein peinlich war.
Atemzüge.

Ihre Schamhaare drückten weich auf meine Haut.

Ich atmete tief durch.

„Schläfst du schon?“ fragte Ruth.

„Ja, sicher.“

„Dann ist es gut. Ich schlafe auch schon“, sagte sie.

Ich alter Meister des Schwindelns.

Ich alter Meister der Wellen.

Ich alter Meister des Aufstiegs.

Ich alter Meister der Peinlichkeit.

Ich zählte Kondratieff-Wellen. Bei Welle 257, also etwa im Jahr 14850 nach Christus, schlief ich ein.

Ich alter Meister des Schlafes.

Wer zuerst zugreift, der hat verloren.

*Child of the moon rub your rainy eyes.*

*Child of the moon bid the sun arise.*

Zweiter Tag ist gleich erster Tag.

Flaschen und Gläser in endloser Folge.

Yquem 1961 bis 1933.

Dunkelgold der 45er. Als ob der Wein bei der Ernte Mitte September gewußt hätte, daß im vorangegangenen Mai der Zweite Weltkrieg sein Ende gefunden hatte. Ein Lied auf die Sieger.

Max und ich unterhielten uns. Niederer hatte offenbar noch immer keine neue Batterie im Hörgerät.

Es ging mir besser. Max hatte mir einen alten Trick verraten: vor jedem Schluck Wein einen kleinen Löffel Butter essen.

„Fett und Alkohol ergeben Ester, und du bleibst ziemlich nüchtern“, hatte er mir erklärt. Also aß ich Butter vor jedem Schluck, und erstaunlicherweise wirkte es. Aber vielleicht bildete ich mir das auch nur ein.

Der 34er. Bürgerkrieg in Österreich. Ein Affront von einem Wein, in Anbetracht der Tatsache, daß ringsum die Welt langsam begann, sich auf ihre Zertrümmerung einzustellen.

Der 33er schmeckte scheußlich. Die Machtergreifung Hitlers

in Deutschland hatte die Trauben wohl selbst im weit entfernten Sauternais Saft und Kraft verlieren lassen.

Jürgensen war kurz aufgetaucht und hatte versprochen, gegen Ende der Woche mit genaueren Informationen dienen zu können.

Niederer kritzelte noch immer seine Notizen. Die Herren Weinkritiker konnten sich noch immer nicht leiden. Fielmann wurde auch nicht sympathischer.

Dafür kamen Ruth und ich uns immer näher.

Ich bekam die Brösel ihrer Keks nicht mehr aus dem Bett. Wir saßen in einem Zug und hatten keine Ahnung, wohin wir fuhren.

Brauchten wir eine Ahnung?

Wen interessieren Ahnungen!

Nicht einmal mich alten Meister der Vorahnung.

Diese sachte Benommenheit durch den Alkohol machte die Dinge leichter.

„Wie geht es dir mit deinem Kondratieff?“ fragte ich Ruth.

„Ich komme weiter!“ sagte sie und schickte ihre Hand auf Wanderschaft.

„Und wie geht es dir mit *deinem* Kondratieff?“ fragte Ruth.

„Aufsteigend, zweite Phase, wenn du die Hand nicht wegnimmst“, sagte ich.

„Ich werde mich hüten, es geht um meine Diss“, sagte Ruth.

„Wenn es der Wissenschaft dient“, fügte ich mich in mein Schicksal.

Ich alter Meister des Sich-Fügens.

Wer zuerst zugreift, der hat verloren.

Aber sie griff nicht zu, sie legte bloß ihre Hand auf.

Sie war eine Meisterin des Handauflegens.

„Ich schlafe schon“, sagte ich.

„Ich schlafe auch schon, aber viel tiefer“, sagte Ruth, während ihre weichen Schamhaare meinen Oberschenkel kitzelten, dafür gewöhnte ich mich langsam an das Kratzen der Krümel auf meinem Rücken.

*Child of the moon bid the sun arise.*

Dritter Tag und wie all die Tage davor.

Ich aß weiterhin Butter. Niederer sparte noch immer bei den Batterien für sein Hörgerät. Und Fielmann war mir noch genauso unsympathisch wie am ersten Tag.

Yquem 1932 bis 1901.

Der September 1929 war außerordentlich heiß gewesen, gegen Mitte des Monats regnete es kurz, und am 20. des Monats begann die Weinernte auf Château d'Yquem. Etwas mehr als ein Monat später, genau am 24. Oktober, löste der große Börsenkrach in New York endgültig die Weltwirtschaftskrise aus. Ein mieses Jahr, in dem nur der Yquem und die Literatur etwas taugten – Hemingway, „In einem anderen Land“, und Remarque, „Im Westen nichts Neues“.

Der 28er. Ravels Boléro wird phantasielosen Paaren noch siebzig Jahre später die Hintergrundmusik für ihre Paarungsrituale liefern. In Brasilien verheizte man die Kaffeebohnen, weil sie zu billig geworden waren. Niederer murmelte etwas von „Sisal-Ton wie ein Hanfseil“.

Max sagte wieder einmal „Idiot“, und ich bemerkte zu Max: „Karamel“, worauf er zustimmend nickte.

„Die Jahrgänge bis hinunter zu 1922 kannst du vergessen“, sagte Max, „besonders 1925, echt mies!“

„Aber die Quantenmechanik wurde entdeckt!“ sagte ich.

„Kafka, ‚Der Prozeß‘“, fügte Max hinzu, „und 1924?” fragte er.

„Breton, ‚Manifest des Surrealismus‘.“

„‚Der Zauberberg‘.“

„‚Rhapsody in Blue‘.“

„Der 24er Yquem ist noch grauslicher als der von 1925“, sagte Max und schnupperte am Glas.

„Schmeckt's?“ mischte Niederer sich lauthals ein.

„1922, ‚Die letzten Tage der Menschheit‘“, sagte ich.

„Wer wird so pessimistisch sein“, versuchte Niederer mich unnötigerweise zu trösten. Ging sein Hörgerät womöglich doch, oder hatte ich unbeabsichtigt zu laut gesprochen?

„Jetzt kommt der Star des Jahrhunderts“, sagte Max.

„Ich weiß, 1921“, sagte ich.

„Da gebe ich Ihnen recht, 1902 ist sehr schwach“, sagte Niederer. Doch keine Batterien im Gerät. Oder belog er uns? Das wollte ich jetzt wissen: „Du Arsch“, sagte ich zu Niederer.

„Da haben Sie recht, kein Körper!“ antwortete er, und ich wußte erst recht nicht: war er geizig, oder hatte er sich nur so gut unter Kontrolle. Ich entschied mich für geizig und batterielos.

„Wittgenstein, Tractatus“, sagte ich zu Max, „und der beste Yquem des Jahrhunderts!“

„Und was ist mit 1937?“ fragte Max.

„Geschmackssache“, sagte ich, „aber vom 21er habe ich eine Flasche im Keller.“

„Krösus!“ sagte Max.

„Glück“, sagte ich, „du weißt schon, ich war der einzige Bieter. Halber Schätzwert und ich hatte den Zuschlag.“

Am Nebentisch schnupperten sie begeistert am Glas.

„Pfirsichfruchtsaft“, sagte eine Stimme, „Marillenkonzentrat“ eine andere, „Ideal für die Kinderparty eines Ölscheichs“ die dritte.

„Vollidioten“, ergänzte wie gewohnt Max.

Die Jahre des Ersten Weltkriegs. Frontverläufe und Stellungskrieg. Wen interessierte damals der Wein? Und wen heute die vorgestrigen Schlachten?

„Sie haben keine Ehrfurcht“, sagte ich zu Max, „nicht vor den Menschen, nicht vor ihrer Arbeit. Sie lieben nur den kleinen Schauer der Vergangenheit. Aber sie haben keine Ahnung.“

Sie hatten wirklich keine Ahnung.

Der Wein war gespeichertes Leben. Mühsam verausgabtes Leben und nun so sinnlos vergeudet für ein paar Snobs.

„1917“, gab Max das Stichwort.

„George Grosz, ‚Das Gesicht der herrschenden Klasse‘.“

Im Herbst 1914, mithin kurz nach Kriegsbeginn, wird der beste Yquem des Jahrzehnts geerntet. Zu Weihnachten wollte man wieder zu Hause sein.

„1905", sagte ich.

„Heinrich Mann, ‚Professor Unrat', und der Yquem war weit besser als 1914!" sagte Max.

„Auch wenn er nichts taugt, den 1901er muß ich unbedingt kosten!" sagte ich.

„Weil Königin Victoria gestorben ist?" fragte Max.

„Nein, weil meine Großmutter zur Welt kam."

Mir ging langsam die Butter aus, und 1901 schmeckte mir überhaupt nicht.

Ruth sah jeden Tag besser aus. Woran das lag? Am Wein? An den kleinen Räuschen? An der großen Liebe? Verwegenes Wort. Wer spricht von Liebe?!

Nur ich, der alte Meister der Narren.

Wir tranken heftig und liebten sanft. Wenn das denn Liebe war: ihre Hand auf mich zu legen, ihren Atem zu spüren, sie unter der Achsel zu küssen, aufs Einschlafen zu warten.

„Dein Kondratieff ist unanständig", sagte Ruth.

Auch er ein alter Meister der Peinlichkeit.

„Ich höre nichts", sagte ich.

„Wieso?" fragte Ruth.

„Weil ich schon schlafe!"

„Schwindler und Schuft!"

„Was macht die Diss?"

„Zweite Welle, absteigend."

„So weit bin ich noch nicht", sagte ich.

„Man merkt's und ist gar nicht verstimmt", sagte Ruth.

Wenn das denn Liebe war!

Wer zuerst zugreift, der hat verloren.

Ich wollte die kleinen Quanten zählen. Aber zähl mal Teilchen, von denen die Physiker sagen, daß man nie weiß, wo sie sind. In der Quantenmechanik gibt es keine sicheren Vorhersagen mehr. Endlich war die Physik im wirklichen Leben angelangt.

Ich alter Meister der Unsicherheit.

Neben mir schnurrte Schrödingers Katze. Und ich war mir sicher: sie lebte! Beim zweitausendfünfhundertvierundzwanzigsten Teilchen, das ich nicht zählen konnte, da ich es ja nicht fand, schlief ich ein.

Wer zuerst zugreift, der hat verloren.

*Child of the moon bid the sun arise.*

Vierter Tag wie zuvor. Wer mußte all die Gläser waschen? Wer hat poliert, und wer hat getrunken? Das Leben ist ungerecht. Gerechtigkeit: welch eine absurde Idee.

Yquem 1900 – 1847.

Max und ich spielten Bildungsbürger. Einer sagte das Jahr, der andere ein dazu passendes Ereignis. Ganz ohne Ehrgeiz, uns reichte es schon, daß die am Nebentisch große Ohren und noch größere Augen machten.

Max: „1896!"

Ich: „La Bohème."

Wir wechselten uns beim Fragen ab. Alles verschwamm: die Weine, die Jahre, die Antworten.

1894. Vanille und Rauch. Affaire Dreyfus und Dschungelbuch. Die Lücken zwischen den Jahren werden größer.

1874. Erste gemeinsame Impressionisten-Ausstellung, Portwein-Charakter, Malz.

1870. Der Papst wird unfehlbar. Ein Yquem für die Reise zum nächsten Urknall.

1869. Das russische Zarenhaus kaufte fast die gesamte Ernte, während Tolstoj „Krieg und Frieden" fertigschrieb. Himbeerduft und der Geruch von Vanillesauce im Glas.

1867. Der Donauwalzer, jung und schwungvoll, wie der Yquem von damals noch heute. Das Kapital, erster Band.

1859. Malagatöne und Tabak. Abschaffung der Inquisition in Italien.

„Welche Richtung hat die Zeit?“ fragte Max.

„Gleich 14 Uhr“, sagte Niederer.

„Für uns Sterbliche zeigt die Zeit immer nur in die falsche Richtung. Was haben wir von der Zukunft zu erwarten?“ konstatierte ich.

„Den Tod“, gab Max die Antwort und lachte.

„Auf in die Vergangenheit, da steht unsere Geburt noch bevor!“ sagte ich.

Als am 26. September 1848 die Yquem-Ernte begann, ist die Revolution in Deutschland und Österreich zwar noch nicht niedergeschlagen, aber bereits gescheitert. Ein hartes Jahr und ein weicher Wein. Das Bürgertum hatte versagt und gab sich nun, mehr als 150 Jahre danach, ein Stelldichein. Sie haben nichts zu verlieren als ihre Flaschen. Und die einzigen Gespenster, die in Europa noch umgehen, sind sie selbst. Trinker aller Länder, vereinigt euch!

„Von denen war keine Revolution zu erwarten, schau sie dir an, wie sie ihre Nasen in den 1848er hängen und nichts ahnen. Eine elende Bande notorischer Alkoholiker, die ihre Besäufnisse als Gottesdienst tarnen.“

„Aber sie haben gewonnen. Früher war das der Luxus der Zaren, heute kann jeder Zahnarzt, der seinen Patienten genug schiefe Kronen zu Höchstpreisen ins Maul geklebt hat, mitspielen. Leider kann man die Revolte nicht schmecken“, sagte ich, „nicht die Revolte und auch nicht ihre Niederlage.“

„Ja, die Lage ist alles“, sagte Niederer, „Yquem hat eben die beste Lage!“ Vielleicht hätte ich ihm Batterien spendieren sollen.

„Die Arbeiter haben gekämpft, und die hier trinken den Wein“, sagte Max.

„Wir trinken ihn auch!“ sagte ich.

„Ein Irrtum der Geschichte“, sagte Max, und es schien, als bedaure er diesen Irrtum.

„Die Geschichte irrt immer“, sagte ich, „und behält am Schluß doch recht.“

„Das ist, weil die Zeit nur eine Richtung hat!“ sagte Max nachdenklich.

„Da stehst du im Widerspruch zur Relativitätstheorie!“

„Ich stehe gern im Widerspruch“, sagte Max, „das ist mein eigentlicher Beruf.“

„Ich weiß“, sagte ich, „so wie es mein Lieblingssport ist, immer gegen den Strom zu schwimmen. Leider befinden wir uns hier in ziemlich seichten Gewässern.“

Der letzte Yquem des Tages. 1847. Zwei Monate nach der Ernte hatten Marx und Engels begonnen, am Manifest zu arbeiten.

„Ein Jahrhundertwein“, sagte Max.

„Ein Jahrhundertbuch“, sagte ich.

Dem gab es nichts hinzuzufügen. Wir waren in einer fernen, unwirklichen Vergangenheit gelandet. Wie eine Quantenwelle waren wir in der Zeit ein Stück rückwärts gereist. gespenster der vergangenheit bevölkerten den raum proudhon schrie eigentum ist diebstahl marx und engels huschten an den kellnern vorbei louis philippe dankte ab und nippte am 1847er yquem baudelaire trat ein und zitierte aus den blumen des bösen stifter hörte verständnislos zu und hatte nichts als den nachsommer henry dunant schwang die fahne des eben gegründeten roten kreuzes über den tischen unter denen der suezkanal floß schliemann in troja die brüder karamasow mister stevens maxim erfand vor unseren augen das maschinengewehr rodin und die bürger von calais jenseits von gut und böse der zeitpfeil hat längst wieder gedreht und es ist wieder heute.

„Sie sind Verschwender, verblendete Verschwender“, sagte ich.

„Sind wir nicht alle Verschwender“, fragte Ruth, „ist Leben nicht die Verschwendung an sich?“

„Ich bin betrunken und müde, trunken von Wein und Vergangenem. Ich habe noch nie so viele Ahnungslose gesehen, noch nie so viel Ahnungslosigkeit. Sie wissen nichts von der Arbeit.

Weißt du, von wie vielen Weinen wir heute die letzte Flasche getrunken haben? Den letzten Gruß aus einer fernen Zeit, das allerletzte Photonenteilchen irgendeines Menschen, das im Wein die Zeiten überdauert hat. Das letzte Stück Freude und Trauer, Leben und Tod. Ein kurzer Schluck und endgültig für immer verschwunden. Es ist Verblendung!"

Ruhe. Ganz still.

„Wie weit bist du?" fragte ich.

„Nicht weit genug", sagte sie und schob vorsichtig ihre Hand herüber zu mir.

„Laß das", sagte ich müde.

„Es gibt nichts zu lassen", flüsterte sie.

Wenn das denn Liebe war ...

„Kondratieff?" fragte ich.

„Welcher?" fragte Ruth.

„Deiner!" sagte ich.

„Welcher ist meiner?" fragte Ruth.

Ich gab mich geschlagen und schwieg.

„Beim toten Kondratieff komme ich gut voran. Aber der lebende, der macht mir Sorgen!" sagte Ruth nach einer Weile.

„Dann ist es gut", sagte ich.

Wieder huschte Marx eilig durch den Raum und zog Proudhon an den Ohren hinter sich her.

Kapital, Band 1, sie liebt mich.

Kapital, Band 2, sie liebt mich nicht.

Kapital, Band 3, sie liebt mich.

Und wieder von vorne.

Ich alter Narr.

„Scheiß Lenin", sagte Marx.

Ich alter Meister der Vergangenheit.

Wäre ich doch ein Meister der Zukunft.

Aber was bringt uns die Zukunft schon. Den Tod, hatte Max gesagt.

Irgend etwas mußte es geben zwischen Zukunft und Vergangenheit, das uns am Leben hielt! Vielleicht das Leben selbst.

Ich alter Meister des Lebens.

Kapital, Band 1, sie liebt mich.

Ich liebe die Zeit, aber ihre Richtung liebe ich nicht.

„Ich schlafe schon“, sagte Ruth.

„Ich auch“, murmelte ich.

„Gut so“, sagte Ruth.

Sie alte Meisterin des Handauflegens.

Wer zuerst zugreift, der hat verloren. Egal wohin auch immer die Zeit sich bewegt.

„Scheiß Stalin“, sagte Marx und huschte durchs Zimmer, diesmal in die andere Richtung. Wo hatte er nur Proudhon gelassen?

Kapital, Band 2, sie liebt mich nicht.

Marx winkte mir wohlwollend zu, sagte noch freundlich: „Zeit ist der Raum für menschliche Entwicklung“ und verschwand.

Kapital, Band 3, sie liebt mich.

Und wieder von vorn.

Marx kam nicht mehr.

Ich zählte all die Krümel, die auf meine Bettseite gekullert waren.

Die Zeit verließ mich, und ganz langsam ließ der Alkohol nach, und ich schlief ein.

*Child of the moon bid the sun arise.*

Fünfter Tag und alles war anders.

Man sah den Leuten an, daß sie müde waren. Kein Wunder.

Yquem 1846 – 1784. Im allgemeinen nennt man das den Höhepunkt.

„Was heißt schon Höhepunkt“, sagte Max.

Heute würde es nur 15 Yquems geben. Viele davon die letzten ihres Jahrganges.

„Ein Jammer", sagte ich.

„1846?" fragte Max.

„Proudhon, ‚Die Notwendigkeit des Elends'", sagte ich.

„Paßt!" sagte Max, „der Wein ist auch elendiglich. Erstaunlich, wie oft die Weine sich mit der Geschichte treffen."

„Oder wie oft sie die Geschichte aufs vortrefflichste konterkarieren", sagte ich, „wie wir es auch drehen und wenden: die Weine passen immer zur Geschichte. Möglicherweise ein hermeneutischer Zirkelschluß?"

„1840?" diesmal fragte ich.

„England druckt die erste Briefmarke", Max sah mich ganz stolz an.

„Ist gut", sagte ich, „das hätte ich wirklich nicht gewußt! Mir wäre wiederum nur Proudhon eingefallen: ‚Was ist Eigentum?'."

„Alter Anarchist!" scherzte Max.

„*Kleinbürgerlicher* Anarchist, Proudhon war ein *kleinbürgerlicher* Anarchist", korrigierte ich ihn, „ich bin bloß ein Anarchist des Herzens! Aber der Wein ist toll!"

„1831 ist noch besser", Max hielt mir das zweite Glas unter die Nase.

„Bei der Ernte hatte Goethe nur noch ein halbes Jahr zu leben", sagte ich.

„Gutes Timing. Er hat es gerade noch geschafft, ‚Faust II' und ‚Dichtung und Wahrheit' fertigzuschreiben."

Die Jahre 1822 und 1811 werden serviert.

„Gefällt mir, daß diese zwei Jahre zusammenkommen", sagte ich, „sicher reiner Zufall, da hat sich bestimmt keiner etwas dabei gedacht!"

„Erklär dich", sagte Max.

„1811 hat Percy B. Shelley ‚Die Notwendigkeit des Atheismus' veröffentlicht und ist von der Universität geflogen, weil er die Schrift auch noch den Bischöfen schicken mußte. Anonym zwar, aber sie haben ihn trotzdem entdeckt. Am 8. Juli 1822 will er von Livorno nach England segeln, Sturm, das Boot kentert, Shelley ertrinkt. Er hatte sich geweigert, schwimmen zu lernen."

„Diese Geschichte war mir unbekannt", sagte Max, „wieso weißt du das alles?"

„Ich war immer schon Shelley-Fan."

Niederer saß in seinem Armstuhl, ein wenig in sich zusammengesunken, der Kopf war nach vorn gefallen, die Augenlider geschlossen, und er schnarchte laut und vernehmlich.

„Der ist hinüber", sagte Max.

„Den hat sein Schnarchen taub gemacht", sagte ich.

„Bleibt uns mehr", lachte Max und hielt mir das Glas mit dem 1811er hin, während er sich das mit dem 1822er behielt.

„Philosophisch hochinteressant", sagte Max, „der Wein des Todesjahres taugt nichts, aber der 1811er ist der blanke Wahnsinn!"

„Himbeeren, würde ich sagen!"

„Ich auch", stimmte Max mir zu.

Im Saal war es eben noch ziemlich laut gewesen, aber plötzlich verstummten die Gespräche. Eine der großen Türen öffnete sich, zwei Kellner trugen mit feierlicher Miene je eine Flasche Yquem herein. 1787 und 1784, die ältesten Jahrgänge der Verkostung. Nur Niederers Schnarchen dröhnte laut durch den Raum. Fielmann blickte indigniert zu unserem Tisch. Irgendwo kicherte jemand. Max wickelte sich ein Taschentuch über Daumen und Zeigefinger, beugte sich zu Niederer und hielt ihm die Nasenlöcher zu. Nach ein paar kräftigen Grunzern riß Niederer die Augen auf, schrie laut: „Vanilletöne", und Gelächter brandete auf.

„Es sind die letzten Flaschen ihres Jahrganges", sagte Max.

„Schade drum", sagte ich, „ist irgendwie traurig, findest du nicht?"

Max nickte.

Vorsichtig wurden die Flaschen geöffnet.

1784 war ein unentschlossenes Jahr: es lümmelte zwischen den gescheiterten Reformversuchen des damaligen Finanzministers Turgot und dem Sturm auf die Bastille planlos in der Geschichte herum.

„Historisch genauso uninteressant wie 1787", sagte ich.

„Schiller, ‚Don Carlos', und nicht zu vergessen Mozart mit ‚Don Giovanni'", korrigierte mich Max, „ist doch auch etwas, oder?"

„Ich hasse Schiller", sagte ich, „und mit Mozart fang ich auch nicht viel an. Die Stones sind mir allemal lieber! Fällt dir etwas zu 1784 ein?"

„Eröffnung der ersten Blindenschule in Paris", triumphierte Max. Er hatte gewonnen. Er konnte sich schon in der Schule Jahreszahlen besser merken als ich.

„Habe ich etwas versäumt", fragte Niederer noch immer ein wenig schlaftrunken.

„Nur die Französische Revolution", sagte ich.

„Irgendwie schade, daß es hier keinen Wein aus dem Revolutionsjahr 1789 zum Verkosten gibt", sagte Max.

„Haben die in dem Jahr überhaupt einen Wein gemacht?" fragte ich. Max wußte es auch nicht.

„Die werden sich mehr darum gekümmert haben, daß ihre Köpfe am Hals bleiben, als darum, daß die Trauben von den Stöcken kommen", sagte ich, „soweit ich weiß, wurde die Besitzerin des Gutes, die Witwe des Grafen von Lur-Saluces, während der Revolutionsjahre eingesperrt. Aber sie konnte zu ihrem Glück nachweisen, daß ihr Großvater das Weingut rechtmäßig gekauft hat, darum entging sie der Beschlagnahme des Vermögens."

Inzwischen hatte sich Fielmann daran gemacht, den 1787er eigenhändig zu öffnen. Eine nicht ganz einfache Aufgabe, denn bei Flaschen dieses Alters sind die Korken derart porös, daß sie oft schon beim ersten Kontakt mit dem Korkenzieher zu zerbröseln beginnen. Auch Fielmann gelang es nicht, den Korken einwandfrei und ohne Brösel aus dem Flaschenhals zu ziehen. Jameson versuchte sich an der Flasche 1784er und scheiterte ebenso.

„Da hilft nur mehr ein Haarsieb“, sagte Max.

„Aufklärung ist der Ausgang des Menschen aus seiner selbstverschuldeten Unmündigkeit“, sagte ich.

„Der erste Satz aus ‚Was ist Aufklärung‘ von Kant“, sagte Max, „aber was bedeutet schon ‚selbstverschuldet‘?”

„Du bist unschlagbar“, gestand ich neidlos ein.

„Im wirklichen Leben leider nicht“, bedauerte Max.

Jameson leerte ein wenig von der dunkelbraunen Flüssigkeit aus der 87er-Flasche in ein Glas, vielleicht einen Deziliter, mehr nicht, und reichte es an Fielmann weiter. Schnupper, schnupper, schlürf, schlürf. Der übliche Vorgang, und ich empfand ihn angesichts des Alters dieses Weines sehr unangemessen.

„Throwing pearls before swine“, wisperte Max.

Jameson hatte sich inzwischen ein Glas mit dem 84er genommen, wiederum schnupper-schnupper-schlürf-schlürf. Der Mann kannte wirklich kein Genieren, erneut also die Nummer mit dem Mundwasser, dann nahm er ein silbernes Schälchen und spuckte den Wein wieder aus, während ein höchst zufriedenes Lächeln über sein Gesicht huschte.

„Ich faß es nicht“, sagte ich zu Max, „da hat dieser Wein doch glatt mehr als 200 Jahre überlebt, und dann spuckt dieser Kerl, der große Kenner und Kritiker Robin Jameson, ihn einfach aus! Was glaubt der, wofür die Leute sich vor 200 Jahren geplagt und abgemüht haben? Damit er den Wein ausspuckt wie einen alten Kaugummi?“

„Er schluckt den Wein, den er verkostet, nie!“ sagte Max.

„Von mir aus! Aber einen Wein wie diesen, den verkostet man nicht, den nimmt man in sich auf wie ein Christ die Hostie!“

Max klopfte mir beruhigend auf die Schulter, er schnappte je ein Glas 84er und 87er und schubste mich in Richtung unseres Tisches.

„Ich warte, bis alle Gläser geleert sind“, sagte ich zu Max, „dann soll der Niederer an unseren Gläsern nippen, und wir zwei werden die beiden letzten Menschen sein, die diese beiden Jahrgänge trinken durften!“

„Ich bin mir noch immer nicht sicher, ob das Zeug nicht gefälscht ist“, meldete Max Zweifel an.

„Ist mir völlig egal! Ich stelle mir einfach nur für einen Moment lang vor, sie seien wirklich echt, vielleicht sind sie es auch!“ sagte ich.

Ich hatte noch nie zuvor so alte Weine getrunken. Sie wirkten eigentlich erstaunlich jung. Die Kritiker waren wie immer uneins: der eine schmeckte beim 87er Irish Moos, der nächste Malzkaffee, einer meinte Rösttöne und reife Maracuja zu erkennen, während der andere wieder von Kräuterlikör sprach. Beim 84er war es nicht anders: von Hustensaft und medizinal über Colheita-Tabak bis zu feuchtem Stroh reichte die Palette der erkannten oder zumindest eingebildeten Geschmäcker.

„Die haben nichts begriffen“, sagte ich zu Max, „die versuchen, mit der schwachen Sprache ihrer noch schwächeren Gehirne den Geschmack dieser Weine zu beschreiben. Es ist, als ob du beschreiben wolltest, wie die Welt schmeckt – oder das Leben. Sie suchen den Geschmack auf der Zunge. Sie haben wirklich nichts begriffen. Der Geschmack dieser Weine ist doch im Gehirn, der Geschmack dieser Weine ist doch die Vergangenheit! Du mußt die Gespenster der Vergangenheit vor deinen Augen haben, bei jedem Schluck, bei jedem Tropfen. Das ist doch der einzige Sinn, so alte Weine zu trinken. Eine Art Totem, eine genießerische Beschwörung einer Gott sei Dank für immer verlorenen Vergangenheit. Die haben nichts begriffen!“

Inzwischen waren alle Gläser geleert bis auf die beiden an unserem Tisch.

Max erhob sich und klopfte kurz, aber gut vernehmlich auf die Tischplatte. Die Gespräche verstummten, die Menschen im Saal wandten sich uns zu. Max nahm das Glas mit dem 84er und hob es prostend in die Höhe: „Niemand hier ist dieses Weines würdig. Meine Person miteingeschlossen. Aber ich versuche zumindest, ihn mit Würde zu trinken. Das bin ich all jenen schuldig, dank deren Arbeit Sie diesen Wein hier und heute genießen oder, wie ich leider auch sehen mußte, ausspucken konnten. Dieser Wein wurde im Zeitalter der gerade begonnenen Aufklärung gekeltert. Es gilt noch immer, was Kant 1784 schrieb: ‚Wenn denn nun gefragt wird: leben wir jetzt in einem aufgeklärten Zeitalter? so ist die Antwort: Nein, aber wohl in einem Zeitalter der Aufklärung'. Wenn ich Sie alle hier so stehen sehe, hoffe ich, daß auch der letzte Satz Ihrer aller Existenz und all Ihren Handlungen zum Trotz noch immer stimmt!" Max hielt kurz inne und sprach weiter: „Genaugenommen ist es ein Mangel an Moral, der einem erlaubt, die letzte Flasche eines 200 Jahre alten Weines zu trinken. Und es gehört eine Menge Hochmut dazu. Ich trinke auf Ihrer aller Hochmut, mögen Sie in Ihre Grenzen gewiesen werden!"

Nur das Schnaufen von Niederer war zu hören, er nickte zustimmend mit dem Kopf, und mit der typisch überlauten Stimme des Schwerhörigen sprach er mitten in die Stille hinein: „Toller Trinkspruch! Wirklich toll! Mein Kompliment!" Dann hob er seine Hände und begann, lautstark Beifall zu klatschen. Als er bemerkte, daß niemand in diesen Beifall einstimmte, ließ er seine Hände auf die Tischplatte sinken und fragte zu Max gewandt: „Habe ich irgend etwas mißverstanden?"

„Ich glaube, Sie haben gar nichts verstanden", sagte Max zuerst so leise, daß nur ich es hören konnte, und setzte dann lauthals fort: „Nein, nein. Das ist schon gut so! Die anderen haben nichts verstanden!"

„Ich bin eben ein ganz ein Schlauer", sagte Niederer nicht ohne Stolz.

Nun nahm Max endlich einen kräftigen Schluck aus dem Glas, drückte den Wein mit der Zunge gegen den Gaumen, sehr lautlos und elegant, wie er das machte, und reichte das Glas mit freundlichem Lächeln an mich weiter.

Das war Max, wie ich ihn kannte. Er war der freundlichste Mensch der Welt, selbst wenn er dir eigentlich gerade mit dem Arsch ins Gesicht fuhr. Er liebte es nicht, seine Meinung für sich zu behalten, aber er tat es in wohlgesetzten Worten. Selbst wenn er ausrastete, blieben seine Worte gewählt.

Es ist erstaunlich, wie wenig Menschen sich mitunter ändern. Vielleicht war es bloß Attitüde, aber wenn es eine war, warum wählte Max dann gerade diese und keine andere?

Während ich das Glas von Max übernahm, hatte sich die Erstarrung ringsum wieder gelöst. Fielmann trat zu uns, lächelte Max falsch, aber freundlich an: „Mir wäre etwas abgegangen, wenn Sie nicht doch noch eine kleine Bosheit angebracht hätten!"

„Das war keine kleine Bosheit", sagte Max, „sondern eine riesige Gemeinheit, mithin also die Wahrheit!"

Fielmann, leicht schwankend, da offenbar nicht ganz nüchtern, hielt sich kurz an der Lehne meines Sessels fest: „Von mir aus, trotzdem besten Dank, denn ein wenig Philosophie am Schluß, das ist wie Schlagsahne zur Sachertorte."

„Erstens heißt es dort, wo die Sachertorte herkommt, also in meiner Heimat, Schlag*obers*", entgegnete Max, „und zweitens ißt man zu einer ordentlichen Sachertorte niemals Schlagobers."

Mir fiel jetzt erst auf, daß ich außer am ersten Verkostungstag Jürgensen all die Tage hindurch nicht mehr gesehen hatte. Ich war in einer anderen Welt gewesen. Die Weine, dieser leichte Dauerrausch, dieses Eintauchen in die unerklärbare Vergangenheit und natürlich Ruth als unerklärbare Gegenwart.

Aber jetzt war Jürgensen soeben wieder im Saal erschienen, er blickte sich suchend um, sah mich und eilte zu mir her.

„Wann fahren Sie heim?" fragte er.

„Morgen, gegen Mittag“, sagte ich.

„Das ist gut“, sagte er, „das ist sehr gut.“

„Wieso?“

„Morgen um elf, haben Sie Zeit, ich möchte Sie jemandem vorstellen!“

„Natürlich habe ich Zeit! Geht es um meine Flasche?“ fragte ich.

„Jaja“, sagte Jürgensen, trat ganz nah an mich heran und flüsterte mir kaum vernehmbar ins Ohr: „Aber vor diesem Roth sollten wir nicht zu viel darüber sprechen! Nehmen Sie sich vor dem in acht! Das ist ein Gefährlicher!“ Als ob er das Gesagte noch bekräftigen wollte, nickte er mit dem Kopf und legte den Zeigefinger beschwörend auf seine Lippen.

„Haben Sie eigentlich Neuigkeiten für Frau Loewenstein?“ fragte ich.

Jürgensen nickte erneut und tat wiederum sehr geheimnisvoll: „Da sprechen wir morgen darüber. Ich habe gehört, daß Frau Loewenstein mit Ihnen hierhergekommen ist?“

„Stimmt, ich habe keinen Führerschein, und sie war ohnehin noch nie in Südtirol, also chauffierte sie mich hierher.“

Jürgensen schüttelte mir die Hand, winkte auch Max freundlich zu und verschwand wieder.

„Was wollte der?“ fragte Max.

„Jürgensen hat mir verboten, mit dir darüber zu sprechen“, sagte ich, „er hat mich ausdrücklich vor dir gewarnt. Daß du ein ganz ein Gefährlicher bist, hat er gesagt.“

Wir grinsten beide. Jürgensen hatte keine Ahnung, daß wir alte Freunde waren. Da kam jede Warnung zu spät.

Max hatte sich verabschiedet. Er mußte schon früh am Morgen weg. Er hatte mir seine Visitenkarte gegeben, eine kurze Umarmung.

„Wir sollten einander nicht mehr aus den Augen verlieren“, sagte ich.

„Wenn du etwas brauchst, dann ruf mich einfach an. Am ehesten erreichst du mich in meinem Pariser Büro. Dort kannst du auch Nachrichten für mich hinterlassen. Meine Sekretärin kann Deutsch“, hatte Max noch gesagt, „dein Französisch wird in der Zwischenzeit wohl nicht besser geworden sein?“

Französisch war eine schöne Sprache – ganz im Gegensatz zu meiner Französischprofessorin. Wahrscheinlich lag es daran, daß ich trotz eines fünf Jahre dauernden Unterrichts nie mehr als ein paar Floskeln erlernt hatte, die ich nur sehr ungern und mit starkem Akzent von mir gab.

„Kennst du das biblische Buch, dessen Namen ich trage?“ fragte Ruth.

„Nur vom Hörensagen“, mußte ich einbekennen.

„Ich werde es dir einmal erzählen, in meiner Version“, sagte sie.

„Was macht Kondratieff?“ fragte ich.

„Welcher?“ – „Deiner!“ – „Du meinst deiner?“

„Du weißt, welchen ich meine, den mit der Theorie!“

„Deiner ist auch noch im Reich der Theorie“, sagte Ruth, „leg deine Hand herüber. Los schon! Zier dich nicht!“

Nach kurzem Zögern schob ich vorsichtig meine Hand unter ihre Tuchent. Dabei begegnete meine Hand der ihren, die gerade in der Gegenrichtung unterwegs war.

„Tiefer“, sagte Ruth.

Ich zögerte erneut.

„Tiiiefer“, wiederholte Ruth, und „ich komme gut voran ... mit *meinem* Kondratieff.“

Welchen Kondratieff auch immer sie meinte, ich schob meine Hand ein Stück tiefer. Meine Fingerkuppen glitten über ihre Schamhaare, sie öffnete ein wenig ihre Oberschenkel.

„Feigling“, sagte sie und klemmte meine Hand zwischen ihren Oberschenkeln ein.

„Jetzt sag mal, wie war der 1784er Yquem?"

Ich dachte kurz nach: „Schwer zu beurteilen. Ich kann dir nicht sagen, ob ein so alter Wein wirklich noch gut schmeckt. Aber es war eine aufregende Reise ins Gestern. Ich habe so viele Leute getroffen, die ich bisher nur aus Büchern kannte. Sie waren im Raum, ich meinte, sie flüstern zu hören. Vergiß uns nicht, flüsterten sie, trink den Wein, aber vergiß uns nicht. Trauer lag in ihren Stimmen, Trauer und Wehmut. Ja, genau das ist es: all die alten Weine, es war Trauer, wonach sie schmeckten, und im Abgang ein wenig Wehmut. Sie schmeckten wie das Leben – am Schluß, wenn alles vorbei ist."

„Ich werde ihn beim Vornamen nennen", sagte Ruth.

„Von wem redest du?"

„Nikolai, ja, ich werde ihn Nikolai nennen."

„Wen?"

„Kondratieff!"

„Welchen Kondratieff?"

„Deinen!" sagte Ruth.

„Deinen?"

„Meinen", flüsterte Ruth.

„Ich kenn' mich nicht mehr aus! Du meinst meinen Kondratieff?" fragte ich nach.

„Ja", flüsterte Ruth, „meinen Kondratieff werde ich Nikolai nennen."

„Gefällt mir nicht, klingt nach heiligem Nikolo!"

„Dmitrijewitsch ist mir zu lang", flüsterte Ruth.

„Wie bitte?"

„Korrekt heißt er Nikolai Dmitrijewitsch Kondratieff, klar?" flüsterte Ruth.

Wenn das denn Liebe war.

Ich alter Meister russischer Vornamen.

Kenne ich mich bei Wellen aus? In der Liebe? Mit Ruth? Ich kenne mich nirgendwo aus.

Ich alter Meister des Nichtauskennens.

„Ich werde dir gleich deine Hand naß machen", flüsterte ich mit belegter Stimme.

„Ich dir deine auch", Ruth kicherte.

Der Atem wird schwer, der Rest ganz leicht.

Am Hintern piekten mich ein paar Krümel.

Ich alter Meister des Gepiektwerdens.

Wenn das denn Liebe war.

Wer zuerst zugreift, der hat verloren.

Wir nahmen keine Rücksicht auf Verluste. Wenn es denn Liebe war.

Wir Ahnungslosen.

Ich Anfänger des Lebens und der Liebe.

Man bleibt immer Anfänger in all den wichtigen Dingen des Lebens.

*Child of the moon*
*Give me a wide-awake, crescent-shaped smile.*

„Scheiß Lenin", sagte Marx.

Die Weine gefälscht, Robespierre tanzt Tango mit Louis seize. Wenn Kant nur wüßte, was er mit all dem zu tun hat.

Baudelaire zitiert Baudelaire:

„Besonders träge träumt die Mondin heut,
Wie eine Schönheit, die, polsterumschmeichelt,
vorm Schlaf noch langsam und zerstreut
Mit leichter Hand das Rund der Brüste streichelt."

Kapital, Band 1, sie liebt mich.

Ein paar verirrte Quanten rasten quer durchs Zimmer.

Ich verliebt in Schrödingers Katze.

Kapital, Band 2, sie liebt mich nicht.

*Ich* weiß, daß Schrödingers Katze schnurrt.

„Scheiß Quantenmechanik", sagte Einstein, „Gott würfelt doch nicht."

„Nein, er spielt lieber Black Jack", sagte ich.

Kapital, Band 3, sie liebt mich.

Gut, daß Marx keinen vierten Band geschrieben hat.

Auf Kondratieffs Wellen wogten wir sanft dem Schlaf entgegen.
*Child of the moon bid the sun arise.*

Der neue Morgen.

Die Erde hatte mich wieder. Mein Kopf war klar, die Luft kam kühl und sauber beim Fenster herein. Verdammt, ich war nüchtern wie seit Tagen nicht.

Das Zimmertelefon läutete. Es war Jürgensen.

Der Mann, mit dem er mich bekannt habe machen wollen, sei leider verhindert. Wenn ich nächste Woche zu Hause sei, er, Jürgensen, würde sich bei mir melden, und auch bei Frau Loewenstein, da gebe es auch Neuigkeiten, und es tue ihm sehr leid, aber die Verkostung sei doch sicher ein einmaliges Erlebnis gewesen, und jetzt könne ich wohl erst richtig ermessen, wie schwierig es sei, an die bestimmte Flasche heranzukommen und ...

„Wer ist am Telefon?“ rief Ruth aus dem Badezimmer.

Ich verdeckte die Sprechmuschel mit meiner freien Hand: „Es ist Jürgensen, und sein Redeschwall ist wieder einmal nicht zu stoppen. Aber der Termin heute fällt aus, er rührt sich nächste Woche bei mir. Für dich hat er auch irgendwelche Neuigkeiten.“

... und außerdem hoffe er, daß ich eine gute Heimreise hätte, und er müsse sich für diesen Roth entschuldigen und mich nochmals warnen ...

„Ja, danke“, sagte ich, „Sie rühren sich nächste Woche bei mir? Auf Wiederhören!“

Am Telefon war der Mann einfach nicht zu bremsen.

Ruth hatte ihre Koffer schon gepackt.

„Es wundert mich, daß du alles wieder in die Koffer hineingebracht hast, ehrlich. Wenn ich mit Gina unterwegs war ...“

„Wer ist Gina?“

„Erzähl ich dir bei Gelegenheit, also wenn ich mit Gina unterwegs war, die mußte vor der Rückreise immer einen Koffer zusätzlich kaufen. Meinst du, soll ich die Brösel aus dem Bett entfernen, es muß ja nicht jeder wissen ...“

„Mach dir keine Sorgen, Zimmermädchen sehen und wissen alles! Aber wenn dir irgend etwas peinlich ist, dann gib ihnen ein ordentliches Trinkgeld. Du wirst sehen, das hat eine unglaublich befreiende Wirkung auf ihr Gedächtnis."

Wir ließen den „Roten Adler" und Sankt Ulrich hinter uns, raus aus dem Grödner Tal, bei Bozen auf die Autobahn, an Brixen vorbei und schon waren wir wieder am Brenner, und der Föhn hatte uns wieder.

Am Beifahrersitz fallen mir immer nach einiger Zeit die Augen zu. Es war wie ein Traum gewesen. Von Südtirol und vom Grödner Tal hatte ich, ehrlich gestanden, nicht viel gesehen, genau gesagt: gar nichts.

„Schnarchst du schon wieder", fragte Ruth.

„Ich döse nur", sagte ich.

Die Bilder zogen an mir vorbei.

Da war noch dieses merkwürdige Erlebnis mit Niederer gewesen. Ich hatte – eingedenk des Hinweises von Ruth – an der Rezeption nach der Kasse für das Personal gefragt, als neben mir eine Gestalt auftauchte. Ich blickte nach rechts, und da stand Niederer. Er war dezent und elegant in feinstes Tuch gehüllt, die Krawatte Ton in Ton passend zum Anzug, der seine etwas korpulente Figur vorteilhafter erscheinen ließ. Sah nach begnadeter Maßschneiderei aus.

Niederer blickte mir freundlich in die Augen und sagte ohne auch nur die geringsten Anzeichen von Kurzatmigkeit: „Hallo, ich bin's, der Arsch!" Ich bin noch nie in meinem Leben rot geworden, mir fehlen offenbar die genetischen Voraussetzungen dafür. Aber jetzt wäre ein geeigneter Moment gewesen, um puterrot zu werden.

Nein, eine Entschuldigung konnte den Peinlichkeitsgrad jetzt nur noch erhöhen. Also lächelte ich freundlich und tat so, als habe Niederer einen guten Scherz gemacht.

„Ich nehme es Ihnen nicht übel", sagte er mit leiser, sonorer

Stimme, „ich kenne meinen Ruf. Hat mich viel Arbeit gekostet, können Sie mir glauben."

Ich brachte noch immer kein Wort heraus.

„Wissen Sie", sagte Niederer, „eigentlich bin ich Verhaltensforscher aus Leidenschaft, ein Beobachter der menschlichen Unzulänglichkeiten. Eines Tages werde ich darüber ein Buch schreiben. Sobald mein Vater tot ist, was ich denen da oben", er deutete hinauf zum Himmel, „nicht wünsche, aber durchaus vergönne. Sobald er tot ist, werde ich den ganzen Laden verkaufen und dieses Buch schreiben. Ich werde Sie im Vorwort lobend erwähnen. Und lassen Sie mir den guten Roth schön grüßen. Und noch etwas: bewahren Sie mein kleines Geheimnis."

Inzwischen hatte mir die Rezeptionistin ein Sparschwein mit der Aufschrift „Personal" hingestellt, und ich stopfte ein paar größere Scheine hinein. Niederer folgte meinem Beispiel und sagte: „Übrigens: Sie sollten Jürgensen nicht trauen. Und wenn Sie einmal Probleme mit ihm haben, und die werden Sie haben, melden Sie sich einfach bei mir. Wenn ich dem Jürgensen eins auswischen kann, bin ich gerne dabei!"

„Ich verstehe nicht?"

„Sie werden schon noch verstehen. Da, nehmen Sie meine Karte, und heben Sie sie gut auf. Sie werden sie sicher brauchen können, glauben Sie mir. Jetzt muß ich aber weg, bevor mich wer in diesem Outfit sieht. Man muß schließlich auf seinen Ruf achten!"

Er drückte mir fest und herzlich die Hand, und weg war er.

Wir fuhren durchs Inntal, querten Bayern und waren beinahe wieder zu Hause.

Das Garagentor quietschte. Ruth stellte den Motor ab. Was nun?

„Ich habe die letzten Tage hervorragend geschlafen", sagte Ruth.

„Aber jetzt hast du doch deinen Teddybären wieder?"

„Willst du mich abschieben?"

„Nein, du sollst nur nicht glauben …"

„… daß du so einer bist? Du bist so einer."

„Was für einer bin ich?“ und legte Empörung in meine Stimme.

Sie saß in meinem Bett und aß Kekse.

Ich lag in meinem Bett auf ihren Krümeln, die langsam und sachte auf meine Seite gerollt waren, und sie rollte nach.

„Dmitrijewitsch?“ flüsterte sie.

„Du mit deinen Krümeln“, sagte ich. Aber sie hatte mich ja gewarnt.

Ich Meister des Gewarntwerdens.

„Dmitrijewitsch?“ flüsterte sie nochmals, „bist du böse auf mich?“

„Wen fragst du, mich oder Dmitrijewitsch?“

„Wo ist der Unterschied?“

Wer zuerst zugreift, der hat verloren.

Handauflegen gilt nicht.

Ich Meister des Ungültigen.

Ich Meister der Quanten und ihrer Mechanik.

Hatte ich eine Chance gegen Schrödingers Kätzchen?

Nein, ich hatte keine Chance. Hatte nie eine gehabt.

Ich alter Meister der Chancenlosigkeit.

Ich alter Meister der Narretei.

Betrink dich, besauf dich, vergiß sie nie wieder.

Wie konnte ich nur.

„Schläfst du schon?“ fragte Ruth.

„Schon ewig“, sagte ich.

Wenn das denn Liebe war.

Wer sollte die Teilchen zählen, wenn nicht ich.

Wer die Bände des „Kapitals“ memorieren, wenn nicht ich.

Wer sollte ein Narr sein, wenn nicht ich. Ich war der perfekte Narr. Ich werde es immer sein.

Wenn das denn Liebe war, dann sollte es sein.

# 9

Verdammt, ich hatte das alles nicht gewollt. Du fährst nach Südtirol, trinkst ein paar Weine, hast einen Riesenrausch, atmest ein wenig frische Luft und fährst wieder nach Hause. Alles ganz einfach. Und jetzt? Das war nicht geplant gewesen. Lebensplanung, daß ich nicht lache. Du reihst Irrtum an Irrtum, und das war es dann.

Der neue Morgen war eigentlich so vielversprechend, wie ein neuer Morgen nur sein kann. Der Polster zu meiner Rechten war zusammengeknüllt, die Steppdecke hing zur Hälfte aus dem Bett und streifte mit einem Zipfel den Boden. Rechts von mir lag niemand, aber das Leintuch warf lange Falten, und von der Matratze kam es noch warm. Ruth mußte gerade erst aufgestanden sein.

Zu den besonderen Privilegien meiner Existenz zählte es, daß mir niemand mehr vorschreiben konnte, wann ich morgens aufzustehen hatte. Ich machte von diesem Privileg ausgiebig Gebrauch. Wenn ich aufwachte, war meist ein Großteil des Vormittags bereits vorbei, was ich stets mit Genugtuung zur Kenntnis nahm. Seit Jahren schon habe ich keinen Sonnenaufgang mehr erlebt, und ich könnte nicht behaupten, daß mir deshalb irgend etwas fehlen würde. Die meisten Sonnenaufgänge meines Lebens hatte ich ohnedies nicht nach dem Aufwachen, sondern vor dem Schlafengehen erlebt. Es mußte daher schon später Vormittag sein, aber ich fühlte mich überhaupt nicht ausgeschlafen. Es lag wohl am Wetter.

Völlig überraschend und über Nacht war Mitte Mai der Sommer ausgebrochen. Statt des kühlen Morgenwindes wehte ein warmer Föhn unangenehm über meine Haut. Die Berge auf der anderen Seite des Sees wirkten unnatürlich nah, die weißen Fäden vor dem blauen Himmel zeugten ebenso von der Kraft des frühsommerlichen Fallwindes wie das plötzliche Hämmern in meinem Kopf. Ich liebe den Sommer nicht besonders, genaugenommen hasse ich ihn, so wie ich all die Sommeridioten hasse, die, kaum daß die Temperaturen jedes annehmbare Maß überschreiten, damit beginnen, die Atmosphäre mit dem Lärm ihrer Transistorradios zu verseuchen und die Straßen unter Zuhilfenahme immer waghalsigerer Sportgeräte zu verstopfen. Wessen Hirn leer ist, dem kann das Herz nicht übergehen. Wenn Muskeln unter gebräunter Haut das Denkvermögen ersetzen, dann ist eindeutig Sommer. Angesichts des blauen Himmels und der unnachsichtig wärmer werdenden Luft drohte sich meine eben noch gute Stimmung in eine schwere Depression zu verwandeln. Jeder Idiot würde mir in den nächsten Tagen vom herrlichen Wetter vorschwärmen, während der Schweiß langsam meinen Hemdkragen durchnässen würde. Menschen mit üblem Achselgeruch würden mit verklärter Stimme das Wetter loben und meine Nase beleidigen. Ich hasse den Sommer.

Was nützte mir also an solchen Tagen mein Privileg, spät aufzustehen? Nichts. Ich würde bis mittags Kopfweh haben, dann schließlich doch noch eine Schmerztablette nehmen. Der Tag war zum Vergessen. Das Positivste am Sommer ist die Tatsache, daß er – zumindest in unseren Breiten – auch wieder zu Ende geht. Aber das lag noch in weiter Ferne. Die nächsten zwei bis drei Monate konnte jeden Moment die Katastrophe in Form einer Hitzewelle ausbrechen und mich in eine Lebenskrise stürzen.

Ich habe in meinem Leben vielen Krisen getrotzt. Die Pubertät überstand ich ohne Pickel im Gesicht, und da ich es vermied, während dieser Zeit Psychologen zu nahe zu kommen, auch ohne unüberwindbare Traumen. Die Midlife-Crisis habe ich einfach übersprungen, da diese irgendwann nach der Vollendung des vierzigsten Lebensjahres zu absolvieren ist, ich jedoch meine Lebenserwartung zwischen dem sechzigsten und dem fünfundsechzigsten Lebensjahr ansetze, was angesichts einiger sündhafter Jahre eine durchaus optimistische Einschätzung ist. Ich hätte daher um die dreißig herum in diese Krise geraten müssen, was mir bereits damals einerseits zu früh erschien, andererseits zu spät, da ich jenseits dieser dreißig Jahre ohnedies das Lebensende witterte. Mit jedem Jahrzehnt jedoch, das ich überlebte, verzögerte sich dieses letztlich doch unvermeidbare Ende ein wenig. So schiebe ich immer zehn Jahre Lebensrest vor mir her, und das seit Jahrzehnten. Ich habe keine Zeit für Krisen und noch weniger für den Sommer.

Ruth kam soeben wieder bei der Tür herein. Gut, der Sommer hat doch eine, eine einzige gute Seite: die Frauen frieren nicht und sparen Bekleidung. Der Anblick einer halbnackten Frau wärmt auf wesentlich angenehmere Weise als dieser beschissene Föhn. Sie trug eines meiner Hemden, weiß der Teufel, warum Frauen morgens im Sommer so gerne übergroße Herrenhemden tragen, immerhin habe ich Größe 52. Die Ärmel waren länger als ihre Arme, und Ruth gab sich im wahrsten Sinn des Wortes nicht sehr zugeknöpft. Aus dem einen Ärmel ragte eine Tasse mit Kaffee heraus, man konnte ihn riechen, ihr Nabel lag frei, die Schamhaare sowieso, sie beugte sich zu mir herunter, ihre Brüste streiften über meinen Brustkorb, vorsichtig berührten ihre Lippen die meinen.

„Schaust heute nicht gut aus, stimmt's?“ sagte sie.

„Ich habe mich noch nicht gesehen!“

„Sei froh“, sagte sie, ihre Brüste entfernten sich wieder von meinem Körper, heißer Kaffee tropfte auf meinen Bauch.

„Au“, ich schrie auf. Der Kaffee war wirklich heiß.

„Es ist Illy-Café“, sagte sie freundlich.

„Es ist eine Brandblase“, antwortete ich.

„Männer sind wehleidig.“

„Frauen sind Diebe.“

Sie sah mich fragend an. Ich deutete auf das Hemd.

„Zieh es sofort aus! Das ist mein Hemd.“

„Jetzt ist es nicht mehr deines." Sie schüttelte den Kopf, beugte sich über meinen Bauch und leckte mit der Zunge über die vom Kaffee benetzte Hautstelle.

„Besser?" fragte sie.

„Ich werde nie wieder lachen können", sagte ich schwermütig.

„Die Philosophen haben die Welt nur unterschiedlich verlacht!" sagte Ruth.

„Variation über Marx, Thesen zu Feuerbach", sagte ich müde und weltenschwer: „Wenn das Leben so leicht wäre wie Philosophie, dann bedürften wir ihrer nicht."

Das war kein Morgenthema, dachte ich in diesem Augenblick, ganz bestimmt nicht. Das war ein Abendthema. Kein vernünftiger, unausgeschlafener Mensch würde sich – noch dazu in meinem Zustand und gleich nach dem Aufwachen – über Marxens Thesen zu Feuerbach unterhalten.

Was war mir bloß zugestoßen? In welche Richtung wandelte sich mein Leben? Hatte ich das gewollt? Was hatte ich gewollt?

Da heroben auf meiner Anhöhe, umgeben von guten Weinen, die Menschen möglichst weit weg, ein Hagestolz, dem es noch ein wenig an den nötigen Jahren fehlte. Wer oder was war ich? Wer oder was würde ich demnächst sein? Was ging mich das alles an, diese Frau, diese Stadt, diese Menschheit? Was ging mich mein Leben an? Nichts ging es mich an. Gar nichts. Es gab nichts, was mich etwas angehen könnte. Feuerbach, daß ich nicht lache. Feuerbach, der alte Gotteslästerer. Wo keine Frage eine Antwort gebiert, dort ist das Leben.

Scheiß Philosophie.

Scheiß Wetter.

Scheiß Kopfweh.

Es lag alles nur an diesem hämmernden Schmerz in meinem Kopf. Ganz sicher.

„Du denkst nach?" fragte Ruth, „tut es weh?"

„Nur Dummköpfe schmerzt es nicht, zu denken. Dummköpfe kennen überhaupt keinen Schmerz."

Scheiße, schon wieder Philosophie.

Was war nur los mit mir an diesem Morgen?

Sollte der Föhn meine philosophischen Überlegungen mittels Schmerz initiiert haben? Es gab schließlich die Theorie, daß das Wetter wesentlichen Einfluß auf Ideologien haben soll. So wird zum Beispiel der Deutschnationalismus, der hier in der Gegend eine ebenso schamlose wie unausrottbare Verbreitung gefunden hat, gerne darauf zurückgeführt, daß hierorts im Winter die Sonne viele Monate lang den im Tal liegenden Nebel nicht zu durchdringen vermag. Der daraus resultierende Lichtmangel führt angeblich zu Vitaminmangel und Depressionen, macht traurige Seelen, traurige Seelen machen traurige Ideologien. So irgendwie halt.

„Hochstrasser hat vorhin angerufen", sagte Ruth. Mir fiel auf, daß wir alle Hochstrasser niemals beim Vornamen nannten. Er war Hochstrasser, *der* Hochstrasser. Ein Vorname hätte nicht zu ihm gepaßt. Nie und nimmer! Also einfach „der Hochstrasser".

„Was wollte er?"

„Er kommt in einer halben Stunde vorbei. Es gibt angeblich wichtige Neuigkeiten, und er muß sie sofort loswerden."

„In einer halben Stunde? Der Mann ist wahnsinnig, rücksichtslos auf jeden Fall, er weiß doch, daß ich vor zwölf Uhr nicht einsatzfähig bin!"

„Er hatte es sehr eilig!"

„Jetzt habe ich es eilig." Mit einem entschiedenen Ruck setzte ich mich im Bett auf.

„Verdammt, mein Kopf! Scheiß Föhn! Scheiß Neuigkeiten. Was interessieren mich Neuigkeiten, was gehen mich Neuigkeiten an? Es gibt keine Neuigkeiten! Die Welt ist ein paar Milliarden Jahre alt und hat noch ein paar Milliarden Jahre vor sich. Was zählen da schon ein paar Neuigkeiten, die im allgemeinen nicht einmal einen Tag alt werden!"

„Miese Laune heute, oder?"

„Nein, bloß eine klare Sicht auf die Welt." Ich war nicht sehr liebenswert heute morgen. Ich wußte es. Aber mir mangelte es sowohl an der Lust als auch an der Kraft, so zu tun, als ob mir nach nett sein wäre.

Ich mußte in einer halben Stunde auf den Beinen sein und aus mir wieder einen umweltverträglichen Menschen gemacht haben. Ich hasse das Leben, ich hasse den Föhn. Ich hasse den Sommer.

„Dich liebe ich", sagte ich einer plötzlichen Laune folgend zu Ruth.

„Stimmungsumschwung?" fragte Ruth skeptisch.

„Wahrheit!"

Irgendwie schaffte ich es dann doch. Als Hochstrasser läutete, fühlte ich mich beinahe wie ein Mensch: elend, aber am Leben.

„Dir geht es heute nicht gut?" sagte Hochstrasser und streckte mir die Hand entgegen.

„Mir geht es blendend, und ich sehe auch so aus!"

„Was du nicht sagst", antwortete Hochstrasser, und man konnte ihm ansehen, daß ich ihn nicht überzeugt hatte.

„Was gibt es denn so früh am Morgen, kurz nach Mitternacht?"

„Es ist fast zwölf, und bei den Neuigkeiten, die ich habe, würde ich dich auch um zwei Uhr früh aus dem Bett holen."

„Um zwei Uhr früh? Jederzeit, da liege ich normalerweise noch nicht im Bett!"

„Es geht los!" sagte Hochstrasser. Er sagte es sehr bestimmt.

„Was geht los?"

„Der Hampelgruber und der Mies gehen es jetzt an. Nächste Woche steht im Gemeinderat die Umwidmung ihres ergaunerten Grundstückes auf der Tagesordnung." Er zog ein zerknittertes Blatt Papier aus der Brusttasche seines Hemdes und faltete es auseinander: „Lies selbst: Punkt fünf. Umwidmung der Moar-Gründe von Landwirtschaft auf Bauland. Dabei ist sogar das Naturschutzgutachten negativ gewesen. Die bauen mitten im Naturschutzgebiet.“

„Und? Werden sie damit im Gemeinderat durchkommen?“

„Sicher, sonst stünde es nicht auf der Tagesordnung!“

„Und was wirst du jetzt machen?“

„Eine Bürgerinitiative, was sonst! Die verbauen die letzten unberührten Flecken rund um den See! Irgendeinen häßlichen Jachthafen mit Hotel, was weiß ich. Unterschreibst du?“

„Ich hasse Bürgerinitiativen, ich unterschreibe seit zehn Jahren prinzipiell nichts mehr, nicht einmal meine Schecks!“

„Da”, Hochstrasser hielt mir einen Kugelschreiber unter die Nase: „Unterschreib!“

Ich unterschrieb. Was blieb mir anderes über? Ist der Ruf erst mal ruiniert, unterschreib ich völlig ungeniert.

In diesem Moment hatte ich keine Ahnung, welche Reaktionen Hochstrassers Unterschriftenliste auslösen würde. Die Leute unterschrieben, als ob sie keine anderen Sorgen hätten. Binnen weniger Tage würde er rund zweitausend Unterschriften gesammelt haben.

„Übrigens, eine ehemalige Schülerin von mir erforscht die Arisierungen hier in der Gegend. Da zittern jetzt ein paar Leute ganz gewaltig. Ich habe sie auf die Grundstücksgeschichte angesetzt. Keine Ahnung, ob das was bringt, aber sie hat gemeint, hier in der Gegend findest du fast immer etwas. Wäre ein echter Knüller.“

„Kaffee?“ fragte ich.

„Nein, danke. Ich muß weiter.“

„Und deshalb mußte ich so früh und noch dazu so schnell aus dem Bett?“

„Du wirst es überleben!“

„Sehe ich so aus?“

„Nein“, lachte Hochstrasser, und weg war er.

Das Telefon läutete.

Scheiß Morgen. Es war immer so: wenn es dir nicht gut ging, kamen zuerst schon früh morgens ungebetene Gäste, danach drei verschiedene Paketdienste mit nicht für dich bestimmten, fehlgeleiteten Warensendungen – scheiß Aufhebung des Postmonopols. Zehnmal läutete des Telefon, neunmal verwählt und einmal ein Versicherungskeiler. Wenn du dann erschöpft ein Mittagsschläfchen halten willst, läutet einer vom Gaswerk und will den Zähler ablesen, fix und fertig sinkst du auf die Chaiselongue, fünfminütiger Probealarm der örtlichen Feuerwehr, und zu guter Letzt spinnt die Alarmanlage. „Ich werde morgen jemanden schicken, der sich das ansieht." – „Die Alarmanlage plärrt aber jetzt."

In jeder meiner Gehirnzellen hatte es schrill geklingelt.

„Hebst du ab?" hörte ich Ruth rufen.

„Wenn es sein muß." Es war Jürgensen.

Das auch noch. Er begann wie immer sofort und fast ohne Luft zu holen auf mich einzureden. Wie es mir gefallen habe, danke der Nachfrage, erstklassig, ja, dieses kleine Geschäft zwischen uns würde zustande kommen, er habe jetzt endlich eine gute Spur, freut mich zu hören, er brauche aber noch ein paar Tage, ob ich warten könne, na klar kann ich warten, der Wein hat jetzt fast 260 Jahre auf mich gewartet, da werde ich es doch ein paar Tage aushalten. Haha, guter Witz. Oh Gott, geht mir dieser Kerl auf die Nerven. Ob Frau Loewenstein da ist? Ja, die ist da!

„Ruth", ich hielt die Sprechmuschel mit der Hand zu, „Jürgensen, der alte Schleimer, für dich!"

„Frag ihn, was er will!"

Sie ist da, aber kann jetzt nicht, soll ich etwas ausrichten? Muß unbedingt mit ihr sprechen, keinen Aufschub, es eilt. Sie ruft zurück. Aber bitte zuverlässig. Natürlich.

„Was wollte er?"

„Hat er nicht gesagt. Tat aber sehr wichtig."

„Soll ich ihn gleich zurückrufen oder ein wenig schmoren lassen?“

„Schmoren lassen ist immer in Ordnung, das haben ein guter Rindsbraten und schlechte Menschen gemein!“

„Ich ziehe guten Rindsbraten schlechten Menschen vor!“ lachte Ruth.

„Du wirst es nicht glauben, aber schlechten Menschen ziehe ich sogar einen schlechten Rindsbraten vor!“

Nachdem ich ein paar Aspirin gefrühstückt hatte, entschloß Ruth sich, Jürgensen doch nicht länger warten zu lassen, und rief ihn an. Sie trafen einander im Rathaus-Café, und er teilte ihr mit, daß er keinerlei Unterlagen über die Grundstücke ihrer Großeltern sowohl väterlicher- als auch mütterlicherseits hatte finden können. Zuerst der Krieg, dann das Chaos der Nachkriegszeit. Man habe ihm nicht einmal sagen können, ob die Unterlagen vernichtet wurden oder bloß unauffindbar seien. Er, Jürgensen, vermute, daß die Unterlagen vernichtet und damit unwiderbringlich verschwunden seien.

Es täte ihm natürlich sehr leid, aber das sei halt der Lauf der Geschichte. Manche Dinge verschwinden eben und tauchen nie wieder auf. Sehr bedauerlich, aber nicht zu ändern.

„Nachtigall, ich hör dir trapsen“, sagte ich zu Ruth.

„Was heißt das, was willst du damit sagen?“

„Ich glaub dem Jürgensen kein Wort! Ich denke an das, was uns Max erzählt hat! Es gibt keine Zufälle, die gehen jetzt bei ihrer Grundstücksgeschichte aufs Ganze. Der Hochstrasser deutet an, daß es vielleicht um einst arisierte Grundstücke gehen könnte, und der Jürgensen teilt dir ausgerechnet jetzt mit, daß es keine Unterlagen über die Grundstücke deiner Großeltern gibt. Da ist etwas faul. Da verwette ich meinen Weinkeller!“

„Und, was hilft mir das? Was soll ich tun?“

„Wir werden Hochstrasser fragen, ob er irgend jemanden aus der Gegend kennt, der alt genug ist, um über diese alten Geschichten Bescheid zu wissen, und der auch bereit ist, darüber zu reden. Das ist besser, als auf die unvorhersehbaren Ergebnisse einer Geschichtsstudentin zu warten. Wer weiß, ob die was findet."

„Auf diese Idee hätten wir aber auch schon früher kommen können!" sagte Ruth.

Also Hochstrasser angerufen, der sagt „auf die Idee hätten wir ...", ich unterbreche, „wissen wir".

„Du könntest den alten Feichtner fragen, toller Kerl, hoch in den Achtzigern, alter Sozialdemokrat, wenn wer etwas weiß, dann der. Während des Krieges war er illegal und hat gleich nach dem Zusammenbruch hier einiges organisiert. Der hat auch keinen Grund, irgend etwas nicht zu erzählen. Der ist noch ein richtiger Roter, tiefrot."

So pilgerten Ruth und ich ein paar Tage später zu Feichtner. Es war wirklich eine Pilgerreise in eine andere Zeit. Feichtner wohnte etwas außerhalb der Stadt in einem kleinen Haus am Waldrand, nicht ärmlich, aber bescheiden. Ein alter Herr, schon ein wenig unsicher auf den Füßen, sehr fragil saß er auf seiner Bank vor dem Haus und wärmte sich in der Sonne. Als wir durch ein wackeliges Türchen seinen kleinen Garten betraten, erhob er sich, gestützt auf seinen Stock, und hielt uns seine rechte Hand entgegen. Sein Händedruck war unerwartet kräftig.

„Nehmt Platz", sagte er mit fester Stimme und setzte sich wieder auf seine Bank. Er sprach mit dieser merkwürdig ziselierten Intonation der einzelnen Silben, wie man das einst in den Arbeiterbildungsvereinen gelernt hatte. Eine sehr scharfe, präzise Aussprache, die immer ein wenig metallen und schneidend klang.

Er musterte uns neugierig. „Ist sie deine Frau?" fragte er mich und deutete auf Ruth.

„Ah, hm ...", ich machte eine unsichere Geste mit der Hand und schaute Ruth an, da ich nicht wußte, was ich sagen sollte.

„Wir sind gute Freunde", sagte Ruth.

„Freunde", er lächelte wissend, „Freunde, das ist gut, Freunde ist gut. Du bist eine schöne Frau", sagte er zu Ruth, „und Charakter hat sie auch, das sehe ich", sagte er zu mir. „Du hast Glück mit ihr. Gib acht auf sie!"

Ruth errötete.

„Aber junge Frau, nicht rot werden, rot ist man nur im Herzen, nicht im Gesicht! Was kann ich für euch tun, der Hochstrasser hat gesagt, ihr wollt alte Geschichten hören?"

Ich lachte: „Eigentlich wollen wir sie erst ausgraben."

„Ausgraben ist gut. Das wird aber nicht alle freuen hier, das sage ich euch gleich. Der Hochstrasser hat mir schon erzählt, wer ihr seid und worum es geht. Also, ich stehe zur Verfügung."

„Danke, das ist sehr nett von Ihnen", sagte Ruth. „Es ist ein wenig kompliziert. Ich fang mal beim Doktor Jürgensen an. Er ist mein Anwalt und hat behauptet, es gäbe keine Unterlagen mehr über die Grundstücke meiner Großeltern, vermutlich sei alles im Krieg vernichtet worden."

„So ein Blödsinn, wie hätte hier etwas vernichtet werden sollen, da ist keine einzige Bombe gefallen. Wenn, dann haben die das weggeschafft, damit man nichts mehr nachweisen kann."

„Wir haben so merkwürdige Sachen über den Jürgensen gehört", sagte ich, „wissen Sie etwas über ihn?"

„Sagt ruhig ‚Du' zu mir, unter Genossen gehört sich das so! Der Jürgensen, dem würde ich keine Sekunde trauen. Ein ganz ein übles Subjekt. Er ist gleich nach Kriegsende hier aufgetaucht. Niemand wußte, wo er hergekommen ist, man hat darüber nicht gesprochen, und, ehrlich gesagt, ich habe damals das Gefühl gehabt, man wollte darüber auch nicht sprechen. Es muß im Sommer 1945 gewesen sein, er hat – kaum hier angekommen – die Tochter von unserem Ober-Nazi, dem Rebe, geheiratet. Der Rebe hat eine Woche vor der Kapitulation noch zwei Deserteure auf der Flußbrücke aufhängen lassen, am Tag nach der Kapitulation war er spurlos verschwunden. Ein Naturtalent, der hat immer gewußt, wann es Zeit ist zu kassieren und wann es Zeit ist, unterzutauchen. Der Jürgensen hat nach der Heirat sofort die Geschäfte vom Rebe übernommen und alles, was beweglich war, an britische oder amerikanische Offiziere verkauft, so genau weiß ich das nicht mehr. Die Grundstücke, die der Rebe zusammengerafft hat, waren ein paar Wochen später alle auf den Jürgensen überschrieben. Wie er das gemacht hat, weiß ich nicht. Der Rebe ist in Wien untergetaucht. Jahre später, die Alliierten waren schon aus dem Land und der Rebe wieder hier, hat man dann Gerüchte gehört, er hätte sich in Wien den Russen angedient und wäre in die Rolle eines überzeugten Kommunisten geschlüpft. Man muß sich das vorstellen: der Rebe, ein alter Sozi-Fresser als KPler in Wien. Man glaubt es nicht. Jedenfalls sind dann die Grundstücke wieder auf den Rebe umgeschrieben worden, und der hat sie nach und nach verkauft. Ich glaube, damit hat der Jürgensen seine Geschäfte finanziert."

„Der Rebe, das ist der, der sich das Geschäft meines Großvaters unter den Nagel gerissen hat!" sagte Ruth.

„Wie hießen deine Großeltern?"

„Der eine Zweig waren die Streichers, mit dem Textilgeschäft in der Stadt, der andere Zweig waren die Loewensteins, der Anwalt."

Feichtner nickte: „Kenne ich alle, der alte Streicher! Du bist seine Enkelin? Hätte ich auch nicht geglaubt, die noch einmal zu sehen. War ein fleißiger Mann, der Streicher. Und der Loewenstein war ein guter Anwalt, und hochanständig, das kann ich dir sagen, obwohl er den Ruf hatte, mit allen Wassern gewaschen zu sein."

Feichtner lehnte sich zurück und schloß die Augen, als ob er so die Vergangenheit besser aus seinem Gedächtnis hervorholen könnte.

„Deine Frau kommt aus gutem Haus", sagte er anerkennend. Und dann nachsinnend: „Ja, ich erinnere mich genau, der Rebe hat alles einkassiert, was er erwischen hat können. Vor dem war nichts und niemand sicher. Der hat sogar seine eigene Partei beschissen. Nicht, daß ich mit denen Mitleid hätte, aber es sagt etwas darüber aus, was der für ein Mistkerl war. Also Streichers und Loewensteins. Ich bin mir sicher, daß das Grundstück, wo die jetzt den Jachthafen machen wollen, dem Loewenstein gehört hat und dann dem Rebe."

„Aber der Hampelgruber hat das doch dem Moar-Bauern nach seinem Schlaganfall abgeluchst", warf ich ein.

„Schon, schon, aber ich bin mir völlig sicher, das war zuerst ein Loewenstein-Grund, dann hat es sich der Rebe einverleibt, nach dem Krieg hat es dem Jürgensen gehört, und der hat es dem Moar-Bauern gegen ein anderes Grundstück eingetauscht, weil man dort am See nicht bauen hat dürfen. Er hat den Moar-Bauer schon damals betrogen: Wiese gegen Bauland. Wie das wirklich gewesen ist, kann man aber herausfinden. Ein Genosse aus unserer Widerstandsgruppe hat nach dem Krieg am Bezirksgericht beim Grundbuch gearbeitet. Der kann sich ganz bestimmt erinnern, er hat noch immer ein ausgezeichnetes Gedächtnis, und das hat er sich bestimmt gemerkt, weil ihn die Machenschaften des braunen Gesindels immer gestört haben. Die haben nach dem Krieg weitergemacht, als ob nichts geschehen wäre. Das hat ihn immer geärgert, aber es war nicht zu ändern, jedenfalls nicht durch einen kleinen Gerichtsbeamten. Wir finden das heraus, keine Sorge!"

Wir saßen noch ein Weilchen bei Feichtner, er erzählte von alten Zeiten, die uns unendlich weit entfernt schienen, seltsam unwirklich, aber sie saßen hier in Gestalt seiner Person vor uns.

„Ich bin ein alter Schwätzer, das machen die Jahre", lachte Feichtner, „ich versuche halt, meine Geschichten noch anzubringen, bevor sie mit mir verschwinden. Aber wen interessieren die Geschichten eines alten Mannes, kein Schwein."

„Ich hör sie gerne", sagte Ruth.

Feichtner lächelte wegwerfend: „Dann sterben meine Geschichten eben erst mit dir. Sterben werden sie in jedem Fall."

„Wenn das stimmt, was wir da gehört haben", sagte Ruth, als wir wieder zu Hause waren, „dann ist das ungeheuerlich!"

„Er ist ein alter Mann, das alles liegt lang zurück, er kann sich irren!"

„Glaubst du, daß er sich irrt?"

„Was ich glaube, zählt nicht. Die Frage ist, was wir beweisen können, das ist das Problem. Selbst wenn der vom Bezirksgericht sich noch erinnern kann, das sind zwei alte Herren, Rote auch noch dazu, wer wird denen hier in der Gegend glauben wollen, wenn es nichts Schriftliches mehr gibt. Du weißt selbst, wie viele Nazis freigesprochen worden sind, weil Zeugen nach zwanzig oder dreißig Jahren nicht mehr in der Lage waren, die Leute zweifelsfrei wiederzuerkennen. Und vor allem: was wollen wir denen vorwerfen? Daß sie mit einem einst arisierten Grundstück spekulieren? Das ist strafrechtlich bedeutungslos. Das kannst du ihnen nur moralisch vorhalten, aber es wird sie nicht sehr kränken, fürchte ich."

„Die haben demnächst Wahlen! Das schadet ihnen sicher."

„Hast du eine Ahnung", sagte ich, „hier in der Gegend? Da soll es ihnen schaden, daß irgendeiner ihrer Vorfahren fleißig in Sachen Arisierung unterwegs war? Oder daß sie lieber spekulieren, als das Grundstück zurückzugeben, noch dazu an dich, eine Jüdin? Daß ich nicht lache! Hierzulande bringt das sogar noch ein paar zusätzliche Stimmen bei der Wahl."

„Weißt du, was du da sagst? Das ist ungeheuerlich, wenn es stimmt."

„Glaub mir, es stimmt!"

Natürlich hatte Ruth recht. Es war eine Ungeheuerlichkeit, aber die ganze Menschheitsgeschichte ist eine einzige Abfolge solcher Ungeheuerlichkeiten. Wir konnten nur abwarten, ob sich die Geschichte wenigstens ansatzweise als richtig erweisen würde.

„Daß ich ausgerechnet den Jürgensen zum Anwalt genommen habe", sagte Ruth.

„Ich sag dir ja, daß das Leben ungeheuerlich ist. Der Jürgensen: nicht nur ein Weinpantscher, sondern auch noch ein Arisierungsprofiteur und Grundstücksspekulant. Tolle Kombination, ehrlich!"

Wir hatten Glück. Feichtner rief uns ein paar Tage später an und bestätigte die Geschichte. Sein Freund könne sich ganz genau erinnern. Gleich nach dem Krieg haben die Eltern von Mies und Hampelgruber gemeinsam mit Jürgensen alle möglichen und vor allem unmöglichen Grundstücksgeschäfte gemacht. Die haben sich wechselseitig diverse Grundstücke überschrieben, wild hin- und hergetauscht, schwindlig hätte einem werden können beim Zuschauen, so schnell hat sich das Eigentümerkarussell gedreht. Die Einzelheiten wisse er natürlich nicht mehr, es seien einfach zu viele Details. Aber er ist sich ganz sicher, daß das Seegrundstück ursprünglich den Loewensteins gehört hat und dann vom Rebe zum Mies gewandert sei, von dem zum Jürgensen, und der habe es dann an den Moar-Bauern verkauft, weil mit dem Grund nichts anzufangen war, da er im Naturschutzgebiet lag, und es damals unmöglich war, eine Umwidmung mit Baugenehmigung zu bekommen.

Die hätten damals vermutlich deshalb so wilde Tauschgeschäfte gemacht, um eventuelle Nachforschungen möglichst zu erschweren. Außerdem war Feichtners Freund sich absolut sicher, daß im Bezirksgericht noch die alten Akten im Archiv herumliegen müßten. Er bot auch an, sich selbst auf die Suche nach diesen Akten zu machen. Er kenne noch jemanden im Amt, die Enkeltochter eines guten Bekannten, die würde sicher behilflich sein.

„Ein paar Rote gibt es noch in der Gegend", sagte Feichtner zufrieden.

„Was mach ich nur mit dem Jürgensen?“ fragte Ruth.

„Laß alles so laufen, wie es läuft. Bei den Schweizer Konten kann er ohnehin nichts machen, da nützt ihm auch die Vollmacht nichts. An das Geld dort kommt er nicht heran. Und bei den Grundstücken, wenn du mich fragst, da ist ohnehin nichts mehr zu machen. Da müßten Tausende von Wohnungen zurückgegeben werden, Grundstücke, Häuser, Bildersammlungen, was weiß ich, was noch alles. Es ist doch ganz klar: der Rebe hat wahrscheinlich rein nach den Buchstaben der damaligen Gesetze die Grundstücke rechtmäßig erworben, ein paar lächerliche Reichsmark wird er schon bezahlt haben, die wurden den Loewensteins im Gegenzug gleich wieder als Reichsfluchtsteuer abgenommen. Weißt du nichts darüber?“

„Das war kein Thema. Die Großeltern haben nie darüber gesprochen. Sie wollten einfach nichts dazu sagen. Ich habe es zwar ein paarmal versucht, aber sie sind immer ausgewichen. Meine Mutter hat auch nichts erzählen können, sie war bei der Flucht erst drei Jahre alt. Als dann sowohl meine Großeltern als auch meine Eltern tot waren, habe ich ein paar Briefe gefunden, aus denen ich schließen konnte, daß sie hier in der Gegend einmal ein großes Grundstück besaßen. Und ich habe ein Blatt Papier gefunden, auf dem eine Kontonummer bei einer Schweizer Bank notiert war, ein Zettel meines anderen Großvaters, Simon Streicher, und auf diesem Konto muß das Geld liegen, mit dem die Loewensteins meine Mutter großziehen sollten.“

„Viel Material ist das nicht!“ sagte ich.

„Mir reicht es“, sagte Ruth.

„Natürlich, für uns reicht es, aber es nützt uns nichts.“

Hochstrasser war hoch erfreut gewesen, als er hörte, daß Hampelgruber tatsächlich mit einem arisierten Grundstück spekulierte.

„Das wird ihm schaden“, sagte er.

„Ich habe es schon zu Ruth gesagt, und dir sage ich es nochmals: vergiß das. Wenn du willst, daß der Hampelgruber einen Wahlsieg einfährt wie noch nie, dann wärme diese Geschichte auf. Die Leute werden ihn wählen, als ob sie dafür bezahlt würden."

„Es geht um die Wahrheit", sagte Hochstrasser verständnislos, „ich habe zweitausend Unterschriften."

„Es geht um die Wahlen. Du hast siebentausend Unterschriften nicht. So einfach ist das."

„Ich kann doch die Wahrheit nicht verschweigen, außerdem glaube ich nicht, daß ihm das nützt."

„Das letzte Mal, als sie einen mit Nazi-Gerüchten angekleckert haben, ist der Mann Bundespräsident geworden, hast du das schon vergessen?"

„Aber die Wahrheit ist ein Wert an sich."

„Wahrheit? Mach dich nicht lächerlich. Keinen Menschen hier interessiert die Wahrheit, die kennen sie ohnehin. Hier geht es um sie selbst, um die Schandtaten ihrer Altvorderen. Glaubst du wirklich, daß irgendein Mensch hier hören will, daß sein Großvater vom Nazi-Regime profitiert hat? Daß das arisierte Zinshaus noch heute schöne Mieteinnahmen bringt? Hätte der Großvater sich damals anständig verhalten, müßte der Herr Enkelsohn heute einer ordentlichen Arbeit nachgehen, anstatt Mieter zu schikanieren. Das ist die Wahrheit! Und die willst du auf deinen Flugzettel schreiben? Viel Glück!"

„Ich weiß, was ich weiß", beharrte Hochstrasser, „ich kann nicht schweigen, das kannst du nicht verlangen."

„Ich verlange gar nichts, ich sage dir nur, so schlimm die Wahrheit auch ist, sie wird denen nützen und dir schaden, das ist alles, mehr sage ich nicht! Du bist lang genug hier in der Gegend, du weißt ganz genau, was ich meine! Man kann mit der Wahrheit immer Wahlen gewinnen, die Frage ist nur: wer gewinnt!"

Ruth hatte uns schweigend zugehört.

„Wo lebe ich eigentlich? Wie soll ich in einem Land existieren können, wo jemand politischen Vorteil daraus zieht, daß über ihn eine vollkommen widerwärtige Geschichte bekannt wird?“

„Wir leben hier inmitten widerwärtiger Geschichten“, sagte ich.

„Ich will damit nicht leben! Und schon gar nicht mitten drin“, entgegnete Ruth.

„Egal, ob es denen nützt oder schadet, ich mach das publik!“ sagte Hochstrasser.

Er war nicht zu bremsen, Hochstrasser war nie zu bremsen. Irgendwie hatte das etwas Sympathisches und gleichzeitig etwas sehr Naives. Die Bürgerinitiative „Rettet das Ufer“, also Hochstrasser, überschwemmte die Stadt mit Flugblättern, in denen nichts verschwiegen wurde: wie Hampelgruber dem Moar-Bauern das Grundstück billig abgenommen hat, wie er es entgegen aller Naturschutzbedenken hat umwidmen lassen und – sozusagen als Höhepunkt – daß es sich um ein einst arisiertes Grundstück handelt.

An den Stammtischen der Stadt war Hampelgruber der Held des Tages. Beim ersten Krügel Bier prostete man sich freudig, aber mit wissender Wortkargheit zu. Nach dem zweiten Krügel war allen klar, daß der Hampelgruber es den Juden ordentlich gezeigt hat. Beim dritten Bier ließ man ihn bereits enthusiastisch hochleben, und nach dem vierten Bier hätte die Meute sicher ein paar Juden auf den Rathausplatz zum Aufwaschen geschickt, das ging aber nicht, weil die Vorfahren gründliche Arbeit geleistet hatten. Auf diese gründliche Arbeit wurde dann beim fünften Bier angestoßen.

Natürlich waren das nur vereinzelte Exzesse von Betrunkenen und entsprach keineswegs dem, was die bei weitem überwiegende Mehrheit der Mitbürger wirklich dachte. So stand es zumindest zwei Tage später im Ortsblatt. Dort fand sich auch ein Interview mit Hampelgruber. Er habe dem Moar-Bauern das Grundstück nicht abgeluchst, sondern nur versucht, zu retten, was noch zu retten war. Wer weiß, welche Leute da mit Ansprüchen daherkommen, Leute, die nie hier gelebt haben, und welche die Vorgänge gar nicht beurteilen können. Der Moar-Bauer hätte gegen die keine Chance gehabt. Darum habe er handeln müssen, alles nur im Interesse der Stadt, der Arbeitsplätze. Ohne Hotelzimmer am See kein Fremdenverkehr, keine Erhard-Spiele und keine Erhard-Kaffee-Heferln.

„So einfach ist das", sagte Hampelgruber im Ortsblatt. „Ich opfere mich auf für die Heimat, ich bin nicht einfach weggelaufen, wie diese Leute damals, denen das Grundstück vielleicht gehört hat. Außerdem ist zu jener Zeit alles ordentlich und gesetzeskonform abgewickelt worden."

Am Vormittag war das Interview im Ortsblatt erschienen, am Nachmittag hat Jürgensen angerufen und Ruth um ein Treffen im Rathaus-Café ersucht. Aber sie möge bitte allein kommen, es gehe doch um sehr persönliche Sachen.

„Geh ruhig allein hin", sagte ich, als Ruth ein wenig zögerte, „der will etwas von dir. Hör ihn dir an, vielleicht wissen wir dann mehr."

Ruth kam ziemlich verstört von dem Gespräch zurück. Die ganze Stadt war voller Plakatständer, die Hampelgruber und seine deutsch-nationalen Parteifreunde aufgestellt hatten. Schlagzeile: „Unser Ort den Ortsansässigen!"

„Der Wahlkampf hat begonnen", sagte ich.

„Du hast recht gehabt", sagte Ruth, „das nützt denen wirklich."

„Glaub mir, recht zu haben ist ein ziemlich beschissener Job", sagte ich, „aber erzähl endlich, was der Jürgensen von dir wollte!"

„Das ist überhaupt das Ärgste, er hat mir Geld geboten, wenn ich sofort verschwinde und keine Nachforschungen mehr anstelle. ‚Es geht Ihnen doch nur um das Geld', hat er gesagt, ‚welche Summe stellen Sie sich vor?'"

„Und? Was hast du gesagt?"

„Daß selbst die kleinste Summe *mein* Vorstellungsvermögen überschreitet. Er hat dann noch gemeint, ich soll mir das gut überlegen, der Volkszorn sei unberechenbar, man könne da nicht garantieren, ob die Leute einen Unterschied machen würden zwischen mir und meinen Freunden. Er mißbillige das natürlich, und er handle irgendwie ja auch in meinem Interesse, er könnte schon einen nennenswerten Betrag aufbringen, um die Sache aus der Welt zu schaffen. Die müssen jede Menge Dreck am Stecken haben, wenn sie Geld bieten. Was meinst du?"

„Ich weiß nicht, ob er das ernst meint", sagte ich, „ich glaube, daß er dich vor allem einschüchtern will. Der will, daß du möglichst sofort abhaust. Geld siehst du von dem nie. Der will dir Angst machen und hofft, daß du verschwindest."

„Wie kommt der auf die Idee, daß es mir nur um das Geld geht? Vielleicht hat mich ursprünglich wirklich auch ein wenig das Geld interessiert, ist doch kein Verbrechen, oder?"

„Es ist sein Weltbild: Juden geht es immer nur ums liebe Geld. Er schließt zu sehr von seiner eigenen Geldgier auf den Charakter anderer Leute."

„Mir geht es seit einiger Zeit überhaupt nicht mehr um Geld. Ich will irgendeine Ahnung davon bekommen, wie es möglich war, daß Menschen über andere Menschen hergefallen sind und sie vernichtet haben. Ich habe geglaubt, wenn ich hier bin, die Stätten abgehe, daß ich dann begreife. Aber je mehr ich sehe, umso unbegreiflicher wird das alles."

„Es ist banal und einfach. Man braucht keine großen Theorien, keine tiefschürfende Forschung. Schau sie dir an, es ist Gier, sonst nichts. Gier und persönliche Vorteile. Wenn es vorteilhaft war, Antisemit zu sein, warum hätte man sich verweigern sollen? Warum sollte man gegen seine Vorurteile und die der anderen ankämpfen, wenn sie doch so reichlich belohnt wurden?"

„Was soll ich nur tun?" fragte Ruth, „hier zu bleiben ertrage ich nicht, und wenn ich weggehe, glauben die Kerle, sie hätten gewonnen. Die dürfen nicht wieder gewinnen! Die haben schon einmal zu oft gewonnen."

„So wie ich den Hampelgruber und seine Leute kenne, wird das ein schlimmer Vorwahl-Sommer. Die wittern ihre Chance. Die werden sie nicht auslassen. Du mußt wissen, ob du es durchhältst. Leicht wird es nicht. Die schrecken nämlich vor nichts zurück."

In der Zwischenzeit war es Mitte Juni geworden. Die erste Frühsommerhitze war einem skandinavischen Tief gewichen. Normalerweise für mich ein Grund, mich ausgezeichnet zu fühlen. Aber davon war ich leider weit entfernt. Jürgensen hatte inzwischen – offenbar da Ruth nicht abgereist war – auch mich angerufen und gemeint, ich möge ihm doch behilflich sein, Ruth von hier wegzubekommen. Er mache sich nur Sorgen, das dürfe man doch, und es sei der gut gemeinte Rat eines alten Mannes, bitte nicht mißverstehen, und er würde sich auch erkenntlich zeigen, könne mir dann vielleicht beim Preis meiner Flasche ein wenig entgegenkommen, und es sei wirklich nur die Sorge, die ihn veranlasse, ein solches Angebot zu machen. Er war kotzfreundlich, und ich sagte immer nur „mhm" und „aha" und legte mich auf nichts fest. Mir schien es klüger zu sein, ihn im unklaren über meine Absichten zu lassen. Ich war für Hampelgruber, Jürgensen & Co der große Unsicherheitsfaktor, die Unbekannte in all ihren unschönen Berechnungen. Scheinbar hatten sie beschlossen, es bei mir zuerst mit Geld zu versuchen. So war eben ihr Weltbild. Ich war entschlossen, Jürgensen möglichst lange hinzuhalten. Ruth hatte ursprünglich geplant, für drei Monate in die USA zurückzukehren und dort alles zu regeln, da sie eigentlich vorgehabt hatte, wieder in Europa zu leben.

„Ich bin mir nicht sicher, ob ich das noch will", sagte sie.

„Zähle ich gar nicht?" fragte ich.

„Du bist einer, und da unten, da draußen ist die Meute!"

„Du solltest die Bibel lesen. Gott hätte Sodom verschont, wenn ihm Abraham wenigstens zehn Gerechte hätte nennen können. Du solltest dich, was Bescheidenheit betrifft, nicht von Gott übertreffen lassen. Soviel Hochmut muß sein. Außerdem gibt es da draußen auch andere: den Hochstrasser, den Feichtner und wie sie alle heißen. Es mögen zu wenige sein, aber es gibt mehr Gerechte, als du glaubst."

Ich hatte mich längst entschieden. Jürgensen hatte nochmals angerufen und versucht, mir klarzumachen, daß ich die Flasche vergessen könnte, wenn Ruth weitere Nachforschungen anstrengen würde.

Scheiß auf die Flasche, dachte ich mir, der stellt mich ernsthaft vor die Alternative: Ruth oder den Yquem.

Ich vertröstete Jürgensen, Zeit war alles, was wir nun brauchten. Wir mußten weitere Nachforschungen über Jürgensen in Gang setzen. Ich war fest davon überzeugt, daß mir mein Beharren darauf, die Flaschensuche fortzusetzen, helfen würde, Jürgensens Geheimnis zu lüften, und daß es ein solches gab, dessen war ich mir inzwischen sicherer denn je.

Ruth würde sich bis zum Herbst in den Vereinigten Staaten aufhalten, aber sie versprach, im September wieder hier zu sein.

Ich alter Narr der Hoffnung.

Ich verwegener Narr unter all den Gerechten.

„Liebst du mich noch?" fragte Ruth.

„Ein großes Wort", sagte ich, „vielleicht bin ich zu klein dafür ..."

„Spinner", sagte Ruth.

Wie gesagt, ein verwegener Narr, sonst nichts.

Ich unmöglicher Phantast. Wie konnte ich glauben, diese Frau würde bei mir bleiben?

Welch absurder Gedanke!

Lebensplanung – vergiß es!

Das Auf und Ab der Liebe, vor dem ich all die Jahre geflüchtet war, hatte ganz gegen meinen Willen wieder von mir Besitz ergriffen.

Das Leben war kein gleichmäßiger Fluß mehr. Ich hatte nichts erwartet, wie unbescheiden und töricht von mir. Ich hatte gewählt und etwas ganz anderes bekommen.

Ich wußte, wie die Geschichte ausgehen würde: nie, niemals würde ich den Yquem 1740 in die Hände bekommen, und nie, niemals würde diese Frau bei mir bleiben. Ich hatte endlich einen soliden Grund, dieses deutsch-nationale Gesindel wirklich und aufrichtig zu hassen.

Ich junger Meister des Hasses.

Ich alter Dilettant der Liebe.

„Küß mich“, sagte Ruth.

„Halt mich fest“, sagte ich, „wenigstens einen kurzen Moment!“

*The last star for my lady is pining*
*Child of the moon*
*Give me a misty day, pearly grey*
*Silver silky faced, wide-awake, crescent-shaped smile.*

Wir atmeten gleichmäßig und schliefen langsam aus dieser Welt hinaus. Wenigstens für eine Nacht.

Für eine endlos lange, kurze Sommernacht.

Ich hatte schon immer alle Abzweigungen verfehlt.

Darin war ich ein Meister.

Ich war ein meisterhafter Dilettant auf all den Irrwegen des Lebens.

# 10

Endlich Herbst.

Während der Sommermonate nach Ruths Abreise war es bemerkenswert ruhig gewesen. Die gelben Plakatständer waren von den Straßen verschwunden, pünktlich mit Beginn der Urlaubssaison und dem Ansturm der ersten Touristen, die man in unserem Sprachraum *Fremde* zu nennen pflegt. Die *Fremden* waren also da und bezogen ihre *Fremden*zimmer, das ganze heißt *Fremden*verkehr und wird von einem *Fremden*verkehrsverein verwaltet. Es fremdelte im Land, und das Verschwinden der Plakatständer war wohl eher kaufmännischem Kalkül als politischer Einsicht zu verdanken, denn welcher *Fremde* urlaubt schon gerne in einem Ort, in dem nur Ortsansässige erwünscht sind.

Heiß und schwer hatte der Sommer sich über die Landschaft gelegt. Der See lag träge und unbewegt wie Quecksilber in seinen Ufern, und die Segelboote schienen sich kaum vom Fleck zu bewegen. Den ganzen Juli und den halben August war eine alles betäubende Hitze über dem Land gelegen, die sich Mitte August in heftigen Gewittern entlud. Der See verwandelte sich innerhalb von Minuten in ein sturmgepeitschtes Meer von meterhohen Wellen, mehrere Segelboote hatten die Sturmwarnung ignoriert und waren gekentert. Zwei Fremde waren nun tote Fremde, und das Ortsblatt hatte nach langen Wochen ereignisloser Hitze wieder eine ordentliche Schlagzeile auf Seite eins.

Hampelgruber und Mies waren spurlos verschwunden, ebenso Jürgensen. Alles verharrte im Stillstand, zweimal am Tag telefonierte ich mit Ruth, ansonsten verließ ich das Haus tagsüber möglichst selten, blieb im klimatisierten Arbeitszimmer und studierte lustlos die Kurse einer ebenso lustlos vor sich hin tümpelnden Börse. Sell in may and go away. Bis zu den Unwettern hatte diese alte Börsenregel gestimmt, aber zwei Tage nach den schwersten Regenfällen der letzten Jahre fingen die Kurse an der Wall Street, zehntausend Kilometer von hier, unerklärlicherweise und ohne vorherige Anzeichen plötzlich und unaufhaltsam zu steigen an. Innerhalb weniger Tage raste der Dow Jones Index mehrere hundert Punkte hinauf und erreichte täglich neue Höchststände, ich war zufällig, nämlich aus purer Langeweile, im richtigen Moment eingestiegen und zum Glück wieder rechtzeitig herausgekommen, denn schon Anfang September schwenkte die Stimmung wieder um, und die Kurse fielen zurück auf ihr altes Niveau. Früher glaubte man an Gott, heute studiert man Kursverläufe. Ganz ohne Metaphysik geht es wohl nicht. Ich machte mir jedenfalls nicht viele Gedanken darüber, kassierte den Gewinn und hatte auch vor, ihn, im Gegensatz zu den Gewohnheiten meiner Landsleute, brav und rechtschaffen zu versteuern. Ich betrachte das als eine moralische Verpflichtung, denn solch ein arbeitsfreies Einkommen rief bei mir noch immer eine Art von schlechtem Gewissen hervor. Du verdienst in ein paar Tagen, wofür andere Leute ein Jahr lang den Buckel krümmen müssen und sich zu Tode schuften, da kannst du nicht auch noch die Steuern hinterziehen. Das gehört sich einfach nicht.

Nun war es also endlich September. Das fahle, ausgebleichte Sommerblau wich dem dunklen, warmen Blau des beginnenden Herbstes, die Blätter zeigten erste Anzeichen von Verfärbungen. Im Oktober würde der neue Gemeinderat gewählt werden, aber die ersten Plakatständer ließen noch auf sich warten. Erst Ende September, wenn die letzten „Fremden" verschwunden waren, würden die Ständer wieder auftauchen. Noch war merkantile Umsicht gefragt. Dies würde sich jedoch mit dem Abzug des letzten zahlungsfähigen „Fremden" schlagartig ändern.

Ein schöner Septembertag. Ruth würde heute ankommen und ich sie vom Bahnhof abholen. Diesmal würde es nicht regnen, und ich würde auch nicht rätseln müssen, wie die Person aussah, die ich abzuholen hatte. Nur ihr Koffer würde schwer sein wie immer.

„Hallo Fremde", sagte ich.

„Hallo Fremder", sagte sie.

Wir würden immer Fremde sein. Das war Menschenschicksal. Zumindest aber meines. Ich will nirgendwo dazugehören, wo es Fremde gibt. Nirgendwo und niemals.

Zwei Fremde am Bahnsteig.

Diesmal war es Ruth, die ein wenig verlegen war. Was weiß ich warum. Waren es die paar Wochen, war es die Angst vor dem Ungewissen? Keine Ahnung.

„Hochstrasser läßt dich schön grüßen", sagte ich.

„Wie geht es ihm?"

„Ich glaube, ganz gut. Wie war die Reise?"

„Du weißt ja, daß ich es hasse, wenn ich fliegen muß."

„Du fürchtest dich wenigstens nicht!" sagte ich.

„Ich verstecke es nur gut!"

Belanglosigkeiten. Ein wenig Glück. Wir sprachen an unseren Herzen vorbei, weil wir beide nicht wußten, was nun geschehen sollte.

„Ich habe einen wunderbaren, alten Haut Brion aus dem Keller geholt", sagte ich.

„Ich bin aus der Übung", sagte Ruth, „welches Jahr?"

„1928, weil du es bist."

„Ist er gut?"

„Mitunter exzellent, hängt von der jeweiligen Flasche ab."

„Teuer?"

„Sauteuer. Aber du bist mir teurer."

Oh Gott, das war schwach. Entsetzlich schwach.

Was soll's, sie hielt mit ihrer linken Hand fest meine rechte umklammert. Wir sahen einander an und mußten lachen. Wir standen mitten am Gleis und lachten.

„Wollen die Herrschaften bitte weitergehen, der Zug kann sonst nicht abfahren", rief uns der Fahrdienstleiter zu.

Was scherten wir uns um Fahrpläne und Abfahrtszeiten. Mochte das ganze Land zu einer einzigen Zugsverspätung werden. Was kümmerte das uns!

Gemächlich querten wir das Gleis, der Koffer war wirklich unglaublich schwer, und Ruth mußte wohl Unsummen an Zuschlagsgebühren für das Mehrgewicht bezahlt haben.

„Ich hoffe, er ist dir nicht zu schwer. Im Flieger sind nur zwanzig Kilo erlaubt, der hat 34."

„Sagtest du 34?"

„Ja."

„Danke, dann kann ich guten Gewissens schlapp machen."

„Spinner", sagte Ruth.

„Das hatten wir schon einmal", sagte ich.

Was ißt man zu einem Haut Brion 1928?

Es gibt Speisen, zu denen man Weine aussucht, und es gibt Weine, zu denen mußt du das Essen komponieren. Der 28er Haut Brion zählte zur zweiten Kategorie. Ich hatte zwei Flaschen davon im Keller, und das Problem bestand darin, daß ich weder wußte, wie der Wein schmecken würde, noch, ob er überhaupt etwas taugte. Bei alten Weinen weiß man das schließlich nie. Ich konnte mich nur auf die vorliegenden Verkostungsnotizen der anerkannten Weinkritiker verlassen, und bei denen gingen die Meinungen weit auseinander. Es hatte den Anschein, als ob jede der noch erhaltenen Flaschen ihren eigenen, völlig unverwechselbaren Charakter entwickelt hatte. Es schien glorios gute Flaschen ebenso zu geben wie völlig ungenießbare. Hatte ich zwei Nieten im Keller? Eine Niete und eine perfekte Flasche? Zwei perfekte? Und welche der beiden sollte ich nehmen?

Was ißt man also zu einem Haut Brion 1928?

Schlicht: sautierte Eierschwammerln in Buttersauce?

Klassisch: Rindsfilet und Sauce Périgueux?

Ausgefallen: Rebhuhn in einer Madeira-Reduktion?

„Tu dir nicht so viel an wegen mir“, sagte Ruth.

„Ich koche das Rebhuhn“, sagte ich, „wenn der Wein wirklich so extrem, fast portweinähnlich ist, wie der Pelikan in seinem Bordeaux-Buch behauptet, dann müßte eine Reduktion von einem alten, trockenen Madeira perfekt dazu passen.“

Welche der beiden Flaschen sollte ich nehmen? Die eine war äußerlich in besserem Zustand, das Etikett ein wenig verwittert, die Kapsel unbeschädigt, der Staub vieler Kellerjahre hatte sich auf der Flaschenschulter im reliefartigen Wappen gesammelt. Bei der anderen Flasche war das Etikett mit Klebefolie neu befestigt worden, es mußte sich irgendwann abgelöst haben, ich hatte die Flasche bereits in diesem Zustand ersteigert. Das dunkle Grün des Flaschenglases verriet nichts über den Zustand des Inhalts, nicht einmal möglicherweise vorhandene Ablagerungen waren feststellbar. Ich konnte mich nicht entscheiden und entschied mich für die Flasche mit dem aufgeklebten Etikett.

Es war ein Glücksfall. Der Wein war dick, unglaublich dunkel trotz seines Alters, ein Geruch von altem Laub, feuchtem Tabak und Feigen strömte aus dem Glas. Bedächtig schnitt ich ein Bruststück vom Rebhuhn herunter, wälzte es in der Madeira-Reduktion. Langsam das Fleisch auf die Zunge legen, der Geschmack strömt über die Papillen und sachte den Gaumen entlang. Ein Schluck Wein nachgetrunken, jawohl, es paßte, so gehörte es. Nur andeutungsweise waren die in normalen Jahren für diesen Wein so typischen Rauch- und Tabaktöne zu erahnen. Er schlug völlig aus der Art und hatte tatsächlich eine Ähnlichkeit mit altem Port. Ich hatte schon viele verschiedene Jahrgänge Haut Brion getrunken, und unter all meinen Lieblingsweinen, es sind leider viele, viel zu viele, ist er einer meiner liebsten.

„Warum hast du gerade diesen Wein ausgesucht?“

„Weil er der weiblichste aller großen Bordeaux-Weine ist.“

„Weiblich?“

„Irgendwie. Er ist weich und hat Charakter. Er hat diesen leichten Unterton von Rauchigkeit, er klingt wie die Stimme einer gereiften Frau. Und vor allem: seine Qualitäten werden von Nichtkennern unterschätzt.“

„Willst du damit sagen, daß Frauen unterschätzt werden?“

„Willst du es leugnen?“ fragte ich.

„Nie und nimmer.“

„Wenn es so etwas wie weibliche Eigenschaften gibt, dieser Wein hat sie“, sagte ich.

„Was sind deiner Meinung nach weibliche Eigenschaften?“ fragte Ruth.

„Ich werde mich hüten, dir darauf zu antworten. Ich rede mich doch nicht in einen Wirbel hinein. Trink den Wein, und du weißt, was ich meine.“

„Mache ich die ganze Zeit, kann es sein, daß ich den Wein schon spüre?“

„Siehst du, man unterschätzt ihn!“ sagte ich.

„Darum hast du ihn ausgewählt?“

„Mit dir hier sitzen und alten Rotwein schlürfen, was ist das, wenn nicht ein kleines Zipfelchen vom Glück!“ Und nach einer kurzen Pause ergänzte ich: „Das ist eine Liebeserklärung, falls du es nicht verstanden hast!“

„Ob ich dich in diesem Land jemals vorbehaltlos werde lieben können?“ sagte Ruth leise.

„Es muß ja nicht gleich im ganzen Land sein, hier heroben auf meinem Aussichtshügel, das reicht mir doch schon!“

„Spinner“, sagte Ruth.

„Spinnerin“, sagte ich.

Sie griff nach meiner Hand.

„Auf dem ‚Hügel‘ ist gut“, sagte sie.

Auch ich fand Hügel gut, wir mißtrauten schließlich den großen Wörtern. Aber hätten wir kleinere verwenden sollen?

„Nehmen wir die Flasche mit rauf!“ sagte ich.

Zähneputzen fiel aus. Einen Haut Brion von den Zähnen zu bürsten und mit scharfem Mundwasser von den nachklingenden Schleimhäuten zu vertreiben, wenn es denn Sünden gab, das wäre eine gewesen.

Wir lagen im Bett, irgendein alter Krimi aus der Schwarzen Serie flimmerte über die Mattscheibe, der Wein war älter als der Film, und wir beide waren am jüngsten.

Irgendwann sahen und hörten wir nichts mehr vom Film.

Irgendwann war die Flasche ebenso leer wie die Gläser.

Irgendwann war der Film aus.

Irgendwann griff irgendwer zur Fernbedienung und schaltete das Gerät ab.

Irgendwann war es ganz dunkel um uns und ganz hell innen drin.

Irgendwann schliefen wir ein.

Irgendwann läutete das Telefon.

Scheiß Telefon, dachte ich.

„Scheiß Telefon, oder?“ sagte Ruth mit heiserer Stimme.

„Sicher Hochstrasser, der hat ein Talent, stets zu früh anzurufen, stets zu früh zu kommen und nie genug Unterschriften zu haben. Der soll auf den Anrufbeantworter sprechen.“

Wir schoben unsere Kopfpölster zusammen.

„Ich habe so einen faden Geschmack im Mund“, sagte Ruth.

„Das kommt vom Wein“, sagte ich.

„Zähneputzen wäre vielleicht doch gut gewesen“, sagte sie.

„Gut für die Zähne, aber schlecht für den Genuß“, sagte ich, „Zähneputzen nach dem Weintrinken ist wie sofortiges Duschen nach dem Beischlaf.“

„Igitt“, sagte Ruth.

„Igittigitt“, sagte ich.

„Außer, man muß aufstehen und nach Hause gehen“, sagte Ruth.

„Nach dem Beischlaf nach Hause zu gehen ist ja noch schlimmer als danach zu duschen! Wie schrecklich muß es erst sein, beides zu tun.“

Wir schlossen die Augen und spürten.

Leise tickte die Uhr.

Der Zeiger schlich gemütlich das Ziffernblatt entlang.

Es läutete wieder. Diesmal war es die Klingel bei der Eingangstür.

„Scheiß Klingel", sagte ich.

„Vielleicht hätten wir doch das Telefon abheben sollen", sagte Ruth.

„Der Hochstrasser ist nicht abzuschütteln. Ich begreife langsam, wie sich der Hampelgruber fühlen muß", sagte ich.

„Glaubst du, daß es der Hochstrasser ist?"

„Wer sonst? Der Mann ist unverbesserlicher Frühaufsteher."

„Es ist schon zehn vorbei", sagte Ruth.

„Ich sagte dir ja, der Mann ist unmöglich."

Draußen läutete es wieder, diesmal mindestens zehnmal hintereinander.

„So läutet nur der Hochstrasser", sagte ich.

„Oder der Gerichtsvollzieher", sagte Ruth, „hast du irgendeine Rechnung übersehen?"

„Rechnungen übersehe ich aus Prinzip."

Es läutete fünfzehnmal.

„Infernalischer Lärm, ich glaube, ich hänge die Klingel ab, die Leute sollen Briefe schreiben, wenn sie etwas von mir wollen", sagte ich, „Briefe kennen keine Tageszeit und können nicht an der Tür klingeln. Briefe sind unaufdringlich, wahrscheinlich kommen sie deshalb immer mehr aus der Mode."

„Telegramme", flüsterte Ruth und zog meine Vorhaut zurück.

„Laß das", sagte ich, „Telegramme gehören sich nicht. Aber unser Postler bekommt jedes Jahr ein ordentliches Trinkgeld und ein paar Flaschen Wein, dafür wirft er die Telegramme in den Briefkasten ohne zu läuten."

Es läutete Sturm, wie man so schön sagt.

„Lästig", sagte ich.

„Ich?“ fragte Ruth und hielt mich, nein, einen Teil von mir fest umklammert.

„Der gibt keine Ruhe, ich werde doch aufstehen müssen“, sagte ich.

„Schade“, lächelte Ruth.

„Mir fehlen die Worte“, sagte ich.

„Du schaust derangiert aus“, sagte Hochstrasser, als er mich in der Tür erblickte.

„Bist du wahnsinnig“, sagte ich, „du mußt es riechen, daß unsereiner noch im Bett liegt. Macht dir wohl Spaß, mich nicht ausschlafen zu lassen.“

„Es ist dringend“, sagte er.

„Ich habe schon unterschrieben“, wehrte ich ab.

„Blödmann“, sagte Hochstrasser, „wir müssen reden.“

„Jetzt?“ fragte ich.

„Jetzt!“ sagte er.

„Wenn es sein muß“, resignierte ich.

„Es muß sein“, frohlockte er.

Der Mann war wirklich nicht abzuschütteln, war ich froh, nicht Hampelgruber zu sein.

„Die haben versucht, mich zu bestechen“, in seiner Stimme lag eine Mischung aus Triumph und Freude.

„Und, wieviel hast du genommen?“ fragte ich.

„Nichts natürlich“, sagte Hochstrasser.

„Ist dir noch zu helfen? Nimm das Geld und tu weiter, als ob nichts geschehen wäre. Wieviel haben sie geboten, und was haben sie dafür von dir verlangt?“

„Ich kann doch nicht einfach das Geld nehmen!“

„Klar kannst du, das ist die einzige Sprache, die solche Leute verstehen: triff sie am Geldbeutel, und du hast sie mitten ins Herz getroffen. Also, wieviel?“

„Betrag haben sie keinen erwähnt, aber Mies hat von einem ‚ordentlichen Batzen‘ gesprochen. Dafür müßte ich die Unterschriftenliste verschwinden lassen und dürfe keine Flugblätter mehr herausgeben."

„Sind die gleich ganz direkt mit ihren Wünschen herausgerückt?"

„Eigentlich schon. Der Mies hat gemeint, ich solle die Sache einmal unter kaufmännischen Gesichtspunkten betrachten. Geld könne man immer brauchen, hat er gemeint, und besser als eine eingeschlagene Nase sei ein ‚Batzen Geld' noch immer."

„Gedroht haben sie also auch?"

„Ja, aber sie haben so getan, als ob das nur ein Scherz sei."

„Und was hat der Hampelgruber gesagt?" wollte ich wissen.

„Der ist die ganze Zeit ruhig daneben gesessen und hat geschwiegen."

„Der läßt den Mies die Drecksarbeit machen, schaut ihm ähnlich", sagte ich, „habe ich dir erzählt, daß es der Jürgensen bei Ruth ebenfalls mit einer Mischung aus Drohungen und Geld versucht hat?"

„Denen muß das Wasser bis zum Hals stehen", sagte Hochstrasser.

„Kein Wunder, bei einem Seegrundstück", warf ich ein.

„Aber das ist noch nicht alles, die planen irgendeine riesige Schweinerei. Gestern hat sich der Hampelgruber mit seinen Parteikumpanen im Hinterzimmer vom Kirchenwirt getroffen, es soll hoch hergegangen sein. Ich kenne einen von den Kellnern sehr gut, er hat immer nur ein paar Wortfetzen verstanden, wenn er kurz im Raum war, um Nachschub zu bringen. Solange er im Zimmer war, haben sie nur Unverfängliches gesprochen. Jedenfalls hat er aus den paar Worten, die er mitbekommen hat, geschlossen, daß sie jetzt nach den Überfremdungsplakaten vorhaben, Leute, die nicht von hier sind, öffentlich an den Pranger zu stellen. Wenn der das richtig aufgeschnappt hat, haben die über alle möglichen Leute Unterlagen sammeln lassen und wollen auch über dich etwas veröffentlichen."

„Da wünsche ich ihnen viel Spaß. Daß ich mit zwanzig linksradikal war, habe ich nie verschwiegen."

„Nein, sie haben von einer Steuererklärung gesprochen, der Schwager vom Mies ist doch beim Finanzamt, wahrscheinlich hat er sich deinen Steuerakt angeschaut."

„Da kann er lang hineinstarren, er wird nichts finden. Ich bin nämlich ein Trottel und zahle brav Steuern, sogar solche, die ich gar nicht müßte, weil ich meine Ausgabenbelege nur sehr oberflächlich sammle. Ich bin einfach zu faul. Steuerhinterziehung ist mir zu mühsam. Ich zahle Länge mal Breite – im Gegensatz zum Mies, der es sich dank seines Schwagers beim Finanzamt richtet."

„Woher hast du das? Ist das wahr?"

„Es ist wahr, und woher ich das weiß? Schau, es gibt Leute im Stadtrat, die machen gute Miene zum bösen Spiel. Und irgendein Vogerl hat mir gezwitschert, daß man sogar im Stadtrat über meinen Steuerakt gesprochen hat. Schließlich haben auch noch andere Parteien ihre Leute im Finanzamt sitzen. Hampelgruber hat sehr bedauert, daß sie nichts gefunden haben. Ich werde nämlich nicht hier veranlagt, sondern in Wien, weil ich dort meinen Hauptwohnsitz habe, und darum können sie zwar in ihrem Computer nachschauen, ob ich erfaßt bin, aber die Details sehen sie nicht. Dafür weiß ich, wer reingeschaut hat, mein Steuerberater hat ermittelt."

„Und du hast die gar nicht angezeigt? Die dürfen das doch nicht, oder?"

„Natürlich dürfen sie das nicht, aber warum sollte ich die anzeigen? Ist der Mühe nicht wert. Jedenfalls, wegen mir brauchst du dir keine Sorgen zu machen. Meinen Steuerakt können sie von mir aus auf die Rathaustür nageln."

„Gib mir einen Tip, was ich tun soll", sagte Hochstrasser.

„Ich habe dir schon gesagt, nimm das Geld, versuche vorher noch, den Preis ein wenig hinaufzutreiben, und tu weiter, als ob nichts geschehen wäre."

„Aber ich kann unmöglich von denen Geld nehmen!"

„Warum nicht“, sagte ich, „die verursachen dir doch jede Menge Spesen. Flugblätter, Portokosten, was weiß ich noch alles. Die sollen brennen, und du finanzierst damit deine Kampagne.“

„Wenn das herauskommt?“ zweifelte Hochstrasser.

„Dann lacht das ganze Land“, sagte ich, „weder verwendest du es für dich, noch erbringst du irgendeine Gegenleistung. Wer sollte dir einen Strick daraus drehen, daß du die beiden aufs Kreuz gelegt hast?“

„Ich weiß nicht recht, und wenn sie mir dann die Nase einschlagen?“ fragte Hochstrasser.

„Die lassen Einschlagen, die machen das doch nicht eigenhändig. Du mußt den Preis halt so hoch ansetzen, daß auch eine neue Nase drin ist.“

„Scherzbold“, sagte Hochstrasser.

„Nasenbär“, sagte ich.

Hochstrasser lächelte gequält: „Es ist auch nicht deine Nase.“

„Gemessen an all den Dingen, in die du dein Riechorgan schon ungefragt hineingesteckt hast, ist sie ohnehin noch recht gut erhalten. Und wenn du das Geld nicht nimmst und weitermachst, läufst du genauso Gefahr, verunstaltet zu werden.“

Das letzte Argument überzeugte Hochstrasser. Er fühlte sich zwar nicht sehr wohl in seiner Haut, der Mann ist einfach zu ehrlich für diese Welt, aber er versprach, meinen Vorschlag zu beherzigen und seine Skrupel über Bord zu werfen.

Ruth lag noch im Bett.

„Es braut sich etwas zusammen“, sagte ich, „und wie es aussieht, etwas ziemlich Übles. Die müssen aus einem Grund, den wir nicht kennen, unheimlich unter Zeitdruck stehen. Ich glaube nicht, daß es die Wahlen sind. Schließlich wäre es viel gescheiter, das überhaupt erst nach den Wahlen durchzuziehen, dann haben sie ein paar Jahre Zeit, damit das dumme Wahlvolk alles schön vergessen kann. Daß sie es so kurz vor den Wahlen mit aller Gewalt durchziehen, ist völlig unlogisch.“

„Außer sie haben Angst, daß sie die Wahlen verlieren und nachher im Gemeinderat nicht mehr damit durchkommen", sagte Ruth.

„Die verlieren keine Wahlen. Die haben mehr als zehn Jahre hindurch keine Wahl mehr verloren, seit sie das Schlechte im Menschen entdeckt haben. Die Niedertracht hat immer Konjunktur. Derzeit ist sie besonders kleidsam und schick. Und kostet ja nichts. Man wird doch noch ein bisserl schäbig sein dürfen, solange das Äußere nicht schäbig ist, sondern nur der Charakter ..."

„Sind ja schöne Aussichten, oder?" sagte Ruth.

„Wunderbare Aussichten!" sagte ich, „ich werde nochmal zu dir ins Bett kommen."

Das Telefon klingelte.

„Es soll nicht sein", sagte ich und griff seufzend zum Hörer.

„Der Jürgensen", flüsterte ich und schaltete den Raumton zu.

Er hätte die Flasche, nein, nicht direkt die Flasche, aber einen Kontaktmann, der jemanden kenne, und ich müsse den unbedingt treffen, es gäbe da nur ein kleines Problem, der Mann sei in Italien. Wo in Italien? Lago Maggiore, Südteil, Arona. Kenne ich, mag ich nicht, dort sind mir zuviele Leute, aber nur ein paar Kilometer westlich ist der Lago d'Orta, den wollte ich mir immer schon einmal anschauen, ist von dort nicht weit nach Arona, wäre das recht? Er würde sich noch einmal melden und mir Bescheid geben. Das klappe sicher, vielleicht die erste Oktoberwoche. Paßt mir, da gibt es im Piemont schon weiße Trüffeln.

„Weiße Trüffeln", sagte Ruth, „habe ich noch nie gegessen. Sollen unverschämt teuer sein."

„Unverschämt trifft es genau."

„Und wie schmecken die?" fragte Ruth.

„In einem Raum mit weißen Trüffeln riecht es, als ob der Gashahn undicht wäre", sagte ich.

„Das soll gut sein?"

„Komm mit, dann erfährst du es! Es geht nichts über frische, weiße Trüffeln, ein paar Nudeln, Olivenöl, eine Flasche alten Barolo oder Barbaresco. Vielleicht auch ein Gattinara, wir sind schließlich im Nordpiemont."

„Gattinara?"

„Aus der Nebbiolo-Traube, wie der Barolo, der Wein ist leichter, wird früher trinkreif, leider gibt es nur wenige wirklich gute Gattinara-Weine, aber die paar guten sind wirklich umwerfend gut."

Schon am nächsten Tag kam von Jürgensen die Bestätigung, daß ich in der ersten Oktoberwoche den geheimnisvollen Mittelsmann treffen könne.

„Kommst du mit?" fragte ich Ruth.

„Nehmen wir deinen Wagen, soll ich fahren?"

„Wäre nicht schlecht. Wenn es dir nichts ausmacht?"

„Wie viele Kilometer?"

„Weiß ich nicht genau, ich schätze 800. Also acht bis zehn Stunden Fahrzeit."

„Zwei Tage? Übernachtung in Südtirol?"

„Gute Idee!" sagte ich, „wir übernachten in Bozen, das ist etwa der halbe Weg. Außerdem reserviere ich uns ein Zimmer in Orta San Giulio."

„Kennst du dich dort aus?"

„Überhaupt nicht, ist ein Geheimtip. Der Ort liegt auf einer kleinen Halbinsel am Ortasee. Ich kenne nur Photos aus einem italienischen Kochbuch. Wenn es klappt, wohnen wir allerdings ein Stück außerhalb des Ortes in einem ganz speziellen Hotel."

„Was heißt: ganz speziell?"

„Laß dich überraschen, es heißt Villa Crespi, und du wirst Augen machen."

Die Reservierung klappte.

„Wir wohnen in der Regina Vittoria Suite."

„Klingt nobel", sagte Ruth.

„Ist nobel", sagte ich.

„Costa quanta?" fragte Ruth.

„Du sprichst schon richtig wienerisch", sagte ich.

„Ich höre dir auch aufmerksam zu", sagte Ruth, „und lenk nicht ab: wie teuer?"

„420.000, Lire natürlich, pro Nacht mit Frühstück."

„Da blätterst du ja Millionen hin für ein paar Tage", sagte Ruth und wirkte dabei ein wenig erschrocken.

„Was bedeuten bei dieser Währung schon Millionen", sagte ich.

Eine Woche später saßen wir im Auto.

Schon wieder Föhn. Es war dieses Jahr wohl mein Schicksal, daß bei jeder Fahrt durch Tirol der Föhn blies. Er schien mich heuer überall hin zu verfolgen. Ich war müde, grantig und konnte nicht einmal schlafen. Draußen zog die Landschaft vorbei, monoton ging es den Brenner hinauf und wieder hinunter, die Autobahn war voller Lastkraftwägen auf sinnlosen Fahrten quer durch Europa, angeblich zum Wohle der offenbar schon völlig vertrottelten Konsumenten dieses Erdteils. Andererseits: auch ich jagte einer möglicherweise gar nicht existierenden Flasche Wein nach. Für Anfang Oktober war es ungewöhnlich warm. Und das mir, der ich die Kälte liebe. Übernachtung in Bozen und weiter. Endlos schien die Autobahn, *down the road apiece* und *get your kicks on route 66*. Pause im Auto-Grill bei Mailand. Guter Kaffee, fetttriefende Pizza und weiter mit Magenkrämpfen. Genau am halben Weg zwischen Mailand und Turin bogen wir Richtung Norden ab.

„Gozzano heißt die letzte Stadt vor dem Orta-See", sagte ich zu Ruth.

Natürlich haben wir uns verfahren und landeten im dreckigsten Viertel dieses ohnedies nicht sehr sauberen Ortes, irgendeine abgehauste Gegend voll ärmlich wirkender Leute.

„Da brauchen wir gar niemanden fragen, wie man wieder zur Hauptstraße kommt", sagte ich, „wir können nicht Italienisch, und da kann sicher kein Mensch Deutsch oder Englisch."

„Französisch ginge auch noch, oder“, sagte Ruth.

„Vergiß es!“ sagte ich und deutete nach links. Jeder Weg mußte hier herausführen. Irrtum. Sackgasse, reversieren, mißtrauische Blicke aus den Fenstern, Augen beobachteten uns hinter sich leicht bewegenden Vorhängen.

„Irgendwie unheimlich hier“, sagte Ruth.

„Palermo, Mafia“, sagte ich, „vielleicht sollten wir unsere dunklen Sonnenbrillen mit dem schwarzen Rahmen aufsetzen.“

Einer der Vorhänge bewegte sich deutlich, die Straße war plötzlich menschenleer, eine paar Häuser weiter vorne sahen wir gerade noch, wie eine Person rechts in einem Hauseingang verschwand.

„Wirklich unheimlich“, sagte ich.

„Wenn du in dieser Gegend mit einem Mercedes auftauchst, mußt du ein Padrone sein!“ sagte Ruth.

„Hätte ich ein Goggomobil mieten sollen, damit sie uns, wenn wir uns hier verfahren, für ihresgleichen halten? Gibt es hier überhaupt so etwas wie die Mafia?“

„Weiß nicht“, sagte Ruth, „aber die ist doch angeblich überall!“

„Wollen wir nicht hoffen“, sagte ich.

Wir fuhren im Schrittempo, um eventuelle Hinweisschilder lesen zu können. Zehn Meter vor uns rollte, wie von Geisterhand geworfen, eine Cola-Dose von links nach rechts über den Gehsteig, blieb unmittelbar vor der Gehsteigkante einen Moment lang liegen, rollte weiter und fiel mit einem – wie uns schien unüberhörbar lauten – Knall auf die Fahrbahn.

„Nicht einmal eine Katze oder einen Hund sieht man hier“, sagte ich, „schauen wir, daß wir hier wegkommen.“

„Mehr als fahren kann ich nicht“, sagte Ruth, sie sah ein wenig blaß aus.

Ich könnte nicht genau erklären, woran es lag, daß wir uns unwohl fühlten. Wäre rundherum Wüste gewesen und die Häuser aus Holz, wir hätten geglaubt, in einem Italo-Western gelandet zu sein.

„Spiel mir das Lied vom Tod“, sagte Ruth in diesem Augenblick. Wir lachten und fühlten uns wieder besser.

„Da vorne, das muß die Hauptstraße sein“, sagte ich, „nichts wie hin.“

Ein Richtungsschild verhieß Rettung, Orta S. Giulio und Pfeil nach links.

Seit Mailand regnete es leicht, in Gozzano hatte es kurz aufgehört, jetzt setzte der Regen wieder ein und wurde immer stärker, der Scheibenwischer flitzte über die Windschutzscheibe, das Wasser spritzte in großen Fontänen weg.

„Gut, daß wir schon wieder auf der Hauptstraße sind“, sagte ich, „da vorne, das muß der See sein.“

Zwischen den Bäumen konnte man trotz des dichten Regens eine Wasserfläche erkennen.

„Merkwürdige Gegend“, meinte Ruth.

In trauter Eintracht standen die Palmen des Südens neben den Nadelbäumen des kühleren Nordens. Wäre es nicht zu wolkig und verregnet gewesen, hätten wir spätestens seit der Autobahnabzweigung Richtung Norden den Monte Rosa sehen müssen, dessen weiße Gletscher bei klarem Wetter schon von weitem zu erkennen waren und der das Panorama beherrschte. Aber wir sahen nun kaum mehr zwanzig Meter weit, so stark regnete es inzwischen.

„Scheiße“, sagte ich, „dabei müßte man bei normaler Witterung die Villa Crespi schon aus einiger Entfernung sehen.“

Auch daß der Orta-See smaragdgrün inmitten der Piemonteser Alpen lag, konnte man im Moment nur erahnen.

„Da vorne ist es“, sagte ich und wurde ganz nervös.

„Was ist da vorne?“ fragte Ruth.

„Die Villa, Villa Crespi, siehst du das Minarett?“

„Ich muß auf die Straße schauen.“

Glücklicherweise ließ genau jetzt der Regen ein wenig nach: „Da, der Turm, der maurische Turm, ein Turm wie für einen Muezzin.“

„Du spinnst“, sagte Ruth.

„Dann schau raus, dort vorne, links über den Bäumen siehst du ein Minarett!“

„Wahnsinn“, sagte Ruth nach einem kurzen Blick erstaunt, „wie kommt das hierher?“

„Ein Wahnsinniger“, antwortete ich lakonisch, „es war ein Wahnsinniger, die Schönheit kommt immer von Wahnsinnigen.“

1880 hatte ein Baumwoll-Baron aus der Lombardei, ein gewisser Benigno Crespi, dieses maurische Unikat an den Ufern des Orta-Sees errichten lassen.

„Es muß schon damals unglaublich teuer gewesen sein, das zu bauen. Alles reine Handwerksarbeit: das Minarett mit seinen Verzierungen, die goldbestuckten Plafonds, die maurischen Bögen mit ihren reliefartigen Mustern, überall Mosaikarbeiten und die aufwendig intarsierten Böden. Der Mann muß Geld gehabt haben.“

„Fashionable, isn't it“, sagte Ruth, als wir das Zimmer durch die hohen Doppeltüren betraten. Zimmer trifft es nicht, es war ein Salon, die Wände mit dunkelrotem Damast tapeziert, rechts stand ein riesiges Himmelbett, die weißen Bettvorhänge waren mit roten Stoffschleifen an den Bettpfosten festgebunden, der Parkettboden bestand aus Oktagonen mit eingearbeiteten, dunklen, achteckigen Sternen.

„Versailles“, flüsterte Ruth.

„Neureich“, wisperte ich, „aber vor hundert Jahren.“

Manchmal ist die Zeit auch gnädig, die Jahre vertreiben den Kitsch. Schwere, geraffte Stoffe hingen dunkelrot vor den Fenstern. Ruth ließ sich aufs Bett fallen.

„Müde?“ fragte ich.

„Hundemüde“, sagte sie und schaute sich im Raum um: „Hat etwas von 1001er Nacht.“

„So stellen wir Abendländer uns das Morgenland vor“, sagte ich.

Ich schob einen Vorhang beiseite, das heißt, ich zog an einer langen Kordel, und die roten Übervorhänge glitten auseinander und gaben den Blick aus dem Fenster frei. Draußen regnete es unentwegt weiter, die Dächer schimmerten von der Nässe, es dämmerte, die Lichter gingen an und spiegelten sich verschwommen auf dem asphaltierten Vorplatz.

„Ist eine echte Überraschung", sagte Ruth, „auf alles war ich gefaßt, aber nicht auf so etwas. Wie hast du das gefunden?"

Ich hatte da meine eigene Methode, denn ich verabscheue nichts mehr als Menschenansammlungen, insbesondere touristischer Natur. Ich verließ mich nie auf angebliche Geheimtips der großen Reiseführer. In den stillen Ecken, die der Polyglott empfiehlt, trifft man erfahrungsgemäß immer auf mindestens 3000 andere verwunderte Käufer des gleichen Führers, die darüber staunen, daß die geheime Empfehlung ihren Geheimstatus auf irgendeine merkwürdige und unerklärbare Weise verloren hat. Ich studiere vor Reisen die Landkarten und Straßenpläne, verschaffe mir so einen ersten Eindruck der topographischen Gegebenheiten, denn die verraten schon eine Menge darüber, ob eine Gegend besonders überlaufen ist oder nicht. Dann besorge ich mir vom jeweiligen Tourismusbüro einen Hotelplan.

„Alles, was weniger als 200 Dollar pro Nacht kostet, scheidet aus", sagte ich zu Ruth. Das garantiert, daß ich nicht von Pommes Frites verzehrenden Touristen in kurzen Hosen angekörpert und schulterklopfend unter ihresgleichen aufgenommen werde. Nun gilt es noch zu verhindern, daß man mit Wirtschaftswunder-Aufsteigern, Rolex-bekleideten Zuhältern, frisch verwaisten Vollerben oder sonstigen Angebern zusammentrifft und von deren Protzgehabe gepeinigt wird. Hauptziel ist es, jene bestimmte Sorte von Geldmenschen zu vermeiden, die einem spätestens nach drei Minuten erzählen, welche Börsengeschäfte sie soeben gewinnbringend abgeschlossen hätten, daß sie es eigentlich gar nicht nötig hätten, in so einem Haus abzusteigen, aber der

Wohlfahrtsstaat billige dem eigenen Hauspersonal nun einmal ein paar Wochen Urlaub zu, das nütze man, um selbst Urlaub zu machen, hähä, man habe ja sein Handy mit, türülütürülü, „verkaufen, Sie Idiot, ich habe verkaufen gesagt, nicht kaufen", Handy zugeklappt, „Hornochs", triumphierender Blick in die Runde, ob auch alle mitbekommen haben, wer hier das Sagen hat.

Gegen diese Leute half nur eines: sorgfältigste Auswahl der Unterkunft. Man vermeide alle wirklich berühmten Hotels: Ritz, Carlton, Sankt Moritz zur Gänze, Arlberg nur, wenn alle Gäste wegen lawinenbedingt gesperrter Zufahrtsstraßen ausgeflogen worden sind. Dann fliege ich ein, zitternd vor Flugangst, aber als einziger Gast, und der ist dann wirklich König. Nun gut, letzteres ist mir noch nie gelungen, worüber ich – Flugangst! – nicht unbedingt traurig bin. Man suche also ein kleines, feines Haus, möglichst teuer, aber ohne international bekannten Namen. Angeber möchten nicht erklären müssen, dazu ist ihr Wortschatz meist nicht ausreichend weit entwickelt. Sie beschränken sich auf ein Wort: den Namen des Hotels, und der muß eben so bekannt sein, daß auch der Dümmste weiß, was gemeint ist. Mehr als der Name der Stadt ist als weiterer Hinweis nicht drin: also Cipriani, Venedig oder Sacher, Wien.

„Villa Crespi, das klingt zwar gut, aber kein Mensch kann sich darunter etwas vorstellen, außer er war schon einmal hier", sagte ich.

Ruth schwieg.

„Ruth …?" fragte ich.

Keine Antwort.

Sie war eingeschlafen, während meiner lichtvollen Ausführungen einfach eingeschlafen. Da lag sie, mitten im Himmelbett, hingeworfen, wie von Tizian gemalt, sanft hob und senkte sich ihr Brustkorb, ihr Gesicht wirkte entspannt, weit ausgebreitet strömten ihre langen, schwarzen Haare wie ein breiter, kleine Wellen bildender Fluß über die beiden Kopfpölster.

Vorsichtig nahm ich eine der roten Überdecken aus Seide und deckte sie zu.

Ich stand beim Fenster und blickte hinaus in den Regen. Leichte Nebel stiegen vom See zu der Anhöhe herauf, auf der die Villa stand. Vis-à-vis unseres Fensters, etwa 50 Meter entfernt, stand ein kleineres, schlichter gehaltenes Haus, ebenfalls in maurischem Stil. Hier mußte einst das Personal untergebracht gewesen sein, heute bewohnten es offenbar die nunmehrigen Eigentümer.

Das Grau dieses verregneten Tages wich langsam dem Dunkel der Nacht. Ich setzte mich in eines der Fauteuils, Stil unerkennbar, wahrscheinlich gar keiner. Viele Neureiche verwechseln gewundene Armlehnen und industriegeschnitzte Sitzmöbelfüße – mindestens fünfzehig! – mit Stil. Aber nach hundert Jahren bekommt auch die merkwürdigste Ansammlung von Stilbrüchen ihre eigene Anmutung, wird zu einem Stil für sich und kann durchaus jene Behaglichkeit vermitteln, die auch ich in diesem Augenblick empfand. Ich hatte mir einen kleinen Courvoisier aus der Zimmerbar genommen, gerade ein doppelter Cognac war in dem Miniaturfläschchen. Für gewöhnlich findet man in Zimmerbars und in deren Kühlschränken nur billigsten Fusel zu höchsten Preisen. Wenigstens ein Courvoisier, das war akzeptabel, nicht umwerfend, aber akzeptabel angesichts der Tatsache, daß gerade vermögende Leute mehr Hotelhandtücher stehlen als der bescheidene Normalreisende, und daß sie es – wie mir ein befreundeter Hotelier einmal in stiller Stunde verraten hat – auch mit der Abrechnung der Entnahmen aus der Zimmerbar nicht sehr genau nehmen – beschönigend gesagt, wie er betonte.

Der Cognac war ein wenig scharf, kratzte im Hals, aber meine gute Laune konnte das nicht stören. Ich liebte den Regen, dort drüben lag Ruth, ich saß hier, hörte den Regen und sah Ruth. Was wollte ich mehr vom Leben? Vor ein paar Monaten noch war ich auf meinem Hügel gesessen, hatte auf die Welt herabgeblickt, nichts ging mich etwas an, und ich fand das in Ordnung.

Und nun war ich mitten in dieser verrückten Geschichte. Warum gerade ich? Die Welt war in mein Leben eingebrochen, Ruth war eingebrochen.

Die meisten Einbrecher bleiben nicht lange, dachte ich. Hinein ins Haus, die Beute nehmen, und nichts wie weg. Das war es. Aber Ruth? Sie war wieder gekommen, zurück an den Ort ihrer Tat. Aber was hatte sie getan? Mich alten Zyniker in die Welt zurückgeholt? Ich war nicht angekommen. In welcher Welt hätte ich ankommen sollen? Welt! Welt interessierte mich nicht mehr. Niemals wieder würde Welt mich interessieren. „Schwindler", sagte eine Stimme in mir, „du bist hier, die Welt hat dich wieder."

„Kusch", sagte ich zu der Stimme. Ich wollte nichts wissen, nicht jetzt, nicht hier.

Ruth räkelte sich im Bett.

„Hunger", sagte sie.

„Schlag etwas vor", antwortete ich.

„Essen", sagte Ruth.

Sie wollte nicht aufstehen oder gar hinunter in den Speiseraum gehen. Sie wollte in die Badewanne steigen, nach einer halben Stunde wieder herauskommen und essen. Ende.

„Hier kann man doch im Zimmer essen, wozu haben wir so einen riesigen Salon, ich werfe mich in den Bademantel, und die sollen das Essen heraufbringen."

„Und wie stellst du dir das mit der Bestellung vor?"

„Einfach: du gehst hinunter und klärst, ob die auch wirklich ins Zimmer servieren. Und dann handelst du ein Abendessen aus. Ich will zuerst etwas mit Nudeln, dann eine schöne Piemonteser Hauptspeise und eine kleine Süßigkeit zum Abschluß. Den Wein such bitte du aus."

„Wenn es sonst nichts ist", sagte ich, „ich kann nicht italienisch, ich weiß nicht, ab wann es Abendessen gibt, und außerdem habe ich keine Ahnung, wie hier der Hausbrauch ist und hasse es im übrigen, in einem fremden Land Essen bestellen zu müssen – noch dazu mutterseelenallein!"

Ich drehte mich zu Ruth um, die huschte gerade nackt ins Badezimmer: „Du machst das schon!"

Was blieb mir anderes über? Ich verlief mich natürlich auf den endlosen Wandelgängen, irrte zwischen maurischen Bögen und auf weichen Teppichen durch das Haus.

Wenn du dich hier verirrst, findet dich keiner mehr. Um Hilfe schreien brauchst du auch nicht, die Teppiche und stoffbespannten Wände schlucken jeden Ton, kein Mensch wird dich hören. In zehn Jahren – bei der nächsten Renovierung – finden sie dein Skelett. Nimm Abschied von dieser Welt, stirb aufrecht wie ein heldenhafter Maure.

Ich bog links um eine Ecke, dort ging es nur hinauf, auf einmal ging es wieder hinunter, ich mußte mich in eine dieser Zeichnungen von Escher verlaufen haben, und völlig unerwartet war ich wieder in der Eingangshalle, wobei das Wort „Halle" schrecklicher klang, als der Raum war: großzügig, aber irgendwie doch intim. Trotz des Steinbodens, der stuckverzierten und teilweise mit Marmor ausgekleideten Wände strahlte der Raum eine einnehmende Wärme aus.

Eine freundliche, dunkelhaarige und sehr elegante Italienerin stand hinter der Rezeption und lächelte mich fragend an. Ein vermutlich japanisches Paar schleppte gerade fünf Phototaschen und zwei Koffer durch den Raum. ‚Vermutlich japanisch' deshalb, da es mir stets schwer fiel, die Leute zwischen dem neunten und fünfzehnten Längengrad auseinanderzuhalten. Ich nehme aber an, die haben hierzulande die gleichen Schwierigkeiten. Die junge Dame lächelte noch immer, also lächelte ich auch.

„Irgend etwas mußt du jetzt sagen", dachte ich. Am besten wäre natürlich etwas auf Italienisch gewesen. Französisch könnte ich auch probieren, aber das verbot mir mein Respekt vor dieser wunderbaren Sprache. Ich hatte zwar fünf Jahre an ihr lernenderweise herumgepfuscht, aber leider hatte ich mich darauf beschränkt, mir jenes Mindestvokabular anzueignen, das es mir ermöglichte, meine Schullaufbahn ohne überflüssige Verzögerungen zu durchlaufen. Mein Französisch blieb dabei jedoch unvermeidlich auf der Strecke.

Blieb nur Englisch. Angesichts der Massen, die weltweit und in allen Medien in dieser Sprache radebrechen, konnte ich alle Skrupel fahren lassen: „Do you serve into the rooms?"

Die Elegante ließ sich nichts anmerken. Ich vermute, sie hätte sogar schlechtestes Pidgin mit einem zauberhaften Lächeln belohnt. Wir leben eben in einer Dienstleistungsgesellschaft, obwohl, sie lächelte nicht nur deshalb, weil es sich so gehörte. Das spürte man. Sie freute sich, daß ich sprach. Vielleicht mochte sie Menschen, vielleicht – man ist ein wenig eitel – mochte sie mich. Aber ich bin schon vergeben. Meine Nixe plantschte im Marmorbad, während ich fern der Heimat versuchte, etwas Eßbares zu organisieren.

Natürlich serviert man hier das Abendessen auch ins Zimmer. Sie hob den Hörer vom Telefonapparat, tippte zwei-, dreimal auf die Zahlentastatur und sprudelte nach ein paar Sekunden in höchstem Tempo einige italienische Worte in die Sprechmuschel, danach lächelte sie mir wieder zu, langsam beginne ich, elegante Italienerinnen zu lieben, nein, danke, ich bin schon vergeben, gut vergeben, in besten Händen, und lächelte mein feinstes Lächeln zurück, man kann nie wissen. Ich möge bitte ein wenig warten, der Küchenchef komme gleich, mit ihm könne ich mich wegen des Abendessens besprechen. Nobel geht die Welt zugrunde.

Dann tauchte er auf. Der Küchenchef war der Besitzer selbst. Ein ernster, oder noch treffender: ein sehr ernsthafter Mensch mit freundlichen, dunklen Augen. Sorgfältig gestutzter Bart von der Oberlippe hinunter zum Kinn und dieses bedeckend, Barthaare ansatzweise ergraut, hohe Kochmütze, klassische Kochbekleidung und Schürze. Ein stiller Mensch – und wie ich in den nächsten Tagen feststellen würde können – ein Großer seines Faches. Wie alle wirklichen Könner machte er nicht viel Aufhebens um seine Kunst. Ein ernstes Lächeln huschte in wenigen Bruchteilen einer Sekunde über sein Gesicht, das erste wahrhaft ernste Lächeln meines Lebens, das ich zu sehen bekam. Er reichte mir die Hand und nickte dezent mit dem Kopf. Welch Gegensatz zu den eitlen Gockeln, die in oft sündteuren Lokalen Huldigungen entgegennehmend durch die Räume streiften, anstatt in der Küche nach dem Rechten zu sehen und sich um eine ordentliche Speisenbereitung zu kümmern.

Er hatte eine kleine Speisekarte bei sich, Küchenenglisch war nicht meine Stärke, zum Glück hatte ich dank meiner Liebe für italienische Kochbücher wenigstens eine Mindestvorstellung davon, welche Speise sich hinter den einzelnen, italienisch bezeichneten Gerichten verstecken konnte.

Ruth wollte Nudeln. Nudeln, ein Wort, das wir hierzulande ziemlich leichtfertig verwenden. Denn gerade in der italienischen Küche konnte das viel bedeuten: von *spaghettini* über *spaghetti* zu *spaghettoni*, *linguine*, *trenette* und *bucatini*, *ravioli* und *ravioloni*, *tortelli*, *tortellini* und *tortelloni*, *agnolotti*, *papardelli*, *maccheroncini*, *tubetti* und *tubettini*, *orecchiette*, *cannelloni*, *sedani*, *penne rigate*, *farfalle*, *ditalini*, *cappelletti* – es klingt wie Musik, tönt wie ein Gedicht, und eine komplette Aufzählung nähme kein Ende. So wenig es eine wirklich einheitliche italienische Sprache und Rechtschreibung gibt, so wenig gibt es eine einheitliche, italienische Teigware.

Also äußerte ich nicht den Wunsch *noodles*, sondern sagte: „Pasta or something like that."

Der *chef di cucina* neigte nachdenklich den Kopf zur Seite, als ob es ein großes Problem zu lösen gelte, dann deutete sich in seinen Augen ein vorsichtiges Lächeln an: „Raviolini del 'plin in cesto di Parmigiano", sein Gesicht entspannte sich erleichtert, als hätte er – unter schweren Gewissensqualen – endlich einen akzeptablen Ausweg gefunden. Dieser Mann nahm sein Handwerk ernst. Ich schätze das, denn eine solche Haltung ist selten geworden in Zeiten unbarmherziger Gewinnmaximierung. Und für mich *salmone marinato al ginepro*, danach zweimal *filetto di manzo al tartufo*. Und er könne zum *secondi di carne* einen Barbera Vigna Larigi von Elio Altare empfehlen, eine Empfehlung, der ich unmöglich hätte widersprechen können, denn neben dem Bricco dell'Uccellone und dem Ai Suma von Giacomo Bologna ist dies einer der besten Weine seiner Art.

„Es riecht gar nicht nach Gas", sagte Ruth, nachdem uns das Rindsfilet mit Trüffeln serviert worden war.

„Doch, tut es", sagte ich.

„Hast du auf das Süße vergessen?" fragte Ruth.

„Natürlich nicht."

Der Ober brachte Gang um Gang, das Timing stimmte, sie hatten in der Küche ein sehr gutes Gefühl dafür, wie lange ein Genußmensch für den Verzehr einer Speise brauchte. Weder kam der nächste Gang so früh, daß man den vorangegangenen hastig in sich hineinschlingen mußte, noch kam er so verzögert, daß Zunge und Gaumen begannen, sich zu langweilen.

„Der Zimmerkellner ist wirklich dezent", sagte Ruth, während wir unser Torrone-Vanille-Parfait mit Himbeersauce löffelten, *parfait al torrone e vaniglia con salsa ai lamponi*.

Das Essen hatte uns endgültig müde gemacht, der Kellner hatte die leeren Teller und das Besteck geholt, und wir lagen endlich in unserem Himmelbett.

„Kennst du die Geschichte von Rut, der Moabiterin?" fragte Ruth plötzlich.

„„Nicht wirklich, ich habe vor vielen Jahren einen Hollywood-Schinken darüber gesehen, aber an den Inhalt kann ich mich nicht mehr recht erinnern."

„Die Story hält sich halbwegs an das, was in der Bibel steht, zumindest oberflächlich betrachtet", sagte Ruth.

„Kennst du die Geschichte gut?“

„Ja“, sagte Ruth, „ich habe sie vor längerer Zeit gelesen. Ich habe früher nie in die Bibel geschaut, aber die Geschichte von Rut hat mich interessiert.“

„Warum?“ wollte ich wissen.

„Aus mehreren Gründen. Da ist einmal der Name. Meine Eltern müssen sich etwas dabei gedacht haben, als sie mich Ruth nannten. Glaube ich jedenfalls.“

„Und, hast du einen Grund gefunden, warum sie das getan haben könnten?“

„Möglicherweise, weil Rut in ein fremdes, ihr feindlich gesinntes Land zurückkehrt. Das hat doch jetzt etwas mit mir zu tun, oder?“

„Das mußt du mir erklären“, sagte ich.

„Ich erzähl dir die Geschichte, was hältst du davon?“

„Viel, aber zuerst mach ich das Fenster auf und dreh das Licht ab.“

Nur eine kleine Stehlampe sandte ihr rötliches, schwaches Licht in den Raum, draußen trommelte der Regen auf das Vordach, wir lagen nebeneinander im Bett und Ruth begann zu erzählen.

„Es ist natürlich meine Version der Geschichte, ich bin keine Bibelforscherin. Ich erzähle dir einfach, was mir im Gedächtnis geblieben ist, wobei das Buch Rut ohnedies eines der kürzeren in der Bibel ist. In Juda herrschte eine große Hungersnot, da beschlossen Noomi und ihr Mann Elimelech gemeinsam mit ihren beiden Söhnen Machlon und Kiljon als Fremde nach Moab zu gehen. Das Elend muß groß gewesen sein, denn die Moabiter wurden seit dem Auszug aus Ägypten als Feinde betrachtet, da sie sich geweigert hatten, die Israeliten bei diesem Auszug mit Nahrung zu versorgen. Der Mann Noomis starb bald, Noomi blieb mit ihren Söhnen in Moab. Die beiden heirateten Moabiterinnen, die eine hieß Orpa, die andere Rut. Als Noomi zehn

Jahre in Moab gewesen war, starben auch ihre Söhne. Die Frauen blieben als Witwen zurück. Noomi beschloß, Moab zu verlassen und wieder heimzukehren. Ihre Schwiegertöchter wollten sie begleiten. Noomi gelang es, Orpa zu überreden, nicht mit ihr zurückzugehen. Bei Rut aber hatte sie keinen Erfolg. Die beiden gingen zurück nach Betlehem, wo gerade die Gerstenernte begonnen hatte. Sie hatten nichts zu essen, so beschloß Rut, das Armenrecht auf Nachlese auszuüben."

„Was ist das?" fragte ich.

„Es ist das Recht der Fremden, Witwen und Waisen, die zu Boden gefallenen Körner einzusammeln und für sich zu verwenden. Rut ging also hinter den Schnittern nach und sammelte die herabgefallenen Gerstenkörner auf. Dieses Feld gehörte einem gewissen Boas. Wie gesagt, die Moabiter waren in Juda nicht gerne gesehen. Trotzdem gab Boas Anweisung, Rut wie eine Einheimische zu behandeln, da er gehört habe, daß sie Gutes an ihrer Schwiegermutter getan hätte und sogar mit ihr in dieses fremde Land zurückgekehrt sei. Rut berichtete Noomi am Abend, daß ein Mann namens Boas dafür gesorgt hat, daß sie ausreichend Gerste nach Hause bringen konnte. ‚Dieser Mann ist ein naher Verwandter', sagte Noomi zu Rut, ‚er ist einer unserer Löser.'"

„Ein Löser? Was ist das?" fragte ich.

„Ganz genau weiß ich das auch nicht. So wie ich die Geschichte verstehe, hatten nahe männliche Verwandte die Pflicht, für das Überleben verwitweter Frauen zu sorgen. Im konkreten Beispiel hatte offenbar Boas als Löser die Pflicht, ein Feld zurückzukaufen, das Noomis Mann verkauft hatte, bevor sie nach Moab ausgewandert sind. Gleichzeitig bestand auch die Regelung, daß im Fall des Todes eines kinderlosen Mannes dessen Bruder die Witwe heiraten und mit ihr ein Kind zeugen mußte, das dann als Kind des Verstorbenen galt. Diese Pflicht des Schwagers war aber meines Wissens nicht einklagbar. Wenn der Bruder sich weigerte, war die Witwe aus dieser Verpflichtung entlassen und konnte einen Mann heiraten, der außerhalb dieser engen, familiären Beziehung stand. Die Idee der beiden Frauen war es nun, diese zwei sehr patriarchalischen Gesetze so miteinander zu verquicken, daß sie als Frauen in die Lage kamen, ihre Geschicke selbst in die Hand zu nehmen, anstatt ihre Zukunft durch die Vergangenheit ihrer toten Männer bestimmen zu lassen. Sie verknüpften die Lösungsverpflichtung mit der Pflicht zur Verwandtenehe. Das war ihre eigene, sehr eigenwillige Auslegung der Tora. Noomi sagte Rut, sie möge sich baden und salben sowie ihre besten Kleider anlegen und sich in die Tenne begeben, in der Boas schlafen würde. Allerdings müsse sie warten, bis dieser zu Abend gegessen und sich hingelegt habe. Sie solle sich dann, sobald er eingeschlafen sei, zu seinen Füßen hinlegen und warten, was geschehe. Boas würde ihr dann schon sagen, was sie zu tun habe. Rut ging in die Tenne und legte sich zu dem eingeschlafenen Boas. Um Mitternacht schreckte dieser aus dem Schlaf auf und bemerkte die Frau zu seinen Füßen."

„Jetzt liege ich zu deinen Füßen", sagte ich, denn ich hatte mich, während Ruth erzählte, hinunter zu ihren Füßen gelegt, da ich ihr dabei besser ins Gesicht sehen konnte.

„Er sah die Frau", setzte Ruth fort, „begriff offenbar, worum es ging und sagte ihr, er werde versuchen, sie zu lösen, es gäbe aber noch einen anderen Löser, der ihr näher stünde. Sie möge bis zum Morgen bei ihm liegen bleiben, aber dann gehen, bevor sie jemand sähe. Am nächsten Tag kam es zu einer Auseinandersetzung zwischen Boas und dem anderen Löser. Boas forderte diesen auf, nicht nur das Grundstück zurückzukaufen, sondern auch Rut zu heiraten. Damit übernahm er die Idee der Frauen und stellte die Sachlage so dar, als ob diese beiden Rechte oder Pflichten untrennbar miteinander verbunden wären. Der zweite Löser lehnte dies ab, da er offenbar diese dem Patriarchat widersprechende Auslegung der Gesetze nicht teilte, er wolle zwar die Äcker kaufen, aber keineswegs Rut heiraten. Der Ältestenrat und das Volk aber akzeptierten die weibliche Auslegung, sogar das generelle Heiratsverbot gegenüber Fremden wurde damit außer Kraft gesetzt, ohne gegen die Tora zu verstoßen. Boas heiratete Rut und zeugte mit ihr ein Kind namens Obed. Dieser wiederum war der Vater Jischajs, Jischaj wurde der Vater Dawids, des ersten Königs von Juda. Und, das ist für mich das Schöne an der Geschichte, der erste König der Juden war der Nachkomme einer Fremden, einer Frau aus dem feindlichen Moab. Er entstammt einer eigentlich verbotenen Mischehe. Und was mir beinahe noch besser gefällt, ist, daß diese biblische Rut gemeinsam mit Noomi die herrschenden Gesetze durch eine eigenwillige Auslegung zu ihren Gunsten verbessert hat. Wer auch immer das ‚Buch Rut' geschrieben hat, ob Frau oder Mann, diese Person hat die Beziehung zwischen diesen beiden Frauen als wichtiger dargestellt als die zu den jeweiligen Männern. Das war damals ganz schön mutig, würde ich sagen. Natürlich könnte man das auch als einfache Trivialgeschichte lesen. Boy meets girl, sozusagen. Aber so privat war das meiner Auffassung nach nicht gemeint. Die beiden Frauen werden nämlich durch diesen Vorgang die Urmütter des jüdischen Königshauses. Ist doch eine tolle Geschichte, oder?"

„Und, wirst du wie deine Namensgeberin für immer ins fremde, feindliche Land zurückkehren?" wollte ich wissen.

„Wenn ich hier aufgenommen werde wie die Moabiterin Rut in Juda …", sagte Ruth, und in ihrem Gesicht stand deutlicher Zweifel. „Ich will zwar nicht gerade die Urmutter eines neuen Menschengeschlechtes werden, denn nach Mutterglück ist mir nicht besonders, aber Heimat finden, wer will das nicht?"

„Auch die biblische Rut wußte nicht, was sie erwartet. Sie folgte der Stimme ihres Herzens."

„Hätte aber auch schiefgehen können", sagte Ruth.

Der Regen trommelte unentwegt weiter.

„Was meinst du", fragte ich, „haben Rut und Boas auf der Tenne miteinander geschlafen?"

„In gewisser Weise schon", sagte Ruth.

„Haben sie, oder haben sie nicht?" wollte ich wissen.

„Mit Boas in der Tenne zu übernachten, war damals sicher gleichbedeutend mit Beischlaf. Ob sie es dann auch wirklich getan haben oder nicht, ist bedeutungslos. Die Bibel läßt das meiner Meinung nach offen."

Ich drehte die letzte Lampe ab und kroch zu Ruth unter die Decke. Ein kühler Wind füllte das Zimmer, ich lag noch ein wenig wach und versuchte, mir in Gedanken Rut, die Moabiterin, vorzustellen. Sie sah immer aus wie Ruth Loewenstein am Ende des zwanzigsten Jahrhunderts. Ich schlief tief und träumte von Gerstenkörnern und einem Mann namens Boas. Hatte die Bibel sich ihr auserwähltes Volk auf gut zurechtgeschrieben? War die Geschichte von Rut etwa ein weises Gleichnis oder eher Mahnung an ein gegenüber Fremden feindselig gestimmtes Volk? War es ein früher Versuch, die Welt mit den Augen einer Frau zu beschreiben? Oder hatte sich die Sache vielleicht tatsächlich so zugetragen, wie es die Bibel erzählt? Wer wollte das beurteilen! Gemessen am Stand der Dinge, war Ruts Geschichte wohl mehr als Aufforderung denn als Beschreibung des wirklichen Zustandes dieser Welt zu deuten.

Es regnete die ganze Nacht, und es regnete auch noch am Morgen. Der Regen wurde sogar immer stärker. Wir tranken dunklen, aromatischen Kakao zum Frühstück, den besten Kakao, den ich seit Jahren getrunken hatte. Wir verließen die Villa Crespi unter einem Regenschirm, der ziemlich nutzlos war, da der Wind den Regen unter den Schirm peitschte. Wir kehrten um und holten unsere Anoraks, spazierten gemütlich die kurvige, enge Straße entlang, hinunter nach Orta San Giulio. Zum Glück ist der ganze Ort für den Autoverkehr gesperrt, nur Anrainer und Lieferanten quälen ihre Lieferwägen über die holprige Straße in den Ort hinunter.

Links der Straße wuchsen Feigenbäume und Palmen, rechts standen Tannen und Edelkastanien. Vorbei an alten Palästen und

Herrschaftshäusern. Rechts ragte eine Steinwand empor. Zusammengesetzt aus riesigen Steinquadern, sah sie aus wie eine Kaimauer mit Bullaugen, oben stand eine alte Villa der Jahrhundertwende. Entlang dieser Mauer waren mit roten Blumen bepflanzte Steintöpfe aneinandergereiht. Wir blickten die Mauer hinauf, der Regen machte gerade eine kurze Pause, ein uralter Fiat Topolino ratterte in höllischem Tempo an uns vorbei.

„Das Haus erinnert mich an ‚Die Gärten der Finzi-Contini'", sagte Ruth.

„Du meinst den de Sica-Film?" sagte ich.

„Nein, das Buch von Bassani", sagte Ruth, „in meiner Vorstellung schaut das Haus genau so aus wie im Buch!"

„Du hast tatsächlich den Roman gelesen?" fragte ich.

„Ja, diesen Sommer. Nachdem ich weggefahren bin, nach diesen ekelhaften Plakaten, habe ich mich gefragt, was tu ich eigentlich hier? Was geht mich das alte Haus der Loewensteins an, das Seegrundstück? Bin ich hier, weil ich das alles wieder zurückhaben will, und lohnt es sich überhaupt, daran auch nur einen einzigen Gedanken zu verschwenden? Das ist doch alles ohne Sinn, oder?"

„Das mußt du wissen, wie sollte ich das beantworten können?"

„‚Die Gärten der Finzi-Contini' war das Lieblingsbuch meiner Mutter. Die Idee im Roman ist doch die, daß es nicht so sehr der Besitz der Dinge ist, was zählt, sondern die Erinnerung an diese Dinge. Der Besitz selbst ist trivial, es ist immer nur die Erinnerung, die zählt. Nur die Erinnerung ist vollkommen, so lückenhaft sie auch sein mag. Ich bin zurückgekommen, um mich zu erinnern und mir damit den Besitz der Loewensteins erneut anzueignen. Kuriose Idee, oder?"

„Überhaupt nicht", sagte ich.

Die enge Straße mündete nach mehreren hundert Metern in den Marktplatz, ein Ensemble barocker Bauten, entlang der

Uferpromenade Kastanienbäume. Mitten aus dem See erhob sich majestätisch und unwirklich die Isola di San Giulio. Dieser Eindruck von Unwirklichkeit wurde durch den über dem See hängenden Nebel verstärkt. Der Regen wurde immer intensiver, wir suchten Schutz unter den Arkaden. Glücklicherweise war das Wetter immerhin so mild, daß man – mit Anorak und Weste bekleidet – im Freien sitzen konnte. Ruth bestellte einen Espresso, ich einen Kakao, der ziemlich ungenießbar war. Der Löffel steckte in einer dunklen Masse, der Kakao war eine dicke, puddinghafte Brühe von scheußlichem Geschmack und außerdem lauwarm.

Wir konnten über den Marktplatz hinweg zum See blicken.

„Die Idee, mit dem Boot zur Insel zu fahren, kannst du vergessen“, sagte Ruth.

„Warum?“

„Schau dir die Wellen an!“

„Bist du nicht seetüchtig?“ fragte ich.

„Ab dreißig Zentimeter Wellengang pflege ich meinen Mageninhalt zu verlieren“, sagte Ruth.

„Ich wäre gern hinübergefahren, aber dein Mageninhalt ist mir heilig!“

Wir zahlten, ich ließ den Kakao stehen, denn auch mir war mein Mageninhalt heilig, und wir traten wieder unter den Arkaden hervor in den unentwegt herniederprasselnden Regen.

Eine breite, steile Straße führte vom Marktplatz hinauf zur Barockkirche Santa Maria Assunta. Die Straße war mit kleinen, rundgewaschenen Steinen – offenbar aus dem See – gepflastert, links und rechts standen die teils spätmittelalterlichen Herrschaftshäuser, herbstlich rotgefärbter Wein rankte sich an einer Hausecke empor. Die Häuser wirkten alt und verfallen, aber das hatte in Italien nie viel zu besagen. Weiter oben auf der Straße wuchsen dichte Grasbüschel zwischen den Pflastersteinen heraus. Die Häuser waren ein wüstes Stilgemisch, eine Wanderung durch die Jahrhunderte, gotische Bauten, Renaissance-Paläste, barocke Kirchen. Es regnete unentwegt, wir hatten die Straße und den Ort für uns ganz allein.

„Das Schöne am Regen ist, daß er die Leute vertreibt", sagte ich.

Ruth nickte, wir hatten den höchsten Punkt erreicht, standen vor der Kirche und blickten hinunter Richtung Marktplatz.

Die ganze Straße wirkte wie eine prunkvoll verkommene Auffahrtsrampe, zwar mühsam zu erklimmen, aber am Schluß mit dem Allerheiligsten gekrönt.

„Ob die das so geplant haben, oder ob das einfach zufällig entstanden ist?" fragte Ruth.

„Die haben das im Gefühl gehabt", sagte ich, „ich glaube nicht, daß die auch nur eine Sekunde darüber nachgedacht haben."

„Bei meinen Schuhen geht es naß durch", sagte Ruth.

„Du hättest die Guffler anziehen sollen", sagte ich.

Ruth sah mich verständnislos an.

„Die Guffler, die Goiserer!"

Sie verstand mich nicht.

„So nennt man bei uns schwere Bergschuhe!"

„Habe ich keine", sagte Ruth.

„Warum hast du das nicht gesagt, wir hätten vor dem Wegfahren noch schnell welche kaufen können, hier bekommen wir sicher keine", sagte ich.

„Mir ist kalt", moserte Ruth, „ich brauche jetzt eine warme Suppe, sonst erfriere ich."

„Es ist gar nicht kalt", erwiderte ich.

„Ich habe nicht gesagt, daß *es* kalt ist, sondern daß mir kalt ist."

„Gehen wir zurück in die Villa", sagte ich, „da bekommst du sicher etwas Warmes zu essen."

„Und wenn die Küche schon zu ist?" zweifelte Ruth.

„Die werden uns schon nicht verhungern lassen!“ versuchte ich zu beruhigen.

„Es geht nicht ums Verhungern, sondern ums Erfrieren”, sagte Ruth, „ich will eine ordentliche Nudelsuppe, eine brennend heiße Nudelsuppe.“

„So etwas gibt es hier nicht. Vielleicht haben sie eine Minestrone!“

„Warum sollen die keine Nudelsuppe haben, in diesem Land schwimmen sie doch in Nudeln.“

„Das schon, aber die Nudeln schwimmen nicht in der Suppe, nur in der Minestrone, und dort sind es meist Makkaroni, und ob das authentisch ist, weiß ich nicht.“

„Die Suppe braucht nicht authentisch zu sein, bloß heiß!“ beharrte Ruth.

Ich benutzte den Regenschirm als Spazierstock, so hatte er wenigstens irgendeinen Zweck. Wir gingen den selben Weg zurück, den wir gekommen waren, Ruth wurde immer schneller.

„Ich bekomme Schwimmhäute“, beschwerte sie sich.

„Evolutionstheoretisch dauert das aber länger als die zwanzig Minuten, die wir für den Rückweg brauchen, mindestens 50 Generationen oder so!“ sagte ich.

„Sehr witzig“, brummte Ruth. Ich hatte sie noch nie brummen gehört.

Endlich wieder im Trockenen. Ruth zog ihre Reebok aus und hielt mir ihre Füße hin: „Siehst du die Flecken auf den Socken? Nässe! Ich friere!“

„Ich leide mit dir!“

„Du leidest überhaupt nicht, du weidest dich an meinem Unglück!“

„Wie könnte ich“, versuchte ich mitleidend zu sagen.

„Bemitleide mich nicht, organisiere eine Suppe, bevor ich eine Lungenentzündung bekomme.“

„Findest du nicht, daß du ein wenig übertreibst?“

„Findest du eine Lungenentzündung übertrieben?“

„Nicht, wenn man wirklich eine hat."

„Ich stehe kurz davor", sagte Ruth ernst und offenbar wirklich von ihrer einsetzenden Krankheit überzeugt.

Drei Stufen hinunter, zwei hinauf, dreimal den falschen Gang erwischt, bis ich mir das merke, reisen wir schon wieder ab.

Natürlich kein Mensch an der Rezeption. Ich läutete. Die elegante Italienerin und ihr Lächeln.

„Zuppa", versuchte ich mich in Italienisch.

„Calde", fügte ich hinzu, was mir schwer fiel, denn was in unserer Sprache wie „kalt" klang, hieß auf italienisch „warm".

„Calda", korrigierte die Elegante mit nachsichtigem Lächeln.

Da sie mich verstanden hatte, versuchte ich noch zu verdeutlichen: „Molto calda!"

Sie lächelte verstehend und war schön wie eine Winternacht. Ich bin schon vergeben, vielleicht ein andermal, im nächsten Leben, dachte ich.

„Dir ist bewußt, daß wir uns nicht gerade in Suppenland befinden!" sagte ich zu Ruth.

„Mir ist bewußt, daß ich friere. Bekomme ich eine Suppe?" Sie sagte es beinahe flehentlich, schob den linken Ärmel ihres Pullovers den Unterarm hinauf und hielt ihn mir vor das Gesicht: „Gänsehaut, siehst du?"

„Ich sehe", und zog den Ärmel wieder soweit herunter, daß auch das Handgelenk bedeckt war, „ich habe ein Suppe aufgetrieben, frag mich nicht, was für eine Suppe das genau ist, aber es dürfte sich um eine heiße Flüssigkeit mit Porrée und Kürbis handeln."

„Kürbiscrème-Suppe", schöpfte Ruth Hoffnung.

„Vermutlich", sagte ich.

Die Suppe wurde gebracht, Ruth löffelte zufrieden, ihre Socken hatte sie gewechselt.

„Hast du keine festeren Schuhe?" fragte ich.

„Ich wollte nicht Bergsteigen, sondern mich an einem oberitalienischen See in der Sonne aalen!"

Danach sah es allerdings wirklich nicht aus. Wir waren in die ärgsten Unwetter seit langem geraten. Ein paar Dutzend Kilometer von hier, im Aosta-Tal, gab es Muren und Überschwemmungen. Und bei uns regnete es auch, als ob ein Staudamm geborsten wäre. Zum Glück hatte Ruth wenigstens noch ein Paar festere Schuhe mit, solides Leder, ordentliche Sohle, wir drehten noch eine kleine Runde, Ruth nieste alle paar Minuten.

„Sieht nach einer Verkühlung aus", sagte ich.

„Lungenentzündung, mindestens!" sagte Ruth, es klang recht nasaliert, da ihre Nase verstopft war.

„Was heißt Taschentücher auf Italienisch?" wollte sie wissen.

Ich holte meine Packung Tempo-Taschentücher aus dem Anorak: „Da steht es: fazzoletto, warum willst du das wissen?"

„Damit ich welche kaufen kann."

„So schlimm wird es schon nicht werden", sagte ich.

„Nein, es wird viel schlimmer", unkte Ruth.

Das Abendessen fand wieder im Zimmer statt, da Ruth sich wirklich krank fühlte. *Millefoglie di patate, spugnole, funghi porcini e fegato grasso*, kunstvoll aufeinandergeschichtete Erdäpfelscheiben, dazwischen Morcheln, Steinpilze und Gänsestopfleber, *medaglione di capriolo e pere al vino*, Medaillons vom Rehbock mit Rotweinbirne, und zum Schluß *timballo di mousse ai due cioccolati*, Timbalé mit zweierlei Schokolademus.

„Exzellentes Essen", sagte ich.

„Ich schmecke nichts", sagte Ruth, deren Nase inzwischen völlig verstopft war.

„Du hast dir einen Schnupfen gefangen", sagte ich.

„Lungenentzündung", beharrte Ruth.

„Mindestens", erwiderte ich.

Wir tranken einen erstklassigen Barolo Riserva Monfortino 1985 von Giacomo Conterno, ein Wein, der sich jeder Beschreibung entzieht: langlebig, voll, rund.

„Ein toller Wein“, sagte ich, „so wie es sich bei einem großen Barolo gehört, verändert er sich im Glas alle paar Minuten.“

„Ich schmecke nichts“, sagte Ruth.

„Gar nichts?“ fragte ich.

„Gar nichts!“ sagte sie, es klang ein wenig trotzig.

„Bin gespannt, wann sich der Jürgensen meldet“, sagte ich.

„Ich habe geglaubt, das Treffen ist schon fix ausgemacht?“

„Übermorgen in Arona, aber Jürgensen wollte noch einmal anrufen und mir den genauen Treffpunkt und die exakte Zeit sagen.“

„Er wird sich schon rühren“, sagte Ruth, „außer er hat die Flasche nicht. Glaubst du, daß er sie wirklich aufgetrieben hat?“

„Wetten würde ich darauf keine eingehen. Ehrlich gesagt, ich weiß nicht, was er wirklich vorhat. Lassen wir uns überraschen.“

Ruth lag bald nach dem letzten Schluck Wein im Bett und litt.

„Weißt du, daß ich sehr tapfer bin?“ fragte sie.

„Ist mir noch nicht aufgefallen, aber jetzt, wo du es erwähnst...“

Ruth drehte sich beleidigt von mir weg.

Es regnete noch immer heftig. Im Fernsehen brachten sie pausenlos Berichte aus dem Katastrophengebiet.

Ruth schlief ein, ich blätterte im *Spiegel*. Da war doch tatsächlich ein Bericht über die große Yquem-Verkostung.

„Wahnsinn“, schrie ich auf.

Ruth erwachte: „Was ist Wahnsinn?“

„Die haben die Reste der alten Yquems zu Essig verarbeitet. Sind die noch zu retten?“

„Barbaren“, sagte Ruth schläfrig.

„Da haben die Weine zweihundert Jahre überlebt, und dann kommen diese Irren, spucken sie aus und machen den Rest zu Essig. Ich fasse es nicht. Die hätten das Zeug ja auch vom Personal austrinken lassen können. Aber nein, Lakaien gönnt man sowas nicht. Zur Strafe gehörten diese feinen Herrschaften für mindestens zehn Jahre auf eine Hesperidenessig-Diät gesetzt.“

Als ich am nächsten Morgen erwachte, war es stockdunkel im Zimmer, was angesichts der dicken, dunkelroten Übervorhänge kein Wunder war. Ruth schlief noch, ich ging zum Fenster und schaute zwischen den Vorhängen hinaus. Es regnete, was sonst.

„Wohin mit all dem Wasser", dachte ich.

Ruth räkelte sich im Bett.

„Wie geht es dir heute morgen?" fragte ich.

„Schnupfen", sagte sie, und es klang noch immer sehr nasaliert.

„Ich werde jetzt den Jürgensen anrufen, damit wir die Tage planen können."

„Mit mir brauchst du die nächsten zwei Tage nicht zu rechnen, ich kränkle", sagte Ruth, „ich verlasse das Bett erst, wenn meine Nase nicht mehr tropft."

„Für die eine oder andere Verrichtung wirst du aber wohl doch ..."

„Blödmann", kam es verschnupft.

Ich versuchte, Jürgensen telefonisch zu erreichen und hatte Glück, er war selbst am Apparat. Ein Problem, ein kleines, aber ein Problem, nein, Arona gehe nicht, ob es nicht im Strona-Tal sein könne, ein kleines Dorf, Forno, vor der Albergo de Leone, ich würde drinnen vorziehen, es regnet hier seit Tagen, jaja, morgen um die Mittagszeit, Erkennungszeichen, überflüssig, dort sind kaum Leute, ich würde schon erkannt werden, keine Sorge, einen wie mich, erkenne man immer, hähä, ich denke mir ‚ein Scherzbold' und sage ‚ich komme'.

„Wirst du morgen wieder fit sein?" fragte ich Ruth.

„Glaube ich nicht!"

„Dann muß ich jemanden auftreiben, der mich nach Valstrona fährt. Kann aber kein Problem sein."

Ein alter Italiener, stoppelbärtig, einen filterlosen Zigarettenstummel zwischen die gelben Zahnreihen geklemmt, war mir als

Fahrer angeboten worden. Eigentlich sah er mehr aus wie ein alter Franzose mit einst unvermeidlicher Gauloise. Ich saß in meinem Mercedes auf dem Weg ins Strona-Tal. Der Mann fuhr kriminell. Bremse kannte er nicht, nur die Hupe. Wir rasten den See entlang Richtung Nordufer, wo eine kleine Industriestadt namens Omegna liegt, klein und schmutzig liegt sie an den Ufern und vor der Zufahrt nach Valstrona. Außer der Tatsache, daß hier die bekannten Alessis ihre Fabrik haben, ist an diesem Ort nichts, was zu erwähnen wert wäre.

Eine kurvenreiche Straße führte zwischen den Bergen die Strona entlang ins Tal hinein und langsam die Berge hinauf. Angesichts der Fahrweise meines Chauffeurs begann ich zu begreifen, wie es dazu kommen konnte, daß religiösere Menschen als ich diverse Gelübde gegenüber ihrem Gott ablegten. In engen Kehren kamen wir immer höher, nach jeder Kehre feierte ich in Gedanken mein Überleben, und schließlich waren wir da – was ich kaum mehr zu erhoffen gewagt hatte. Ein einsames, kleines Dorf lag vor mir. Es hatte zu regnen aufgehört, das Dorf schien menschenleer auf dem Berghang hingeklebt zu sein. Über den Bergen zeigte sich völlig unerwartet die Sonne. Das Tal lag tief eingekerbt zwischen zwei Bergzügen, unter uns war ein weiteres, kleines Örtchen zu sehen, die Bäume schimmerten vielfärbig im Licht der Sonne. Ein Hund kam und beschnupperte mich. Er wunderte sich wahrscheinlich auch, daß ich noch lebte. Ich war dankbar für die Anteilnahme und streichelte das ungepflegte Vieh, dann blickte ich mich um.

„Wie ausgestorben“, dachte ich und bedeutete meinem Fahrer, er möge hier auf mich warten. Er nickte und holte einen Zigarettenstummel aus seiner abgewetzten, speckigen Jacke. Wenn ich die Grimasse hinter seinem faltenbewehrten Gesicht richtig deutete, lächelte er mir beruhigend zu, was wohl heißen sollte, er habe alle Zeit dieser Welt. Das glaubte ich ihm sofort. Jemand, der diesen Fahrstil so lange überlebt hatte, dem konnte selbst die Zeit nichts mehr anhaben.

Jetzt mußte ich nur mehr die Albergo de Leone finden, was aber in diesem Nest nicht schwer sein konnte. Wir standen mit dem Auto ein wenig oberhalb des Ortes, ich schlenderte langsam die Straße hinunter, die Häuser waren teilweise aus Stein gebaut und ähnelten den Berghütten in den Dolomiten. Es war kein Mensch zu sehen. Ich ging die Hauptstraße entlang und stand nach wenigen Minuten vor der geschlossenen Albergo de Leone. Ein gelber Bau, die Fenster mit weißem Verputz umrahmt, im Obergeschoß waren die grünen Fenster- und Türläden geschlossen und verriegelt. Auf der ockergelben Wand konnte man das verbleichende Bild eines Löwen erkennen, den Kopf herausfordernd nach vorne gereckt. Über dem Eingang stand in Großbuchstaben „BAR“ und „RISTORANTE“ geschrieben, die Läden am ebenerdigen Fenster waren zwar geöffnet, aber die Eingangstür war abgesperrt, ein weißer Tisch war schräg gegen die Mauer gelehnt, drei Plastikstühle standen wie zufällig herum.

„Da ist kein Mensch“, dachte ich, „und da kommt auch keiner.“

Links und rechts des Einganges standen ein paar Blumentöpfe, bepflanzt mit roten Löwenmäulchen.

„Die sehen gepflegt aus, also muß da auch wer sein“, schöpfte ich leise Hoffnung. Vergeblich. Ich rüttelte an der Tür, Klingel gab es keine, ich versuchte hineinzusehen, aber hinter den verglasten Türausschnitten versperrten Vorhänge den Einblick.

Das ganze Dorf schien ausgestorben zu sein.

„Entweder ist hier die Pest ausgebrochen oder eine allgemeine Steuerprüfung“, dachte ich.

Ich nahm einen der Plastiksessel, stellte ihn in die Sonne und setzte mich nieder. Normalerweise meide ich direktes Sonnenlicht, aber es war kühl hier in den Bergen, überhaupt nach dem Regen. Auf den Gipfeln ringsum lag ein wenig Schnee.

Wie lange sollte ich warten? Eine Viertelstunde? Eine halbe?

Eine Katze kam vorbei, blieb in einigen Metern Abstand vor mir stehen und betrachtete mich mit mißtrauischer Neugier.

Nach einigen Minuten kam sie wohl zu dem Schluß, daß bei mir nichts zu holen war, und verschwand in einem der Hauseingänge.

Wo Hund und Katze sind, können Menschen nicht fern sein. Aber ich sah keine Menschenseele. Ich beschloß, noch eine kleine Runde durch das Dorf zu drehen, und dann nochmals beim Löwen vorbeizuschauen, vielleicht kam doch noch jemand.

Nach hundert Metern endete das Dorf, das heißt, der befestigte Weg und die Häuser hörten auf, ich war auf einer Wiese, fünfzig Meter von mir entfernt stand auf der linken Seite ein Bauernhof, der Hund von vorhin kam und beschnupperte mich erneut. Dann, endlich, sah ich einen Menschen. Es mußte der Bauer sein, er fuhr mit einem Schubkarren über die Wiese ohne mich auch nur eines Blickes zu würdigen. Wahrscheinlich hat er mich gar nicht gesehen. Der Hund schloß sich mir an, was mich bei diesem Mangel an Menschen – und damit einem eklatanten Mangel an potentiellen Rudelmitgliedern – nicht weiter wunderte.

Ich ging zurück zum Löwen. Lage unverändert. Nein, der Tisch lehnte nicht mehr an der Wand, sondern stand jetzt ganz normal auf dem kleinen Vorplatz. Ich rüttelte erneut an der Tür. Zugesperrt. Niemand rührte sich.

Die Sonne war angenehm warm, und ich beschloß, das Beste aus meiner Situation zu machen. Ich erinnerte mich, im Kofferraum noch einen kleinen Karton mit ein paar Flaschen Barolo zu haben. Bruno Giacosa, Falletto di Serralunga, Barolo Riserva Speciale 1986. Ein milder, harmonischer Barolo. Ich ging zurück zum Auto, der Italiener, witzigerweise hieß er auch Bruno, lag auf der Rückbank und schnarchte laut und vernehmlich. Vorsichtig öffnete ich den Kofferraum und nahm eine Flasche heraus.

„Scheiße, ich habe kein Glas", ich war nicht der berühmte Glasmacher Riedel, der immer das Köfferchen mit seinen eigenen Gläsern mit sich herumschleppte. In diesem Augenblick bedauerte ich dies heftig. Aber im Handschuhfach hatte ich ein dickes Glas von einer Grabkerze. Keine Ahnung, wie das in mein Auto gekommen ist. Aber in Wien war das eine alte Tradition, selbst in sehr guten Kaffeehäusern bekam ich früher manchmal das Wasser in einem Glas der Firma Altmann serviert, jener Firma, die, bevor sie Pleite ging, in Wien fast das Monopol auf Grabkerzen in Gläsern hatte. Es waren dickwandige, schroff gerillte Gläser, das schiere Gegenteil dessen, was ein Riedel-Glas darstellte, und für den Genuß von Wein genaugenommen völlig ungeeignet.

„Was soll's", murmelte ich und holte mir das Glasungetüm aus dem Handschuhfach. Ein guter Wein überlebt sogar ein Altmann-Grabkerzenglas.

Ich klemmte mir die Flasche unter den Arm, steckte das Glas in eine der geräumigen Taschen meines Anoraks und suchte mir ein sonniges Plätzchen mit gutem Blick ins Tal.

Da saß ich dann in der kühlen Luft, die für nahezu endlos gehaltenen Regenfälle hatten aufgehört. Mit meinem Schweizer Messer entfernte ich die Kapsel vom Flaschenhals, zog den Korken vorsichtig mit einem satten und verheißungsvollen „plopp" heraus und füllte langsam und bedächtig mein Grabkerzenglas. Neben mir stand schwanzwedelnd der rudelsuchende Hund, langsam ließ ich den Wein in den Mund gleiten, der Wind strich kühl über mein Gesicht.

Ich saß da und trank Barolo. Jeder Wein hat seine Gegend, in die er besonders paßt. Ich weiß nicht warum, aber in diesem Moment hatte ich das Gefühl, daß dieser Wein nur hierher paßte und zu dieser Gegend nur dieser Wein gehörte.

Ruth lag im Bett und kurierte sich aus. Schade. Allein würde ich den Wein vielleicht nicht austrinken können, eine ganze Flasche Barolo schaffe ich einfach nicht allein. Bruno konnte ich keinen anbieten, der fuhr so schon schlimm genug.

„Verdammt, warum hat der Jürgensen mich hierher gejagt, wenn dann keiner kommt?"

Es war wirklich sonderbar. Hatte er den Yquem gar nicht? Wollte er mich nur möglichst weit weg von zu Hause haben?

Dem Kerl war nicht zu trauen. Aber wer weiß, vielleicht kam noch wer. Ich beschloß, genau die restliche halbe Flasche lang noch zu warten. Langsam leerte ich nach, ebenso langsam trank ich Schluck um Schluck diesen ehrwürdigen Wein. Es war Herbst, die Blätter rochen beinahe so, wie der Barolo schmeckte. Ich hatte wenig gegessen und begann, den Wein zu spüren. Ich fühlte mich leicht und unbeschwert, weit und breit kein Mensch, nur der Hund wich nicht von meiner Seite. Ob er Barolo trank? Ich verzichtete darauf, es auszuprobieren.

Die zweite Hälfte des Flascheninhalts war in meinem Inneren verschwunden. Ich spazierte nochmals zur Albergo de Leone, inzwischen war der Tisch verschwunden, die Tür war noch immer so fest verschlossen wie vorhin, und im Dorf war noch immer niemand zu sehen.

„Das glaubt dir keiner", dachte ich und war auf seltsame Art heiter und gelassen. Irgendwie hatte ich das Gefühl, daß Jürgensen mich zwar foppte, aber daß ich meine Flasche bekommen würde. Irgendwo. Irgendwann. Irgendwie.

Ich ging zurück zum Auto und weckte Bruno. Er wirkte um keinen Deut vertrauenswürdiger als vor seinem Mittagsschlaf. Er hatte sofort wieder einen seiner stinkenden Zigarettenstummel im Mund, er mußte Unmengen dieser Stummel in seiner schmuddeligen Jacke aufbewahren. Er raste die kurvige Straße wieder hinunter Richtung Omegna. Nie zuvor in meinem Leben war ich so dankbar, daß mein Auto nicht nur über Sicherheitsgurte und Kopfstützen, sondern auch über einen ordentlichen Beifahrer-Airbag verfügte. Ich würde in den nächsten Minuten sicher die Gelegenheit bekommen, die Sicherheitseinrichtungen meiner Luxuskutsche bis an die Grenzen ihrer Leistungsfähigkeit zu testen. Bruno raste immer schneller werdend durch ein kleines Bergnest, ein paar ältere Männer saßen auf einer Bank in der Sonne, hier lebten also doch Menschen, und sie waren völlig unbeeindruckt von Brunos Raserei und dem Quietschen der Reifen. Sie saßen auf der Bank, einer neben dem anderen, leicht nach vorn gebeugt und auf die Griffe ihrer Stöcke gestützt, saßen sie da, als ob sie ihr Leben lang nichts anderes getan hätten, und als ob sie für den Rest ihres Lebens auch nichts anderes mehr vorhatten. Sie konnten schon vor hundert Jahren hier gesessen sein. Wahrscheinlich dachten sie, ein Wahnsinniger aus dem Tal oder gar von jenseits der Berge. Die kommen und gehen, diese Wahnsinnigen, aber wir, hier auf unserer Bank, wir sind unvergänglich.

Zu meiner großen Überraschung erreichte ich zwar gut durchgerüttelt und mit zuckenden Magennerven, aber immerhin lebend die Villa Crespi. Bruno stieg aus, seine Falten verschoben sich zu einem breiten Grinsen, der Mann sprach kein Wort, er hatte sowohl auf der Hin- als auch auf der Rückfahrt keinen Ton von sich gegeben, öffnete die Wagentür auf meiner Seite, und ich verließ erleichtert das Auto. Noch immer grinsend nahm er den vereinbarten Lohn entgegen, murmelte, ohne seinen Stummel aus dem Mund zu nehmen, etwas, das nach „grazie" klang, und schlurfte müden Schrittes von dannen. Dabei hatte ich immer geglaubt, Italiener seien besonders gesprächig. Ich kenne Geschichten von Bekannten, die stundenlang von freundlichen Italienern beschwatzt wurden, obwohl sie selbst kein einziges Wort Italienisch verstanden. Aber das störte die unentwegt vor sich hin palavernden Italiener überhaupt nicht. Wahrscheinlich empfanden sie ihren ununterbrochenen Wortschwall als eine Art Opernarie für Nichtsänger. Nun gut, wer Opern mag. Ich mag nicht. Daher hatte mich Brunos Schweigsamkeit nicht irritiert. Ganz im Gegenteil, ich hätte meinen Gedanken ungestört nachhängen können, wäre da nicht Brunos Fahrweise gewesen, die nicht nur meinen Magen, sondern auch mein Gehirn malträtierte.

Ruth ging es inzwischen besser. Daß mein kleiner Ausflug eine Pleite geworden war, überraschte sie nicht.

„Damit habe ich gerechnet", sagte sie, ohne diese Behauptung näher zu begründen.

Wir überlegten, ob wir noch bis zum Wochenende bleiben oder am nächsten Tag nach Hause fahren sollten.

„Bist du schon so weit, daß du fahren kannst?" fragte ich, „außerdem hat es jetzt endlich zu regnen aufgehört, vielleicht willst du morgen noch etwas von der Gegend sehen?"

Ruth schlug vor, sich den Nachmittag über auszuruhen, am nächsten Tag noch auf den Sacro Monte zu gehen und übermorgen abzufahren.

Inzwischen hatte ich Routine im fremdsprachigen Radebrechen und bestellte munter drauf los, als ob ich mein Leben lang nichts anderes getan hätte, als mir unbekannte Gerichte von italienisch-sprachigen Speisekarten zu ordern. *Terrina di quaglia al fegato grasso e tartufo*, Wachtelterrine mit Gänsestopfleber und Trüffeln, *tortelloni di lepre al Barolo*, Tortelloni mit Fülle vom Hasen in Barolo, mein Küchenitalienisch machte große Fortschritte, *oca brasata su letto di verze*, gebratene Gans im Kohlbett, *meringata ai marroni e salsa gianduia*, Meringue mit Maroni und Gianduia-Sauce.

„Ich schmecke wieder etwas", sagte Ruth.

Der Mann vom Service war diskret wie immer. Er hielt uns wohl für Hochzeitsreisende.

Wir tranken einen herrlichen, alten Gattinara Monsecco 1982 von Le Colline, der bewies, daß man aus der Nebbiolo-Traube nicht nur im Barolo-Gebiet herausragende Weine machen konnte.

Satt und zufrieden lagen wir im Bett.

„Eigentlich müßte ich Jürgensen anrufen und ihn fragen, wie ihm ist", sagte ich.

„Warum tust du es nicht?"

„Ich habe keine Lust, der Mann geht mir auf die Nerven, und ich verstehe nicht, was da vorgeht, wozu das gut sein soll."

„Vielleicht will er wirklich Zeit gewinnen!“ meinte Ruth.

„Aber zu welchem Zweck?“

Ich hatte noch ein kleines Fläschchen Vin Santo bestellt, eine Schachtel Cantuccini lag mitten im Bett, es bröselte, das war mir schon abgegangen. Wir tauchten unsere Cantuccini in ein mit Vin Santo gefülltes Glas, es krachte beim Zerbeißen der eingebackenen Mandeln und Haselnüsse, die Krümel rollten langsam auf meine Seite, mein Gewicht, wie bekannt.

„Hast du noch eine Geschichte wie die von Rut auf Lager?“ fragte ich.

„Wir haben unsere eigene Geschichte“, sagte Ruth ganz leise.

„Mag sein“, sagte ich, „aber ich ziehe Geschichten vor, deren Ende ich kenne, vor allem, wenn sie ein Happy-End haben.“

„Was hindert uns daran“, fragte Ruth.

„Die Welt, die Zeiten, die Menschen, nichts ... was weiß ich, ich bin ein kleines Staubkorn, umgeben von riesigen Cantuccini-Krümeln. Ich bin nicht Boas, ich kann dich nicht lösen, nicht von der Vergangenheit, nicht das Grundstück deiner Vorfahren, ich kann gar nichts, außer ...“, sachte ergriff ich ihre Hand.

„Außer was?“ sagte Ruth.

„Du weißt schon“, sagte ich.

„Ich weiß gar nichts.“

„Du weißt alles, denn du bist schön, und du bist klug. Oder bist du schön und klug, weil du alles weißt?“

„Du brauchst mich nicht lösen, gib mir einfach die Hoffnung, daß Geschichte sich nicht wiederholt.“

„Wie sollte ich, ich kann es selbst kaum glauben.“

„Hoffen, ich habe Hoffnung gesagt”, flüsterte Ruth, „den Rest erledige ich schon selbst. Habe ich von Rut und Noomi gelernt.“

Wir tunkten und krümelten.

Ich nahm die dunkle Sonnenbrille mit dem schwarzen Rahmen vom Nachtkästchen. Bei dem Wetter, das wir bisher hatten, war sie wertlos gewesen. Ich setzte die Brille auf.

„Sei meine Mafia-Braut", sagte ich.

„Padrone", sagte Ruth, nahm ebenfalls ihre Sonnenbrille, setzte sie auf und kam unter meine Tuchent. Es piekste unüberspürbar. Cantuccini, Mandeln und Haselnüsse.

Die Nacht war klar und kalt. Der Mond, immer der Mond, leuchtete still vom Himmel, spiegelte sich am Dach des einstigen Personalwohnhauses gegenüber unserem Fenster.

*The first car on the foggy road riding.*
*The last star for my lady is pining.*
*Child of the moon bid the sun arise.*

Langsam gingen wir den Sacro Monte hinauf. Ein kleiner Berg nur, ein etwas höherer Hügel, dreißig Minuten, mehr braucht man nicht, bis man ganz oben ist. In langen, sanft ansteigenden Serpentinen schlendert man dahin. Geweiht ist der Berg dem Heiligen Franz von Assisi. Zwanzig riesige Kapellen, jede kam mir wie eine eigene, kleine Kirche vor, erbaut im 17. und 18. Jahrhundert, Statuen aus Terrakotta, Szenen aus den Lebensstationen verschiedener Märtyrer in lebensgroßen Figuren nachgestellt, alles dem Verfall anheimgegeben. Die wenigen Mönche, die das Kloster noch bewohnten, einer war gerade mit einem alten R4 vorgefahren und lud kleine Steigen mit Gemüse aus, kamen mit der Pflege offenbar nicht mehr nach. Beim Aufstieg strömten uns breite Bäche Regenwasser entgegen, obwohl es in Orta schon gestern nachmittag aufgehört hatte zu regnen. Sturzflutartig schoß das Wasser noch immer den Berg hinab, was in einem merkwürdigen Kontrast zum mittlerweile blauen Himmel und der sanften Wärme der strahlenden Sonne stand.

Riesige Mengen stachelbewehrter Edelkastanien lagen auf dem Weg.

Wir waren oben am Sacro Monte angelangt und blickten hinunter auf den Orta-See.

„Weißt du", sagte ich, „daß der Orta-See der einzige der norditalienischen Seen ist, der sein Wasser nicht in den Süden, sondern in den Norden schickt? Das kleine Flüßchen Nigoglia fließt bei Omegna aus dem See Richtung Norden. Die Menschen hier gelten als genauso eigenwillig wie dieser Bach."

In einer seltsamen Mischung aus Würde und Verspieltheit lag die Isola San Giulio im See, die Bugwellen einzelner Boote waren von hier oben gut auszunehmen, die Basilika und ihr Turm beherrschten die kleine Insel. Ich bildete mir sogar ein, daß ich die Strömung in den Norden erkennen konnte.

„Fahren wir heute hinüber auf die Insel?" fragte ich.

„Der See schaut noch immer sehr unruhig aus", zögerte Ruth.

Man konnte die Wellen bis hier herauf sehen. Wir würden die Bootsfahrt also doch bleiben lassen.

Ein Weilchen saßen wir noch in der Sonne und betrachteten den See, das Laub raschelte im Wind, die Heiligen standen unverrückbar auf ihren Podesten, für immer erstarrt in den ihnen von den Bildhauern zugedachten Posen.

„Für immer?" sagte Ruth.

„Was wir halt ‚für immer' nennen!" sagte ich.

Die Farben auf den Figuren waren am Verblassen, die Säulen der Kapellen zeigten auch schon die Spuren der Zeit und den Mangel an Erneuerung.

Den Berg hinunter und zurück in die Villa. Ein Signore Jurgens oder so ähnlich erwarte meinen Rückruf.

„Der hat mir noch gefehlt, ich will den Jürgensen jetzt nicht anrufen", sagte ich.

„Gib dir einen Ruck", sagte Ruth, „du wirst mit ihm sprechen müssen, wenn du erfahren willst, was los ist."

Ein kleines Mißverständnis, nein, eigentlich nicht Mißverständnis, er habe bloß vergessen, seinem, unserem Kontaktmann meine Telefonnummer zu geben, der sei nicht aus dem Aosta-Tal herausgekommen, Vermurungen, habe mich aber nicht anrufen können, ich wisse schon, die leider fehlende Telefonnummer, in den nächsten Tagen keine Chance, daß der Mann das Tal verlassen kann, leider, sehr schade, ich dürfe nicht aufgeben, habe ich nicht vor, es sei ihm sehr peinlich, wie sieht das denn aus, man könne glauben ... ich bin Atheist und glaube gar nichts, die Spur ist ganz heiß, wirklich, nur der Preis, der werde immer höher, der Preis ist mir egal, ich will die Flasche.

Jürgensen verlor kein Wort über Ruth, keinerlei Andeutungen, und er sprach auch nicht mehr davon, daß ihre Ermittlungen mir den Erwerb der gewünschten Flasche erschweren oder diesen gar verhindern könnten. Wahrscheinlich hatte er seine Taktik geändert, aber in welche Richtung und warum? Wir wußten beide keine Antwort.

Letzter Abend. Der *chef di cucina* in Höchstform. Wir hatten uns so daran gewöhnt, auf dem Zimmer zu essen, daß wir es auch an diesem letzten Abend beibehielten. Wir begannen mit *insalata di indivia e coniglio all'acquavite*, Endiviensalat mit Kaninchen in Aquavit, setzten fort mit *rollato di pasta fresca, funghi porcini, pesto e Castelmagno al burro tartufato*, Roulade aus frischen Nudeln mit Steinpilzen, Pesto, Castelmagno-Käse und Trüffelbutter, Ruth nahm *trancio di branzino al Gattinara*, eine Scheibe Wolfsbarsch in Gattinara, ich pausierte, denn ich hasse Fisch, dann kam *petto d'anatra all'ananas e pignoli*, Entenbrust mit Ananas und Pinienkernen, und weil wir ohnehin erst kurz vor dem Zerplatzen waren noch eine kleine Süßspeise, *soufflé ghiacciato al cedro*, ein geeistes Soufflé mit Zitronat.

„Ich kann nicht mehr", stöhnte Ruth.

„Es kommt nichts mehr", sagte ich.

Auf der Weinkarte hatte ich einen 85er Sassicaia entdeckt, sündhaft teuer und sündhaft gut. Eigentlich hätte er eine Stunde vor dem Essen dekantiert werden müssen, aber wir aßen langsam, der Wein öffnete sich im Glas von Minute zu Minute mehr, eine leichte Süße kam zum Vorschein, ähnlich einem trockenen

Malaga, Trüffelnoten. Einer der besten Weine, die in der Toskana jemals gemacht worden sind. Wir tranken zwei Flaschen und waren ein klein wenig beschwipst. Das leichte Gefühl der Völle bekämpften wir mit einem *Grappa da vinacce di Sassicaia*, einem Brand, der mit dem ruppigen, kratzigen und unsauberen Bauernfusel, den sie den Touristen als Grappa andrehen, nicht viel gemein hat: von dunkler, goldgelber Farbe, süß, mild und nach Rosinen schmeckend, reinigt er Mund und Rachen.

„Besser als Zähneputzen", sagte ich zu Ruth.

„Hicks", antwortete Ruth.

„Ganz meine Meinung", sagte ich.

Wir zogen die Bettvorhänge vor und verkrochen uns im Himmelbett wie in einer Höhle.

„Wer bist du, Ruth?" fragte ich.

„Eine Mafia-Braut", sagte sie und setzte sich und mir die schwarzen Brillen auf.

Das Leben konnte wunderbar unernst sein.

„Bist du Moabiterin?"

„Ein wenig wohl immer", sagte Ruth.

„Wer wird uns dereinst lösen?" fragte ich.

„Kein Mensch", sagte Ruth, „das werden wir schon selbst tun müssen."

„Haben wir eine Chance?" fragte ich.

„Eine, oder zwei, oder drei, ich zähle nicht mit", sagte Ruth.

Keine Cantuccini heute, nur keine Cantuccini, wir waren völlig überfressen, die Krümel der letzten Nacht kitzelten noch am Rücken, als ich zu Ruth unter die Tuchent kroch.

„Du hast kalte Füße", sagte ich.

„Wärme mich", flüsterte Ruth.

„Ich tu, was ich kann."

Alte Betten sind unheimlich laut, sie knarren und ächzen und wackeln. Da kannst du noch so sanft sein.

Wie ein leichter Hauch strich etwas Unbegreifliches durch unser Himmelbett und ließ sich bei uns nieder für diese Nacht.

Die elegante Italienerin an der Rezeption nahm meine Kreditkarte und verschwand in einem Hinterzimmer. Sie kam zurück und lächelte, nein, danke, ich sagte schon, vielleicht im nächsten Leben, ich werde Sie vormerken.

*Down the road apiece.*

Hinter uns thronte groß und mächtig der Monte Rosa mit seinen weißen Ausläufern über dem nördlichen Piemont. Der Himmel tiefblau wie all die Tage nicht. Endloser Asphalt, das gleichmäßige Brummen des Motors, eine Nacht Bozen, den Brenner hinauf und hinunter, das Inntal durchquert und beinahe zu Hause.

Die letzte Kurve, den Hang hinauf zu meinem Haus.

Was war da los? Was war geschehen?

„Das sieht ja fürchterlich aus", sagte Ruth und trat unwillkürlich auf die Bremse.

„Fahr weiter", sagte ich. Ich mußte das aus der Nähe sehen. Vor der Garageneinfahrt standen Plakatständer, gelbe Grundfarbe und von Hand beschriftet: „Weg mit den Ortsfremden".

„Die sind übergeschnappt", sagte ich.

Dann erst sah ich die Schmierage auf dem Garagentor. „Juda verrecke" stand da, sowie „Judenfreund" und jede Menge Judensterne.

„Das hatten wir schon einmal", mehr fiel mir im ersten Moment nicht ein, „ich fühle mich geehrt."

Ruth war blaß und sagte kein Wort.

Das ganze Vorhaus, Garage und Garteneingang waren mit wüsten, antisemitischen Parolen beschmiert.

„Die meinen mich", sagte Ruth tonlos.

„Die meinen uns alle, die machen keinen Unterschied", sagte ich.

„Ich will weg", sagte Ruth, „hier bleib ich nicht."

„*Ich* gehe nicht weg, diesen Gefallen mach ich denen nicht!"

Sie fuhr den Wagen in die Garage.

„Bring mich weg von hier!“ sagte sie.

Ich wußte, daß es sinnlos war, jetzt auf sie einzureden. Ich verständigte Hochstrasser, der hatte keine Ahnung von dem, was bei uns geschehen war.

Er kam und brachte Ruth zum Bahnhof. Sie würde nach Wien zu Hochstrassers Studienkollegin fahren.

„Die sind zu allem entschlossen“, sagte Hochstrasser, „die haben keine Hemmungen.“

Ob Jürgensen mich deshalb weggelockt hatte, damit sie hier ungestört ihre Schmierereien machen konnten?

„Aber die Nachbarn“, sagte Hochstrasser.

„Nachbarn!“ sagte ich verächtlich, „die sitzen hinter ihren Vorhängen, die Türen fest verschlossen schauen sie hinaus und haben nie etwas gesehen, nie etwas gehört, nie etwas gewußt, das ist doch nichts Neues.“

„Ich mache ein Flugblatt“, sagte Hochstrasser hilflos.

„Vergiß es! Du treibst denen die Wähler zu, wie oft soll ich dir das noch sagen!“

Keiner der Nachbarn ließ sich blicken. Ich hatte es nicht anders erwartet.

Ich hatte Ruth umarmt.

Einige Augenblicke waren wir so verharrt, erstarrt in uns selbst.

Es gab nichts zu sagen.

Kommentare machen sich gut in Zeitungen, im Leben taugen sie zu nichts. Ich hätte viele Kommentare zu schreiben gewußt. Bloß sagen konnte ich nichts. Angesichts der Menschheit versagen die Worte.

Ruth war geflüchtet.

Keine Krümel im Bett.

Die Moabiterin im fremden Land.

Was nützten die weisen Lehren der Bibel, wenn es da auch noch Menschen gab.

Weit und breit kein Löser zu sehen.

Ich haßte die Welt.

Ich haßte sie nicht meinetwegen.

Ich haßte sie um Ruths willen.

Mich konnten sie nicht treffen. Nicht einmal Schmerzen hätten sie mir zufügen können, wäre da nicht Ruth gewesen.

Ich verdammter Narr. Ich hatte es gewußt.

Solange hatte ich den Komplikationen der Liebe entsagt. Und nun das. Sie zielten auf Ruth und trafen mich. So hatte ich mir das nicht vorgestellt.

Scheiß Liebe!

Ich alter Meister des Hassens.

Es blieb noch viel zu tun.

Den nächsten Morgen würde ich mit Schreien des Hasses begrüßen.

# 11

Ich würde niemals wieder aufstehen.

Aufwachen war uninteressant geworden.

Wozu einen neuen Morgen?

Wozu ein neuer Tag und die immer alten Geschichten?

Wozu noch leben?

Es gab nichts, was mich an diesem überflüssigen Morgen hätte wecken können, wäre da nicht dieser unbändige und ziellose Haß in mir gewesen, der mich beinahe nicht einschlafen hätte lassen.

Ziellos?

Unvernünftig vielleicht, aber ziellos keineswegs. Ich vermag auch heute noch nicht, dieses Gefühl zu beschreiben. Es schnürt dir die Kehle zu, läßt dir das Blut in den Kopf schießen, die Hände zittern, ein flaues Gefühl im Magen, deine Gedanken bewegen sich immer schneller im Kreis, deine ganze Existenz ist nur mehr auf Ziel und Ursache all dieser Gefühle konzentriert. Wüßtest du nicht, worum es geht, du könntest Liebe und Haß nicht auseinanderhalten: dieselbe Intensität, dieselbe Innigkeit, dasselbe Begehren. In diesem Augenblick begriff ich, daß Jürgensen die Revanche für das sein würde, was sie Ruth angetan hatten. Für einen endlos kurzen Moment würden all meine Empfindungen gegenüber Ruth sich auf Jürgensen konzentrieren. Wenn Ruth verloren ging, dann mußte ich wenigstens gegen Jürgensen gewinnen. Eine einfache und klare Rechnung. Ich verdankte diese Klarheit meines nun endlich gefaßten Entschlusses Hochstrasser.

Atemlos hatte er mir die Neuigkeit überbracht. Bei seinen Versuchen, die Vergangenheit von Jürgensen zu erhellen, sei er auf eine Ungeheuerlichkeit gestoßen.

„Setz dich nieder. Was ich dir jetzt erzähle, ist nämlich echt stark. Der Mann heißt in Wirklichkeit Egon Weber und war einer der wenigen deutschen Mitarbeiter bei der Wiener Gestapo. Ich will dich nicht mit Details langweilen, daher jetzt in aller Kürze nur das Wichtigste. 1944 wurde der Wiener Leitstelle der Gestapo die Kompetenz übertragen, die Bekämpfung von Widerstandsbewegungen im ganzen Gebiet der Ostmark zu koordinieren, also im ganzen ehemaligen Österreich. Mitte April 1945 mußten die Nazis Wien aufgeben, und die Gestapo wurde nach Linz verlegt. Anfang Mai 1945 marschierten dann die US-Truppen in Linz ein, und die dortigen Gestapo-Leute suchten ihr Heil in heilloser Flucht. Die genauen Personalbewegungen sind zwar nur bis 1942 dokumentiert, aber es gibt ein paar Schriftstücke, die beweisen, daß Egon Weber, das heißt unser Freund Jürgensen, tatsächlich in Linz tätig war. Dort wiederum hatte er offenbar engen Kontakt – und hier schließt sich der unselige Kreis – mit dem hierorts tätigen Rebe, unserem Oberarisierer und örtlichen NSDAP-Chef, dessen Tochter Jürgensen kurz nach Kriegsende heiratete, wie wir von Feichtner wissen."

„Ist ja wirklich stark", sagte ich.

„Wart ab, es kommt noch dicker!" sagte Hochstrasser. „Offenbar haben die Gestapo-Leute in den letzten Kriegstagen versucht, sich mit gefälschten Dokumenten neue Identitäten zu beschaffen. So wurde aus Egon Weber unser Doktor Jürgensen. Und jetzt halt dich fest! Der hat nie in seinem Leben eine Universität von innen gesehen. Aber alles unter einem Doktortitel war dem Jürgensen offenbar zu wenig. Die Papiere sind allesamt gefälscht."

„Ist das beweisbar?" fragte ich.

„Natürlich, ich habe die Informationen einem befreundeten Rechtsanwalt gegeben, der hat dann eine Untersuchung durch die Rechtsanwaltskammer veranlaßt. Die hatten zwar die für die Zulassung nötigen Dokumente im Akt, aber als sie diese überprüfen wollten, hat sich herausgestellt, daß sie allesamt gefälscht waren. Ein Jürgensen ist niemals irgendwo immatrikuliert gewesen. Der Kerl ist ein Betrüger durch und durch, und wenn du mich fragst, der Hampelgruber und der Mies wissen das, haben das immer gewußt."

„Jetzt verstehe ich endlich, warum sich der mit denen abgibt", sagte ich.

„Das wird ein Knüller", triumphierte Hochstrasser, „denen ist das schon seit Kriegsende bekannt, die haben das Wissen von ihren Vätern mitbekommen. Das nennt man echte Traditionspflege! Der Hampelgruber ist erledigt."

„Täusch dich nicht", sagte ich, „das ist den Leuten hier scheißegal. Die wählen den Hampelgruber trotzdem, der wird sich als armes, hereingelegtes Opfer darstellen und behaupten, daß die Behörde, die Sozis, die Grünen, die Marsmenschen und überhaupt alle, die ihn nicht wählen, daran schuld sind, daß der Jürgensen solange mit gefälschten Papieren seine Kanzlei betreiben konnte. Gewußt hat er, wie immer, von nichts. Darauf kannst du Gift nehmen."

„Ich kann die Wahrheit nicht verschweigen", sagte Hochstrasser.

„Das verlangt auch niemand. Ich sage ja nur, daß es dem Hampelgruber nicht schaden wird."

Trotz allem, es war eine gute Nachricht. Erstens durchschaute ich jetzt einige Vorgänge besser, zweitens verstand ich endlich dieses merkwürdige Beziehungsgeflecht zwischen Mies, Hampelgruber und Jürgensen.

Komisch war nur, daß in all den Jahrzehnten seit dem Kriegsende nie jemand die richtigen Fragen gestellt hatte. Aber offenbar war es doch so, daß niemand, aber wirklich niemand, auch nur das geringste Interesse gehabt hat, in den alten Geschichten herumzuschnüffeln. Hier in der Gegend befanden sich alle wichtigen Leute in gegenseitiger Geiselhaft. Jeder hatte seine Leichen im Keller, manche wohl im unmittelbarsten Sinn des Wortes, jeder hatte profitiert. Die Zinsen flossen, wozu also Fragen stellen, deren Antworten die Eingeweihten ohnehin kannten. Niemand hätte etwas davon gehabt, außer vielleicht die Opfer. Aber war man nicht selbst Opfer? Welche Bürde bedeutete es doch, dieses Wissen mit sich herumzutragen! Sie fühlten sich ganz bestimmt alle als Opfer. Überhaupt heutzutage, da langsam, aber unaufhörlich all diese alten Geschichten von Figuren wie Hochstrasser ans Licht der großteils uninteressierten Öffentlichkeit gezerrt werden. Jetzt wurden die Täter unvermittelt und voll Dankbarkeit selbst zu Opfern.

Ich verdankte Hochstrasser mein neues Ziel: Jürgensen. Daß dieser mit seinem ergaunerten Doktorat nun als Betrüger dastand, das genügte mir nicht. Damit konnte ich mich nicht begnügen. Wenig nur konnte ich ihm noch nehmen. Wenn ich viel Glück hatte, sein Leben. Es war wenig genug, denn angesichts der Untaten, die er begangen hatte, gab es keine gerechte Strafe. Gerechtigkeit ist nur ein lächerliches Konstrukt der Menschen. Würden wir Maß nehmen an den großen Verbrechern der Geschichte und an der höchsten Strafe, die wir ihnen antun könnten, nämlich ihnen das Leben zu nehmen, was bliebe dann für einen kleinen Mörder über? Ein paar Tage Haft? Für einen Sittenstrolch ein paar Stunden? Für einen Taschendieb zehn Sekunden? Die menschliche Strafbemessung war ebenso lächerlich wie meine Rachsucht. Es gibt nichts Lächerlicheres als Gerechtigkeit. Gäbe es einen Gott, und gäbe es tatsächlich ewige Verdammnis, welch lächerlicher Gott, welche Hilflosigkeit des angeblich Allmächtigen.

Ich halte nichts von Gefängnissen und von Rache, die Todesstrafe lehne ich ab. Aber von meinem Haß auf Jürgensen hielt ich viel. Doch wenn selbst jene jämmerliche, irdische Strafverfolgung, die wir mit der Ausübung von Gerechtigkeit verwechseln, und die ich ohnedies für ziemlich nutzlos halte, bei einem wie Jürgensen versagte und unterblieb, dann würde ich das persönlich in die Hand nehmen. Es widersprach zwar allen meinen Grundsätzen, aber indem ich mich auf Ruth eingelassen hatte, hatte ich auch alle sich daraus ergebenden Folgen akzeptiert. Eine dieser Folgen waren meine außer Kontrolle geratenen Gefühle.

Ich würde die Gesetze brechen, um ein wenig absurde Gerechtigkeit walten zu lassen, eine völlig sinnlose Gerechtigkeit, da sie weder zu begreifen noch zu erreichen war. Die Konsequenzen waren mir klar. Ich war bereit, sie leichten Herzens zu tragen. Ich weiß, es klingt paradox: mein Handeln würde in einem gewissen Sinne falsch und gegen alles gerichtet sein, woran ich all die Jahre geglaubt hatte. Aber gab es einen anderen Ausweg? Meine Seele war heiß gelaufen, mein Gehirn blieb kühl. Die Gefühle waren stärker als der Verstand, der Verstand taugte nur dazu, meine Tat gut zu planen und möglichst akkurat auszuführen, zur Kontrolle meiner Gefühle taugte er nicht, dieser Verstand.

Ich wollte Jürgensens Augen sehen, seine vor Angst geweiteten Augen, seine Erbärmlichkeit. Ich war fest davon überzeugt, daß er tief in seiner Seele nicht nur charakterlos, sondern auch noch feig war. Ich wollte in die Abgründe seiner Seele blicken und sehen, daß da nichts war, kein Funke Tapferkeit, keine Spur von Anstand, nicht einmal der kleinste Hauch von Seele. Das war die Idee, die von mir Besitz ergriffen hatte, während Hochstrasser mir stolz seine Entdeckungen präsentierte.

Ich hatte den Anstreicher beauftragt, die Schmierereien auf meinem Haus zu übermalen. Dafür standen jetzt wieder in der ganzen Stadt die gelben Plakatständer. „Kampf der Überfremdung“ plakatierten sie, gegenüber den Plakaten aus der Zeit vor dem Sommer ein klarer Zuwachs an Deutlichkeit. Für diejenigen, die noch immer nicht mitbekommen hatten, was gemeint war, hatte irgendeine winzige, rechtsextreme Splittergruppe noch kleine Handzettel mit der Aufschrift „Ausländer raus“ auf die Plakate geklebt. Niemand schien sich daran zu stoßen, denn die ebenfalls aufgetauchten Aufkleber „Nazis raus“ waren immer nach nur wenigen Stunden wieder von den Ständern entfernt worden.

Im örtlichen Wochenblatt präsentierte sich Hampelgruber wieder einmal ganzseitig als Retter der Heimat, die er vor dem Ausverkauf an Fremde schützen müsse. Jürgensen war untergetaucht, was sich lediglich in einer kleinen Randnotiz, einspaltig, zwanzig Millimeter hoch, niederschlug. Mies und Hampelgruber machten weiter, als ob nichts geschehen sei. Die anderen Parteien im Gemeinderat verhielten sich mäuschenstill, bloß Hampelgruber nicht noch mehr Wähler zutreiben. Nur Hochstrasser verteilte unentwegt seine Flugzettel und hatte noch immer eine gerade Nase.

Dann platzte die nächste Bombe. Das umstrittene Grundstück am See sollte mit Beginn des nächsten Jahres wegen einiger sehr alter Bäume zum Naturdenkmal erklärt werden, dann war es aus mit jedweder Bebauung. Darum also die Eile. Hampelgruber und Mies mußten das noch möglichst vor der Wahl durchpeitschen. Schließlich weiß man nie, wie Wahlen ausgehen. Auf so etwas Unsicheres wie einen demokratischen Wahlvorgang konnten Leute wie Mies und Hampelgruber sich unmöglich verlassen. Nachdem diese Geschichte auch in der größten Tageszeitung des Landes gebracht worden war, und sogar das überregionale Fernsehen darüber berichtet hatte, konnte auch das Ortsblatt die Tatsachen nicht länger ignorieren. Zuerst wurde der Umschwung auf den Leserbriefseiten deutlich. Immer öfter erschienen kritische Leserbriefe, schließlich, zwei Tage vor der entscheidenden Gemeinderatssitzung, wechselte die Blattlinie von zustimmend auf Ablehnung.

Hochstrasser triumphierte.

„Wir haben es geschafft", jubelte er.

Ich war weniger zuversichtlich, denn noch standen die Wahlen bevor. Die Kerle saßen jetzt zwar auf einem unbrauchbaren Grundstück, das sie nicht verwerten konnten, aber das änderte nichts daran, daß sich nach wie vor keine Möglichkeit fand, Ruths Eigentumsrechte geltend zu machen. Während man auf den Plakaten ganz allgemein von Ausländern sprach, war man an den Wirtshaustischen, wie gehabt, deutlicher und wetterte gegen das Judenpack, mit dem man schon einmal fertig geworden sei, und wenn die Lektion nicht verstanden worden ist, dann, bitte sehr, man könne gerne nochmals für Ordnung sorgen. Die Stimmung war wieder dort angelangt, wo sie schon vor dem Sommer anläßlich der ersten Plakatkampagne gewesen war. Im Ortsblatt zeigte sich Hampelgruber besorgt über die Art, in der unverantwortliche Kreise Haß und Zwietracht säten, und er appellierte an die Ortsansäßigen, in diesen schweren Zeiten zusammenzuhalten und vor allem natürlich ihn zu wählen.

Ruth und ich telefonierten täglich. Durch die Flucht von Jürgensen löste sich auch das Problem mit der Vollmacht ganz von selbst. Hatten wir ursprünglich aus taktischen Gründen beschlossen, ihm diese Vollmacht nicht zu entziehen, um den Kontakt nicht zu verlieren, so war dies nun überflüssig. Ruth beauftragte einen Wiener Anwalt mit der weiteren Vertretung gegenüber den Schweizer Banken. Die Sache ging ohnedies nur sehr zäh voran und würde wohl noch einige Zeit in Anspruch nehmen.

Über das Wesentliche sprachen wir nicht: über uns. Es war wie eine stille Übereinkunft, den Dingen ihren Lauf zu lassen. Was geschehen war, war nicht zu ändern. Vielleicht brachte die Zukunft eine Lösung. Es hatte keinen Sinn, Ruth zu etwas zu drängen, schon gar nicht, solange diese ekligen Plakate die Gegend und die Gemüter verschandelten.

Ich war ratlos, da ich nicht wußte, wie ich an Jürgensen herankommen konnte. Gleichzeitig war ich fest davon überzeugt, daß er sich bei mir melden mußte. Er würde dringend Geld brauchen, denn er war inzwischen zur internationalen Fahndung ausgeschrieben worden und kam vermutlich nur schwer an Bargeld heran. Der Mann hatte in der absoluten Sicherheit gelebt, daß ihm so viele Jahrzehnte nach dem Krieg nichts mehr zustoßen konnte. Ich war fest überzeugt, daß er keine Sicherheitsmaßnahmen ergriffen hatte, vielleicht das eine oder andere Konto mit ein wenig Schwarzgeld in der Schweiz oder in Liechtenstein, konnte sein, aber das hatte er sicher wegen des Finanzamtes getan und nicht aus Angst vor der Aufdeckung seiner Vergangenheit. Es würde für ihn sehr riskant sein, in eine der dortigen Banken hineinzuspazieren und sich Geld zu holen. Ich bezweifelte auch, daß ihm alte Volksgenossen würden helfen können. Jürgensen war alt, die meisten seiner Kumpane müßten längst gestorben sein. Möglicherweise konnte Fielmann ihm helfen, aber den schätzte ich so ein, daß er wegen eines alten Nazis, was immer er ihm auch zu verdanken hatte, niemals seine errungene Stellung gefährden würde. Selbst wenn Jürgensen eine Menge von Fielmanns Geschäften wußte, so konnte er doch nicht zur nächsten Polizeistation gehen und sein Wissen zu Protokoll geben, ohne zu riskieren, selbst eingesperrt zu werden.

Ich sollte mich nicht geirrt haben. Das Telefon läutete, Jürgensen klang wie immer, ungebremster Redefluß, er habe kurzfristig eine Luftveränderung gebraucht, der Kreislauf, hähä, man sei ja nicht mehr der Jüngste, die Flasche endlich lieferbar, und wo?, leider eine kleine Behinderung bezüglich eines Ortswechsels, ich müsse das verstehen und die Flasche selbst abholen, mit Bargeld, kleine Scheine, unnumeriert, man kenne das sicher aus schlechten Krimis, hähä, diesmal kann nichts schiefgehen, er selbst habe die Flasche, hüte sie wie seinen Augapfel, er sei in Paris, ob ich nächste Woche?, natürlich geht das, er rufe nochmals an, ich solle ihm sagen, wo ich absteige, damit er mich kontaktieren könne, eine Vorsichtsmaßnahme, nicht wegen mir, hähä, wegen ihm. Teuer sei die Flasche allerdings, sehr teuer, es seien unerwartete Zusatzspesen entstanden, ich verstehe doch, oder, hähä, wieviel?, dreißig Prozent Zuschlag nur, sehr großzügig oder?, jaja, sehr großzügig.

Der Mann hatte Nerven, und ich hatte die Situation richtig eingeschätzt. Jetzt mußte ich die letzten Vorbereitungen treffen.

Ich wußte nicht, ob Jürgensen die Flasche nun wirklich besaß oder nicht. Und wenn er sie hatte, ob sie echt oder gefälscht war. Das einzige, was ich sicher wußte, war, daß er in Paris auf jeden Fall mit mir Kontakt aufnehmen würde, da er das Geld brauchte. Was ich dafür bekommen würde, war allerdings sehr unsicher, zumindest was den Yquem betraf. Sein Leben, das würde ich allerdings bekommen, dafür würde ich sorgen. Es gab kein Zurück mehr für mich.

Nun stand ich vor dem nächsten Problem: ich war ein absoluter Dilettant in Tötungsangelegenheiten. Als überzeugter Pazifist hatte ich mich nie mit der Frage beschäftigt, wie man jemanden am besten vom Diesseits ins Jenseits beförderte. Ich konnte mich dunkel daran erinnern, in meiner Jugendzeit, ich besuchte ein sehr katholisches Internat, einmal ein Buch in die Hand bekommen zu haben, in dem alphabetisch alle möglichen Tötungsarten aufgeführt waren, derer sich die Schergen an den Opfern der Inquisition befleißigten. Es war heimlich unter der Bank von Hand zu Hand gewandert, ich war nie bis zum Vierteilen gekommen, mir hatte einfach gegraust. Wie die meisten beschränkte ich mich darauf, meine Phantasien auf die detailliert geschilderten, nackten Frauengestalten zu richten, allerdings mit schlechtem Gewissen, da mir der grauenerregende Rest heftig gegen den Strich ging. Ein ordentliches Pornoheft wäre mir lieber gewesen, aber man bezog seine sexuelle Aufklärung damals aus jeder Quelle, derer man habhaft wurde. Ich gestehe das heute mit Scham, doch es ist nicht zu ändern. Für mich spricht aber die Tatsache, daß ich mir dank meiner inneren Unfähigkeit, die entsprechenden Stellen zu lesen, keinerlei Wissen über die vielfältigen Ermordungsmethoden und Mordwerkzeuge anzueignen vermochte, die in diesem Buch beschrieben wurden.

Ich wußte daher nicht, wie ich Jürgensen am besten töten konnte. Sollte es langsam oder schnell gehen? Ich wußte es nicht. Die Begriffe „töten“ und „human“ paßten für mich ohnehin nicht zusammen, und nach einigem Nachdenken beschloß ich, daß es schnell gehen sollte – nicht aus Mitleid mit Jürgensen, sondern aus Mitleid mit mir. *Ich* wollte nicht lange leiden, Jürgensens Leiden waren mir egal.

Ich würde nach Wien fahren und mir eine Waffe besorgen. Kurz überlegte ich, einen Fachmann zu Rate zu ziehen. Einen Militär vielleicht. Kam nicht in Frage. Die hatten nur das Massakrieren größerer Menschenmengen gelernt, das beherrschten sie zweifellos. Mir aber ging es nur um ein einziges Individuum. Einen Henker, bei dem man nachfragen hätte können, gab es hierzulande glücklicherweise auch nicht, außerdem wären dessen Methoden ohnedies ungeeignet gewesen. Ein Henker hat schließlich die Staatsmacht auf seiner Seite, er hat Zeit und Muße, konnte alles schön vorbereiten, sein Opfer ging gefaßt oder auch nicht, auf jeden Fall aber ohne jede Möglichkeit des Entkommens seinem schauerlichen Ende entgegen. Ich aber mußte mit Gegenwehr rechnen. Auch einen Profi-Killer aus dem zivilen Bereich kannte ich nicht, zumindest nicht wissentlich, und ob mir ein solcher das eine oder andere Berufsgeheimnis anvertraut hätte, war völlig ungewiß, denn auch hier wuchs – seit die Grenzen zum Osten gefallen waren – die Konkurrenz beständig an. Ich war natürlich auch nicht bereit, die Ausführung der Tat an einen Fachmann zu delegieren. Mir ging es schließlich nicht um das Ergebnis, mir ging es um die Tat, um den Vorgang an sich. Ich wollte Jürgensen töten, dafür mußte ich seinen Tod in Kauf nehmen. An seinem Tod selbst lag mir nichts. Der Tod war nur das peinliche Ende eines verpfuschten Lebens. Am liebsten wäre es mir gewesen, ich hätte Jürgensen zehnmal, hundertmal, tausendmal hintereinander töten können, zigtausendmal das Entsetzen in seinem Gesicht, das hätte ich mir gewünscht, dann sollte er sich meinetwegen irgendwohin verziehen. Mir lag nichts an seinem Leben, und mir lag nichts an seinem Tod. Ich wollte ihn nur sterben sehen.

Ich ging in eine Buchhandlung und besorgte mir mehrere Bücher über Waffentechnik, genauer gesagt, über alle Arten von Handfeuerwaffen. Ich las eine Menge und kannte mich nachher noch weniger aus als vorher. Ich lernte zwar den Unterschied zwischen Revolver und Pistole, las über höhenverstellbare Handballenauflagen, wodurch die Hand besser gestützt und damit die Treffgenauigkeit verbessert wurde. Ich stieß auf Firmennamen, von denen ich bisher nur bei Karl May, Jerry Cotton oder Bond, James Bond, gelesen hatte: Colt, Smith & Wesson oder Walther. Besonders gefiel mir der Name *eines* Herstellers: Weihrauch. Ich fand diesen Namen für ein Tötungsinstrument höchst geeignet. Ich lernte die verschiedenen Arten von Patronen kennen: Mantelgeschoße, Wadcutter-Patronen und Bleigeschoße. Es gab die unterschiedlichsten Lauflängen für Revolver, die man mit unterschiedlichen Griffen kombinieren konnte. Es gab Revolver, die es zuließen, den Luftspalt zwischen Lauf und Trommel individuell einzustellen. Wichtig war auch die Frage, wie eine Handfeuerwaffe richtig zu tragen war: Hauptlast am Mittelfinger, den Daumen locker seitlich am Griff, der Zeigefinger dagegen durfte nur den Abzug, aber niemals die Waffe selbst berühren. Dann bedurfte es auch noch einer ausgefeilten Atemtechnik mit ausreichend hoher Atemreserve, durch tiefes Luftholen gewann man sowohl körperliche als auch psychische Ruhe, was wiederum der Treffgenauigkeit zugute kam. Eines der schwierigsten Kapitel ist die richtige Einstellung des Abzugswiderstandes. Ein zu hoher Widerstand ist ebenso zu vermeiden wie ein zu niedriger.

Theoretisch war ich daher bestens gerüstet, als ich mir endlich und nach längerem Zögern ein Herz nahm und in der Wiener Innenstadt ein großes Waffengeschäft aufsuchte. Ich stand vor der Auslage, ging mehrmals daran vorbei, kehrte um, faßte den Griff der Eingangstür und wich wieder zurück. Ich brauchte – und ich geniere mich nicht, das zuzugeben – mehrere Anläufe, ich habe sie nicht gezählt, bis ich es schaffte, den Laden zu betreten.

Ich hatte mich entschieden, keine Pistole, sondern einen Revolver zu kaufen, denn ich fand, daß ein Revolver meiner Absicht am nächsten kam. Die Trommel wirkte furchteinflößend und bedrohlich, viel bedrohlicher als Pistolen, die mich eher an meine Kindheit und diverse Wasserspritzpistolen erinnerten. An eine Walther PPK würde ich nicht herankommen, ich war schließlich kein Geheimagent Ihrer Majestät, eine Luger sah zwar auch nicht schlecht aus, überhaupt die mit dem Holzgriff, nein, es mußte ein Revolver mit stählern schimmerndem Lauf sein. Eine Smith & Wesson mit Schulterhalfter. Eine 44er Magnum, Lauflänge sechs Zoll, sie lag gut in der Hand, ich fühlte mich fast wie John Wayne.

„Da fehlt nur noch ein Pferd", sagte der Verkäufer.

Glücklicherweise fragte er nicht nach meinem Waffenschein. Nur als er mich nach der Munition fragte, hätte ich mich fast verraten. Beinahe hätte ich gesagt: „Sechs Patronen, bitte, ich brauche nur eine Ladung. Ich töte nur einmal."

Ich konnte mich noch rechtzeitig korrigieren und nahm eine Schachtel mit hundert Stück. Das Schulterhalfter paßte ausgezeichnet, als Linkshänder trug ich das gute Stück rechts innen, und der Lauf drückte ein wenig gegen meine Leber.

„Vielleicht solltest du weniger trinken", dachte ich mir. Aber soviel trank ich ohnedies nicht. Es war bloß ungewohnt, mit einer Waffe unter dem Sakko durch die Gegend zu stolpern.

Ich weiß nicht, wie es anderen Leuten geht. Angeblich fühlen sie sich sehr stark, sobald sie eine Waffe haben. Mir ging es genau umgekehrt. Ich hatte mich noch nie so schwach gefühlt. In der Theorie wußte ich nun alles, aber ich hatte in meinem ganzen Leben noch keinen Schuß abgegeben, und ich verspürte auch keine Lust, es zu üben. Es wäre mir peinlich gewesen, irgendwo im Wald vor mich hinzuballern und dabei von aufgeschreckten Rehen und irritierten Joggern ertappt zu werden. Ich würde es darauf ankommen lassen. Ich gab mir genau eine Chance. Einmal sechs Schuß, das mußte reichen. Möglichst nah heran an Jürgensen, aus einem Meter Entfernung kannst du ihn nicht verfehlen, wenn du sechsmal abdrückst, wirst du schon einen lebenswichtigen Teil erwischen. In seinem Alter bestand eine gute Chance, daß er trotzt meines Laientums einen solchen Kugelhagel nicht überleben würde.

Ich würde die Augen fest schließen, den Revolver umklammert halten, ihn auf Jürgensen richten, tapfer sechsmal den Revolver spannen und ebenso oft abdrücken. Und dann würde ich schnell die Augen aufmachen, um Jürgensen in die seinen zu sehen. So würde ich es machen.

Es würde ganz einfach sein.

Es würde beschissen schwierig sein.

Es würde ganz schnell gehen.

Es würde eine Ewigkeit dauern.

Ich hatte gehofft, mich stärker zu fühlen. Ich war eben kein Profi, ein Dilettant nicht nur der Liebe, sondern auch des Tötens.

Ich hätte Ruth anrufen können, aber ich spürte den Revolver in seinem Halfter. Das war kein guter Moment, Ruth zu treffen. Ich würde sie nie wieder sehen. All die Jahre auf meinem Hügel war ich allein gewesen und hatte die Einsamkeit als Grundessenz meines Daseins genossen. Nun genoß ich nichts mehr.

Nicht das Alleinsein.

Nicht die Einsamkeit.

Scheiß High Noon.

Ich war nicht der einsame Held auf dem Weg zur Entscheidung.

Ich war bloß ein einsamer Narr auf dem Weg ins Nichts. Ich hatte es nicht gewollt, ich hatte es nicht geplant.

Es war geschehen ganz ohne mein Zutun.

Hätte Hochstrasser mich bloß nicht angerufen.

Ich hätte ruhig weitergelebt und wäre eines Tages unauffällig gestorben, ohne jemandem abzugehen und ohne daß mir jemand abgegangen wäre.

Ich alter Narr. Unbelehrbar sentimental hatte ich Gina angerufen.

„Was macht dein Mann?“ hatte ich gefragt.

„Welcher Mann?“ sagte sie.

„Ehemann“, sagte ich.

„Gibt’s keinen“, sagte sie.

„Du hast aber gesagt“, wollte ich sagen, sie fiel mir ins Wort: „Wenn der Tag lang und die Nacht kurz ist, sagt man viel.“

„Was ist jetzt die Wahrheit?“ fragte ich.

„Ich bin wahr“, sagte Gina.

Sinnlose Lust nahm von mir Besitz.

Ins Bett mit Gina, dann nach Paris Jürgensen umlegen, und das ist es dann gewesen.

Welch eine Karriere.

„Wie sie das bloß macht“, dachte ich. Sie wird älter und älter, ihr Körper trug bereits die Spuren, wir sind alle nicht mehr zwanzig, und sie erregte mich noch immer oder schon wieder. War meine Theorie, daß Schönheit und Geist untrennbar zusammengehörten, falsch? Oder hatte Gina doch Geist? Sie war unzweifelhaft schön, schöner denn je, vielleicht das erste Mal in ihrem Leben wirklich schön.

„Du siehst mich so komisch an“, sagte sie.

„Ich denke“, sagte ich.

„Laß es bleiben, du bist auch so“, lachte sie, zog meine Hand zu sich herüber und plazierte sie vorsichtig zwischen ihren Schenkeln.

Die Frauen hatte ich nie verstanden.

Mich selbst nur ansatzweise.

Nun verzichtete ich auch noch endgültig darauf, wenigstens die Welt verstehen zu wollen.

Ich verlor die Besinnung. Mehr gibt es nicht zu sagen.

Sie war schön wie noch nie.

Ich kannte mich nicht mehr aus.

Hatte ich das jemals getan? Mich auskennen?

„Ich weiß, daß du mich nie wieder suchen wirst“, sagte Gina.

Hätte ich lügen sollen?

Sie hatte es nicht verdient, also schwieg ich.

„Was auch immer geschieht“, sagte Gina, „irgendwo da drinnen“, sie zeigte auf ihr Herz, „hast du einen kleinen Winkel, der gehört nur dir. Dort werde ich dich finden, wo auch immer du bist!“

Ich nickte: „Soviel Platz kann *ich* nicht bieten.“

Gina: „Die Hälfte reicht.“

Ich ewiger Narr.

Ich hatte keine Ahnung, woher ich kam, und ich hatte keine Ahnung, wohin ich ging.

Ich häufte bloß Sinnlosigkeit auf Sinnlosigkeit, wenn du das Ziel getroffen hast, ist es weg. Das nennen wir Leben.

Gelassen sah ich mir dabei zu, wie ich Gina wieder verließ.

„Adieu“, sagte ich noch und fast unhörbar: „Nächste Woche in Paris.“

„Hast du etwas gesagt?“ wollte Gina wissen.

Ich schüttelte den Kopf.

Nicht von Gina hatte ich mich verabschiedet, sondern von mir selbst.

So einfach war das.

Ich Abschied nehmender Narr.

Ich niemals ankommender Narr.

Ich Laie des Lebens.

Bis dann, nächstens in Paris.

Es war ja nicht ich, um den es ging.

„Einen Pétrus 1961“, sagte Niederer, und ich sank seufzend in meinen Stuhl. Der Mann war von Sinnen. Die Flasche kostete 6000 Dollar.

„In Franc ist das weit mehr“, lachte Niederer. Er hatte darauf bestanden, den Wein nicht nur auszusuchen, sondern auch zu bezahlen: „Geht auf Spesen. Mein Vater wird toben.“

„Und, zahlt er auch?“ fragte Max.

„Unter Protest. Vor zwei Wochen habe ich einen Vega Sicilia Unico 1942 getrunken, lächerliche 750 Dollar. Er hat mich gefragt, mit wem ich essen war. Ich lakonisch: mit einer wichtigen Person. Er: wie wichtig? Ich: sehr wichtig. Er: Name. Ich: Egon Niederer. Oder willst du sagen, daß ich keine wichtige Person bin, ehrlich gesagt, in meinem Leben bin ich die wichtigste Person für mich. Er hat rote Ohren bekommen, ich dachte schon, Egon, du hast es geschafft, jetzt fällt er gleich tot um, dann hat er die Füllfeder gezückt und schweigend die Spesenrechnung abgezeichnet. Der Kerl ist ungemein zäh! Ich werde noch viele Jahre für diesen Schuft schuften müssen.“

„Und wenn er Sie enterbt?“ fragte ich.

„Kann er nicht. Dann bekommt alles seine Frau, meine Stiefmutter, aber die haßt er noch mehr als mich.“

„Tierschutzverein“, warf Max ein.

„Er haßt Hunde, Katzen und jedes Lebewesen, das nicht ruhig, still und gut durchgebraten auf einem Teller in fetter Sauce liegt. Er ist eine Seele von einem Unmenschen. Ich werde mir mein Erbe, so es mir gelingt, ihn zu überleben, sauer verdient haben. Und bis dahin soll er bei meinen Spesenabrechnungen bluten.“

Wir saßen im teuersten Lokal von Paris, bei Ducasse, oben im ersten Stock. Normalerweise ist dort in so kurzer Zeit kein Platz zu bekommen, das Lokal ist nicht sehr groß, vielleicht 50 Plätze. Aber Niederer hatte gute Beziehungen zum Chefsommelier. So hatte er trotz meines sehr kurzfristigen, beinahe überfallsartigen Besuches eine Reservierung bekommen. Wir saßen am Ende des Raumes, direkt beim Fenster mit Blick auf die Rue Raymond Poincaré. Auf dem kleinen Balkon vor den Fenstern standen Töpfe mit Nadelbäumchen, ich vermutete Buchs, einige kegelförmig, andere kugelrund zurechtgeschnitten in ihren Töpfen, ich saß mit dem Rücken zum Fenster auf einer gemütlichen Polsterbank, mir gegenüber auf zwei Lehnstühlen hatten Max und Niederer es sich bequem gemacht. Geraffte Vorhänge umgaben das raumhohe Fenster, wir saßen in einer Art Bücherecke, genauer gesagt einem trompe-l'œil des livres, einer ebenfalls raumhohen, in dunklem Holz gefertigten Bücherwand, die auf den zweiten Blick als Blendwerk erkennbar war und nur aus imitierten Buchrücken bestand. Und das in einem Lokal, das nur wenige Gehminuten vom Place Victor Hugo entfernt war.

„Man darf es hier in Frankreich gar nicht laut sagen", bemerkte Niederer, „aber Poincaré war auch keiner von den wirklich Guten."

„War der nicht der Republikspräsident während des Ersten Weltkrieges?" sagte ich.

„Genau der! Einer der Väter des Versailler Vertrages", nickte Niederer zustimmend.

„Ich kann verstehen, daß die deutschen Militaristen kleingehalten werden sollten. Aber von besonderer politischer Klugheit zeugte dieser Vertrag nun wirklich nicht", sagte Max.

„Was ist schon politisch klug", Niederer zuckte mit den Schultern.

Wir speisten gerade ausgelösten kalten Hummer.

„Eigentlich esse ich keine Seeungeheuer", sagte ich.

„Probieren Sie es", ermunterte mich Niederer, „es ist bretonischer Hummer, einmalig zart, in einer Sauce aus pürierten Kräutern und Trüffeln mit Mischgemüse."

„Mischgemüse ist gut", sagte ich, „darunter stelle ich mir braune Dosenerbsen und zerkochte Karotten vor."

Das, was Niederer Mischgemüse genannt hatte, war auf der Speisekarte als *macédoine* angeschrieben und korrekt zwar wirklich mit Mischgemüse zu übersetzen, aber weit davon entfernt, ein solches zu sein. Es waren viele kleine, verschiedenfarbige Gemüsewürfelchen, manche auch aus schwarzen Trüffeln.

„Die müssen in der Küche einen haben, der das Zeug aus dem Gemüse förmlich herausschnitzt", sagte Max und zerbiß genießerisch eines der aromatischen Würfelchen. Jedes schmeckte anders, und keines war größer als einen halben Zentimeter Kantenlänge. Wir hatten lange diskutiert, welcher Wein zu diesem Gericht am besten passen würde. Üblicherweise trank man einen Bâtard-Montrachet Grand Cru.

„Heikel, sehr heikel", sagte Niederer, „der paßt sich nicht so gut an."

„Ein Montrachet eventuell", sagte Max.

„Auf jeden Fall muß es ein sehr reifer Weißwein sein", ergänzte ich, „die schwarzen Trüffeln sprechen eher für den Montrachet!"

Wir blickten den Sommelier an, der unserer Diskussion mangels deutscher Sprachkenntnisse zwar nicht im Detail hatte folgen können, aufgrund der erwähnten Weinnamen aber offensichtlich mitbekommen hatte, worüber wir diskutierten.

Als wir ihn anblickten, verwandelte sich seine Nachdenklichkeit plötzlich in Erkenntnis.

„Corton-Charlemagne", sagte er. Das „Grand Cru" ließ er weg, er wußte, wir kannten uns aus.

Wir schauten einander an und nickten alle gleichzeitig.

Genau, das war es! Ein älterer Corton-Charlemagne, das war die Lösung.

Jahrgang 1986 oder 1989? Louis Latour oder Jadot?

Wir waren unschlüssig. 1986 sind die weißen Burgunder zuverlässiger als 1989, ein paar wenige sind 1989 allerdings wesentlich besser gelungen.

„Corton-Charlemagne", Niederer wackelte mit dem Kopf, „ich bin für 86, ist dort das bessere Jahr."

„Aber dann den von Latour", sagte ich.

Max pflichtete mir bei: „Der ist einfach klassisch."

Wir schauten den Sommelier erwartungsvoll an.

Er nickte zustimmend, unsere Entscheidung schien ihm gefallen zu haben.

Wir aßen die letzten Happen Hummer und tranken den letzten Schluck Corton.

Es war ein seltsames Gefühl, inmitten einer hungernden Welt zu überlegen, welcher Wein der passende für ein Luxusessen war, ein untrügerischer Beweis für die Unsinnigkeit menschlicher Existenz und ein angenehmer noch dazu, solange man auf der richtigen Seite des Tisches saß, nämlich auf der gut gedeckten. Wobei die Tatsache, daß man nicht wußte, warum einem ausgerechnet der Platz zugewiesen worden war, den man nun einmal innehatte, ihrerseits ein Beweis für die Transzendenz Gottes war, so es sie oder ihn gab. Ich tröstete mich angesichts dieser Inkonsistenz jedweden Seins immer mit Brecht, der in den Flüchtlingsgesprächen ironisch geschrieben hatte, daß eine gute Rindssuppe mit dem Humanismus ausgezeichnet zusammengeht. Aber Brecht war Zyniker, bloß: was war ich?

Es war ein ziemlich überhasteter Aufbruch nach Paris gewesen. Jürgensen hatte mich informiert, daß es schon am nächsten Wochenende zur Übergabe kommen sollte. Da ich mich in Paris nicht besonders gut auskannte, hatte ich Max angerufen, um ihn zu fragen, ob er mir einen Tip geben könne. Ich brauchte einen Ort, der einerseits gut zu überblicken war und andererseits möglichst wenig Fluchtmöglichkeiten bot. Von meiner wahren Absicht sagte ich nichts, ich ließ Max im Glauben, daß es mir nur darum ging, Jürgensen bei einem eventuellen Betrugsversuch nicht entwischen zu lassen.

Dann hatte Max die Idee mit dem Musée Rodin. Groß genug, um nicht von allen Leuten gesehen zu werden, nur ein Ausgang, vom Hauptgebäude her gut zu überblicken, und über die Mauer würde der alte Knacker doch nicht flüchten. Ich konnte mich mit Jürgensen treffen, und Max würde die Raumdeckung übernehmen, „fußballmäßig gesprochen“ fügte er hinzu.

„Ideal wäre es, wenn wir eine zweite Person auftreiben könnten, die mit mir den Ausgang überwacht“, sagte Max.

„Niederer“, durchzuckte es mich, „das ist die Lösung.“ Er hatte mir in Südtirol seine Visitenkarte gegeben, sie lag noch auf meinem Schreibtisch, und immerhin hatte er beteuert, gerne mitzumachen, wenn es gegen Jürgensen gehen sollte.

„Gute Idee“, sagte Max, nachdem ich ihn über Niederers seltsames Doppelleben aufgeklärt hatte.

„Und wo soll ich absteigen?“ Ich fragte es deshalb, da ich die Hotels in Paris aus meiner Jugend kannte. Höchste Preise für Zimmer, die so klein waren, daß sie unter der Achsel klemmten.

„Wie viel darf es kosten?“ fragte Max.

„Ist egal, es soll zentral liegen und halbwegs geräumig sein.“

„Entweder nimmst du das Montalembert, gleich beim Boulevard Saint Germain, nicht weit von den Cafés De Flore und Les Deux Magots.“

„Sartre“, warf ich ein.

„Genau“, sagte Max, „oder du steigst im Hôtel Le Parc ab, das ist gleich neben dem besten Restaurant von Paris, dem Ducasse. Im Haus selbst gibt es jetzt auch ein ausgezeichnetes Restaurant, seit sich Ducasse darum kümmert, Le Relais du Parc.“

Ich hatte dann nur mehr Jürgensens endgültige Zusage abgewartet, ihm mitgeteilt, wo in Paris ich absteigen würde, nämlich im Le Parc, hatte mir einen Platz im Schlafwagen besorgt, zwei Karten, erste Klasse, Abteil für mich allein, denn ich haßte es, mit mir unbekannten Leuten in diesen engen Kobeln zu reisen. Früh am Morgen, knapp nach fünf Uhr, war ich am Gare de l’Est angekommen. Paris lag leer und ausgestorben unter einem grauen Himmel, der sich nur langsam auflichtete. Mit dem Taxi in rasender Fahrt vorbei am Louvre, den Tuilerien, über die Champs Elysées,

Arc de Triomphe, Place Victor Hugo, ich hatte das Gefühl, der Typ nahm nicht unbedingt den kürzesten Weg, Taxifahrer sind überall auf der Welt die gleichen Halunken, endlich beim Hotel.

Zwei Stunden Schlaf nachholen, denn im Zug schlafe ich nie sehr gut. Max angerufen. Er hatte schon mit Niederer gesprochen, der war mit Freuden dabei und hat uns gleich für den nächsten Tag zum Abendessen eingeladen.

„Brauchst nicht weit gehen“, sagte Max, „nur nach nebenan. Wir füllen uns den Bauch bei Ducasse und entwerfen einen kleinen Schlachtplan.“

Da saßen wir nun, der Sommelier brachte soeben den 61er Pétrus, die üblichen Rituale. Flasche mit Etikett präsentieren, Niederer nickte zustimmend, Kapsel abschneiden, Stoppel ziehen, schnuppern, Gläser füllen. Der Probeschluck entfiel, bei Weinen dieses Alters ist es das Risiko des Gastes, ob der Wein in Ordnung ist, zurückschicken gilt nicht.

Der Wein war dunkel, fast schwarz, trotz des Alters extrem fruchtig.

„Irgendwie süß“, sagte Max.

„Das macht die Frucht“, Niederer wischte sich mit der Serviette genußvoll die Lippen ab.

Wir aßen junge Ente in Feigenblättern, rosa gebraten mit einer unnachahmlichen Gewürzmischung.

„Pfeffer und Kardamom“, sagte ich.

„Kumin“, ergänzte Max.

„Dazu einen Pétrus zu trinken ist gegen alle Vorschriften!“ lachte Niederer zufrieden und wir mit ihm, denn wir fanden, daß der Pétrus ausgezeichnet mit den Gewürzen harmonierte. Die Maulbeertöne paßten zum Entenfleisch, der leichte, feine Rauchton ergänzte die Gewürze auf das Vortrefflichste.

„Ich habe mit Jürgensen vereinbart, daß er mich morgen zwischen zehn und elf Uhr vormittags im Hotel anruft, damit wir uns den Ort der Übergabe und die Zeit ausmachen können. Ich werde versuchen, die Sache übermorgen steigen zu lassen."

„Übermorgen, hervorragend", sagte Niederer, „da habe ich noch nichts vor. Ich habe mir aber die ganze Woche freigehalten, den Spaß kann ich mir nicht entgehen lassen."

„Ich kann mich auch jederzeit frei machen", sagte Max, „und du glaubst nicht, daß er mißtrauisch ist?"

„Mißtrauisch wird er schon sein", meinte ich, „aber er braucht das Geld. Also wird er anrufen und auch kommen. Er hat keine Wahl."

Niederer und Max sollten erst einige Minuten nach dem von mir mit Jürgensen vereinbarten Zeitpunkt auftauchen, denn wir wollten vermeiden, daß er die beiden sah. Ich würde vorher noch das Geld von der Bank abholen.

„Ich habe deinen Scheck auf die Bank gebracht, die bereiten einen kleinen Koffer mit den Scheinen vor, du mußt ihn nur mehr abholen, vergiß deinen Ausweis nicht", sagte Max.

„Wieviel ist es geworden?" fragte Niederer.

„130.000 Dollar", sagte ich.

„Nicht schlecht", sagte Niederer und nahm einen großen Schluck Pétrus, „nicht schlecht!" Er ließ dabei offen, ob er die Geldsumme oder den Pétrus meinte, wahrscheinlich beides.

Max und Niederer diskutierten dann noch eine Weile, wie man die Echtheit des Weines überprüfen könnte und wie zu verhindern war, daß Jürgensen sich mit dem Geld aus dem Staub machte, ohne die Flasche übergeben zu haben. Mir war das völlig egal, da ich ohnedies andere, den beiden nicht bekannte Pläne hatte.

„Die Desserts hier sind jenseits, absolut jenseitig", versicherte Niederer, was als höchstes Lob gemeint war. Dem war nichts hinzuzufügen. Wir löffelten eine kunstvoll aufgetürmte und doch luftige Nachspeise, eine Mischung aus allen Arten von Gefrorenem wie Sorbet, Granité und Eiscrème, heiße Briochestückchen, eine Orgie in warm und kalt, süß und bitter, in der sich Kaffee und Schokolade dabei abwechselten, die Zunge zu reizen.

Wir ließen es uns nicht nehmen, noch eine kleine Flasche, eine halbe Bouteille Yquem 1983 zu bestellen. Schließlich saßen wir vor allem wegen einer Flasche dieses Weins so gemütlich beisammen. Der 83er war perfekt: Vanille, viel Botrytis, im Nachklang Pfirsich und Orangenblüte. Wir hätten auch eine Normalflasche locker geleert, dann allerdings das Lokal nicht mehr sehr locker verlassen.

„Ihr müßt unbedingt noch die Petits Fours probieren", sagte Niederer, „allein wegen den Petits Fours komme ich einmal im Monat hierher! Es sind die besten der Welt!"

Wir ließen kein Stück über.

„Aber der Rudolf Kellner im Altwienerhof in Wien hat genauso gute!" sagte ich.

Max nickte zustimmend: „Der macht aber auch die beste französische Küche im ganzen Land! Leider verstehen nur wenige, was er kocht! Der Mann gehört nach Paris, die Stadt würde ihm zu Füßen liegen!"

Der Schlachtplan war von nicht zu übertreffender Simplizität. Max und Niederer hatten abgemacht, Jürgensen nicht aus dem Museumsgarten herauszulassen, bevor sie beide die Flasche nicht zumindest äußerlich überprüft hatten. Max sollte ihn dann weiter aufhalten und Niederer würde die Polizei verständigen. Ich könnte mich in der Zwischenzeit mit der Flasche und dem Geld, das wir Jürgensen wieder abnehmen würden, aus dem Staub machen.

„Fein ist das aber nicht von uns", sagte Max stolz.

Niederer stimmte ihm zufrieden zu: „Sehr unfein sogar! Überhaupt nicht die feine englische Art. Aber die gilt auch nur gegenüber einem echten Gentleman."

Ich konnte die beiden unmöglich in meine wahren Absichten einweihen. Ich würde ihnen, wenn es soweit war, daß ich Jürgensen getötet hatte, irgendeine Notwehrgeschichte erzählen, daß

Jürgensen mich wütend attackiert hätte. Oder etwas in der Art. Erstens wollte ich sie nicht mehr als nötig in die Sache hineinziehen, und zweitens wußte ich nicht, ob sie bereit gewesen wären, sich auch auf ein Mordkomplott einzulassen.

Es hatte keine Mühe bereitet, Jürgensen für nächsten Vormittag ins Musée Rodin zu bestellen.

„Der braucht wirklich dringend Geld", dachte ich, während ich vor dem Deux Magots saß. Es war ein milder Oktobertag, vom Atlantik war eine warme Luftströmung bis nach Paris gelangt, es war beinahe frühlingshaft mild, ich saß also heraußen am Boulevard Saint Germain und blätterte in Büchern von Sartre. Ich hatte vor meiner Abreise noch schnell drei seiner Werke eingepackt: *Wahrheit und Existenz*, *Die Wörter*, *Der Ekel*.

Während das erstgenannte Buch das letzte ist, das ich von Sartre gelesen habe, waren die beiden anderen die ersten Werke dieses Autors, die ich je zur Hand genommen hatte. Ich war gerade fünfzehn gewesen, hatte die *Wörter* verschlungen, den *Ekel* als Offenbarung begrüßt, jedes Wort hatte genau zu einer Empfindung in meiner Seele gepaßt, und keines hatte ich wirklich verstanden. Es waren die beiden wichtigsten Bücher meiner Pubertät. So sahen sie auch aus. Ich hatte jedes mehrmals gelesen, den *Ekel* in einer Taschenbuchausgabe, deren billiges Rotationspapier inzwischen deutliche Spuren der Vergilbung zeigte, die *Wörter* in einer preiswerten Buchgemeinschaftsausgabe, der weiße Umschlag mit dunklen Flecken vom oftmaligen Angreifen. *Wahrheit und Existenz* hatte ich fast drei Jahrzehnte später gelesen, ebenfalls kein Wort verstanden, aber nichts in mir hatte sich bewegt. Es sah aus wie neu, da ich es nur einmal – und das nicht bis zum Ende – gelesen hatte.

Nun saß ich hier vor Sartres Stamm-Café und blätterte in diesen Büchern. War das wahrer Snobismus? Eine Verstiegenheit des Geistes? Genius loci? Oder versuchte ich, eine berauschende Begegnung meiner Jugend zu wiederholen? „Es gibt tote Irrtümer, wie es tote Wahrheiten gibt" hatte Sartre an den Rand des unvollendeten Manuskriptes von *Wahrheit und Existenz* geschrieben. Aber hier schwebte kein Geist, die *Wörter* trafen noch immer, den *Ekel* durchblätterte ich merkwürdig unberührt. As the years go passing by. Als ob dieses Buch nichts mit mir zu tun hätte. Die Geschichte des Provinzhistorikers Roquentin, der die Berechtigung seiner Existenz allein aus seinen Studien über einen Marquis de Rollebon bezieht, einer finsteren Figur des 18. Jahrhunderts, tief verwickelt in die berühmte Halsbandaffaire. So wie der Marquis nur durch die Studien von Roquentin weiterexistierte, so existierte Roquentin nur durch den Marquis. Der Historiker Roquentin war nur das Mittel, den Marquis am Leben zu erhalten, der Marquis war seine einzige Existenzberechtigung. Er hat sein Buch über den Marquis nicht beendet, um seine eigene Existenz zu finden.

Was hatte das mit mir zu tun?

Nichts oder alles? Alles oder nichts?

Sartre hatte sich geirrt. Niemals hätte Roquentin im richtigen Leben zu sich selbst zurückgefunden, indem er darauf verzichtete, das Buch über das Leben des Marquis fertigzuschreiben.

Ich würde mein Buch fertigschreiben.

Ich würde ins Musée Rodin gehen und Jürgensen töten. Dann würden wir sehen, wer recht hatte: Sartre oder ich. Den Versuch war es wert. Roquentin hatte seinen Marquis dadurch getötet, daß er mitten im Buch aufhörte, weiterzuschreiben. Es war bloß ein virtueller Mord, eine kleine Feigheit, die uns der große Existentialist als Durchbruch zum eigenen Sein zu verkaufen versuchte. Nicht mit mir.

Möglich, daß ich all die Jahre weit weg von mir selbst gelebt hatte. Möglich, daß ich dann mein ganzes Sein aus der Suche nach dieser berühmten Weinflasche geschöpft hatte. Ebenso möglich, daß ich nun nur dank der Existenz von Ruth auch selbst existierte. Was weiß ich! Aber eines wußte ich: es gab mich, ich lebte hier und jetzt, und Jürgensen würde tot sein, getötet von meiner

Hand, ich würde mein Leben spüren, indem ich sein zu Ende gehendes Leben spüren würde. Ich würde sein und er nicht. Das Nichts existiert – und ich in ihm. Ob Wahrheit oder Lüge, ob das Sein oder das Nichts: wir haben keine Wahl, wir müssen uns immer für das Andere, für den Anderen entscheiden. Nur so gelangen wir zu uns selbst. Sich entscheiden heißt immer, sich schuldig zu machen. *„Die Unschuld* ist eine den menschlichen Gesellschaften besonders teure Form der Ignoranz." So stand es da, auf Seite 99 von *Wahrheit und Existenz*. Ich hatte die Seite beim Blättern zufällig aufgeschlagen, die Kursivschrift hatte meinen Blick auf sich gezogen.

„Hey man", sagte er mit seiner tiefen, schwarzen Stimme, „hey man, we are talkin' about Rock 'n' Roll."

Dann rasten seine langen, schmalen Finger über die Tasten des kleinen Pianos. Der Mann war groß und schwer, so schwarz, wie noch kein Schwarzer, den ich jemals zuvor gesehen hatte. Seine feingliedrigen, langen Finger paßten gar nicht zu der massiven Gestalt, seine Füße steckten in Cowboy-Stiefeln, der Mann dröhnte schon beim bloßen Durchqueren des Raumes, rollin' and tumblin', da stand ein uraltes Piano mit zwei ausschwenkbaren Kerzen-Halterungen, eine links und eine rechts, jeweils dreißig Zentimeter oberhalb der Tastatur. Auf der linken hatte er die Whiskey-Flasche und auf der rechten das Glas abgestellt.

„Come on, man", sagte er zu mir. „Do you play Boogie Woogie?"

Ich lächelte verlegen.

„He's too shy", dröhnte er und drückte mich neben sich auf die kleine Klavierbank.

„Only the bass lines, OK?" sagte ich. Er nickte und hielt mir das Whiskey-Glas hin.

„And only in C major!" ergänzte ich.

„Twelve to the bar", schrie er, und sein Lachen rollte wie Donnergrollen durch das Lokal. Der Mann brauchte kein Mikrophon.

Mit der linken Hand setzte ich zu einem Baß-Lauf an, Vierviertel-Takt, Shuffle-Rhythmus.

„Frankie and Johnny“, immerhin, er hatte erkannt, was ich spielte. Der Mann war gut. Was der auf der rechten Seite des Pianos aufführte, war unbeschreiblich.

Triolen ignorierte er. „Quintuplets“, lachte er, Quintolen, fünf Anschläge auf ein Viertel. Der Mann war gut *und* schnell. Ich plagte mich vom *C* weg, streifte mit dem Mittelfinger das *Es*, bevor ich *E* anschlug, blue note, you know, *G*, *As* und *A*, *C*. Wir spielten den Blues als Boogie. Ich erlitt den Schweißausbruch meines Lebens. Dabei habe ich mich nur ein wenig entspannen wollen, Max hatte mir den Tip mit dem Blues-Café gegeben. Jetzt saß ich da und hatte das Gefühl, zu kurze Finger und zu wenige Noten zu haben. Mit der linken Hand hielt er mir wieder den Whiskey hin, während er mit der rechten inzwischen bei Sextolen angelangt war. Der konnte alles spielen, der schaffte auch achteinhalb auf ein Viertel.

„It's the blues“, schrie er ins Lokal, während ich einen Takt lang pausierte, und er die oberen vier Oktaven bearbeitete.

„Hey man, it was just Rock 'n' Roll“, hatte er noch gesagt, meine Finger schmerzten, ich mußte ins Hotel zurück, ich wollte noch mit Ruth telefonieren. Wer weiß, was morgen abend sein würde. Ich wußte nur, was für morgen mittag geplant war.

„Du klingst ein bißchen komisch“, sagte Ruth.

„Ich bin verkühlt, aber nur ganz leicht“, sagte ich.

„Nein, das meine ich nicht“, sagte Ruth.

„Vielleicht die Entfernung, die Leitung rauscht“, versuchte ich zu erklären.

Der neue Anwalt hatte endlich etwas weitergebracht. In den nächsten Tagen würde Ruth die Unterlagen über das Konto ihres Großvaters erhalten, quasi die einstige Lebensversicherung ihrer Mutter.

„Du hast Probleme, oder?“ fragte Ruth.

„Ich lebe, ist das nicht Problem genug?“

„Mach keine Witze“, sagte sie.

„Morgen bekomme ich endlich die Flasche.“

„Du bist ein Irrer!“ In Ruths Stimme mischten sich Zweifel und Besorgnis. „Und was hast du mit Jürgensen vor?“

„Max und Niederer werden dort sein und mir helfen. Er wird nicht ungeschoren davonkommen“, sagte ich.

„Laßt ihr ihn verhaften?“

„Keine Ahnung, wie sich das entwickelt! Morgen abend wissen wir mehr.“

Ruth spürte, daß ich ihr nicht die ganze Wahrheit sagte. Warum sollte ich sie beunruhigen? Es hätte nichts geändert.

„Schlaf zu meinen Füßen“, sagte sie.

„Werde ich tun, die ganze Nacht“, sagte ich, „irgendwo auf dieser Welt muß es doch einen Platz für uns beide geben!“

„Die Welt ist zum Dorf geschrumpft“, sagte Ruth traurig.

„Ich hasse Dörfer!“ sagte ich.

„Wer nicht ...“, flüsterte Ruth.

Wir hatten eine eigenartige Weise, Zuneigung auszudrücken.

Die Baß-Linien begleiteten mich die ganze Nacht. Ruth fragte immer wieder „Wer nicht ...“, ich schlief unruhig und wachte – entgegen meiner sonstigen Gewohnheit – schon früh auf. Ich war nervös, aber bei gutem Appetit. Frühstück. Zurück ins Zimmer, die Smith & Wesson durchladen.

Scheiß John Wayne.

Wie kam ich mir vor? Wie ein Idiot!

Musée Rodin. Toller Palast. Rilke hatte hier ein paar Monate als Sekretär von Rodin gearbeitet.

Ich war eine Viertelstunde zu früh. Langsam ging ich durch die Räume. Sie strahlten, als hätte Rodin das Licht erst für dieses Haus erfunden. „Die Kathedrale“, gebildet aus zwei einander umtanzenden Händen, leuchtete weiß und durchsichtig im Vormittagslicht.

Hinaus in den Garten. In der Ferne ragte der Eiffelturm in den Himmel, mächtig thronte die Kuppel des nahen Invalidendoms über den Bäumen des Parks. Ich hatte mich immer geweigert, den Invalidendom zu betreten, in dem der Sarkophag von Napoleon aufgestellt war. Warum hätte ich Eintritt zahlen sollen, bloß um die unverdiente Ruhestätte eines der großen Massenmörder der Geschichte zu besichtigen? Immerhin galt dieser Mann einst als die Geißel Europas, der Gedanke, daß Hitler eines Tages in der Geschichtsschreibung eine ähnliche Karriere machen würde wie Napoleon, war beunruhigend.

Langsam ging ich vom Hauptgebäude zu dem kleinen Teich in der Mitte des Parks. Max hatte recht gehabt, hier war einer der schönsten Orte von Paris. Wann würde Jürgensen auftauchen? Rund um den Teich standen ebenfalls leicht gerundete Steinbänke. Ich nahm auf einer Platz und sah auf meine Uhr. Jürgensen war inzwischen ein paar Minuten überfällig. Ich blickte in Richtung des Gebäudes und sah, daß Max und Niederer bereits Stellung bezogen hatten. Scheiße, wenn Jürgensen jetzt erst kam, würde er die beiden sofort sehen. Keine Ahnung, was dann geschehen würde. Blöderweise hatten wir nur das Museum als Treffpunkt ausgemacht, aber keinen bestimmten Punkt, an dem wir aufeinander warten würden.

Ich saß auf der Bank, zwei Bänke weiter knutschte ein noch sehr junges Pärchen. Plötzlich bog eine Gestalt um die Ecke, das Laub raschelte, Jürgensen betrat, von einem Nebenweg kommend, rechts von mir den sich kreisrund öffnenden Platz um den Teich. Er sah mich an und bedeutete mir, ihm zu folgen. Ich stand auf, spannte die Muskeln meines rechten Oberarms an, jawohl, die Smith & Wesson steckte im Schulterhalfter, aber ich hatte sie ohnedies die ganze Zeit über gespürt. Wir drehten eine halbe Runde und verließen den Platz. Es wurde dunkler, hohe Bäume und Sträucher umgaben uns, der Weg öffnete sich in eine kleine Lichtung. Hier standen sie, die *Bürger von Calais*, und wären sie nicht von Grünspan überzogen gewesen, man hätte glauben können, sie stünden wirklich hier. Die Ablagerungen der Zeit, die sich als dünne Schicht über die Figuren gelegt hatten, ließen die sechs ärmlichen Figuren noch bemitleidenswerter aussehen, als sie ohnedies schon waren. Das Denkmal ging auf eine alte Sage zurück, im Jahr 1347 bei der Belagerung durch Englands König Eduard III. hatten sich sechs Bürger von Calais als Geisel angeboten, um die Stadt zu retten. Barhäuptig mußten sie vor dem König erscheinen, als Bekleidung ein Hemd, jeder einen Strick um den Hals, so mußten sie ihm den Schlüssel für die Stadt überbringen. Kollektiv gingen sie dem Tod entgegen, und doch jeder für sich, von einander abgewandt, jeder in sein eigenes Schicksal ergeben, das doch ihr gemeinsames war. Man steht vor dem Denkmal und begreift, daß Rodin hier einen Weg gefunden hatte, die christliche Vorstellung vom Opfertod am Kreuz auf eine ganz neue Art, weltlich, bar jeder Gottheit, darzustellen. Seine *Bürger von Calais* gehen nicht zuversichtlich in den Tod, ein besseres Leben im Jenseits vor sich, sie haben bloß keine andere Wahl, nur ein besseres Leben für die Überlebenden im Diesseits. In Hinblick auf ihr eigenes Leben ist ihr Opfer sinnlos, denn sie bezahlen mit diesem, ihrem Leben, und das ist unwiederbringlich und einmalig, unwiederholbar.

Ein guter Platz also, um Jürgensen zu töten.

Er trug einen kleinen Metallkoffer, ähnlich einem Photokoffer, mit sich, ich hatte eine kleine Tasche mit dem Geld bei mir.

Bei den Figuren blieben wir stehen, Jürgensen mit dem Rücken zur Skulptur, dic fast ebenerdig aufgestellt war. Man konnte den Männern ins Gesicht und in die Augen sehen. Jürgensen vor dieser Gruppe Büßender, die offenbar nicht wußten, worin ihre Schuld bestehen könnte. Jürgensen aber würde wissen.

Er klappte den Koffer auf, inmitten von zurechtgeschnittenen Schaumgummiplatten lag er: Yquem 1740, eine grobe, ungleichmäßige Flasche, nicht unähnlich den Jefferson-Flaschen, die ich auf der großen Verkostung gesehen hatte. Mit einem Stichel war die Bezeichnung des Weingutes und die Jahreszahl in das Flaschenglas graviert. Kräftige Alterspatina machte die Flasche so dunkel, daß man weder die Farbe des Weines erkennen konnte noch den Korken. Der Füllstand war knapp unter der Schulter, für eine Flasche dieses Alters nicht überraschend.

Ich hatte mir diesen Moment erhebender vorgestellt.

„Wo ist das Geld?“ fragte Jürgensen. Es waren die ersten Worte, die er sprach. Er hatte weder gegrüßt noch es für nötig gehalten, wenigstens aus Höflichkeit eine Konversation in Gang zu setzen. Es gab auch nicht viel zu sagen. Hier Wein, da Geld. Glaubte Jürgensen.

Ich ließ ihn kurz einen Blick in meine kleine Tasche werfen, nahm ihm seinen Koffer aus der Hand und gab ihm das Geld. Er öffnete die Tasche nochmals und begann, die Scheine zu zählen.

Ich griff mit der linken Hand unter meine rechte Achsel, ergriff die Smith & Wesson und holte sie heraus. Jürgensen hatte nichts bemerkt, da er mit dem Zählen beschäftigt war.

„So nicht“, dachte ich. „Wenn ich jetzt schieße und womöglich gleich richtig treffe, dann hat es bumm gemacht, der Kerl fällt tot um und hat nicht einmal etwas bemerkt.“

Ich wurde nervös. Wie war das? Handballenauflage, Zeigefinger auf die Waffe oder auf den Abzug? Hatte ich Patronen in der Trommel? Natürlich hatte ich. Ich durfte nicht vergessen, den Abzugshahn zu spannen. Es klickte laut und vernehmlich. Jürgensen sah auf.

„Sind Sie wahnsinnig geworden? Das können Sie nicht machen“, beim letzten Wort versagte seine Stimme.

„Ich kann, glauben Sie mir!“

„Wir sind Geschäftsleute, wir haben eine Abmachung!“

„Gilt nur unter Ehrenmännern“, ich versuchte kühl zu bleiben. Hoffentlich sah er nicht, daß ich zitterte.

Jürgensen schloß die Tasche, wollte sich umdrehen und gehen.

„Stehenbleiben“, sagte ich, „Ihr Weg ist hier zu Ende.“

Das war gut gesagt. Sehr dramatisch.

In diesem Augenblick hatte ich keine Zweifel. Ich wollte nur abdrücken, ich wollte, daß er wußte, daß ich abdrücke, und ich wollte treffen. Sechsmal wollte ich treffen. Ich hob die Hand in Schußposition, Jürgensens Augen weiteten sich.

Angst, jämmerliche Angst. Keine Seele, genau das hatte ich erwartet: ein Mann ohne Innenleben.

„Sie waren doch ein Held, eine echter Kriegsheld“, sagte ich.

„Das können Sie nicht tun“, sagte Jürgensen, das Blut war aus seinem Gesicht gewichen, bleich stand er da, er zitterte, als ob er frieren würde, und hatte gleichzeitig kalten Schweiß auf der Stirne stehen. Mit der einen Hand griff er sich nervös ans Herz. Er zitterte mehr als ich. Seine Augen weiteten sich, ich krümmte langsam den Zeigefinger, ein kleiner Widerstand war zu überwinden, Jürgensen hob abwehrend beide Hände vor sich, als ob er so die Kugel aufhalten könnte. Es klang wie ein Hammerschlag, als der Schlagbolzen auf die Patrone traf.

Scheiße, da tat sich nichts. Ich hatte keinen Rückschlag gespürt. Patrone unbrauchbar? Was jetzt? Noch einmal spannen für einen zweiten Versuch? Jürgensen wankte, griff sich wieder ans Herz, ich hörte ihn röcheln, er schnappte nach Luft. Unmöglich, der konnte nicht getroffen sein, ich hatte zwar abgedrückt, aber es war kein Schuß gefallen, Ladehemmung oder wie immer das heißt. Die Tasche mit dem Geld fiel ihm aus der Hand, er klammerte sich an einem der *Bürger von Calais* fest, der Mann stand unverrückbar, blickte zurück ins Nichts, während Jürgensen langsam an ihm entlang zu Boden rutschte. Ziemlich ratlos schaute ich auf meine Smith & Wesson. John Wayne hätte jetzt lässig den aus dem Lauf steigenden Rauch weggeblasen.

Scheiß John Wayne.

Im Film war immer alles viel einfacher.

John Wayne wäre jetzt zu Jürgensen getreten, wäre mit der Spitze seiner Stiefel unter Jürgensens Körper gefahren und hätte ihn herumgedreht. Zum Glück lag Jürgensen aber ohnedies nicht auf dem Bauch. Er lag zu Füßen der *Bürger von Calais*, die Augen weit aufgerissen, wie in eine weite Ferne schauend und doch nichts mehr sehend. Seine toten Augen. Das Unterkiefer hing kraftlos herunter. Tote schauen ziemlich blöd drein. Ich war absolut sicher, daß der Mann tot war. Ich hatte abgedrückt. Sinnlos abgedrückt. Was hatte ich getan?

Langsam ließ ich meine Hand mit dem Revolver sinken und sah mich um, während ich die Waffe zurück ins Halfter steckte. Niemand hatte uns gesehen. Ich nahm die Tasche mit dem Geld an mich, ergriff den Koffer mit der Flasche und ging zurück zum Teich, ohne mich nach Jürgensen und den *Bürgern von Calais* umzusehen.

Und doch werde ich das Bild nie vergessen: wie Racheengel umstanden die Bürger den toten Jürgensen, gedemütigte Racheengel, resigniert, wissend, daß das Leben ebenso vergeblich war wie der Tod. Mit ihren Stricken konnte man sie für Henker halten oder auch für die Opfer. Man mußte ihre Gesichter sehen, um zu wissen, daß sie nicht die Täter waren. Ich hatte Jürgensen abgeliefert. An wen auch immer.

Auf ein einzigartiges Gefühl hatte ich gehofft, eine einmalige Empfindung, eine große Erleichterung. Aber ich spürte nur das Gewicht des Metallkoffers mit dem Wein, die Geldtasche wog wenig, und ich spürte sie kaum. Beim Museum standen Max und Niederer, erwartungsvoll blickten sie mich an.

„Ich habe Wein und Geld“, sagte ich, „aber jetzt sollten wir sehen, daß wir wegkommen.“

„Was ist geschehen“, fragte Max.

„Jürgensen ist tot“, sagte ich, „er liegt hinten im Park. Schock, Herzanfall oder so, ich habe mich nicht weiter um ihn gekümmert, ich wollte weg.“

Wir verließen das Museum, ein Stück vor uns, nur ein paar Schritte entfernt, war ein Taxistandplatz, wir fuhren in mein Hotel.

Niederer und Max begutachteten die Flasche.

„Wenn es eine Fälschung ist, dann ist sie gut gemacht“, sagte Max.

Niederer nickte ebenfalls anerkennend: „Sogar sehr gut gemacht!“

„Wir werden es nie erfahren“, sagte ich.

„Man könnte es untersuchen lassen“, sagte Max.

„Offiziell habe ich die Flasche nie erworben, wie soll das gehen?“

„Das wird nicht leicht“, sagte Max.

„Ehrlich gesagt, es interessiert mich auch nicht“, sagte ich, „jetzt habe ich die Flasche, noch dazu völlig umsonst, aber ich weiß nicht, was ich damit tun soll.“

„Überlegen Sie es sich gut“, sagte Niederer, „schade, daß der Kerl so plötzlich gestorben ist, ich hätte ihn gerne der Polizei übergeben. Vielleicht wären wir dann auch noch an Fielmann herangekommen.“

„Glaub ich nicht“, sagte Max, „der hat sicher längst alle Verbindungen und Spuren zu Jürgensen gekappt, den erwischt niemand.“

Niederer verabschiedete sich, Max blieb, er schien noch etwas auf dem Herzen zu haben.

„Was gibt's?“ fragte ich ihn.

„Was war im Park wirklich los?“ fragte er.

„Was soll los gewesen sein?“

„Glaubst du, ich bin blind?“ Max klopfte mir auf die rechte Seite meines Sakkos, „ordentlich ausgebeult. Was hast du da für ein Kaliber versteckt?“

Er knöpfte mein Sakko auf, griff hinein, holte den Revolver heraus und betrachtete ihn sinnend.

„Smith & Wesson, Kaliber 44. Hast du ihn erschossen?“

„Du kannst daran riechen, natürlich nicht.“

„Alter Gauner“, lachte Max, „du hast ihn abgeknallt, gib es zu, ich verrate dich sowieso nicht.“

„Ich wollte, ich habe sogar abgedrückt, aber es kam kein Schuß, und dann hat der Jürgensen einen Herzanfall oder etwas Ähnliches bekommen und ist tot umgefallen."

„Bist du sicher, daß er tot ist?" fragte Max.

„Ich habe es nicht überprüft, aber ich glaub schon."

Es spielte ohnedies keine Rolle. War Jürgensen tot, gut, war er nicht tot, würde man bald herausgefunden haben, wer er war, also auch gut.

„Wann fährst du zurück?" fragte Max.

„Ich muß mich erst erkundigen, wann ich einen Schlafwagen bekomme, ich habe keine Rückfahrt gebucht."

„Also doch!" lachte Max, „du hast geglaubt, die erwischen dich, stimmt's? Warum hast du dich auf das eingelassen? Es hätte doch gereicht, ihn der Polizei zu übergeben, wozu dich selbst in Gefahr bringen?"

„Es war so eine Idee, ich wollte wissen, wer recht hat, Sartre oder ich."

Max sah mich verständnislos an: „Und, weißt du es jetzt?"

„Ich bin mir noch nicht sicher. Wahrscheinlich lagen wir beide falsch, und Camus hatte recht."

„Wie meinst du das?" fragte Max.

„Camus hat geschrieben, daß es Verbrechen aus Leidenschaft gibt und solche aus Überlegung. Die Grenze zwischen ihnen ist unbestimmt. Ich füge hinzu: unbestimmbar. Wenn ein Verbrechen, und Jürgensen zu töten ist ein Verbrechen, was immer er getan hat, wenn ein Verbrechen aus Vernunft begangen wird, überwuchert es diese Vernunft, so schnell kannst du gar nicht denken. Das Verbrechen erfährt seine Rechtfertigung aus sich selbst, das hat es übrigens mit dem Guten gemein."

Zuerst war es Leidenschaft, die mich beschließen ließ, Jürgensen zu töten. Die scheinbare Unmöglichkeit, in diesem Land von einer jüdischen Frau vorbehaltlos geliebt zu werden.

„Dann setzte vermeintlich meine Vernunft ein, verstehst du", sagte ich zu Max, „und diese Vernunft sagte mir: es gibt keine irdische Gerechtigkeit. Das Konzept der Gerechtigkeit selbst erschien mir immer obskurer, führte mich zu dem Schluß, Gerechtigkeit üben zu müssen im Namen des Absurden."

„Du hast nicht geschossen", sagte Max.

„Ich habe abgedrückt. Ich *habe* Jürgensen getötet. Jeder Mord, und sei er noch so vernünftig, endet in Barbarei. Vor dir steht ein Barbar."

„Übertreibe nicht", versuchte Max zu kalmieren, „du bist kein Barbar. Und ich verstehe noch immer nicht, warum Camus recht hat."

„Indem ich den Mord wählte, hatte ich jede Wahl verloren, so verstehe ich jedenfalls Camus. Schlußendlich hatte der Mord *mich* gewählt, ich hatte eingewilligt, gewählt zu werden. In einer Welt ohne Für und Wider hast du nie recht und niemals unrecht. Es geht nur mehr um Wirksamkeit. Und wirksam bin ich gewesen. Wirksamkeit hat bloß keine Moral. Jürgensen ist eine Leiche. Und wozu? Ist die Welt von heute abend eine bessere als die von heute morgen? Ich weiß nicht einmal, ob ich aus Leidenschaft oder aus Vernunft gehandelt habe. Ich weiß gar nichts, nur daß Jürgensen tot ist. Auf mich selbst zurückgeworfen blieb mir nur die bloße Tat, laut Sartre bin ich jetzt ein freies Individuum. Ist doch urkomisch, ich fühle mich nämlich überhaupt nicht frei. Darum also Camus: Schuldlosigkeit ist unmöglich, aber gibt es eine unseren Taten angemessene Schuld? Das ist der springende Punkt."

„Und was heißt das praktisch", fragte Max. Er war immer ein Praktiker der Revolution gewesen, einst, als wir beide uns noch als Revolutionäre empfunden haben, ohne zu wissen, was das eigentlich ist.

„Ganz einfach: es ist auf den ersten Blick einleuchtend und unwiderlegbar, daß Jürgensen Schuld auf sich geladen hat. Die Frage, die sich erhebt, ist die, zu welchen Handlungen diese seine

Schuld uns, die noch nicht Schuldigen, berechtigt. Und zu welchen Handlungen berechtigt diese Schuld seine Opfer. Absolute Freiheit, hat Camus geschrieben, verhöhnt die Gerechtigkeit. Und absolute Gerechtigkeit leugnet die Freiheit. Der Tod durch die Revolution ist nur berechtigt, wenn sie die Todesstrafe beseitigt. Diesem Anspruch wird meine Tat nicht gerecht. Ich bin ein absurder Barbar. Sonst nichts."

Max lachte mich an: „Damit wirst du leben müssen. Wirst du das schaffen?"

„Ich denke schon", sagte ich, „das Leben verliert sich immer im Kompromiß."

Ich alter Narr hier im Nachtzug und fahre zurück.

Es gibt kein Zurück.

Ich alter Narr.

Inmitten der großen Barbarei war ich nur ein kleines Rädchen gewesen, ein kleiner Barbar nur.

Wie immer ein Dilettant in allen Dingen des Lebens.

Ruth zu rächen.

Wie lächerlich dumm.

Ich spürte das Schweigen der Welt.

Es war mein eigenes.

## 13

Herr Nitsch stand hinter der Schank und war Herr Nitsch. Da stand er, kräftig, stämmig, ein Wirt mit Herz und Bauchansatz, mehr noch, füllig. Mit einer seiner kräftigen, fleischigen Hände griff er zu einer leeren Weinflasche und spülte sie einmal mit Wasser aus. Dann nahm er einen Metallbecher und leerte kleine, graue und unansehnliche, aber vielkantige Steinchen aus diesem Becher mit Hilfe eines Trichters in die Flasche, ließ ein wenig Wasser einrinnen, hielt spielerisch mit der einen Hand den Flaschenbauch umklammert, schüttelte die Flasche kräftig, und die kleinen, scharfen Steinchen schepperten gegen das Flaschenglas. Herr Nitsch wiederholte diesen Vorgang mehrmals, dann entleerte er die Flasche durch ein Sieb, spülte die im Sieb aufgefangenen Steinchen ab und leerte sie zurück in ihren Metallbecher. Er tat dies mit bedächtigem, würdevollem Ernst. Man hätte den Eindruck gewinnen können, daß nun nicht irgendein billiger Schankwein sondern ein teurer, wertvoller Bordeaux, ein Mouton Rothschild oder ein Lafite eingefüllt werden sollte. Aber ich bin absolut sicher, daß Herr Nitsch bei Rothschild nie im Leben an einen Wein, sondern höchstens an eine Bankiersfamilie gedacht hätte, deren Reichtum für ihn auf alle Zeiten unerreichbar bleiben würde. Doch Herr Nitsch war ein gottgefälliger Mann, und schon in der Bibel heißt es: „Was ihr dem Geringsten getan habt, das habt ihr mir getan." Wir dürfen also annehmen, daß Herr Nitsch ein gottgefälliges Leben führte, indem er seinen durchaus gering zu schätzenden Weinen die gleiche Liebe zukommen ließ, wie wir großen Snobs unseren als ungleich viel wertvoller empfundenen Kreszenzen.

Ich saß im verrauchten Beisel des Herrn Nitsch und sah ihm zu, wie ich es schon vor vielen Jahren hin und wieder getan hatte, als ich noch dauernd in Wien gelebt hatte. Ich saß hier und wartete auf Ruth. Nach meiner Rückkehr aus Paris hatten wir nur kurz telefoniert und vereinbart, uns zu treffen.

Ich aß ein kleines Gulasch und trank dazu ein kühles Bier. Es war eine angenehme Abwechslung nach der Völlerei bei Ducasse. Ruth war, während ich auf mein Gulasch gewartet hatte, gekommen.

Wir hatten uns still umarmt, ein wenig von Ruths Wimperntusche rann über ihre Wange hinunter. Wir saßen da, ihre linke Hand auf meiner rechten.

„Ein zweites Gulasch, Herr Nitsch", rief ich in Richtung Schank. Herr Nitsch nickte majestätisch. Das war so seine Art. Unverrückbar stand er in den Stürmen des Lebens, zumindest, solange sie in seinem Beisel stattfanden. Ein zweites Bier für Ruth brachte er automatisch. Das gehörte sich so bei Herrn Nitsch. Niemals hätte er ein Gulasch ohne ein Bier serviert. Da kannte er keinen Pardon. Nur bei Kindern übte er Nachsicht, sie bekamen Soda-Himbeer, jene Mischung aus Sodawasser und Himbeersirup, die vor der Machtübernahme von Coca-Cola & Co. das Standardgetränk für Nichtalkoholiker gewesen war. Herr Nitsch hatte sich lange gewehrt gegen die Einführung dieser neuartigen Getränke, deren Inhalt er mißtraute, und er war einer der letzten, die dieser Globalisierung der Geschmäcker trotzten. Er verkaufte sein Soda-Himbeer um zehn Prozent billiger als die Industrieware, obwohl er dabei aus eigener Tasche noch etwas draufzahlen mußte, wie er immer versicherte.

Ruth und ich aßen unser Gulasch, tranken unser Bier und sahen uns von Zeit zu Zeit an. Es schwieg sich gut miteinander. Ruth hielt wieder meine Hand, Herr Nitsch stand hinter der Schank und musterte uns zufrieden.

„Nächsten Sonntag wird gewählt", sagte ich.

„Wie wird es ausgehen?" fragte Ruth.

„Katastrophal", sagte ich, „die Rechten werden gewinnen."

Es hatte keinen Sinn, lange herumzureden. Ich erzählte Ruth, was in Paris geschehen war. Ich erzählte von Jürgensens Tod, erwähnte allerdings nichts von meiner kurzen Liaison mit einer Smith & Wesson, es kam mir nun, im nachhinein, so ungemein kindisch vor. Ich sprach davon, daß die langersehnte Flasche endlich in meinem Weinkeller gelandet ist, und ich keine Ahnung habe, ob sie nun echt oder gefälscht war.

„Ich mußte dich sehen", sagte ich.

„Ich dich auch", sagte Ruth.

„Du kannst meine Wohnung benutzen, solange du in Wien bist", sagte ich.

„Ich hatte so eine Scheu, in deiner Wohnung zu leben. Dumm, oder?" sagte sie.

„Ziemlich dumm von dir."

„Ich habe Zeit gebraucht."

„Und?" fragte ich.

„Gehen wir zu dir, wenn ich deine Wohnung benutzen soll, mußt du sie mir auch zeigen."

„Ich habe eine besonders große Packung Kekse gekauft, extra für dich", sagte ich.

Da lag ich also, und gleich neben mir krümelte Ruth.

Nach dem Wochenende würden die Unterlagen aus der Schweiz kommen, hatte der Anwalt angekündigt, dann würde sie endlich erfahren, wieviel Geld auf dem Konto war.

„Wohin mit mir?" fragte sie.

Ich dachte kurz nach: „Hast du schon alle Geschichten erzählt?"

„Noch lange nicht!"

„Dann bleib, so war es abgemacht!"

Mehr gab es nicht zu sagen, weil ich selbst nicht mehr wußte. Es waren viele Stimmen in Ruth, sie alle auseinanderzuhalten, wer hätte das vermocht?

Ich kam kaum mit meinen eigenen zurecht.

Sie würde auf die Unterlagen warten, und ich fuhr mit der Bahn zurück in mein Haus.

Sie hatten Mies verhaftet. Zwei Tage vor der Wahl hatte es nun auch den zweiten Kumpel von Hampelgruber erwischt. Hehlerei. Eine ganze Wagenladung seiner Pelze hatte sich als gestohlen herausgestellt, im Keller seines Hauses hatte man sogar noch gestohlene Antiquitäten gefunden. Der Mann hatte nicht genug bekommen.

Dafür war Hampelgruber am Stadtplatz in seinem Element. Die Schlußveranstaltung vor der Wahl war der traurige Höhepunkt eines traurigen Wahlkampfes. Hampelgruber überschlug sich in Haßtiraden gegen alles und jeden, bei Freibier und Gratiswürsteln grölte eine begeisterte Menge ihm freudig zu.

„Wenn die könnten, wie sie wollen", sagte Hochstrasser, „die würden uns an die Wand stellen oder auf dem nächstbesten Lichtmast aufhängen, um nachher gemütlich auf ein Bier zu gehen."

Ich widersprach ihm nicht.

Womit ich gerechnet hatte, das trat ein: die Nationalen verdoppelten ihre Wählerschaft, eine Stimme nur fehlte ihnen, und sie hätten neben Hampelgruber noch einen zweiten Stadtrat bekommen.

Womit ich nicht gerechnet hatte, war allerdings, daß auch Hochstrasser in den Stadtrat kam. Mit einer Stimme Überhang, wie man das nennt. Damit war die Umwidmung des Seegrundstückes gestorben.

Allerdings verschreckte der sonntägige Sieg von Hampelgruber einige Leute. Die Erben von Erhard beschlossen am Montag nach der Wahl, daß in einem solchen Ort unmöglich Erhard-Festspiele abgehalten werden konnten. Die örtliche Manufaktur hatte in froher Erwartung Unmengen von Erhard-Heferln produziert und meldete am Dienstag Konkurs an.

Nach dem Lärm der letzten Tage vor der Wahl versanken nun alle und alles in banaler Stille. Die Schlacht war geschlagen, die Dinge nicht mehr zu ändern. Die Plakatständer verschandelten noch ein paar Tage die Gemüter, die Parolen wurden vom Regen heruntergewaschen, dorthin, wo sie hingehörten: in die Gosse. Leider ein paar Tage zu spät.

Die Unterlagen aus der Schweiz hatten sich ein wenig verspätet. Ruth war fassungslos. Auf dem Konto befanden sich, inklusive Zinsen und Zinseszinsen nur wenige Franken, nicht einmal zweihundert waren es.

Damit mußte sie fertig werden. Sie war nicht enttäuscht, nichts zu erben. Um Reichtümer ging es ihr längst nicht mehr. Aber was war ihr Großvater gewesen: ein großer Betrüger oder nur ein kleiner Angeber?

Simon Streicher hatte für die Rettung ihrer Mutter Geld zur Verfügung gestellt, das nicht existierte. Die Loewensteins hatten jenes Geld, das es nicht gab, nie angerührt. Hatten sie es nicht versucht? Hatten sie gewußt, daß es das Geld nicht gab?

War es eine stille Übereinkunft zwischen Simon Streicher und den Loewensteins gewesen, so zu tun, als ob es dieses Geld doch gäbe?

„Ich verdanke mein Leben einer Lüge", hatte Ruth fassungslos ins Telefon gestammelt.

„Aber wer ist der Lügner? Und was war die Lüge?" fragte ich sie. Sie schwieg.

„Leben heißt: niemals schuldlos zu sein", sagte ich, „weißt du, daß ich Jürgensen getötet habe?"

Ich erzählte ihr den Rest der Pariser Geschichte.

„Was zählt mehr: dein Leben oder ein kleiner Schwindel?"

Sie konnte nicht antworten, und tat es dann doch: „Ab wann wird die Lüge gerecht? Ab wann ist die Wahrheit ungerecht?"

„Das mußt du jeden Tag neu entscheiden", sagte ich.

„Ich weiß nicht, wohin ich gehen soll. Weniger denn je", sagte Ruth.

Ich konnte ihr nicht helfen. Nicht in diesem Augenblick und vielleicht niemals auf dieser Welt.

„War Simon Streicher ein Gauner?" fragte Ruth weiter.

„Du lebst, deine Mutter hat gelebt, das ist die einzige Wahrheit, die ich erkennen kann", antwortete ich, „und außerdem, wer ist der Lügner? Derjenige, der die Lüge ausspricht? Oder derjenige, der ihn dazu gezwungen hat?"

„Wie soll ich damit existieren, dank einer Lüge zu leben?"

„Und wie soll ich damit existieren, Jürgensen getötet zu haben?"

Gott hüllte sich in Schweigen und mit ihm die Welt.

Eines Tages würde Ruth erkennen, daß die Existenz einer absoluten Wahrheit ebenso unerträglich wäre wie die einer absoluten Lüge.

Wir verschoben unsere Bedenken auf den nächsten Morgen. Das war nicht unklug angesichts der Unmöglichkeit, diese Welt richtig zu interpretieren, angesichts der Unmöglichkeit, diese Welt zu überleben. Jeder Sonnenaufgang ein Pyrrhussieg.

*Child of the moon rub your rainy eyes.*

Ich alter Meister des Lügens.

Ich alter Meister des Verwischens der Spuren.

Verurteilt, ein Leben lang Narr zu sein.

Vielleicht hatte ich eine ebenbürtige Meisterin gefunden.

Eine, die ihre Spuren ebenso verwischte wie ich.

Eine, die in der Fremde nicht wankte. Ein wenig Zaudern ist immer erlaubt.

Sie, die Meisterin der schlafenden Konten.

Wir beide Meister der Schuld und der Lüge.

Wir beide als schuldhafte Narren.

Närrin und Narr.

Wer sollte uns beiden verzeihen?

Das war doch die Frage!

Und was war zu verzeihen?

Wir wußten es ebensowenig wie sonst wer auf dieser Welt.

Eine Närrin und ein Narr – wie sollten die jemals zusammenfinden – womöglich für immer?

Wir würden den letzten Sieg erringen, worin auch immer er bestehen mochte.

König Pyrrhus läßt grüßen!

## 14

Ich hatte die Unsterblichkeit herausgefordert.

Welch eine Niederlage!

Welch eine Schmach!

Der ganze, bis zum Rand gefüllte Weinkeller – nichts als ein hochmütiger, nutzloser Angriff auf die Unendlichkeit. Mochten all diese Weine auch länger den Angriffen der Zeit getrotzt haben, als wir Menschen es vermögen. Die besten unter den Weinen schafften es ein durchschnittliches Menschenleben, ein guter Sauternes schon auch einmal zwei. Aber ein Yquem 1740 – das waren mehr als 250 Jahre, drei bis vier Menschenleben aneinandergereiht.

Mein Ansturm auf die Unsterblichkeit war gescheitert. Allein saß ich hier heroben am Berg und hatte den zerbröselnden Stoppel aus der Flasche gezogen. Ich hatte Jürgensen allein zur Strecke gebracht, und so sollte es auch mit dieser verdammten Flasche sein. Eine Flasche Wein um mehr als hunderttausend Dollar konnten sich im allgemeinen ohnedies nur Verbrecher leisten. Wobei ich kein Problem habe einzugestehen: die amüsanteste Gesellschaft beim Leeren einer solchen Flasche hatte mir ein Zuhälter geleistet, abgebrochenes Studium der Theologie, er wußte, wo Gott wohnte und vor allem: wo er nicht wohnte. Am anstrengendsten fand ich einen Abend mit einem hochgeschätzten, inzwischen privatisierenden Politiker. Er hielt noch immer Wahlreden, und ich war sein einziger Zuhörer bei einer gut erhaltenen Flasche Latour 1904, der Wein hatte jenen Schmelz, an dem es den Wahlansprachen dieses Mannes stets gefehlt hatte. Am meisten aber haben mich die großen Wirtschaftsbosse gelangweilt, deren geistig zumeist eindimensionale Anwesenheit sich manchmal nicht vermeiden ließ. Mit Schrecken erinnere ich mich an jenen Abend, als wir einen Mouton Rothschild 1945 aus der Magnumflasche tranken. Einer aus der Runde, die Geschichte möge seinen Namen vergessen, seine größte Lebensleistung war eine große Fusion, die siebzigtausend Leute arbeitslos gemacht hatte, zückte seinen Taschenrechner und kam zu dem Schluß, rückgerechnet vom heutigen Wert auf den damaligen Anschaffungspreis, sei die Investition in den Mouton 45, die Inflationsrate schon eingerechnet, ein tolles Geschäft gewesen. Aber hätte ich mich bei einem Mann wundern sollen, der die besten Lokale der Welt besucht hatte und gleichzeitig die Menschheit mit künstlichem Fertigfraß beglückte? Nein, wenn es denn so sein sollte, dann saß ich hier lieber ganz allein, ich und diese verfluchte Flasche. Echt oder nicht echt, was scherte mich das?

Ich leerte einen kleinen Schluck in mein Glas.

Der Wein funkelte ...

Geruch modrig ...

... alter Stoppel ...

Scheiße! Dieser gottverdammte Wein hatte einen Stoppel. Er schmeckte dumpf nach Keller und altem Kork. Der Kulminationspunkt all meiner vinophilen Sehnsüchte: wahrscheinlich seit Jahrzehnten hinüber.

Nichts mit der Ewigkeit.

Welch eine fulminante Niederlage!

Nein, ich lüge. So ist es nicht gewesen. Niemals hätte ich eine solche Flasche allein geleert. Und vor allem: einen solchen Wein trinkt man sowieso nicht – aus Prinzip. Das hatte ich gelernt.

Die Dämmerung überzog soeben das Land, ich stieg bedächtig hinunter in den Keller und holte meinen 1921er Yquem. Den würde ich trinken.

Während ich die Stufen zu meinem Haus wieder hinaufstieg, der Keller lag unten am Fuß des Hanges, begann es ganz langsam zu schneien. Vereinzelte Flocken nur. Ich öffnete vorsichtig die Flasche und stellte sie auf den Tisch.

Ruth hatte traurig geklungen, als wir gestern telefonierten. Aber ich war sehr zuversichtlich.

Das stete Auf und Ab der Liebe hatte mich wieder.

Ich stellte zwei Gläser auf den Tisch, füllte eines nach dem anderen. Zu einem Drittel nur, wie es sich gehört.

Ich setzte mich in den Lehnstuhl und blickte beim Fenster hinaus.

Ruth würde wissen, was zu tun war. Sie war jener biblischen Rut viel ähnlicher, als sie wußte.

Nein, diese Flasche würde ich nicht allein trinken.

Ganz sicher nicht.

Ich Meister der Trunkenheit.

Ich alter Meister der letzten Leidenschaft.

Ich Dilettant in allen Dingen des Lebens.

Närrin und Narr, wenn das denn Liebe war, dann sollte es sein.

Für die Welt insgesamt sah ich schwarz.

Aber *ich* würde am nächsten Morgen noch einmal davongekommen sein.

Aus den immer dichter werdenden Flocken würde langsam eine Gestalt heraustreten, da war ich ganz sicher.

*She shivers by the light she is hidden.*

*She flickers like a lamp lady vision.*

Die Närrin zum Narr.

Ich Meister der Hoffnung.

Nein, diese Flasche würde ich ganz bestimmt nicht allein trinken.

Mochte die ganze Welt in Stille versinken, mochte das Leben am Ende eine einzige Niederlage sein.

Es scherte mich nicht.

Mich närrischen Narren.

Die Laster der Liebe hatten mich endgültig erschöpft.

Was schert mich das Schweigen der Welt?

# Danksagung

Frau Univ.-Prof. Dr. Irmtraud Fischer
für ihre Hinweise auf den letzten
Stand der Forschung zum „Buch Rut“

Reinhard Deutsch
Korrekturen und Ermutigung

David Axmann
für viele nicht gedruckte Beiträge

Karoline Neubauer
für den letzten Schliff

all jenen, die mich in die Welt des Weines eingeführt haben,
und all jenen, die mich ob der Faszination über große Weine
nicht darauf vergessen ließen, daß der Zustand der Welt
noch zu wünschen übrigläßt, und die dennoch mit mir das
eine oder andere gute Glas beim guten Gespräch geleert haben
(Danke der Nachfrage: der Keller leert sich!)

den liebenswerten unter jenen Figuren dieses
Romans, die dem wahren Leben entnommen sind

den Herren Jagger und Richards für einige
Textzeilen aus „Child of the Moon“

Bauxl
Begleitung durch die
Ups and Downs des Lebens

Michael Amon, Gmunden 2002



Besuchen Sie den Autor auf seiner Homepage
http://ourworld.compuserve.com/homepages/amon_lit